鏡の背面

篠田節子

JN030168

集英社文庫

鏡の背面

地鳴りに似た腹の底に響く音が森を震わせた。雨が降り出す気配もないまま、雷鳴は深夜に入ると爆発音を思わせる激しさに変わり、築八十年の古民家を揺るがした。

座敷に布団を並べて寝ていた女たちは、ぽつりぽつりと起き上がっては無意識に縁側の掃き出しに目を凝らすが、雨戸が立てられているので、廃屋の点在する斜面を藤色に照らし出す稲光《いなびかり》は見えない。

スタッフの一人が事務所代わりに使われている隣の板の間に立っていき、コンピュータの電源プラグを抜いた。別の女が停電に備えて懐中電灯を枕元に用意する。

台所口の小さな窓が発光したように見え、ほぼ同時に短く、凄《すさ》まじい雷鳴がとどろく。

続く一撃に音を感じることはなかった。

金気臭《かなけくさ》い風が天井から垂直に下りてきた。重さも熱さも圧力もない。得体の知れない衝撃があり、その場にいた十人を超える女たちは一斉に悲鳴を上げた。

家がばらばらに吹き飛ぶ光景を思い浮かべた者もいたに違いない。

だが衝撃は木造民家の内部を通り抜け、地に吸い込まれて消えた。

それぞれに顔を見合わせ、ほっとした数分後のことだった。何かが弾《はじ》けるような音がした。金気臭い風が吹き抜けた後の座敷に、熱気が降ってきた。

「逃げよう」

悲鳴に似た声でだれかが叫んだ。

雷鳴に怯《おび》えて布団を被《かぶ》っていた者も慌てて起き上がる。闇の中で服に手を伸ばし、

「そんなのいいから外へ」という叱責の口調の言葉とともに背中を押されて玄関に向かう。

屋根に落ちた雷が、表面のトタンに穴を空け、内部の茅《かや》を焼いている。

同時に赤ん坊の泣き声が階上から聞こえてきた。

「代表」の女が階段に視線をやり、仲間の一人の名を呼ぶ。

返答はない。

「まさか」

小さな窓から入る稲光に一瞬照らし出された互いの顔を女たちは見る。

「あいつ、またやったんだ」

「赤ん坊がいるっていうのに」

「信じられない……」

舌打ちして「代表」が急な階段に取りついた。

「あなたはみんなを誘導してください」

闇の中に凛《りん》とした声が響き渡った。

「代表」の体を突き飛ばすようにして退《の》け、「先生」が階段を上がっていく。

「先生」に続き、スタッフが身軽な足取りで階段を上がっていく。盲目の老女だ。

「彼女はだめ。だれか止めて」

「代表」が叫んだ。

入居者数人が階段に駆け寄り踏み板に足を乗せたが、幅の狭い階段は一人が上《のぼ》るのがやっとだ。

「起きて。火事よ。しっかりしなさい」

「先生」の声が階下に降ってくる。

他のスタッフが入居者を押しのけ駆け上がったが、すぐに戻ってきた。階段付近に置かれた古タンスに火が燃え移り、進路を塞いでいた。

「外に出て。下で受け留めて」

炎の向こうで先生が指示した。

「了解」

玄関に出る余裕もなく、縁側の雨戸を蹴って外し、なだれ落ちるように全員が外に出た。

機転を利かせた代表が、布団を担ぎ出す。その背後で女の一人がスマートフォンから

119番通報をする。

「受け留めて」

二階の真新しいサッシの窓が開き、赤ん坊を抱いた先生が身を乗り出した。

「了解です」

降り出した霙《みぞれ》まじりの雨に叩《たた》かれながら階下で女たちは身構えた。

生後五ヵ月の女の子が落とされた。待ち構えていた太り肉《じし》の女がしっかりとその腕と腹に受け留めた。

歓声が上がる。

「先生も早く」

代表が叫ぶ。

窓の下に置かれた布団の上に、さらに二階から布団が落とされた。

「次、行きますよ」

階下の女たちがざわめいた。

先生と盲目の老女の二人に担がれるようにして、ぐたりとした若い女の体が窓枠に乗り上げたかと思うと、力を失ったまま積み上げた布団の上に腰から落ちた。ほとんど意識がないままに呻《うめ》く。打撲かあるいは骨折したのかもしれない。かまわず手足を引っ張り地面に下ろすと、「先生、早く」とその場にいる者たちが二階に向かって叫ぶ。

「離れて」

先生の叫び声が聞こえた。

「逃げて、逃げて」

その声が轟音《ごうおん》に呑《の》み込まれた。二階部分が崩れ、女たちの頭上にオレンジ色に焼けた板壁や炎を吹き上げる茅が降ってくる。

両手で頭を守りながら背後の林に突っ込み、女たちは雪の残る斜面を転びながら下りていく。太り肉の女に抱かれた赤ん坊の泣き声が、炎の弾ける音と雷鳴の中に響き渡り、意識を失った若い母親の体も引きずられるようにして運ばれていく。

逃げる者たちの頭に、背中に、大量の火の粉が降り注ぐ。

下の道路に出た者たちが見上げると、トタン屋根が破れ、そこから炎とともに金色の火の粉が吹き上がり、夜空を赤々と照らすのが見えた。

家屋は渦巻くオレンジ色の炎に包まれている。それでも倒壊しなかった。

古民家は太い柱を屹立《きつりつ》させたまま、燃えている。

青ざめた額から汗を流し、震えて立っている女が手にしたスマートフォンを代表が奪い取り、119番を押す。

「先ほど通報した新アグネス寮です。中にまだ人がいます。二人です。何とか、早く、お願いします」

通話を終えた瞬間、代表は膝を折り、崩れるようにその場にうずくまった。

「神様、どうか二人を助けて」

悲痛な声が色を失った唇から漏れた。

雷鳴がやや静まると同時に、氷雨は激しさを増したが、火勢が衰える気配はない。消防車はなかなかこなかった。下の集落から人々が集まってきたが、なすすべもない。女たちの家が完全に灰になり、少し離れたところに建っていた廃屋の一つが半焼し、あわや山火事が起きるかと思われたとき、ようやく消防車が到着した。道路脇の残雪にはばまれたうえ、落雷により倒れた電柱が道を塞ぎ、上ってこられなかったのだ。

太り肉の女の腕の中で、赤ん坊は泣き疲れて眠り、薬からようやく覚醒した母親が、雨風に叩かれた体を小刻みに震わせ、痛みに呻きながら、その場に嘔吐《おうと》していた。

1

お別れの会は、旧軽井沢にあるプロテスタント教会で営まれた。

死亡した「先生」こと小野尚子《おのなおこ》も、スタッフの榊原久乃《さかきばらひさの》もここの教派に属してはいない。特に小野尚子については、キリスト教の信仰表明自体をしていなかった。だが小野尚子たちが運営していた、薬物やアルコール依存、性暴力、DV被害などによって心的外傷を負った人々の社会復帰を目指す「新アグネス寮」の活動には、プロテスタントやカトリックといったキリスト教系組織、さらには名門女子校の同窓会や慈善団体、各種の女性団体などが支援していた。

お別れの会についても、「新アグネス寮」代表の中富優紀《なかとみゆうき》の、会場に使わせてほしいという依頼に、教会の牧師が快く承諾してくれ実現したものだった。

白百合やカラーの花で埋め尽くされた祭壇では、小野尚子と榊原久乃の遺影が微笑《ほほえ》んでいる。しかし棺《ひつぎ》はない。

焼け落ちた建物の下で遺体は性別さえわからないほどに焼け、どちらがどちらか外見からは判別できない状態になっていたからだ。

中富代表は、状況からその二人が小野と榊原であることはわかっているのだから、葬儀のために早く遺体を返して欲しい、それが無理なら葬儀の間だけでも、いったん引き取れないか、と再三警察に足を運んで懇願したが、身元の確定ができないうちは返せない、と突っぱねられた。

「警察というのは、無慈悲なことをしますよね、葬儀の間、一日、二日くらい戻してくれたっていいのに」

そんな中富代表の嘆きがさる慈善団体の発行するニューズレターに掲載され、それが元になって赤ん坊とその母親を助け、自らが犠牲となった小野尚子の話題がSNSをかけめぐった。

ほどなく葬儀に関する問い合わせが新アグネス寮だけでなく、その母体である全国的なクリスチャン女性の団体、「白百合会」にも入ってきた。

以前から小野尚子の存在は広く知られていたが、小野自身は会社や裕福な個人宅を回って寄付を募ることや礼状を書くことはしても、インタビューや講演の依頼は断り、メディア対応はもっぱら代表の中富優紀が行っていた。例外的に露出したメディアの断片的な情報とその出自から、小野尚子は生前から半ば神格化されていた。そして今、花に埋もれて微笑んでいる小野尚子の遺影の皺《しわ》深い顔は、伏し目がちで悲しげな表情を浮かべた目元と優しげに微笑む口元が、高貴を通り越して、慈愛にみちた神、そのものに見えた。

悲母観音……。

知佳《ちか》はつぶやき、白百合を祭壇に置き両手を合わせる。

一方、小野尚子とともに亡くなった元看護師、榊原久乃の写真の方は、目を閉じ毅然《きぜん》とうなじを起こした表情に、どこか不気味な厳粛さを漂わせている。

いくつものすすり泣きの声の中で、赤ん坊を抱いた若い女性の咆吼《ほうこう》にも似た嘆きの声が教会内に響き渡る。

「先生、先生、私のために……」

取り乱し、涙に咳《せ》き込み、それに泣き出す赤ん坊の声も混じり、やがて別の女性に抱かれるようにして、礼拝堂から裏庭に連れ出されていった。

知佳はその後ろ姿を振り返り、見送る。

礼拝堂は、このあたりによくある一般の人々の結婚式などにも使われる壮麗な建築物ではない。トタン屋根の上の十字架がなければ一般住宅と見分けのつかない、牧師館と一体になった質素で小さな建物だが、弔問客は多く、献花を待つ人々の列が森の中の小道から道路にまで延びている。

メディアに露出しなくても、その実績と行動力、人柄は人の口から口へと伝わる。

施設運営の窮状を訴え寄付を募る姿や、明け方の新宿の路上で、制服姿の警察官が取り巻く中、ドブネズミのように汚れて座り込んでいる若い女性の前に跪《ひざまず》き、手を握り顔を近づけ、抱くようにして何か話しかけている姿が、ネット動画に投稿されたこともあった。

携帯電話やスマートフォンで撮影されたと思《おぼ》しき画像もネットにはずいぶん流れたが、どんな場面でも険しい表情を浮かべたものはない。神仏に対して頭《こうべ》を垂れた類の画像はないが、人と接している場面では、常に相手より姿勢を低くして微笑している姿が、謙虚を通り越し、高貴さを際立たせていた。

人格に加えて育ちの良さか、と知佳は思う。

死にもの狂いで就職戦線を勝ち抜き大手出版社に就職した後、小さなプロダクションを経て独立。結果がすべてのフリーランスの世界で、ときにはこれもビジネスと割り切り不本意な記事を書き、ときには無用なものを要領よく切り捨て、なりふりかまわず生き残ってきた自分と無意識に引き比べている。

先生と呼ばれることを小野尚子は嫌った。様づけされることはいっそう強く拒否した。

「尚子さん、と呼んでください」

確か初対面の知佳にもそう言った。肘を張らず、両手を軽く腿《もも》のあたりに置いた古風で正式な立礼の美しさも印象に残っている。

歴史の古い出版社の社長令嬢で、さる皇族の后《きさき》候補になったこともある、というから、その立ち居振る舞いの端々に気品が漂うのも当然のことかもしれない。

取材を通じてたくさんの人に会ったが、あれほどに優しく高潔で、行動力に溢《あふ》れた人はいなかったと、今更ながら知佳は思う。

享年六十七。昔なら老人と見なされただろうが、今は多くの女性が活躍している年齢だ。人を格付けする趣味はないが、赤ん坊だけならともかくとして、薬物依存の母親を助けて、自らの命を落としてしまったのは、あまりにも惜しいというのが、正直な気持ちだった。だがそんな最期が、尚子にふさわしかったことも確かだ。

むせかえるような花の香りに包まれた狭い礼拝堂を出ると、新緑の間から差し込む光がまぶしかった。

つや消しの黒いブラウスにブラックジーンズを身につけた女の後ろ姿に、すぐに中富優紀代表と知れた。

「このたびは……」

深々と頭を下げ、「オフィスヤマザキ　取材・編集・通訳　山崎知佳」と書かれた名刺を差し出す。

中富優紀は、日焼けした顔をほころばせた。

「ああ、その節は」

「今、みなさんはどちらに？」と尋ねると、「白百合会さんのご厚意で、スタッフ、入居者ともども、長野の女性シェルターに居候させていただいているんですよ」と答えながら片手を上げて仲間を呼ぶ。

正式な喪服ではないが、それぞれに黒っぽい衣服を身につけた女たちが集まってきた。

「本当にね、夕暮れ時になると、涙が止まらなくなったりするんですよね」

ふくよかな頬に伝う涙をぬぐっているのは、投げ下ろされた赤ん坊を受け留めたスタッフ、木村《きむら》絵美子《えみこ》だった。

「あのとき先生を引きずり下ろしてでもいいから、私が二階に行けばよかったと思うと、ね。先生から『みんなを誘導して』って言われて、うっ、と踏みとどまった隙に、榊原さんが『そうはさせませんよ』って上っていってしまった。目が見えないっていうのに。悔やんでも悔やみきれない、と言うか……」

「今になると、みんなそう思うんだけどさ、先生、速かったよ。たたたって階段を上がっていってしまった。何の躊躇《ちゅうちょ》もないんだよ、あの人、あんなときは。榊原さんは一緒に死ぬつもりだったのかね。いずれにしても宿命だね。先生は、観音様だったから、本当に」

入居者の一人とおぼしき、顔に火傷《やけど》の痕のある女が、あだっぽいかすれ声で言いながら、絵美子の肩を叩いた。

中富優紀が知佳の方に顔を向けると、小さいがしっかりした口調でささやいた。

「もし記事にするなら、読者の方に支援を呼びかけてください。お願いします。この通り」と、小野尚子とはまったく違う所作で、深々とお辞儀した。

「みんなで後片付けして、仮設住宅みたいなものでもいいから建てたいんだけどいろいろ制約があって……。田舎の一軒家だけでも借りられるといいんですけどね。お金の方が厳しくて」

「承知しました」と返事をして、知佳は教会の中庭を後にする。

二年前、「新アグネス寮」を訪れたのも、こんなよく晴れた、吹き渡る風の気持ち良い日だった。

そしてこの日と同様、「支援を呼びかけて」と頼まれた。

あくまで奥ゆかしい小野尚子が、あえて取材に応じたのは、長い不況の後の大震災で、寄付の額が激減し、個人的な資産を放出しても運営資金が常に不足していたからだ。

六十をとうに過ぎ、化粧気もなく白髪頭を短く刈り、古びたシャツブラウスとズボン姿で話を聞かせてくれた小野尚子を撮ったカメラマンは、後にデジタル画像を見ながら、「しかし、きれいな人だったな。内面から光が溢れているような」と感に堪えない様子で語った。

さる権威ある月刊総合誌で連載している人物記事の取材だった。数人のライターが持ち回りで、毎回、一人の人物に焦点を当てて記事を書く。

署名記事であるのはもちろん、著名なノンフィクション作家が執筆陣に名を連ねている総合誌の伝統的なシリーズでもあり、知佳の取材にも力が入った。通常なら二時間ほど話を聞いてまとめるところだが、結局、新アグネス寮に泊まり込み、二日かけて入居者やスタッフと生活を共にして記事を書いたのは、知佳が小野尚子の人柄にほだされたからでもあった。

取材対象として小野尚子を選んだのは、知佳ではなく編集部だ。

日本でも最古の部類に入る出版社の社長令嬢として生まれ、さる皇族の后候補にも名を連ねた女性が、自らの人生と親から受け継いだ莫大《ばくだい》な資産を、アルコールや薬物依存、性依存、自傷行為といった問題を抱える女性たちの救済のために捧《ささ》げ、彼らと生活を共にしている。

「日本のマザー・テレサ」ここに在り、といった編集部の提示してきたコンセプトに、知佳は抵抗感を通り越して反感を抱いた。貧困や差別のただ中で孤独な闘いを強いられているシングルマザーにでも焦点を当てる方がよほど良い記事になる。だが編集部の企画には逆らえない。

社長令嬢の美談なんぞたくさんだ、という内心の舌打ちを商売用の前向きな笑みに隠し、買ったばかりのアクアで信濃追分《しなのおいわけ》近くの小高い丘の斜面に開かれたかつての集落に向かった。都心よりも二月《ふたつき》も遅い桜の季節のことだった。

廃村に残る大きな民家、それが新アグネス寮だった。

あらゆる問題を抱える女性たちを分け隔て無く受け入れ、共に生きていくことを目指す施設、家族からも行政からも見捨てられた薬物依存者や元受刑者などが入居することもあり、ときには最後の避難所にもなる、と編集部から聞いていたので身構えていた。

廃屋だらけの集落の道を迷いながら上ってきて、敷地内に辿《たど》りついたとき、薄汚れたジャージを身に着けた険しい表情の老女が包丁を手に近づいてきた。

悲鳴を上げて逃げ出しそうになったが、すぐに左手に抱えているのが畑から収穫してきたばかりの春キャベツの玉だと気づいた。自分のそそっかしさに恥じ入ったが、陽光の中でずっしりと大きなキャベツを抱いて「何か御用ですか」と尋ねた老女、榊原久乃に対して感じた不気味さは、その後も払拭《ふっしょく》されることはなかった。

一方、新アグネス寮の台所や畑で立ち働いている入居者やスタッフの、何とも力の抜けた明るさは、知佳の先入観や偏見を大きく覆すものだった。

「私も含めて、スタッフは全員、元は依存症とかいろいろあって、この寮の出身なんですよ」

最初に応対に出た中富優紀代表は説明した。

自助グループ「聖アグネス寮」は全国組織だが、ここ「新アグネス寮」の方はその自立度においてかなり特徴的なところで、小野尚子先生の理念を精神的支柱として長期的なヴィジョンの下に女性たちの人生の立て直しを図っている云々《うんぬん》……。

座敷に通され、半信半疑で中富代表の話を聞いているところに、取材対象、小野尚子は現れた。首回りがすり切れたトレーナーに古びたジャージのズボン。手ぬぐいを縫った姉さん被り風の帽子を素早く取ると膝をつき、丁寧にお辞儀をした。短く刈り上げたごま塩頭の白髪が、陽光にきらきらと光っていた。

「せっかく遠くからお越しいただいたのに、こんな格好でごめんなさい。側溝が詰まって慌てて掃除していたものですから……」

顔を上げた尚子は、恥ずかしそうに微笑した。

「あ、いえ、こちらこそお忙しいところを申し訳ありません」

その出《い》で立ちとあまりにも不釣り合いな美しい所作に緊張し、知佳は両肩をすぼめたまま不自然に背筋を伸ばしていた。

「インターからの山道がたいへんでしたでしょう。お疲れになったのでは？」

「はっ、いえ、とんでもない」

正座したまま、無意識にもぞもぞと足指を動かす。

「よろしかったら、あちらで」と小野尚子は玄関脇にある板の間を指差した。

木製の丸テーブルが一つ置かれている。

「土間の脇なんて、お客様に失礼なのですけれど、風が通って気持ち良いものですから」

淀《よど》みない動作で尚子は柱と机の間に置かれた折りたたみ椅子を出し、テーブルの周りに置いた。

失礼どころではない。ジーンズ姿で窮屈そうに正座している知佳とカメラマンを一目見て、こちらに場を移したのだ。

「録音、よろしいですか？」

「どうぞ、どうぞ」

麦茶とふかしたサツマイモを勧められ、インタビューはゆったりしたテンポで始まった。

令嬢の生い立ちと宮様の后候補の真偽、そして様々な問題を背負った女性たちのサポート活動に関わったきっかけ、「新アグネス寮」を立ち上げた経緯、私財をなげうち、献身する理由。

それを一万ワードにまとめ、由緒ある月刊総合誌の、保守層に属するそれなりに見識ある読者が感銘を受けるような記事に仕立てる。

ライターの技術を持ってすればたやすいことだった。最初の四十分ほどで、カメラマンは小野尚子のインタビューカットを撮り終えて東京に帰っていった。

残された知佳は一人で話を聞く。ヴォイスレコーダーは作動していたが、いつのまにかボールペンを動かしノートに書き込んでいた。

二時間ほどお時間を頂戴したく、と取材申し込みをしたにもかかわらず、気がつくとあたりは薄暗くなっていた。

「せっかくですから、ぜひお夕飯を召し上がってからお帰りになって」と言われ、「お言葉に甘えさせていただきます」と頭を下げたときには、すっかり目の前のごま塩頭の女性に心酔していた。その所作と言葉、何よりその背後にある心の有様《ありよう》に魅了されていた。

入居者とスタッフが協力して作ったタケノコご飯と野菜のてんぷらは、すばらしい味だった。

感激したまま、その晩、やはり先方の厚意に甘えて泊めてもらうことにした。

スタッフの木村絵美子に手洗いまで案内してもらった折のことだったが、北側の廊下に出て、思わず足を止めた。障子が開いており、おそらく以前は家族の日常生活の場として使われていたであろう日当たりの悪い座敷に、土壁を背にして木製の本棚が四本、置かれていた。インタビューを行った板の間にも、電話やパソコン、ファイルなど事務用品とともにスチール本棚があって、医療福祉制度やNPO法人関連の実用書や、依存症や発達障害などについての解説書や専門書が並んでいたが、座敷にある本の背表紙はずいぶん古びていた。

「やっぱり記者さんだと、本とかに興味があるんですか」

知佳の視線の先を瞬時に追って木村絵美子が反応した。

「あ、いえ……失礼しました」

「よかったらどうぞ」

絵美子は少し得意げな笑顔とともに知佳を座敷に招き入れた。

「小野先生が実家から縁切りされたときに、持ってこられた本なんですよ」

「縁切り？」

絵美子は一瞬、気まずそうに沈黙したが、すぐに続けた。

「ほら、先生の家って、お金持ちじゃないですか、豪華な服とか着物とかたくさんあったのに、そういうのじゃなくって、自分の大切な本だけ持って出てこられたんですって。私だったら本じゃなくて服とかを持てるだけ持ってくると思うけど」

「いやいや、私なら、宝石とバッグ」などと笑いで応じながら、知佳は背表紙に目を凝らす。

組み立て式の粗末な本棚にぎっしりと詰まっているのは聖書や思想書、キリスト教関係者や文学者の手による随筆のたぐいが多く、あるものは黄ばみ、あるものは文字も読みとれないほど褐色に朽ちている。そのほかには途上国の人々が置かれた現状について書かれたレポートやノンフィクションがあり、知佳は興味を覚え、絵美子の許しを得て引き抜いて手にとった。

いずれもずいぶん古く、カラー写真などは色あせ目次を読んだだけで現代と状況がかけ離れているのがおもしろい。アフリカもアラブもまだイスラム過激派勢力の台頭はなく、搾取の歴史を持つ素朴で善良な人々の住んでいる地といったとらえ方がされている。アジアについては現在の発展など思いも寄らない貧しさと前近代的な社会が紹介され、持てる国に住む人々がそうした国々の人々、特に子供たちに対して何ができるのか、といった問いかけがなされている。フィリピンに関する本が特に多い。

「小野尚子さん、国際派だったんですね、意外だけど」

「ええ、以前はフィリピンのスラムとか、ずいぶん通ってたみたいですよ」

「ユニセフ関係？」

「さあ」と絵美子は首を傾《かし》げる。自分がここにやってくるずいぶん前のことで、詳しいことはわからないと言う。

明くる日、畑仕事や掃除などを手伝う傍ら、尚子からさらに話を聞いた。

昭和二十四年、戦後復興が本格的に始まった頃、京都にある老舗《しにせ》出版社、朱雀堂《すざくどう》の社長の長女として生まれた小野尚子は、二歳になったばかりの頃、父親が社屋を東京に移したのにともない、東京の文京区、本郷に引っ越してきた。

小学校から大学までは名門私立、T女子学院で過ごし、大学時代に一年間、イギリスに留学している。

とはいえその頃のことを尚子自身は多くは語らなかった。隠したいとか、思い出したくない、といったことではなく、裕福かつ安定した家庭で育ち、習い事もよくしたことなど、いかにも自慢気な内容になるのを避けているのだろうというのが、その人柄から察せられた。

「で、宮様との縁談などもあったとうかがっているんですが」

前日知佳が単刀直入に尋ねた際は、尚子は「縁談といったものはありませんよ」と笑って否定したが、この日、雑談の折に再度尋ねると、后候補として打診があったことを認めた。

「それで結婚することになってしまいましてね……」

「え、宮様と？」

目をしばたたかせると、尚子は慎ましやかだが何とも朗らかな笑い声を立てた。

「別の方とですよ」

后候補として名前が挙がったとたんに、両親が慌てて娘を結婚させたり留学させて国外に出したり、という話はよく聞くが、相手が天皇家以外の宮家でもそうしたことはあるらしい。

両親はまだ学生だった尚子の縁談を急ぎ、卒業を待ってさる国立大学に在籍する研究者と結婚させた。

気軽に孫にも会えないようなところに娘を嫁がせ、無用な苦労はさせたくないという親心だ。それならさっさと釣り合いの取れた相手と結婚させ、面倒な筋からの縁談を回避する、そんな意図だろう。

昭和四十七年、日本列島改造論の下、空前の土地ブームの吹き荒れた年のことだ。

さぞ格調高く豪華な式だっただろう、と知佳は想像する。写真が残っていれば、と思うがこの場でそれは叶《かな》わない。

家柄は対等、将来、日本の知をリードするであろう研究者の能力と、社長令嬢の財力の結婚。釣り合いがとれ、双方に益がある結婚だったはずだが、五年で破綻した。

「私も世間知らずでしたし、お互いにこらえ性のないところもありましてね」

少女時代のことと同様、尚子は多くは語らない。話せば相手の非をあげつらうことになる。恋愛と結婚が一直線に結ばれるロマンティックラブの幻想など、ポストバブルの時代に青春を過ごした知佳の世代にはもはやないが、それでも面倒な縁談から逃れるために仕組まれた、富と知的能力の結婚がどんな経緯をたどったかは、想像するに難くない。

言葉を濁した尚子が唯一語ったのは、見合いの席で相手が口にした言葉だった。

「僕は君を養うことはできない。研究者の収入はたかがしれているし、海外に出ることも多いから一緒に過ごせる時間も限られる。経済と生活全般については、君のことは君自身で面倒をみてほしい」

「最っ低じゃないですか、その男」

思わず我を忘れ、そんな言葉を発していた。「たとえ事実はそうだって、お金については苦労させるかもしれないけれど、君のことは大切にするから、とか言いません？」

尚子は苦笑するだけだった。

「その人、今、どうしてます？」

不要な質問ではあったが、尋ねずにはいられなかった。

「一昨年くらいに退官されて、今は名誉教授になられたとか」

「もちろん再婚なんかできませんよね」

「いえ、確かあなたくらいの歳《とし》のお嬢さんがいらっしゃるはず……」

離婚届を郵送し感情的にも金銭的にももめることはなく、小野尚子の結婚生活は終わった。

結婚後フェローとしてイギリスに単身渡った夫とは、もともと夫婦としての実質的な生活はほとんどなかったという。

「私の方も、乱れた生活をしていましたから」

「乱れた？」

婚外恋愛、という言葉を期待とともに思い浮かべた。

「アルコール依存です」

呆気《あっけ》に取られて尚子の日焼けした穏やかな顔を見詰めた。

これまでメディアで流された小野尚子に関する美談には含まれていない情報だ。

彼女がこうした施設を作り、問題を抱えた女性たちのために私財をなげうち、献身している理由がわずかながら見えてくる。

子供はいない、夫も家にはいない、就職経験もなく仕事もない。友人たちはそれぞれに家庭を築くか、働くかしている。窓から首都高速道路を見下ろすマンションの一室で、朝から酒に手が伸びた、と言う。最初は小さな缶ビール、それがワインになり、やがてウイスキーやブランデーに変わる。

ある日、酔ってセドリックを運転して実家に向かう途中、塀にぶつけた。幸い人を巻き込むことはなく、本人の怪我《けが》もなく、酒酔い運転についての罰則が今ほど厳しい時代ではなかったからさほど罪に問われることもなかった。だが、慌ててやってきた両親は娘の体と娘夫婦の住まいの惨状を目にし、結婚話を進めたときと同様の速やかさで離婚の手続きをした。

結婚生活の内情についてはほとんど聞けなかったために、後日、知佳はウィキペディアで知った小野尚子の結婚相手の名前をネットで検索した。

尚子の言葉通り日本の最高学府で名誉教授を務めている人物だった。大学人としては理事なども務め上げ、論文や学術書などの著作も多いが、一般書は書いておらずメディアに露出することもないため、世間的にはほとんど名前を知られていない。ただ大学関係者のブログには、過去に金持ちの娘と結婚したこともあるが、学生時代からのソウルメートとでも呼ぶべき女性との愛を貫き、裕福な生活を捨てて彼女と再婚した、とある。

不倫でも不貞でもなく、一学者の純情とロマンスとして語り草になっているそうした恋が、現実的利益のために結婚した法律上の妻の心をどれほど傷つけたのかは、想像するに余りある。

ソウルメートがどんな顔の女性であるのかわからないが、尚子の方は文句なく美しい。だが、パソコンの画面の前で、尚子の顔立ちを思い浮かべようとすると、いっこうに具体的な像が結ばないことに気づき、知佳は困惑した。

相貌失認《そうぼうしつにん》、とかいうやつか、と怖くなったが、他の人々、元看護師の榊原という老女や中富優紀代表の顔は思い浮かべることができるから、それとも違う。

尚子の顔立ちだけが印象に薄い。にもかかわらず美しい。所作、言葉遣い、何よりこちらと、周りの人々、別れた夫までをも思いやり、傷つけまいとする配慮が、類希《たぐいまれ》な優雅さ高貴さとなって、光背のようにその身体《からだ》を輝かせている。

すべてが内面的なものだ。

だが外見はどうだろう。ごま塩の短い髪、顔だけでなく顎や首筋まで陽《ひ》に焼け、艶はあるが無残に皺の刻まれた肌。清潔だが古びたトレーナーとズボン。

顔立ちの特徴は思い出せない。あえて言えば特徴がない、ということが特徴なのか。にもかかわらず美しい顔だった。すべては表情によるものだ。

印象に残らぬ顔の造作は、全体に小作りということからくるのかもしれない。細く切れ長な目、小さな口元、小さな顎、細い鼻筋。頬がふっくらして色白なら、古典的で高貴な顔として印象に残るのかもしれないが、日焼けし痩せた面立《おもだ》ちにはそんな貴族的特徴は見いだせない。

後日、小野尚子の級友であった女性に会って、少女時代からの写真を見せてもらったときもその印象は変わらなかった。内面が備わっていない若い時代に、尚子が同年代の女性たちの中にまぎれたら、男にとっては必ずしも魅力的な女には映らなかっただろう。残酷な話ではあるが、欲得《よくとく》ずくで結婚した男を大いに後悔させたかもしれない。

離婚後、小野尚子は同じ敷地内に兄が一家を構えている実家に戻り、独身時代のように両親とともに暮らしたが、酒浸りになった体も心もそう簡単には元には戻らなかった。

体を壊して入院し、治って退院してもすぐに酒に手が伸び、それだけでは足らずに睡眠導入剤の乱用も始める。虚《うつ》ろな目で自宅の近所をふらつきながら歩く娘をみつけては、老境にさしかかった父が手を引き、抱きかかえるようにして自宅に連れ帰る。タクシーの車内で意識不明となり警察から連絡が入る。毎日のように洗面所を汚し、ベッドに失禁する。喉の渇きに苛《さいな》まれ、吐きながらビールを飲む。蟻《あり》のようなものが皮膚の下を動き回るのがはっきり見える。

「アルコール依存というのは、ニュースやドラマで取り上げられているよりはるかに怖いものなのですよ。阿鼻叫喚《あびきょうかん》の地獄。でも辛《つら》いだけじゃないからもっと怖いの。入院して一時お酒が抜けてみると、今度は体も心も空っぽだと感じる。たとえ地獄でも魔物でも、それまで体と心を満たしていたものがあったけれど、お酒が抜けると何もない。それで戻ってきて、家族が油断した頃、そっと飲んでみる。三時の紅茶の中にこっそり、ほんの一滴。ほのかな香りが立って、本当にこれがあれば何もいらないと思うくらい気持ちいいの。これで死んでもいいと思えるくらい。断酒の後のお酒というのはそういうものなのよ。それで奈落の底に転落していく……」

知佳は唾を呑み込みうなずく。

そんな中、父親が出張先で急死する。心筋梗塞だった。歴史ある老舗出版社の経営を一身に背負った挙げ句の「戦死」、と業界紙などでは報じられたが、仕事上の重責以上に、尚子は自分が父の心身に大きな負担をかけていたことを自覚していた。

その後、経営権をめぐるトラブルも加わり、四十九日を待つこともなく母が倒れ、都内の病院に入院した。

だるい体を何とか起こし、その日尚子はパジャマや下着、タオルなど必要なものを急いで揃《そろ》え、病院に行ったが、ベッド上の母は目を閉じたままで何の反応も示さなかった。

このまま父の後を追ってしまうのではないかと激しい悲嘆の感情に見舞われ、「お母様」と呼びかけ、静脈の浮いた手の甲に自分の掌《てのひら》を重ねたその瞬間、意識を失っているように見えた母は、激しい勢いでその手を振り払った。目を閉じたまま眉間に皺を寄せ、歯を食いしばっていた。自分の息も肌も、甘ったるい熟柿《じゆくし》の匂いを放っていたことは、後から知った。

両親ともいなくなった母屋で、尚子はその後も心配してやってくる兄嫁の手をやかせながら生活していたが、ある日、その兄嫁に向かい、根拠のない言いがかりをつけた。母に拒否されたことを、勝手に兄嫁の言動に結びつけ、被害者意識に苛まれていたようだ。執拗《しつよう》な恨み言に辟易《へきえき》し、なだめることも弁解することも諦めて別棟に逃げた兄嫁を追いかけ、泣いてすがり、責め立てた。

翌日、昼とも夜ともつかない生活を送っていた尚子のベッド脇に兄がやってくると、有無を言わせず部屋から連れ出し、車に乗せた。それまで幾度か入退院を繰り返していた病院に連れて行かれるのだと思っていると、車は高速道路に入った。

夕刻、降ろされた場所は、旧軽井沢にある小野家の別荘だった。唐松林に囲まれたその場所は、夏場はそこそこ賑《にぎ》わうが、晩秋に入ったその時期、訪れる人もなく凍り付くような静けさの中に沈んでいた。

「ここで頭を冷やせ」

よほど腹に据えかねたのだろう。それだけ告げて兄は東京に戻っていった。

別荘は、最盛期には社員の研修、厚生施設として使われていたこともあり、小型のホールまで備えた三百平米を超える建物だった。財布にも口座にも十分な金があり、別荘近隣の馴染《なじ》みの店に電話をかければ食べ物でも燃料でも配達してもらえる。

何の不自由もない療養生活が保障されており、だからこそ兄もそうした思い切った行動に出たのだった。だが生活音も人の温《ぬく》もりもない古く広大な別荘の南側の座敷に腰を下ろしていると、真昼でも闇の底を這《は》うような孤独がひしひしと迫ってくる。季節の変わり目でもあり、木造家屋のそこかしこがきしむような音を立て、雨戸と二重ガラス戸を通し、吹き渡る木枯らしの冷たさが肌の上に感じられる。

ある日の早朝、眠れぬまま部屋着の上にカーディガンをひっかけただけの姿で、逃れるように尚子は別荘を出た。手足をかじかませてたどり着いたのは、別荘地の端に建つ小さな教会だった。

尖塔《せんとう》もステンドグラスもない、木造モルタル造りの町内会館のような建物の玄関扉に、「すべての重荷を負うて苦しんでいる者は私のもとに来なさい。あなたがたをやすませてあげよう」という聖書の一節が手書きされた紙が貼られ、集会の日程が書いてあった。

林の中に点在する家々のどこもしっかりと施錠された十一月の別荘地で、その建物にだけは鍵がかけられていなかった。靴を脱ぎ上がり込んだ礼拝堂には、灯《あか》りも火の気もなかったが、ストーブの灯油の匂いがわずかに漂っており、人の温もりが感じられた。

正面の壁に木製の十字架がかけられ、田舎の学校の教壇のような説教台があるきりの、がらんとした板の間だ。

寒さと静けさの中で、壁にもたれてしゃがみ込んでいると、数人の人々が入ってきた。初対面だというのにごく近所の見知った人に対するように気さくな挨拶をする。

集まってきた人々は手際良く折りたたみ椅子を出して並べていき、尚子は声をかけられるままに日曜礼拝に参加した。

「心の支えが必要だったのでしょうね、その頃の私には」と尚子は述懐《じゅつかい》した。

それまで特定の信仰は持っていなかったが、母がカトリックの洗礼を受けていたからキリスト教には馴染みがあった、と尚子は語った。

「幻想も抱かないかわりに抵抗感もなかった、と？」

知佳が尋ねると、少し意地の悪い質問に気を悪くした風もなく、「人にはもともと祈る心が備わっているような気がします、宗派宗教を問わずに」と微笑して答えた。

礼拝後、帰りかけた尚子を牧師の妻がお茶会に誘ってくれた。断ったつもりが、肩を抱かれ、有無を言わせず石油ストーブで温められた二階に通されていた。

霜の降りるような気候の中、部屋着に薄汚れたカーディガン一枚で、酒臭い息を吐いて教会の床にうずくまっていた女の事情を察して、手を差し伸べてくれたのだろう、と尚子は言う。

そこにいる人々の談笑の輪には入ることはできなかったが、お茶会が終わり、女性信者が茶碗《ちゃわん》を洗いに立つと、牧師の妻は自分の分厚いウールのコートを尚子に手渡し、「すまないけれど」と前置きし、そこにいた四十歳くらいの女性の手を引いて自宅まで送って行ってくれないか、と頼んできた。

硬い表情を崩さない女性は、お茶会の間も片隅にひっそりと座っていた。一見したところはわからなかったが、カップとの距離を測りかねるように伸ばした手のぎごちない動きに、目が不自由なのだと気づいた。後から聞いたところによれば、進行性の眼病を患っていて治療の方法はなく、今はぼんやりと見えているが数年後には全盲になるということだった。

火災で一緒に亡くなることになった榊原久乃との出会いだった。

足下の覚束《おぼつか》ない久乃に腕を貸し、尚子は彼女の家に向かった。

自分が人の手を取り、導いていく。困惑し、感動する、不思議な経験だった。

道々、久乃は、自分はこの地域にある公立病院の看護師であると語った。今は病気休職中だがいずれ退職することになるだろう、と言う。実家は東北だが、そちらには戻らず、今は佐久《さく》市内にある鍼灸《しんきゅう》マッサージ学校に通っている。看護師の経験はそうした仕事をするうえで大きな助けになるはずだ、という口調は、決して明るくなかったが、確信に満ちていた。

「普通ならその言葉に励まされ、前向きに生き直そうと決意するところなのでしょうけれど、私はもう、想像しただけで体中の力が抜けるような、この人は自分とは違うんだと、こういう人のそばにいたら気が滅入《めい》るばかり。できる限り関わるまいと思ったのですが」と尚子は苦笑した。

後年、その彼女とともに共生施設を立ち上げ、行き場所のない女性たちを受け入れて、挙げ句に彼女と一緒に死ぬことになるとは、想像もしなかったに違いない。

それからしばらくの間は、榊原久乃との接点はなかった。

日曜礼拝から始まり聖書の勉強会とお茶会、近隣の障害者施設に赴いてのボランティア活動、と教会の行事に頻繁に参加するようにはなったが、酒と縁が切れることはなかった。

別荘地の教会に通う人々の人間関係は思いの外複雑で、地元住民から切り離されているだけでなく、別荘族の交流からも外れている。閉じられた集団の中で人間関係に配慮しようとすればするほど疲れ、ときには不愉快な諍《いさか》いに巻き込まれることもある。一方、酒臭い息を吐きながらやってくる尚子を何とか救ってやりたいという人々の真心が、本人にとっては辛い叱咤《しった》激励に感じられ、苛立《いらだ》った相手からの非難に耐えられず、さらに酒に逃げる。

しばらくした頃、牧師夫妻は軽井沢の教会から富山に異動になり、代わりに神学校を卒業したばかりの独身者がやってきた。牧師としてのキャリアはないが、二十年近いサラリーマン生活を経験してから牧師を志した人なので、社会経験は豊富だった。仲間の女性に叱咤されながら、正体もなく酔って教会に連れて来られる尚子を見て事情を悟った新牧師は、礼拝が終わった後、別室に尚子を呼んだ。

小さなティーテーブルを挟んで向かい合った彼は、他の人々と違い、説教することも叱ることも励ますこともしなかった。

ただ「ここに顔を出してみなさい」と一葉のリーフレットを手渡した。「白百合会」というところが主催している女性のアルコール依存症者のためのクローズド・ミーティングのお知らせだった。

「白百合会」は、当初は超教派のクリスチャン女性団体として出発し、明治期に廃娼《はいしよう》運動の急先鋒《きゆうせんぽう》に立った組織だったが、戦争と高度経済成長期をへて、その活動の幅を貧困な母子の救済や女子受刑者の更生支援、DVシェルターの運営、薬物やアルコール依存のリハビリテーション組織の立ち上げと支援といった、女性一般の問題解決へと広げていった。同時にその活動にはキリスト教団体だけでなく、一般の慈善団体、七〇年代以降は一部のフェミニスト団体も加わり、会は全国組織に成長していた。

他の断酒会と違い女性しか来ないから、と熱心に勧められ、翌週、尚子は気がすすまないまま、牧師の車で送られて「白百合会」長野支部が主催するミーティングにでかけた。

そこで覚束ないながら立ち直りの手応えを得た。

「本当に親身になって話を聞いてくれるスタッフに出会ったのです。朝からお酒を飲んで赤ちゃんにお乳をあげられないというお母さんや、お酒のために離婚されて子供と会うことも許されず、せっかく見つけた仕事もお酒でクビになってしまったという人や……。いろいろな人がいろいろな苦しみや事情を抱えていました。そんな中で私はどれほど恵まれていたかを初めて知りました。これまで生きてきた中で、だれも私を殴ってけがをさせたりしなかったし、お金が払えなくて電気を止められたり、火の気のない部屋でお腹をすかせて泣く子を抱きしめて眠ったりしたこともなかった。大事に育ててくれた父や母や可愛《かわい》がってくれた兄たちへの感謝を忘れてわがままばかり。思い通りにならないと地面に転がってわあわあ泣く子供と同じでした。『白百合会』に出合って人として成長する機会をいただいたの。それまでの私は確かに習い事もしていたしお作法も身につけていたかもしれない。けれどお嫁に行ってお母さんになる歳だというのに、私の心は子供のままだった。お料理したり、お客様のためにきれいにテーブルセッティングしたりすることはできても、旦那様の心を受け留めることもできなかった」

上流家庭の有様や、そうした家の娘たちに用意された結婚の実態など、普通のサラリーマン家庭に育った知佳にはわからない。それでも一見、仲むつまじくかつ礼節を保った理想的な家族の内側にどんな空洞が広がっていたのかは想像できる。それが露呈したのが研究者との結婚生活だったのだろう。決して尚子の言うような恵まれた状態とは思えない。だがそうした秩序立てられた穏やかな冷たさに比べ、おそらくミーティングで尚子が出会った女性アルコール依存症者が経験したのは、貧困、暴力、性暴力、虐待といった、直接、身体を脅かす苛烈《かれつ》な現実だった。

「お酒をやめるというより、みんな、生き直したがっていました。私も同じ。生まれ直すことはできないけれど、生き直すことはできるんですよ。努力と、私自身が周りを見る眼差《まなざ》しを優しく変えるだけで」

気がついたときには、一滴の酒も飲まずに一週間が過ぎていた。それが一ヵ月に延び、三ヵ月に延び、やがてサポートされる側からサポートする側に回っていた。

ミーティングや専門家による講演会の準備、広報活動、ローテーション表の作成から封筒の宛名書き、集会所の片付けや掃除まで、小野尚子はスタッフの一人としてあらゆる仕事を引き受けるようになっていた。

軽井沢の別荘を出て、スタッフの紹介で長野支部の近所にアパートを借りた。軽量鉄骨の、隣の部屋のテレビの音が漏れ聞こえてくるような2ＤＫだったが、充実した生活だった。

だが白百合会の活動の中で、尚子は女性たちのアルコール依存は、単にアルコールの問題だけではないことに気づいていく。

アルコール依存と覚醒剤その他の薬物依存は法律的には遠いが、依存症者たちの直面する現実は近い。性依存や摂食障害、子供の虐待や売春なども重なり合っている。

やがて尚子はアパートを引き払い、白百合会が薬物やアルコール依存症者のリハビリを目的として設立した「聖アグネス寮」に居を移す。

一通りの治療を終えた人々が共同で暮らすことによって互いに支え合い、励まし合って社会復帰を目指す自助組織が「聖アグネス寮」だった。実際のところ、そこは福祉制度の網からこぼれ落ちてしまうような女性たちが、貧困や暴力、虐待といったものから、ときに幼い子供を連れて駆け込んでくるシェルターの役割も果たしていた。

自堕落、意志薄弱と見なされる女性の依存症者の背後には、薬物や酒に逃げざるを得ない肉親による性暴力や虐待、配偶者による暴力といった事情が潜んでいる。

全国、十四ヵ所ある「聖アグネス寮」の所在地は明らかにされていない。暴力夫や性的虐待を加えた親族、暴力団などが、逃げた女性を探して乗り込んでくる可能性があるからだ。

住宅地の一画にある古い社員寮を借り上げた「聖アグネス寮　松本」の管理人室の六畳に住み、尚子は雑務を引き受けながら、スタッフの一人として働くようになる。

軽井沢の教会で出会った元看護師、榊原久乃と再会したのは、その施設でのことだった。

病気が進み、すでに全盲になっていた榊原久乃は、マッサージ師の国家資格を取得しており、白百合会を通じて事故や病気の後遺症を抱えた入居者のために週に二回ほど聖アグネス寮を訪れていた。

中途失明の後、訓練校に通い、資格を取ってまだ日が浅いというのに、久乃は持ち前の意志の強さ、生真面目さによって、技術を確実なものにしていた。そしておそらく天性の勘の良さのようなものがあったのだろう。掌を当てられ、そっと撫《な》でられるだけで、内臓系の疾患による痛みや頸椎《けいつい》ヘルニアの頑固な痺《しび》れまでが和らぎ、体が温まってくるという、何やら超自然的な力があるかのような評判までが立っていた。

実際に大人だけではなく、赤ん坊の夜泣きなども頭から首筋を撫でてやっただけで治した。

目を閉じた厳しく不機嫌な面差しとは裏腹に、彼女は神秘的な力によって人々の体と心を癒す。直接、体に触れなくても、手を近づけただけでその部分が温まり、安らかな気分になって、痛みが消えていく。信仰を持つ者の起こした奇蹟《きせき》なのだ、と尚子は言うが、知佳は、もちろんそんな力の存在を信じてはいなかった。

もともと百ワットの電球と同じ位の熱量を発散している人間の体であるから、掌をかざせば温かく感じるのは当然で、看護師のキャリアから人の体の仕組みを知り尽くしていることもあり、マッサージ師の免許を取って日が浅くても適切な施術ができたのだろう、と思う。

理屈ではわかっている。それでもインタビューのために滞在した二日間、久乃の沈黙と厳粛な表情に、神秘的でどこか不気味なものを感じていた。特に閉じられた瞼《まぶた》の下の目には、視線を感じることがあって、背筋がぞくりとして振り返ると果たしてこちらに向けられた久乃の顔に出会い、そのたびに確かに自分は、心の奥底まで見透かされているという感じにとらわれた。

聖アグネス寮で尚子が再会した当時、久乃は市内の整骨院に勤めていたが、もともとそうした希望があったのか、しばらくして尚子同様、スタッフの一人として聖アグネス寮に住むようになった。

確かに様々な依存症のリハビリや心身に問題を抱えた入居者にとって、その「神秘の力」がより効果を発揮したことは想像に難くない。

三十代のはじめから七、八年の間、尚子はそうして白百合会の運営する「聖アグネス寮 松本」で過ごしていたのだが、その間に聖アグネス寮は幾度か資金難に見舞われた。一九九〇年代に入ると、もはや活動を縮小せざるをえないところにまで追い込まれ、全国に十四ヵ所あった「聖アグネス寮」は合併統合、あるいは廃止され八ヵ所に減り、かわりに教会や公民館などの一室を借りて、ミーティングや相談会、交流会を行うようになり、共生の場としての「寮」はなくなりかけていた。

バブルが崩壊し、それまで大金を寄付してくれていた慈善団体が、母体である企業の経営悪化を理由に、次々に活動から手を引いていったからだ。チャリティーや個人の寄付で賄われる教会や市民団体の支援では資金が持たなかった。

「聖アグネス寮　松本」もそうした事情から閉鎖が決まり、入居者やスタッフは個々に家を借りるか、それぞれの家庭に戻るか、あるいは可能であれば母子寮などに入居し、ミーティングにのみ通いで参加するという方向で対処することになった。

そのとき尚子は十年前の冬に出たきり空き家になっている軽井沢の別荘のことを思い出した。

父が亡くなり、その後、脳梗塞で倒れて長く入院していた母も、四年前に他界していた。

離婚とアルコール依存症で父親の命を縮め、家名を汚し、兄やその家族にも迷惑をかけた。そんな娘のことを母は最後まで許さなかった。尚子が見舞いに訪れても、看護師に「帰ってもらって」と告げて病室に入れなかった。

だがその母が亡くなったとき、兄は尚子に遺産の相続放棄を迫ってくることはなかった。縁を切り、法要その他についても今後連絡は一切しないという条件で、税理士と相談したうえ、そこそこ公正な形で遺産分割した。

株式や債券、預金の一部が小野尚子名義になり、不動産に関しては、旧軽井沢にある六百坪の土地と老朽化した木造の建物が尚子のものになっていた。

いくら遺産を相続したとはいえ、個人の資産によって「聖アグネス寮」の組織をこれから先ずっと維持していくことはできない。しかし閉鎖した「聖アグネス寮　松本」のかわりに、軽井沢の別荘を提供することはできる。

寒暖の差が激しく、湿気の強い軽井沢の気候の中に十年も放置していたのだから、建物はそうとうに傷んではいた。それでも直せば聖アグネス寮松本のメンバー全員が移り住むには十分な広さがある。また六百坪の土地を活用し、畑や作業場を作りメンバーが共同生活するだけでなく、ある程度自活していくことも可能だ。近所にはアルコール依存症の尚子にかつて手を差し伸べてくれた教会もある。

そうした尚子の提案は、他地域の聖アグネス寮のスタッフや白百合会の理事たちから一蹴された。

資金がショートする以前から、「聖アグネス寮」は問題をはらんでいたのだ。

依存症やＤＶ、虐待などによる心的外傷のリハビリ施設として開設された「聖アグネス寮」の目的は社会復帰だった。問題を自力で解決するのを支援し、あるいは助け合い支え合いながら、できる限り速やかに一般社会に戻って行かなければ意味がない。ところが各地にある「聖アグネス寮」では、メンバーが固定化してしまっていた。リハビリが終わった人々がスタッフになり、新入りを受け入れる。決して自慢するようなことでもないのに先輩風を吹かせたり説教したりする者が出てくる一方で、似たような境遇にある者同士の集まりで、質素な暮らしではあるが経済的な切迫感もない、ある種の居心地良さと安定感の上に居座り、外の世界へ戻る意欲を失う人々も出てくる。

メンバーの厚意によって寄付された別荘で、家庭菜園や工房のような生産手段まで提供されて一緒に住むようになったら、ますます閉じられた世界へ引きこもり、人々の善意に安住し社会復帰が遠ざかる。

そうしたことは尚子にも理解できた。それでも閉じられた、温かい世界を必要とする人々がいた。行政や市民団体、宗教団体が組織として用意したセイフティーネットからこぼれ落ちる人々もいる。支援があるとはいえ自力解決や自助努力などとうてい無理なほど傷ついた人々、弱い人々がいる。

幼い頃から家族による性的虐待を受け、十四の歳から食べ物と寝場所を求めて売春し、産み落としたばかりの嬰児《えいじ》を放置死させて逮捕された女性には、服役後も一般社会への復帰の道は実質的に閉ざされていた。やはり十代から暴力団幹部の愛人として暮らしてきた女は色鮮やかな刺青《しせい》を入れていたが、それが原因で発症した肉芽腫のために、背中の虚空蔵菩薩《こくうぞうぼさつ》は、無数の凹凸に埋もれ変形していた。二十歳《はたち》そこそこで総入れ歯になった原因は薬物ではなく、性技のために抜いたものだった。

手首から肘まで、びっしりとリストカットの痕が残る幼児連れの女性は、六年の間に四回の結婚、離婚を繰り返し、そうして関わった男のほとんどから暴力を振るわれ、片耳の鼓膜が破れている。

そうした人々にとってリハビリ期間が終わったとして、スタッフの励ましとともに木枯らしの吹きすさぶ外の世界に押し出されるのは恐怖でしかない。あるいは決意と希望を胸に旅立っていった先で、耐え難い偏見にさらされることもある。

行政の支援の下、アパートを借りて簡単な仕事に就き、白百合会の主催するミーティングに通ってきても、一人暮らしの部屋や健康な家族のいる家が、必ずしも彼女たちにとっての「自分の帰る家」にはならない場合もある。

尚子はそうした人々が、より長い時間をかけて依存症や病気そのものではなく、暴力や虐待、病気などによる心身の傷痕が回復し、生きて行く力と信頼感を取り戻せる場所を作ることを目指した。

最終的に尚子は白百合会の理事たちや「聖アグネス寮」の施設長たちと別れ、「聖アグネス寮 松本」の一部のスタッフや入居者とともに軽井沢に移り、女性たちの共生の場を新たに作った。そしてそれは確実な成果を上げた。

組織として「聖アグネス寮」から独立はしたが、小野尚子は白百合会と決裂することはなかった。その後も白百合会の支援を受けながら聖アグネス寮の理事たちと交流を持ち、円満な関係を保ち続けたのは、おそらく小野尚子の人徳によるものであったのだろう。そして尚子の方も、自らの設立した共生施設について白百合会に敬意を払い、許可を得た上で、「新アグネス寮」と命名している。

　資金を節約するために、「新アグネス寮」の建物の修繕についてはできるところは自分たちで行った。引っ越した夏には、簡易トイレを屋外に置き、別荘の居間をブルーシートで囲い、身を寄せ合って寝泊まりするような状態だったのだが、慣れない手つきでペンキを塗り、床を張り直し、屋根裏部屋を作り、次第に空間を拡大し、本格的な冬を迎える頃にはかくべつ不自由なく十数人が暮らせる施設になっていた。

「聖アグネス寮　松本」からだけではなく、他の聖アグネス寮からも尚子の熱意と人柄にほだされ、数人のスタッフが付いてきた。その中には盲目の元看護師、榊原久乃もいた。そして尚子は自ら「世話人」と名乗りながら、事実上の施設長として多くの問題を抱えた十数人の入居者とスタッフの相談相手となる。

　傷ついた者たちが必ずしも労《いたわ》りあうわけではない。相性もあるが、憎しみや恨みといった負の感情は、より先鋭的な形で出る。小競り合いや子供たちまで巻き込んだ喧嘩《けんか》、派閥を作っての対立などは日常茶飯事だが、だれかが追い出されたり暴力沙汰が起きたりといったことにならなかったのは、どこまでも真摯《しんし》に彼女らの話を聞く尚子の姿勢によるところが大きい、と後日、中富代表は知佳に語った。

もっとも中富優紀が新アグネス寮にやってきたのは取材の七年前の事で、尚子が入居者を引き連れて軽井沢に移った九〇年当時はそこにいない。それでも尚子の入居者への接し方を見ていると、彼女でなかったら、問題を抱えた女性たちが共に暮らすということは叶わなかっただろうと言う。

新アグネス寮の維持に関わる雑務を引き受け、入居者の一人一人と向き合うかたわら、尚子はその資金面をも支えた。

個人資産を注ぎ込んだだけでは、数年と持たない。運営資金を捻出するために、それまで縁のあった教会や市民団体を回り、新たな支援者を募る。旧軽井沢に居を構える学者や文化人、そして一部の芸能人の間で、小野尚子は知られた存在となっていく。だれもが彼女の真摯な態度と熱意に心を打たれ、最初は懐疑的であっても誘われるままに新アグネス寮にやってきて、そこに流れる温かく穏やかな空気に触れたとき、彼女の志すものに偽りがなく、多くの組織や人々が挫折した試みが、着実に実を結んでいることに気づく。

そうして追跡や暴力から逃れるために所在地を知られてはならなかった避難所、「聖アグネス寮」とは対照的に、「新アグネス寮」は知名度を上げ、著名な人々に守られることで、ストーカーも元暴力夫も暴力組織も手を出せない存在になっていった。

女性たちのために尽力する一方で、尚子はマニラのスラムにも頻繁に出かけている。

北側の座敷の本棚に並んでいた書籍の中に、フィリピンに関する本がたくさんあることについて知佳が質問したところ、小野尚子は十代の頃から、途上国、特にフィリピンの貧困と子供たちの問題に関心があったのだと語った。

白百合会に所属しているさる名門女子校の同窓会が、それまでもフィリピンのスラムにおもむき奉仕活動を行ってきたのだが、あるとき通訳をしてくれるはずのシスターが、病気で倒れてしまった。現地で彼女たちを迎える修道会はフランス系のところで、英語だけでは用が足りない。そのとき留学先でフランス語とスペイン語を学んだ尚子に白羽の矢が立つ。

アルコール依存症から回復し、白百合会でスタッフとして働き始めたばかりの頃のことで、役に立てるかどうか、と躊躇しながら尚子は引き受けた。

「あのお嬢様学校の同窓会が、スラムでボランティアですか？　お金持ちの専業主婦が？」

尚子の言葉を遮《さえぎ》り、知佳は思わず皮肉っぽい口調で質問した。

「ノブレス・オブリージュ……でしょうかね」と尚子はつぶやくように言った。

高貴さや財力には義務が伴う。聞いた瞬間に、知佳は自分の育ちの悪さに恥じ入った。

「いえ、山崎さんのおっしゃるような側面もないとは言えなくて」

尚子は控えめに語り出した。

マニラのスラムで子供たちに食事を配ったり、衛生知識の向上のために紙芝居をする、などという活動は、一週間の旅程のうちのわずか一日で、それ以外は、目も眩《くら》むばかりに壮麗な教会で執り行われる、荘厳な儀式の数々に費やされた。迎えてくれた神父や修道女の美しい長衣《ちょうい》や、宿泊所を兼ねた修道院の、白い壁と芝生の緑の鮮やかなコントラストは、錆色《さびいろ》のトタン屋根とコンクリートブロック壁の家が建ち並ぶスラムの景観との落差を際立たせるばかりだ。

そしてそのたった一日のボランティア活動も、修道院にほど近い、海岸沿いの木製通路の両端に整然と小屋が並び、治安もすこぶる良い、スラムとも言えない一画で行われた。

そんな活動内容ではあったが現地で出会ったボランティアスタッフとの縁が、その後、十三年間にわたり、頻繁に尚子をマニラに向かわせる。現地のカトリック教会と連携し、通り一遍の医療援助からこぼれ落ちてしまう子供たちのために、草の根的な活動を展開しているNGOがあった。そのNGOの指導の下、尚子はスラムの中の一軒にホームステイし、教会の開設している小さな診療所でシスターを手伝うようになった。

子供たちはスラム裏手のゴミ捨て場で、空き缶や瓶、まだ使えるものを拾って、生きるのに必要な金を得ている。そうしたところに入り込む子供たちの怪我は日常茶飯事だ。数キロ離れたところまで悪臭が漂ってくるようなゴミの山の汚染はすさまじく、ちょっとした擦り傷、切り傷が膿《う》んで手足を切断することになったり、破傷風などに感染して命を落とすことも多い。

スラムの診療所に医師はおらず、看護師さえ不在にしていることが多かった。それでも死に瀕《ひん》するまで病院に行かないスラムの住人にとって、重症になる前に傷口を清潔な水で洗い、清潔な布で保護してくれる診療所の存在意義は大きい。

「朝一番で子供たちが蛇口に並んで水を汲《く》んでくるでしょう、それを大きなお鍋に入れて煮沸《しゃふつ》して、瓶にためておくの。怪我や病気はきれいな水さえあれば、たぶん八割は治るかもしれない。それとサンダルや運動靴。清潔な衣服があればもっといい……ワクチンとか薬とか粉ミルクは、その後でいいのよ。その頃の事で思い出すのは、朝から晩まで、お湯を沸かしていたことばかり。赤ちゃんが生まれるとか、大きな怪我をしたとかいうとますます足りなくなる。石油コンロでは間に合わないのでどうしようかと思っていたら、シスターが湯沸かし器を作ってくれたのよ。かまどの上にドラム缶を置いて、廃材とかゴミを燃料にするの」

「シスターが？　あの真っ白なカラーとベールをつけて？」

知佳が尋ねると尚子は笑って写真を見せてくれた。グレーの頭巾でスカーフのように髪をまとめたズボン姿の中年のフィリピーナが、シャツを腕まくりしてかまどに廃材を突っ込んでいる。

「ペンキとか接着剤とかついているから、燃やすと目や喉が痛くなったり気分が悪くなったりするんだけど、それが一番安い燃料だから」

「それにしてもこちらで日夜、女性たちのために働いて、そのほかにマニラのスラムでボランティアって、小野さんのその元気の源は、一言で言うと……愛ですかね」

女性インタビュアーの定番ともいえる質問の仕方をすると、尚子は慎ましやかな笑みとともに軽く拳を作った。

「私は何も与えていない。子供たちが元気をくれるんですよ。それにスラムとアグネス寮の活動とは、決して無関係ではないんです。私自身が本当にお酒と縁が切れたのも、スラムの子供たちのおかげですし。私も含めて、お酒とか薬とか悪い男の人に溺れるのは、その向こうの死に誘惑されているということなの。そんなとき人は死ぬことと仲良しになりたがっている。日本は豊かなのに、そういう人がたくさんいるけれど、スラムの子供たちの顔は笑顔で輝いているの。信じられないかもしれないけれど、泥や煙で真っ黒に汚れていても、目はきらきら輝いていて、汚水の流れる路地を跳ね回っている。彼らの周りには光が溢れているの。あの子たちの心の底には生命の泉が宿っているみたい。どんなことにも喜びをみつけ、その喜びを活力にして生きていく。それはなぜなのかしら。私たちが忘れたものを持っているから。私は洗礼を受けたこともないし、何か特定の信仰もないのだけれど、神様が与えてくださった喜びの泉はみんなが胸の奥に持っている。そんなことをあの子たちは教えてくれる。だから私は、スラムに入って行ったんだと思うの。みなさんがおっしゃるようなボランティアとか、慈善事業とかじゃなくて、私があの子たちから大切なものを教えてもらうために、私はスラムに入った。傷口を洗ってあげたり、出産の手伝いをしたり、なんていうのは、ほんの小さなご恩返しなんですよ」

知佳はうなずいて聞いていた。いかにも小野尚子らしい言葉だったが、彼女が特定の信仰を持っていないというのは、何度聞いても意外な気がする。その行動も発想もイメージはクリスチャンなのだが、ひょっとすると無宗教者の多い日本で、より多くの支援者を獲得するために、信仰表明をあえて避けているのかもしれないとも思った。あるいはそれが仏教であっても神道であっても本物の信仰とは、彼女のような信念と行動を伴うものなのだろうか。

だがこうしたマニラ行きは、やがて尚子が四十五歳になったときに終わる。

「本当に恥ずかしい話ですけど、向こうで病気になってしまったのですよ。高熱が出ましてね、シスターがすぐに病院に連れていってくださった。神父様たちが病気になったときに診てもらうところ。すごく豪華な病院でしたね。そこで最先端の治療を受けて。たぶん現地の普通の人にとっては想像も及ばない世界でしょうね。少し気分が良くなった後も、ずっと退院の許可が出なくて、毎日検査。リゾートホテルみたいな部屋にいたんだけど、あるときとうとう逃げ出すようにして退院したんです。お金は保険で賄えたけれど。それでスラムに戻ったらその日のうちに具合が悪くなって病院に逆戻り。しばらく向こうの病院にいたけれど、これ以上は良くならないと言われてしかたなく帰国しました。結局、みなさんにご迷惑をかける結果になってしまって……とにかく、もう体中が痛くて痛くて、関節も筋肉も喉も全部。肌は発疹《ほっしん》だらけで真っ赤。恥ずかしくて顔も上げられなかった。それだけじゃなくて、太陽の光に当たると疲れて、動けなくなってしまうのよ。本当に息吸って吐き出すのも疲れて、まるで吸血鬼ですよ。こちらに戻ってきてからも何ヵ月もサングラスをして布を被っていました」

「怖い病気があるんですね、向こうには」

思わず身震いした。

「いえ、感染症なんかじゃなくて、自己免疫疾患。何年も前の不摂生のあとが、やはり無理すると出てしまうのですね。それで体の中で眠っていた病気が発症してしまったのでしょう」

「過労ですよ、過労」

いつの間にか傍らに来た中富優紀が軽い口調で言葉を挟んだ。

「先生、働き過ぎです。若い子たちもいるんだから。でんと構えていればいいものを、とにかく身を粉にして働きまくるんです。のんびりお茶飲んだりしてるときなんかないでしょう。動かないのは、入居者の話を聞いてるときだけ。はっきり言って私、立場、ないですよ。先生と高齢の榊原さんにどぶ掃除なんかされたら、ゆっくり事務所で書類整理なんかしてられないじゃないですか」

「そうね、働いて体を壊してみんなに迷惑をかけたら、元も子もないものね」

「で、病気を克服されて……」

　知佳が尋ねた。

「克服というのか……これもまたおかげさま、ですよ。漢方というか、中医学《ちゆういがく》の名医の方がいらっしゃって、中国の有名な医大を出られたとか。漢方薬と鍼《はり》も打ってくれたの。それこそお医者様に見放されたなんていう患者さんが日本全国から集まって来るの。そこで二年か三年かけて、もう来ないで大丈夫ですよ、と言われたときはうれしいけれど、少し淋《さび》しかったわね」

「でも治って、本当に良かったですよ。で、その後、マニラには？」

　優紀が顔をしかめ、無言で片手を振った。

「持病だそうで、環境によって再発してしまうかもしれないので、また、みなさんにご迷惑をかけてしまっても困りますからね」と尚子は苦笑する。

　尚子の病気は幸い回復し、新アグネス寮の活動は軌道に乗り、入居者は社会復帰を果たし、また新たな入居者を迎え、あるいはスタッフとして残るといったことを繰り返して十余年の時が流れたとき、尚子たちは西軽井沢への引っ越しを決めた。

東日本大震災の年のことだ。日本中の善意が被災地に集まり、新アグネス寮では寄付が断たれ運営資金がショートしたのだ。それは存続していた聖アグネス寮でも事情は同じだった。

薬やアルコールへの依存、愚かな伴侶選択や放埒《ほうらつ》な性行為といった自業自得で地獄に落ちた者よりは、何の落ち度もなく実直に暮らしてきたのに、突然の災害によって家族も家土地も仕事も失い、苦しんでいる人々を救え。少なくとも優先順位はそちらが上だ。一般の人々がそう考えるのは人情だったのかもしれない。

このとき尚子は個人資産を吐き出し、新アグネス寮を支えた。だが長引けばそれだけでは足りない。そう判断して別荘の家と土地を売った。その金の一部で、山の傾斜地にうち捨てられた民家の一つを買って引っ越すことで当面の資金を作ったのだった。

皮肉なことに、震災によって別荘地の価格は高騰していた。災害時の避難所、家族との集合場所、あるいは計画停電や放射性物質の影響の回避、さまざまな目的から中所得者層の間で、軽井沢の別荘需要が大きく膨らんだ時期だったのだ。

一方で、新幹線開通後、周辺には華やかな商業施設や豪華なホテルが次々に開業した。都会の飛び地へと変貌した別荘地は、共同で生活しながら生き直すことを目指す人々にとっては誘惑が多くなりすぎてもいた。そうした点では、山腹に開かれた畑付きの民家は理想的な場所ではあったが、今度は周辺集落の人々の排他的な視線にさらされることになる。

尚子はそうした相互監視が厳しく、差別も根強い農村に積極的に入って行き、若い人々の少なくなった村で共同作業に参加し、祭事などに関わることで、少しずつ理解と信頼を得ようとしていた。


あの取材から二年、尚子は榊原久乃とともに亡くなった。

「人の生命に重いとか軽いとか、尊いとか等級をつけることはできないって、そんなことはわかっているんですよ、でもね」

お別れの会の行われた教会の裏庭で、中富優紀はため息をついて首を振った。

中学時代から男のところに転がり込んでは飛び出すという生活の中で、心身のバランスを崩し、治療のための向精神薬を処方されたことから依存症になった。他人の保険証を使い処方薬を手に入れて服用していたが、妊娠を機に保健師に出会い、精神科医の指導で減薬に成功し、その後、リハビリ施設に入所し無事、女の子を産む。

薬物依存症のリハビリは終えたが、男に去られ実の母親にも見捨てられた若い女にとって、初めての出産と孤立無援の子育ては過酷だった。一般社会で暮らしていくには様々な困難があり、白百合会の紹介で二週間前に新アグネス寮にやってきた。だが薬が抜けると同時に別のものへの依存が始まった。

男だ。子供を置いて外出したかと思うと目を赤く泣きはらし、何があったか知らないが片方の靴が脱げた状態で戻ってくる。

尚子と榊原久乃の二人が命と引き替えに守った若い母親、瀬沼《せぬま》はるかはそういう女性だった。

火災の夜も男に会いに行き、戻ってきたときにはひどく気落ちした様子だったから、入居者やスタッフが見守っていたのだが、目を離した隙に持ち込んだ薬を服用したらしい。偽りの安らぎを手に入れた後は、子供を抱いたまま、迫ってくる炎に対しても身動きが取れず、泥のようにうずくまっていた。

自分は特定の信仰は持っていないと尚子は言明していたが、薬物中毒で子供連れの女性を助けるために命を差し出したその行為は、宗教を持つ者なら殉教になぞらえるだろうか。

だが知佳には、すでに神格化されていた尚子は、その最期によって、まさに神そのものになってしまったように思えた。気さくな態度を取りながら、そのどこまでも丁寧で真摯で謙虚な所作には、最初からある種の聖性のようなものが備わっていた。

2

どういうことなのかわからない。

携帯電話を耳に当てたまま、中富優紀は傍らのファイルを無意識にめくり続ける。お別れの会も無事終わり、焼けた信濃追分の寮に代わる賃料の安い一軒家を求め、木村絵美子と二人で不動産屋を回っていた最中に、警察から電話がかかってきた。

お聞きしたいことがありますので警察署までご足労願えませんか、という慇懃《いんぎん》な言葉に、優紀はいったい何を聞きたいのか電話で話してほしい、と応じた。

自分に何かの容疑がかかっているというのでなければ、わざわざこちらから出向く必要はない。

焼け出された後、入居者たちは実家に戻ったり、行政の支援を受けて民間アパートに入ったりしていたが、そうしたことが様々な事情から叶わない人々は、白百合会の女性シェルターに身を寄せていた。だが火災から二ヵ月が過ぎており、赤ん坊まで含めて六人もの人々をいつまでも女性シェルターに置いておくわけにはいかない。

優紀と絵美子のスタッフ二人は、長野市内の築四十七年で2Kの木造アパートを借りていたが、そこから辺鄙《へんぴ》な場所にあるシェルターまで、一日に四本しかない路線バスで通わなければならない。実家に戻ったり、アパートで一人住まいをする女性たちからは、ときおり悲鳴のような電話がかかってくる。一日も早く新たな場所を確保したかった。電車とバスを乗り継ぎ、事情聴取のために警察まで出向いている時間や金が、優紀たちにはない。

渋っている優紀に警察官は丁寧だがすこぶる事務的な口調で告げた。

亡くなった女性二人の遺体のうち、一体は間違いなく榊原久乃だが残る一体は、小野尚子のものではなかったと。

いくつか聞きたいことがある、と繰り返した警察官の口調に、先ほどとは異なる威圧感のようなものがあった。

「了解しました、うかがいます」

呆然《ぼうぜん》としたまま優紀は電話を切った。

受け答えから内容が想像できたらしい。眉をひそめている絵美子に、今のやりとりについて伝える。

「それじゃ、だれのだかわからない人の死体があったの？　嫌だ……」

寒気を覚えたように絵美子は丸々とした自分の両腕を抱いた。

「ということは、小野先生はどこに」と続ける。

「あの火の勢いだったから……」

その先を言う気はない。目の前で建物が焼け落ちて、消防車が到着するまでに時間がかかり、すべては灰になった。そうして小野先生の遺体は骨まで焼けてばらばらになってしまったのか、それとも沢に落ちて発見されていないのか。いずれにしてもあのときの状況からして生存の可能性はない。

「あの日、お客さんは、いなかったよね」

絵美子が確認するように尋ねる。

「はるかちゃんが男と会って、おかしくなって帰ってきたけど、男は一緒じゃなかったよね」

小野先生でも榊原久乃でも、新アグネス寮に居ただれでもない遺体。理由はわからないが、あの夜、スタッフでも入居者でもないだれかが、密《ひそ》かに寮に忍び込んでいて犠牲になったということか。

開口部の多い古い民家であるうえに、普段から鍵もかけていない。屋根裏や縁の下、裏口付近の納戸など、その気になれば身を潜めることのできる場所も多い。金目の物はないが、スタッフも入居者も女ばかりだから、いたずら目的で侵入された、ということも考えられる。

そんな憶測は、優紀と絵美子が軽井沢の警察署に出向いたとき、否定された。

いや、忍び込まれてはいた。ずいぶん昔に。

衝立《ついたて》で仕切られた大部屋の片隅で、警察官は二人に告げた。

遺体の同定のために小野尚子の実兄から採取したDNAと照合したところ、当初小野尚子と思われた遺体とその兄の間には血縁関係なしと判明した、と。

「それじゃあの兄妹《きょうだい》は、血の繋《つな》がりがなかった、と」

優紀が問い返すと、警察官は首を横に振った。

実兄、小野孝義《たかよし》によれば、尚子は離婚して実家に戻っていた当時から近所の歯科医にかかっているが、軽井沢に連れて来られる直前には、アルコール依存症による全身状態の悪化と生活の乱れから、ほとんどの歯を失っていた。

だが小野尚子と思われた焼死体に歯は揃っていた。遺体がなかなか戻ってこなかったのは、それらの理由だったのだ。

「今年の一月に、この女性は歯医者にかかっていますよね」

警察官が尋ねた。

「はい……」

その年の小正月明け、軽自動車で凍った山道を下り、優紀は確かに小野尚子をその歯科医院まで送っていった。そして必要な買い物を済ませた後、いつものように彼女を乗せて信濃追分の新アグネス寮へと戻ったのだった。

「小野尚子」の健康保険証でその女性が治療を受けた歯科医によれば、彼女は歯を失ってはいない。小さな虫歯に詰め物をし、歯科衛生士によるクリーニングと口内の細菌チェックなどを受けていただけだった。

「それじゃ、あの人は、小野先生は、小野尚子さんではない、と」

優紀の運転する車の助手席で、あかぎれだらけの指先に息を吹きかけながら、「春が待ち遠しいわね」とつぶやいていた人は、小野尚子ではなかった、と言うのか。

優紀の傍らで、絵美子が事の次第を理解できないらしく、ぽかんと口を開けて警察官の顔をみつめている。

「少なくとも九年前までは」

抑揚の無い口調で警察官は答えた。

焼死体の女性の焼け焦げた口中の写真とX線写真を検分した「小野尚子」のかかりつけの歯科医は、それが確かに四ヵ月前に自分が診た患者であると証言しただけではない。

「小野尚子」は一、二年に一度、その歯科医にかかっていたのだが、「小野尚子」の保険証で治療を受けた患者のカルテは九年前まで遡《さかのぼ》ることができ、治療記録からして間違いなく同一人物だった。その「小野尚子」はいくつか詰め物はしていても亡くなるそのときまで、失った歯は一本もなかった。

「九年前……」

うめくようにつぶやいた優紀に向かい、警察官は訂正するように答えた。

「いや、そこの歯医者のカルテの保存期間が十年なので。その前からずっとかかっていたにしても廃棄されているのでわからない、ということです」

いずれにしても九年前には、小野尚子ではない「小野先生」がそこにいた。そして優紀が新アグネス寮に来たのも九年前で、新アグネス寮は信濃追分ではなく旧軽井沢にあった。

そこは確かに小野家の別荘として町でも知られており、近隣の別荘族も、周辺の教会関係者も、「小野先生」のことを京都にルーツを持つ老舗出版社、「朱雀堂のお嬢様」と認め、疑った様子もなかった。

「それじゃ、小野先生はだれだったんですか」

放心したように背を丸めて座っていた絵美子が尋ねた。

「それはまだ特定できていません」

「本物の小野尚子さんは新アグネス寮に関係していたのですか？」

せっつくように優紀が尋ねる。

「それは確かなようですね。別荘の土地の区分について、寮の設立時にお兄さんとやりとりがあったそうで。ただ、なにぶん長いこと絶縁状態だったということで、我々が火事のことを知らせたときも、開口一番、自分は一切、関わる気はないので、そちらで処理してほしい、と。ＤＮＡを採取させてもらうのも一苦労でしたよ。金輪際、連絡を寄越さないでくれと言われまして」

「愛……無いんですね」

絵美子がつぶやくともなく言い、「まぁ、こういうご時世ですからね」と警察官が軽く応じる。おそらく肉親だからこそ、妻も巻き込んでアルコール依存症の妹にとことん付き合い、ついに金輪際連絡を取ってくれるな、その名前さえ聞きたくない、という心境にまで追い込まれたのだろうと優紀には想像がつく。

だがその小野尚子を名乗る女性、自分の知っている「小野先生」の方はどこから来たのか。

警察官は、火災当時の小野尚子の様子や、それ以前のことなどを二人に細かく尋ね調書を取っていく。

やりとりは事務的に進められたが、優紀は思い出そうとするたびに自分でも意外なほどの悲嘆の思いがこみ上げてきて困惑する。絵美子の方もしばしば言葉につまり、涙を拭いている。

一時間ほどでそれも終わり、二人は警察署を後にした。

「もう、何が何だか、わからないよ」

絵美子が手にしたショールを首に巻き付けながら、半泣きの顔でつぶやく。お別れの会の日の爽やかな天気から一転し、この日はひどく冷え込み、灰色の空からは今にも冷たい雨が降ってきそうだった。

「でも私、騙《だま》されてたっていう気はしない」

優紀は雲に覆われた空を見上げる。「名前や素性が違ったところで、私たちとあの人の関係が変わるわけじゃないもの」

絵美子がうなずく。

「先生は先生なんだよね、名前が小野尚子でなかっただけで。でもこのこと、みんなに話しちゃまずいよね……ショック受ける子たちもいるよね」

「ショックっていうよりか、混乱……いや、切ない希望を抱くかもしれない。小野先生はどこかで生きていて、戻ってくるかもしれないとか」

火災の直後は、だれもが呆然とした状態のまま、警察や消防から事情を聞かれたり、当面の居場所を探したり、と、流されるように日々を過ごしていた。悲嘆の感情を抱えながらもどこか現実感がなかった。お別れの会を終えた頃から各自がようやくその喪失感に向き合い、もう小野先生はいないのだ、という事実を受け入れつつある。

あり得ない希望を抱けば、その後に来るのはさらに深い失望だ。

「いったいどんな事情があって、先生は『小野尚子』を名乗っていたんだろう。白百合会の人たちは知っていたのかな」

優紀が首を傾げると、絵美子が小さくため息をついた。

「なんか私たちって、スタッフとか言いながら小野先生に面倒見られていただけで、先生のことは何も知らなかったんだね。心配事や辛い思いがたくさんあっても、私たちには心配かけまいとして、先生、いろんな秘密を胸の中にしまい込んで、何も言わなかったのかもしれない」と絵美子は小さく鼻をすすり上げた。「もうちょっと、わがまま言って、もうちょっと甘えて、いろいろ打ち明けてくれればよかったのに」

警察を出たその足で、優紀たちは入居者たちが身を寄せている女性シェルターに向かう。

新幹線を使う金はなく、在来線と路線バスを乗り継いで郊外にある老朽化した施設にたどりついたときには、あたりは薄暗くなり、吹き付ける風が冷たさを増していた。

玄関を入るなり、シェルターの施設長であるシスターから「どこか入居できそうなところはみつかりましたか?」と尋ねられた。

「売春組織から逃げてきたタイ人女性がいるんですよ、乳飲み子を連れた」

そちらの方が緊急度が高い。早く出て行ってほしい、という意味だ。

「ごめんなさい。実は警察に呼ばれて……」と絵美子が答えた。

施設長の顔に不安そうな表情が広がる。いつまでも居座っているうえに警察と聞いて、入居者の引き起こしたトラブル、おおかた麻薬の使用か所持を、まっさきに思い浮かべたのだろう。

「あの……火事のことです」と優紀は慌てて付け加える。

「まだ、そんなことを聞かれているのですか」

「ええ、白百合会の方には何か警察から連絡は入っていますか？」

優紀はさりげなく探りを入れる。

「さあ、私のところには。何かあれば本部に連絡が入るでしょう」と施設長は不審そうな表情を見せる。

入居者たちから簡単な報告を受けた後に、優紀はとにかく早急にどこか別の場所を見つけて出て行くようにするから、と施設長にあらためて頭を下げシェルターを後にする。

少し離れたところで、スマートフォンから東京の大久保《おおくぼ》にある白百合会本部に電話をかけた。

「火事のことでは、その後、警察から連絡がありましたか？」と尋ねた。

少なくとも九年以上、おそらくもっと前から、小野尚子ではない人物が小野尚子を名乗って新アグネス寮に関わっていた。ということは、あの人は白百合会に関係のある人物ではないかと真っ先に考えたからだ。

電話は白百合会の事務局長に回された。

「ご遺体のことですね」

電話を代わるなり、しわがれた声が答えた。

「警察から電話がかかってまいりましてね、寝耳に水と申しましょうか、わたくしどもの方でも、何が何やらさっぱり。それよりあなたがたの方が何かお気づきにはならなかったのですか、一緒に生活されていたのに」

とぼけているのか、とその口調から意図的なものを探ろうとするが、特にわざとらしさも感じられない。

「いえ、何も。私が一番古いのですが、九年前に来たときから、ずっとあの方を小野尚子さんだとばかり」

「私どもも寄付金や運営費のことで定期的に会合を持っておりましたから、小野尚子さんと名乗られたあの方もこちらにお見えになっていましたが、私も理事もだれも疑いを抱いたりはいたしませんでしたね」

ごまかしているようには聞こえない。それからふと気づいた。

「失礼ですが、小野先生とは何年くらい前から……」

「わたくしが本部に移ってきてから六、七年ものお付き合いになりましょうかね」

やはり自分より短い。白百合会の歴史は古いが、複数の教会や女子大の同窓会、慈善団体などが結びついた会なので、理事たちは頻繁に入れ代わる。名誉職である白百合会会長も同様だ。任期が三年と短く、それぞれの組織や団体の役職を退けば、理事も退任となる。本部に派遣される事務局長もそれほど長くはいないし、会合に出席する人々もそれぞれ所属する組織の人事異動があれば代わる。事情を知っている人物がいるのかもしれないが、すでに白百合会とは関わっていない可能性が高い。

電話を切り、気を取り直してバス停に向かって歩いていく。

亡くなった先生の素性よりも、今は、家探しが先だ。

だがこの日も、めぼしい物件が見つからないまま、日が暮れた。

今日も一日、家探しかと、どんより曇った空を見上げながらスニーカーの紐《ひも》を結んでいた翌朝、スマートフォンにシェルターの施設長から電話が入った。

今、警察官が二人やってきて、入居者たちに話を聞いていったと言う。

「ご遺体が別人のものだったとか。驚きました。いったい何があったのでしょう」

気まずい気分で「すみません、黙っていて」と謝っていた。

「いえ、そんなことはいいんですが、若い方などは落ち着きを失っているようですので……」

手に負えないのですぐ来てくれ、という。

舌打ちした。混乱させたくない、あり得ない期待は抱かせたくないという配慮は無駄になった。警察官は前日に優紀たちに伝えた内容を入居者たちに話してしまったらしい。

シェルターに着くなり、「もしかして小野先生は生きているんですか」と入居者の沙《さ》羅《ら》から切羽詰まった表情で尋ねられた。頬や目尻に深く皺が刻まれ、白髪交じりの髪のために、四十代半ばに見えるが、沙羅はメンバーの中では一番若い。アルコールにも違法薬物にも無縁だが、十年を超える摂食障害と自傷行為、そして向精神薬によって痛めつけられた体はそう簡単に元には戻らず、心はまだ安定していない。小野尚子が根気強く寄り添うことで、ようやく凪《なぎ》が訪れたように見えた矢先、あの火事でまた元に戻ってしまった。

愛結《あゆ》と名付けられた赤ん坊を抱いた瀬沼はるかや、他の若い入居者たちも思い詰めたような表情で優紀たちをみつめている。

だから私たちの小野先生は、小野尚子という名前ではなく別の女性だった、そしてその女性は火事で亡くなったのだ、と優紀は丁寧に説明する。

「残念だけど、本当に残念な話だけど、私たち全員、見てるんだよ、先生が『逃げて』と叫んだ後、家が焼け落ちたのを」

絶望的な内容をできる限り冷静に語る。

はるかは黙りこくり、母親の動揺を感じ取ったかのように、腕の中で、赤ん坊が甲高い泣き声を上げる。

テーブルの片隅でうつむいている沙羅の姿からは、案の定、切ない望みが断たれた後の落ち込み様が見て取れる。

優紀は絵美子に目配せする。絵美子は深刻な眼差しのまま、口元だけ引き上げて笑みを作り、その場を立って沙羅の隣に行く。無言のまま沙羅の、関節が真っ白になるくらい固く握り締められた拳の上に自分の柔らかな掌を重ねる。

小野先生の仕草だ。優紀も絵美子も小野先生を見習おうとしたが、所詮は真似《まね》だ。真似はどこまでも真似だが、今、その小野先生の存在自体が、あやふやなものになっている。

「小野尚子先生と言ったら一人しかいないんだよ。私たちにとっては」

不思議とさっぱりとした口調で言ったのは、モデルのような派手な顔立ちだが、こめかみから頬、耳にかけて大きな火傷の痕がある麗美《れみ》だ。覚醒剤所持と傷害罪で二回ほど服役した後、暴力団員の男から逃げて大久保にある「聖アグネス寮　東京」に駆け込み、その後小野尚子に出会ったことで、一昨年、新アグネス寮にやってきた。関わりのあった男からとにかく身を隠したい、という理由で新アグネス寮に住み、家賃を払いながら雑用全般を引き受けている。

「あの人にはオーラが見えた。光り輝いて見えた。ぜんぜん大げさでなくて。親しくなって一緒に暮らしていれば、だれだって嫌なところが見えてくるものだけれど、あの人に限ってそんなのはなかった。自己犠牲の塊なのに、偽善めいたところがどこにもなくて。こんな女でも救ってくれるためにこの世に現れた観音様だったと、私は思ってる」

絵美子がうっすらと微笑してうなずく。

「そもそもそんな大金持ちのお嬢様が、私たちみたいな女のためにあそこまでしてくれると思う？」

入居者の間に苦い笑いが広がる。

「でもね」と、麻衣《まい》という若い入居者が膝を抱えてうつむいたまま、視線だけを麗美に向けた。

「嘘《うそ》だったってことだよね。他の人の名前とか過去を私たちに言ってたってことじゃない。裏切られたってことでしょ」

裏切られた、という言葉を麻衣はよく使う。肉親にも男にも友達にも、正しいこと、誠実であることを求め、人を傷つける以上に自分が傷ついてきた。

「言うに言われぬ事情があったんでしょうよ」

麗美が大きな瞳を麻衣に向けた。麻衣は即座に目を背ける。

くっきりと二重が刻まれた一方の瞼に睫《まつげ》はなく、目尻が引きつれている。夫に焼けたフライパンを押し当てられた痕だ。そのことを打ち明けたときに麗美が口にした「あの人もかわいそうな人なのよ、気が弱くて」という言葉は衝撃的で、堅気の世界しか知らない優紀には理解しがたいものだった。

その麗美から、先生には言うに言われぬ事情があったのだろうと言われると、納得すると同時に、青緑色に濁った水をたたえる深い淵《ふち》を覗《のぞ》き込んだような、背筋がぞくりとするような感じを覚える。

事務所の電話が鳴り、施設長がそちらにいく。何か早口の英語で話していたかと思うと戻ってきて、入居者たちに向かい、二部屋使っている和室のうち狭い方の一室を空けてくれるようにと指示する。

昨日の話にも出たタイ人母子を受け入れることになったのだ。

食堂や居間などの共用スペースはあるものの、新アグネス寮の六人は、八畳一間に押し込められることになった。

だれも不満を漏らすものはいない。そんな立場にないことはわかっている。

「ここに警察官が来られるのも、困るんですよね」と施設長は優紀に訴える。

白百合会のシェルターは、行政や地域社会のセイフティーネットからこぼれ落ちた不法滞在の外国人母子や、組織から逃げてきた麻薬密売人の女なども保護することがあるからだ。

「すみません、すみません、本当に、部屋、みつかり次第出て行きますから」と優紀はただ頭を下げ懇願するしかない。

部屋を移るためにスウェットやブラシ、赤ん坊の紙おむつといった身の回りのものを紙袋に収めている女性たちに「じゃあね、また来るから」と声をかけ、絵美子と二人、この日も不動産屋へと急ぐ。

町に出て二、三軒回り、物件も見たが、条件が折り合わないまま午後も遅い時間になった。

「一軒家をお探しですね、家族で住むわけではない、と」

カウンターを挟んで向き合った女性社員は不審そうな表情を浮かべている。

いつも、どこの店に行っても、対応はほとんど同じだった。

都会なら大家も不動産屋任せで借家人の様子を見にくることなどないから、家賃さえきちんと振り込めば、家族で住んでいるとごまかすこともできる。だが、田舎ではそうはいかない。

まもなく閉店時刻で、制服姿の女性社員もどことなくそわそわしている。

「女ばっかりなんで、きれいに使いますから」

絵美子が小さな両手を合わせて拝むような格好で頭を下げる。

「シェアハウス、ということですか」

「その通りです。独身の女性ばかりで一軒家を借りれば安上がりかと」と優紀は説明する。

嘘ではない。

接客は女性社員から中年男に代わった。

「事務所に使うというわけではない、と?」

男が確認する。

「ええ、住居です」

事務所と言えば、なおさら警戒される。

職業やら女性たちの関係やら、男は根掘り葉掘り聞く。

「家族でない団体に貸すのは、大家が嫌がりますからね」

シェアハウスと言ったのだが、「団体」と見抜かれた。

慇懃な口調で、適当な物件はない、と告げた後、男はつけくわえた。

「以前も同じようなお客さんが来られたことがあって仲介したんですが、実は障害者のグループだったんですよ」

「それの何が悪いわけ?」

ほとんど無意識に椅子を蹴って立ち上がっていた。傍らに置いたバッグを摑《つか》んで店を出る。慌てて絵美子が追ってくる。

かまわず大通りを駅に向かって歩いていく。外気に頭が冷えると、後悔が押し寄せてきた。

これで業者間のブラックリストに載ったかもしれない。いや、すでに載っているのかもしれない。

「私たちって、家も借りられないんだね」

傍らで絵美子がうなだれている。

不動産屋の差別的な発言はともかくとして、「小野尚子」の知名度があったからこそ、世間は新アグネス寮のような団体を信用してくれた。そのことを家探しをしているうちに否応なく思い知らされた。

夕陽がまぶしく目を射る。いつの間にかずいぶん日が延びた。

駅前から路線バスに乗ろうとしたが、二人が借りているアパートの近くまで行くバスは発車したばかりで、次の便まで一時間以上間があった。

「歩く？」と傍らの絵美子に尋ねた。

「疲れた」とため息をつきながら、絵美子は「でも、痩せなきゃね」とうなずく。

駅前の歩道を歩いていると新緑を渡る夕風が心地良いが、この先どうやって新アグネス寮を維持していこうか、という思いがずしりと肩に伸《の》しかかって足取りも重くなる。

入居者は家を失い、身を寄せているシェルターからも追い出されかかっている。

新アグネス寮は組織としては白百合会に繋がり、寄付金でかなりの部分がまかなわれている。公的な援助を受けることはできるが、少額なわりには様々な制約があり、これまでは小野先生の方針で、無認可のまま自由度の高い施設運営を行ってきた。

入居者たちは、ある者はアルバイトなどで現金収入を得、ある者は実家からの金銭的な援助を受け、またある者は生活保護を受けて、それぞれ払える範囲の実費を払っているが、服や家財道具や備品、消耗品の一切合切が焼けてしまったこともあり、一時的な寄付や香典はあっても、運営資金は不足している。

これまでも資金が底を突いたときはあったが、小野先生が自分の預金で補塡《ほてん》していたようだ。だが、今、そうした道は断たれた。スタッフとしてのわずかな給与も滞っている。

「ぜーんぶ、おっぽり出して逃げちゃおうか」

まったくの冗談というのでもなく思わず口をついて出た言葉に、絵美子がふふっと笑った。

「優ちゃんはしっかりしているから大丈夫だよ。でも私はだめ。一人じゃ生きていけない。スタッフがこれじゃどうしようもないけど」

気配りと情の深さ、細やかさ。絵美子に出会った者がまず感じるのは、白くふっくらした笑顔から醸し出される、そんな好ましい女らしさだ。それが虐待と様々な暴力から逃れるための手段だと知ったら、事情を知らない者はどんなに驚くだろうと優紀は思う。

機能不全家庭ではない。両親、兄弟に祖父母が揃った一見、理想的な下町の大家族。絵美子が生まれ育ったのはそんな家だ。絵美子にとって、祖父や父の暴力は日常だった。

暴力をコミュニケーションがわりに、指示される前に相手の顔色を読んで相手が望むように動く習慣が身についた。相手の気分を害さぬよう笑顔で対応する癖がついた。その一方で、殴られる者同士、かばい合い、慰め合う絆《きずな》が母子、姉妹と長兄の間で生まれた。内実を知らなければ、厳父慈母《げんぷじぼ》と三世代同居の、保守層が絶賛する家庭だ。

高校一年生のときに兄による性的虐待が元で、絵美子は息子をだれよりも大切にする実母からも疎まれるようになる。親類の紹介による早すぎる結婚は、家庭内に自分さえいなければという気持ちから承諾し、当然のように夫からの暴力と夫の浮気相手の妊娠という形で終わった。

離婚しても帰る家がない、高校中退の学歴で就職口もない。だが彼女自身は予想もしなかったことだが、水商売では重宝された。気働きと女性らしい細やかさ、相手の顔色から欲するところを察して素早く対応する能力。感情の鋭敏さを隠してのどかな表情を装う演技力。決して恵まれた容姿ではなかったが、彼女目当てにやってくる客も多かった。そしてなぜか暴力男とばかり親しくなった。

ある日アパートの隣に住む女子学生が、毎夜聞こえてくる許しを請う声と悲鳴、物音に怯え、警察に通報する代わりにフェミニズム団体が運営しているＤＶ１１０番に電話をかけた。

肋骨《ろっこつ》骨折や裂傷、内臓損傷まで負っているにもかかわらず、あまりに自覚の無い絵美子の様に驚き呆《あき》れたフェミニズム団体の相談員は、所属している白百合会に連絡を取り、渋る絵美子を説得してシェルターに保護した。

ミーティングやカウンセリングを経てようやく自分の置かれてきた環境の異常さを自覚した絵美子は、傷が癒えたところで自立のための一歩として行政の支援を受けて介護士の資格を取った。一般社会にソフトランディングするためのインターンシップのつもりで、スタッフとして新アグネス寮にやって来て、そのまま三年が経《た》っている。

その笑顔の背後に見え隠れする怯えと表裏一体の他者への配慮が消え、のびのびと振る舞うようになったのは、ここ一年くらいのものだ。あなたを好き、あなたはあなたのままでいい。そんな小野尚子の寄り添い方が、彼女がまとった分厚い砂糖衣のシールドを少しずつ溶かしていったのだ。

限りなく温かい人だった、私たちの精神的な支柱だったと思うほどに、その小野先生がどこのだれだかわからない人物と知らされたことで、入居者だけでなくスタッフも突然、足下が崩れ、霧の中に捨て置かれたような不安と心細さの中に放り込まれた。

「言うに言われぬ事情って、何だったんだろうね」

優紀は足下に転がっている小石を無意識に蹴った。

「だれにでもあるよね、先生にも、本物の小野尚子さんにも」

世間話の口調で絵美子が応じる。

そう、焼死した小野先生ではなく本物の小野尚子の方に言うに言われぬ事情があったのかもしれない。

歴史ある出版社の令嬢として生まれ、結婚の失敗からアルコール依存に陥った本物の小野尚子自身は、いっときは断酒に成功し、白百合会で活動をしていたが、やはり幾度か再飲酒《スリップ》した後、結局は元の状態に戻った。そして一家の恥としてひっそり実家に匿《かくま》われていたとしたら……。小野先生は廃人となった令嬢の身代わりに、世間体を気にする家族が送り込んだ「だれか」であり、そんなことは承知のうえで、白百合会の当時の理事たちは新アグネス寮を支援してきた、ということもありうる。

そんなことを口にすると、絵美子はうなずいた後に、遠慮がちに言った。

「もしかするともっと単純に、一代目の小野先生は、嫌になっちゃったのかもしれないよ。だって、ほら、お嬢様だったから。私たちみたいのを毎日毎日面倒見なきゃならない生活なんだよ。いつもみんなのお母さんしてなくちゃいけなくて、自分ではケーキ一個、勝手に買って食べられない、きれいな服を着て遊びにいくとか、ネイルを塗りながら好きなビデオを見るとかもできない。そんな生活が嫌になっちゃって、たとえばおつきの者に、自分の代わりをさせて元のお金持ちのお嬢様に戻っていったのかもしれない」

おつきの者という言葉に優紀は苦笑する。

「だって白鳥にアヒルの気持ちなんかわからないでしょ」

絵美子らしい言い回しだが、真を突いているような気もする。

適当な物件が見つからず、施設長に頭を下げ続けて六月に入ったころ、住まいの問題があっさりと解決した。

小諸《こもろ》市郊外に建つ、少々老朽化しているが広い屋敷を、畑の手入れをしてくれることを条件に無償で貸すという人が現れたのだ。

そこに住んでいた高齢の両親を有料老人ホームに入所させた息子だ。家屋敷をきちんと維持管理してほしいという親の希望に添って、長男である彼は管理者を探していた。

そんなとき、さる女子大の同窓会を通じて白百合会の会員となっている妻から、焼け出された新アグネス寮の女性たちが、家を探しているという話を聞いた。好都合だったのは、女性たちが、信濃追分の寮で農作業をした経験があることだった。

両親の希望とは別に、畑で農作物を生産しなければならない事情が息子たちにはあった。高齢の両親が曲がった腰で耕していた畑の土は良く肥えており、放置すればたちまち雑草が丈高く伸びる。種や害虫を飛ばし近隣の農家から苦情が来るだけでなく、農業委員会の目に留まれば、耕作放棄地と見なされ地目変更を求められる。だが、息子たちはそれぞれ仕事の都合から東京、神戸、シアトルに住んでいて、畑を耕すどころか頻繁に様子を見に来ることも叶わない。

そんな事情があっても普通なら家屋敷を見知らぬ人々、しかも新アグネス寮のような施設に無償で貸し出すことはしない。兄弟のうちのだれかは必ず抵抗しそうなものだが、だれひとり異を唱えることがなかった。揃って高学歴の息子たちが、書物や家族、通っている教会などを通じて小野尚子を知っていたからだ。白百合会というよりは小野尚子個人の知名度と信用があればこそ、彼らは自分たちの生まれ育った家を、行き場を失った女性たちのために提供することに躊躇がなかった。

火災で亡くなった人物が小野尚子ではないということを知っているのは、警察からの問い合わせを受けたごく一部の人々だけだから、家を提供してくれた兄弟も亡くなったのは小野尚子その人と信じているのだ。

身の回りの物を収めた大きな手提げ袋だけを手に、入居者たちは慌ただしく白百合会のシェルターを出た。優紀と絵美子、そして実家や知人の家などに身を寄せていた人々も、小諸の家に移ってきた。服や家財道具などは、寄付された品々を白百合会が提供してくれたのでほとんど買い揃えずに済んだ。時を同じくして「小野先生」の遺骨が戻ってきた。榊原久乃の遺体については、火災直後に長い間音信不通だった妹が引き取っていき、故郷、山形県にある榊原家の墓に入ったが、「小野先生」の方は身元不明で行旅《こうりょ》死亡人扱いとなっていたのだ。引き取り手がなければいずれ無縁仏として葬られるということで、役場の担当者が連絡をくれたのだった。

小野先生の遺骨は、引っ越したばかりの小諸の民家の仏間に数日間安置された後、白百合会の紹介してくれた県内の教会の納骨堂に納められ、合祀《ごうし》してもらえることになった。

遺骨が小野尚子ではない、身元不明の女性のものだということについては、特に問題にはされなかった。警察からの連絡によって事情を知らされた白百合会の一部の人々にとっても、依然として「彼女」は小野尚子であり、敬意を持って扱われたのだった。

季節はゆっくり夏に向かっており、畑には様々な青菜が繁り、エンドウの類も実を付け始めている。消耗品その他の出費も膨らみ、引っ越しに関わる雑用は山のようにあったが、それでも徒労感の多い不動産屋回りから解放され、気がかりだった先生の遺骨の件も解決し、優紀と絵美子はようやく一息ついた。

それは玄関脇の洋間に、やはり白百合会を通じて寄付のあった中古のパソコンを設置し、ランケーブルのセットも終わった夜のことだった。

白百合会の関係者や支援者に、無事に引っ越しが済んだ旨をメールで一斉送信した直後、ライターの山崎知佳から添付ファイル付きのメールが届いた。

タイトルは「新アグネス寮　アルバム」とある。

添付ファイルの中身は、写真だった。

「以前、お借りした写真、記事を書き上げてデータは即消去したつもりだったのですが、うっかりして『ゴミ箱』にそのまま残っていました。ごめんなさい。でもラッキーでした」

二年前、新アグネス寮を訪れた知佳に、記事を書く参考にしたいからと頼まれ、優紀は寮のアルバムを貸したことがあるのだ。そのアルバム本体は丁寧に梱包《こんぽう》されて二日後に返送されてきたのだが、あの火災で焼けてしまった。

お別れの会の遺影にも困り、「先生」の写真は、そのときの記事を載せた出版社にデータの提供を頼み、榊原久乃の写真は彼女が所属していた教会の集合写真からトリミングして使った。

だが焼けたアルバムのデータは、知佳が気づかないままに、彼女のパソコンのハードディスクに残されていたのだ。

送られてきた写真をさっそく画面に呼び出す。傍らにいた絵美子が歓声を上げ、入居者たちを呼ぶ。

集まってきた人々が顔を寄せ合い、画面に見入った。

「懐かしい」

「また先生に会えるなんて思わなかった」

「この笑顔だよね、涙出そう」

「こんなだったね、焼ける前の家は」

入居者たちは口々にそんなことを言い、涙を拭く者もいる。

スライドショーでは展開が早すぎるので、優紀がマウスをクリックして一枚一枚ゆっくり表示していく。

写真は六十枚前後あるだろうか。

「新アグネス寮」の開所式や、クリスマス会、そして支援してくれた教会の主催するチャリティーの催しに参加した折のものなど古い写真が多い。

施設の性格上、新アグネス寮では入居者たちの写真は写さないし、外部の人々による撮影も許可していないが、式典や行事の折の小野尚子とスタッフ、それに来客たちについては、本人が嫌がらない限り自由に撮らせていた。

「ああ、先生、若いわ」

画面を覗き込んでいた麗美が吐息を漏らす。

落ち着いた雰囲気の中年女性の顔が、慎ましやかな笑みを浮かべている。確かに若いが、懐かしい小野先生の顔だ。

だが、小野先生の写っているものは意外に少ない。最近の写真にはほとんど入っていない。

思い返せば先生は写真を撮られるのをさりげなく避けていたような気もする。

「さあさ、皆さん。若い方が真ん中に」

そんな風に言いながら、気がつくと小野先生自身は写真に入っていないということがよくあった。たとえ入っていても端の方でうつむきがちにひっそりと微笑している。

奥ゆかしさだと信じていた。

山崎知佳が取材に来たとき、カメラマンの撮影に応じたのは椿事《ちんじ》でもあった。

だがひょっとすると……。

心の片隅に浮かび上がってきた疑念を優紀は振り払う。

「若い頃って、こんなだったんだ、先生。でも面影がはっきり残ってる」

女性たちは頭を寄せて画面を眺め、うなずき合う。

「違う」

そのとき甲高い声が響いた。沙羅だった。

「違うよ、これ、全然、別の人じゃない」

子供のように叫び、画面を指さしていた。

入居者たちは一様に沙羅に非難めいた視線を注ぐ。

若い頃の写真だが、どう見ても別人などではない。そこにいるのは確かに優紀たちが共に暮らした小野先生そのものだ。

亡くなった小野先生は、小野尚子という女性ではなかった。

警察官のもたらした情報によって、繊細すぎる沙羅の視覚にバイアスがかかったのだ。

「ああ、昔の写真だもんね、別人に見えるよね」と絵美子がむげに否定はせず、微笑してうなずく。

「違う。何でこの人が小野先生なのよ」

沙羅の声が興奮に裏返る。瀬沼はるかが気味悪そうに眉をひそめ、愛結をかばうように抱いたまま、沙羅から遠ざかる。

「小野先生だよね、若いけれど」

別の入居者が仲間にささやく。

「違うよ、こんな人を小野先生なんて、絶対、嫌だ」

沙羅は枯れ木のような足で立ち上がり、飛び出した目をぎらぎらさせ、優紀からマウスをひったくり、その写真を拡大する。

刷毛《はけ》を片手に壁を塗っている小野先生のスナップ写真だった。軽井沢にやってきて新アグネス寮を立ち上げた年、入居者と共に古い別荘に手を入れていたときのものだ。

沙羅はさらに拡大する。画面一杯に小野先生の顔が広がり、目鼻立ちがぼやけた。

「小野先生、こんな顔じゃないよ。何でみんな騙されてるのよ」

じれたように体を震わせる沙羅を一瞥《いちべつ》し、入居者の一人が自分のこめかみを人差し指でつついて見せる。

「ちょっとおかしいんだよ、この子」

沙羅は、摂食障害や自傷行為の他に、しばしば託宣《たくせん》めいた物言いをして仲間を不安がらせたり、嫌な気分にさせたりする。実際に無い物が見える、と言ってあらぬ方向を指さしたりすることもある。

カルトにのめり込み、娘を巻き込んできた母親の影響だ。ごく幼い頃に精神疾患が発見された息子を抱えた沙羅の母親は、離婚して子供たちを引き取った後、オカルト色の濃厚な新興宗教に唯一の救いを見いだし、それにすがって生きてきた。抵抗しつつも沙羅がそうした影響から逃れることは不可能だっただろう。

だれにも相手にされない、と思ったのか、沙羅はさらに興奮し金切り声を上げる。

「やめな」

麗美がわめき散らす沙羅を一喝した。

「小野先生は小野先生なんだよ。古い写真なんかどうでもいい。あんたが世話になった小野先生はあんたの心の中にいるんだから」

沙羅を正面から見つめ、麗美が言う。だが沙羅は視線を合わせることもなく、目をぎらぎらさせて、「みんな騙されてる、この女に騙されてる」と画面の中の小野先生を指さす。

「いいよ、沙羅」

優紀は沙羅の静脈の浮いた手の甲に自分の掌を重ねて押さえ、「これ以上、余計な事を言うな」というように麗美に目配せする。

「わかった。この女性は先生じゃない。沙羅のそばにいたのだけが本物の小野先生なんだ」

真摯な叱責が通用する相手もいるが、沙羅は繊細すぎる。病はいちおう治癒したことになっているが、境界線上を行ったり来たりしている状態だ。思い込みや妄想のたぐいを否定したり、論理で説得を試みてもどうにもならない。ただ受け留めてやるしかない。すべては小野先生の振る舞いから優紀が学んだことだった。小野先生はそうして母親失格のジャンキーからヒステリックな拒食症女まで、丸ごと受け入れ、敬意を持って彼女たちの妄言を認めた。だが自分が今、沙羅に示した共感や理解は単なる技法に過ぎない。自分でもわかっていた。

沙羅は静かになった。だがその目の中に見えるのは、優しい拒絶にあった者の味わう絶望だけだ。小野先生はグレートマザーだった。自分に彼女のかわりは務まらない、と思い知らされる。

目覚めると、まだ午前二時だった。眠れないまま目を閉じると、襖《ふすま》を隔てた部屋で眠っている絵美子の軽いいびき混じりの寝息が聞こえてくる。

あのアルバムを知佳に貸したときのことをふと思い出した。すぐに返すという約束通り知佳は二日後には宅配便で返送してきたのだが、それを小野先生に見とがめられた。「私たちだけでなくて、いろいろな方が写っているのだから、黙って外の方に貸したりしないようにね。どこでご迷惑がかかるかわからないでしょう」とやんわり、しかし毅然とした口調で、叱責された。

確かに写真には、小野先生とスタッフだけでなく、式典や行事に参加した著名人、手伝ってくれたボランティアなども写っていた。プライバシーの問題もあり、軽率な行為だった。それは認めるが、小野先生の言葉は本当にそうした人々に対する配慮から出たものだったのだろうか。

病的に繊細な感覚を持つ沙羅が、警察官の言葉に影響され、そこにある画像を歪曲《わいきょく》して見た。ひょっとするとそう考えることこそが自分の偏見なのかもしれない。

おかしな事を口にする沙羅は入居者の間でさえ浮いているが、一方でときに驚くような能力を発揮することもある。生き物など好きでもないのに、庭にくる小鳥の個体識別ができたり、左右の絵で五ヵ所違うところを見つけなさい、といったゲームで、一瞬のうちに答えを出したりする。

自分にとって、いや、大方の人間にとって同じに見えるものの中に、彼女が違いをみつけた可能性もある。

起き出していき、事務室に入りパソコンを立ち上げた。

「ピクチャー」の文字をクリックすると、アルバムの順番に小さな画像が画面に並んだ。

さきほど沙羅が拡大して見せた、ペンキの刷毛を手にした、若い頃の先生の画像を呼び出す。どう見てもその面影は自分が親しんだ小野先生そのものだ。

焼けたアルバムには、写真の下の空欄に撮影年月と短いコメントが書かれていたのだが、それを知佳は、一枚一枚の写真にタイトルとして振っておいてくれた。

ソートをかけると、写真は年代順に並んだ。

一九九〇年に「小野尚子」は自分の軽井沢の別荘を「新アグネス寮」として、行き場所を失った女性たちに開放した。その折、スタッフや入居者が自ら外壁にペンキを塗り、壁紙を貼り、カーテンを縫い、傷みの激しかった別荘に手を入れ、自分たちのための安住の地を作った。首回りの伸びたトレーナー姿で、脚立に乗ってペンキ塗りをしている小野先生のスナップ写真はそのときのものだ。

格別目立つ活動はしないが、小野尚子はそこで近隣の人々と交流し、寮への理解を深めてもらっていった。旧軽井沢に別荘を持つ人々や、別荘で働く人々、近隣の町の住民の間で小野尚子の存在は知られていく。

新アグネス寮が軽井沢に設立された年、寮ではクリスマスを祝い、それから毎年、宗教行事ではなく年中行事として、盛大なクリスマス会が開かれるようになった。

二年目、三年目、と支援者は増え、会には、別荘繋がりで著名人、文化人が参加するようになり、ボランティアも多く集まるようになっていく。

集合写真にはそうした人々が小野尚子と共に収まり、新アグネス寮の歴史を物語っている。

だが詳細に見ていくと、小野先生と思われる人物が写っているのは一九九三年が最後だ。九四年以降の集合写真に小野先生の姿はない。いや、あることはあるのだが、うつむいているそれらしき人物がいるだけで、正面向きではっきり顔の判別のつくものがない。

ボランティアや別荘地からやってきた人々と談笑したり、後片付けをしているスナップもあるが、それらはどれも一九九三年までで、それ以降、インタビューを受けた二〇一四年まで、正面向きの、それとわかる形で写っている写真はない。

一方インタビュー写真については、アルバムには収められていなかったので、知佳が送ってくれた写真の中にはない。

それだけではない。一九九四年以降、クリスマス会自体がない。

優紀が入居者としてやってきた九年前には、ツリーを飾り、みんなでケーキやクッキーを焼いて近隣の養護施設や老人ホームなどに配っていたが、パーティーのようなものはなかった。

また小野先生は台所でせっせと小麦粉を振るったり、天板にオイルを塗ったりして立ち働いていたが、焼いたケーキを携えて小野先生自身がそうした施設を訪れることもなかった。スタッフが軽自動車を運転して届け、そうしたところの施設長たちからは、ぜひ小野先生にお目にかかりたい、そのお人柄に触れたいと、たびたび言われたが、先生は会おうとはしなかった。

今から二十年あまり昔、一九九四年に何かがあったのか。

その頃の新アグネス寮のことを知っている人物を優紀は知らない。白百合会の事務局の人々や理事は最長でも十年で交代する。

当時の入居者やスタッフの消息も辿れない。仕事を見つけアパートを借りて自立した者、愛する伴侶を見つけて去っていった者。もちろん失踪のような形で、ある日、スタッフの一人に「ちょっと東京に行く」と言ったきり消えた者や、事務所の金庫から二万円の現金を持ち出してそのまま帰って来なかった者もいる。そしてスタッフにしても、いつまでも寮に住み込み、ほとんどボランティアのような賃金で働いていたりはしない。優紀のように九年もここにいる者は例外だ。

戻ってこないのは自分の場所を見つけた証拠、社会復帰を果たし音信不通になるのは、支援が必要なくなったということでむしろ喜ばしいことだと、小野先生は頓着しなかった。

だから新アグネス寮では、飛び立っていった人々の現住所については記録しないし、連絡も取らない。礼状やメールが来ることはあっても、あえて形式的な返信しかしない。それが小野先生の方針だった。

それでも小野先生のお別れの会に訪れた人々や香典や花を送ってくれた人々の中には、かつての入居者やスタッフがずいぶんいたはずだ。そしてその旨を書いた手紙を添えてくれた人も数名いた。

優紀はワープロソフトを立ち上げ、礼が遅れたことを詫《わ》び、白百合会の関係者の厚意で一軒家を借りられたこと、メンバーの生活も安定しつつあることを報告し、一九九四年頃、もし新アグネス寮に居たのなら当時の話を聞きたい旨を連ねた文章を作る。

それをプリントアウトして住所のわかる人々に送るつもりだったが、思い直し夜明けまでかかって、一枚一枚はがきに書き写し、翌朝、速達で発送した。


返信はなかった。

手紙はもちろん、電話もメールも来なかった。家族を持ち、仕事をみつけ、あるいはそうしたものは得られなくても、行政の支援の下で自立を果たし、おぼつかない足取りではあっても普通の人生を歩んでいる人々にとって、かつての恩人の死に際して香典や悔やみの手紙を送るまではしても、見知らぬ後輩たちに話を聞かせるには、その過去は重すぎるのだろう。

その一方で、優紀は写真データを送ってくれた山崎知佳に礼の電話をかけ、できれば二年前のインタビューの折に、カメラマンが撮った「小野先生」の写真データを、掲載されなかったものも含めて送ってもらえないか、と丁重に頼んだ。

「それって、出版社からもらってないですか？」

知佳は怪訝《けげん》そうな口調で尋ねた。確かに寮の写真が焼けてしまったので、遺影用にデータをもらったが、それは一枚だけだ。だが、あのときカメラマンはかなりの数の写真を撮っていた。それら複数枚の写真を取り寄せ、それと一九九三年までの先生の写真と照合してみようと考えたのだ。

用途を尋ねられて、優紀は口ごもった。

刑事がやってきて、遺体が別人のものだったと知らされたという話は、まだ外の人々には伏せてある。

少しの間逡巡《しゅんじゅん》した。

折り目正しい態度ではあっても、過剰な愛想や白々しい共感の仕草のないライターだった。奥二重の目に浮かべた営業用の微笑の底に、むき出しの鋭い知性と野心が見えたが、邪心は感じられなかった。素っ気なく、ざっくばらんな口調の中にも誠実さが滲《にじ》んでいた。それを裏付けるように、掲載された雑誌記事は、白百合会の活動と新アグネス寮、そして「小野尚子」先生の人柄について、簡潔だが正確に記述されたものだった。

仕事をする一人の女性として信頼していい、と判断した。

「実は……」

事情を話すと山崎知佳は電話の向こうで、数秒間、絶句した。

「つまり私が取材した小野尚子は偽者だったって、ことなんですか」

「いえ、偽者とかということではないんですよ。私たちにとっては。でも、小野先生はいったいだれだったのか、いつ頃、どんな経緯で新アグネス寮に来られたのか、知りたくて」

「私、あの取材の後、ちゃんと裏取ったんですよ」

少し腹を立てたように知佳が言った。

「裏を取るって？」

「たかが雑誌記事って、思うかもしれないけど、活字にするには別の方面からも話を聞くんです。小野尚子さんのかつての級友とか、やんごとなき人たちの行く学校の同級生とか。お兄さんや親類は取材拒否というか、拒絶だったけれど」

少女時代からの親友だった、という女性から聞いた話によれば、さる宮様との縁談も事実であるし、おそらくそれが原因で尚子の両親が娘の結婚を急いだこともまた事実だった。そして結婚式に招待されたというその女性から写真も見せてもらった。

花嫁姿だけでなく、体操着姿で行進している尚子、セーラー服を着て博物館の玄関に立っている尚子。級友たちとともに写っている尚子の立ち位置は、いつも端だった。慎ましやかに微笑しているものの、口を閉じ真摯な視線をどこかに向けているもの。

知佳が取材した自称小野尚子が、その写真と別人とは思いも及ばなかった。そのまま大きくなって歳を取っていったという印象しかなかったと知佳は語る。

友人の女性からはその後の尚子についての話は聞けなかった。

結婚後の尚子とは次第に疎遠になったからだ。

「私も三人の子育てがありましたでしょう。そのうえ妹があまり丈夫でなくて、そちらの双子《ふたご》ちゃんもほとんど私が育てたようなものですから。お友達と会う時間なんか、とても取れなかったのですよ」

女性はそう語った。嘘ではない、と知佳は思った。その彼女もまたそれなりの家柄の娘で、結婚相手は社会的地位の高い男だ。いくら親友とはいっても、アルコール依存症の人物と深く関わることは難しかったのだろう。

知佳はまた小野家の近所に住んでいたという尚子の幼なじみからも話を聞いた。

そちらは男性で、今も実家の近所で小児科医を開業している。

「尚子さん、と言えば、僕たちのあこがれの的でしたよ。優しくて、僕たちいたずらざかりのガキどもにも、いつも声をかけてくれる。塀から落ちて泣いていたら通りかかった尚子さんに家までおくってもらったこともあります。きれいなお姉さんで、顔を見ただけでどきどきしたけれど、あの当時、尚子さんも小学校の四年か五年だったから、僕もませてたな」

「きれい？」

「笑顔なんですよ、優しい、ふんわりした笑顔」

その後、知佳が新アグネス寮に電話をかけ尚子にお礼を述べた折、その話をすると、尚子は笑いながら答えたと言う。

「ただのお世話係だったんですよ。実家の近所や両親の知り合いには、小さな子がたくさんいましたからね」

似たような話は小野尚子のかつての学級担任からも聞いた。当時の公立小学校に比べれば、彼女が通っていた私立小学校は一クラスあたりの児童数は少なかったが、それでも教諭の手が回りきらない。そんなときにはついつい生徒である小野尚子に頼るようなところがあった、と高齢の元女性教諭は語った。

「私もまだ大学を出て二、三年目の新米教員でしたから。いえ、小野さんはしっかりした学級委員タイプとか、リーダーシップを発揮するとかではなくて、お姉さんでしたね。下に妹弟がいるわけではないんだけれど。人が嫌がることも厭《いと》わなくて、遠足に行って気分が悪くなったりする級友がいると、私が気がつく前にちゃんと面倒を見て。知らされて私が駆けつけたときには、吐いたあとがきれいに掃除されていて、びっくりしたこともあります。決して、自分は表に出ない。けれど意志は強い。あの学校は良い家のお嬢さんが揃っていて、派閥のようなものができることがありましてね、そのどこにも入れない子供が出てくるんです。運動も成績もあまり振るわなくて、家もみんなと違う地域にあって。そんなとき彼女が必ず寄り添っていました。それで自分が中傷されてもひるむこともなくて。小さな教え子に頭が下がりました」

その前に話を聞いた彼女の級友も、「よい子すぎて、ちょっと煙たがられるようなところもありました」と語っていた。

少し煙たい、近づきがたいほどに優しく、目立たないけれど筋が通っている。

「彼らの話と、二年前に私が会った小野尚子さんの間には、齟齬《そご》みたいなものはぜんぜんなかったんです。筋が通り過ぎるくらい通っていたんですよ。性格も思想も雰囲気もそのままだし。少なくとも、寮のアルバムの写真は、私が取材したあの方ですよね」

確認するように知佳は尋ねる。

「ええ。私にもあの人は小野先生にしか見えなかったけれど、うちの若い子が一人、別人だと言い張って……。思い込みが激しい子なんですけどね。でも、ひょっとするという気がして」

「わかりました。カメラマンには適当な理由をつけて写真を送ってもらいます。嫌だとはたぶん言わないはずです」

知佳は答え、わずかな沈黙の後、「これって部外秘ですよね」と付け加えた。

「そのようにお願いします」

「了解です」

歯切れの良い言葉を残し、電話は切れた。

その日のうちに、二年前のインタビューカットとポートレートが送られてきた。

優紀はそれとアルバムにあった小野先生の写真を見比べる。やはり同じ人物だ。

絵美子を呼んで見せても同様だった。

さすがに沙羅に見せることはしなかった。再び不安定な状態にはしたくなかったからだ。

答えが出ないまま、翌週末、優紀たちが座敷に集まり夕食を取っているところに知佳から電話がかかってきた。

「今から行っていいですか？」

「今って、東京から？」

戸惑った。

「いえ」

この日、軽井沢にまもなく開業する高級リゾートホテルのプレス発表会があり、取材に来ているのだと言う。

「道路空いてるし、三十分もあれば着きます。正確な地番、教えてください」

「お夕飯は？」

「済ませました」

それどころではない、という口調だ。

とはいえ、一応、一人前のおかずとご飯を座卓に用意して、後片付けを終えたところに、アクアが一台、敷地に入ってきた。オレンジ色のミニワンピースに、ラメのシャドーで目元を光らせた知佳が降りてくる。新アグネス寮の女性たちは息を呑む。

「すっごい、かわいい」

瀬沼はるかが瞬《まばた》きし、知佳のプラスティック玉を連ねたバングルに手を伸ばした娘の愛結を慌てて抱き直す。

「いつもそうしてなよ」

滅多に笑顔を見せない沙羅までが、軽口を叩く。

「同じプレスでも、ファッション誌の人なんか、百倍派手だよ、こんなだよ、こんな」

と自分の睫を指で上げて見せる。笑いが広がる。

「その服、どこの？」とはるかが指さす。

「H&M」

「どこの？」

「渋谷」

「あ、いいな」

彼女たちと知佳はお別れの会で一度会っただけだ。それが一瞬のうちにファッションとコスメの話題で打ち解けてしまう。華やいだ若さが優紀にはまぶしい。

「ご飯、あるよ」と背後から肩を叩くと、「ごめんなさい、立食パーティーで食べまくってきたんですよ」と両手を合わせ、「それより、ちょっといいかな」と入居者の方に視線をやる。

人のいないところで話したいという意味だ。

「彼女はいいよね」と優紀は絵美子を指さし、三人で事務室に入り扉を閉めた。

折りたたみ椅子に腰を下ろすと、知佳の表情から一瞬のうちにはしゃいだ気配が消えた。

ファイルケースから写真を取り出した。

以前に送ってくれたアルバムにあった古い写真と二年前にカメラマンに撮ってもらったポートレートやインタビューカットだ。

「別人」

宣言するように知佳が言った。

「なんで？」と優紀が反射的に問い返し、絵美子が「嘘でしょ」と言葉をかぶせる。

「若いだけで小野先生だよ、どっから見ても」

「山崎さんには違って見えるわけ？」

非難するような口調で絵美子が言う。

「私じゃなくて、コンピュータソフトが」

冷静な口調で知佳が答えた。

カメラマンから写真データを送ってもらった知佳は、もしや、と思い、以前、美容記事の取材で訪れた化粧品会社の研究所に行ったのだと言う。

効果的なメイクやメイクシミュレーションのための顔解析を行っている研究員がそこにいる。松本《まつもと》、という研究員に、知佳はアルバムにある小野尚子の写真とカメラマンの撮った小野尚子の写真、双方について、同一人物かどうか知りたいので解析してほしい、と頼んだ。

「何に使うの？」と松本研究員に尋ねられた知佳は、亡くなった女性の人物記事をメールマガジンにアップしたいのだが、それに使う予定の古い写真が本人なのかどうか確認したい、と偽った。

「確かに姉妹とかの可能性があるからね」と松本はうなずき、知佳が携えてきたＵＳＢの中の写真データを呼び出した。

数分後、彼は少し驚いたような声を上げた。

「同じ人に見えたのに別人だ」

目視したところ写真は似通っていた。だが顔認識ソフトによって数値化された目鼻立ちは、その二人が親子、姉妹といった人々の近似度からかけ離れていることを示していた。

顔認識ソフトは、昔の小野尚子と、二年前、知佳が会った人物が別人である、と判断したのだ。

プライバシーの問題があるから、と知佳はその研究員に取り込んだ写真を消去してもらい、研究所を後にしたと言う。

「私たちって、半分以上はお互いの顔を、目だけじゃなくて心で見ているってことなんですよ。中富さんが、『入居者の女の子がこれは別人だと言い張った』と言われたとき、もしや、と思ったんですよ」

絶句している優紀たちに知佳が説明した。

人の視覚はカメラとは違う。像の中に思い出を重ね合わせ、寮の人々は愛情と喪失と悲哀のフィルターを通して、小野先生、とされている人物を見た。感情と約束事の枠組みの中で、そこにある異なる顔が同一人物に見えた。そして雰囲気が似ていれば、知佳のように一度しか会っていない者にとってもそれは同じ人物に見える。だが、中には人の顔を完全に物として認識することのできる人もいて、そうした人々は二者の違いを明確に見分ける。

「それって情緒に障害があるとか？」

沙羅のぎらついた視線を思い出し、優紀は痛ましい気持ちで尋ねた。

「違う違う。能力だよ。生まれつきの人もいるし、画家とかは訓練でそれができちゃう」

絵美子がまだキツネにつままれたような顔で、写真を見比べている。

「何か刑事さん、本物の小野尚子さんは歯がほとんど無かったとか言ってなかった？」

「差し歯、入れ歯できちんとケアしてたら見た目じゃわかんないよ。インプラントまでやってたかどうか知らないけど」

知佳が応じる。

「いずれにしても口チャックね、写真とか別人とかのことは」

気を取り直し、優紀は釘《くぎ》を刺す。

「当然」

知佳はさっと立ち上がると、事務室を出た。

「お邪魔しました」と座敷で雑談をしている麻衣やはるかたちに元気よく挨拶し、何事もなかったかのようにアクアに飛び乗り帰っていく。

困惑したまま優紀と絵美子は、アクアの走り去った後の夕闇迫る庭に立ち尽くす。

そうこうするうちに、かつての入居者と名乗る人物から電話がかかってきた。

問い合わせのはがきを書いたものの、どこからも返信はなく、いい加減に諦めた頃だった。

「以前、そちらでお世話になったものです。ばたばたしてて返事が遅くなってすみません」

圧倒されるような早口の塩辛声だ。

「斉藤登美子《さいとうとみこ》と言います」

お別れの会からしばらくして、佐久郵便局から転送されてきた封書があった。現金書留は使わず、白封筒の中に短い悔やみの手紙に包まれて一万円札が一枚入っていた。その送り主だった。

「私、平成三年の正月明けから、四年ちょっと、そっちに居たんですよ」

「はい、平成……」

とっさに西暦に置き換えられなかった。

一九九一年から四年間、まさに写真の中から小野尚子の鮮明な映像が消える前後のことだ。

斉藤登美子は旧軽井沢にあった新アグネス寮で一年間を入居者として、それから三年あまりをスタッフとして、計四年三ヵ月を小野尚子と共に過ごしたと言う。

「会って、お話をうかがえませんか。今、お住まいはどちらに？」

息せき切って尋ねると、「岐阜。名古屋の田舎の方。朝から晩まで働き詰めでね、貧乏暇なしなのよ。そっちだって無駄な金は使えないでしょ。電話で話してくれない？」と言う。会いたくない、というニュアンスではない。

寮を出て、外の世界で生活するようになっても貧しさからは逃れられない。交通費も時間もない。現金書留も使わず、悔やみの手紙で包んだ一万円札は精一杯の気持ちだったのだろう。ありがたさとともに厳しい現実を突きつけられた。

斉藤登美子は続けた。

「実家に戻って店やってるの。あたしがいないと近所のジジババが干上がっちゃうからさ」

「ご商売を……」

「スナックよ、スナック。朝から開けてモーニング出して、夜中までカラオケ。考えてごらんよ、あんた、元気な年寄りがデイサービスでチイチイパッパなんかやってらんないだろ。家にいたら邪魔者扱いだし。だからうちに集まるの。あたしも警察に捕まったり、事故起こしたり、若い頃さんざん世間様に迷惑かけたから、少しは罪滅ぼししないと」

「あ、それはどうも」

　思わず頭を下げていた。貧困どころではない。どんな人生を歩んできたのか知らないが、見事な社会復帰だ。

「で、今から二十年以上前の話を聞きたいんだって？」

「はい、一九九三年頃のクリスマスの写真が整理していたら出てきまして……」

「ああ、クリスマスパーティーの話ね、良く覚えてる。すごかったわ。何がすごいかって有名人が来るのよ、何気なく。あのへんに別荘持ってる流行作家も来たわ、名前なんか忘れたけど。小野先生には腰が低いのに、私たちにはけっこう偉そうな親父。それからファッションモデル。あの頃はジュエリーデザイナーをやってた。それまで雑誌なんかで見てたときは、ああ、こんなもんか、と思ってたけど、現物はものすごいきれいで、輝いてたね、ほんとに」

　優紀が言葉を挟んだり、相づちを打つ間も与えず、斉藤登美子は話し続ける。

「バブルの頃の旧軽なんて、ほんとすごかったんだから。冬だってけっこう人が来たわよ。新幹線もアウトレットもない時代だったけど、有名人がたくさんいてね。そういう人と小野先生は付き合っていたのよ。もっとも先生本人はそんなことで喜んじゃいなかったけど。でも、ほら寄付金集めとかあるじゃない。それで一生懸命やってたのよ。周りの教会の人たちも支援とか言いながら、小野先生の知名度を利用してるようなとこがあったし。で、クリスマスパーティーにはそういう人たちを招待したの。なんだかんだ私、ケチつけたけど、正直、楽しかった。共生だの生き直しだの言ったってね、やっぱりキラキラしたものが欲しいよね、女なら。聖人君子じゃないんだから。そのあたりのさじ加減を小野先生は心得ていたね。でもそういう人ばかりじゃないからさ。一緒に亡くなった榊原さんなんかは、そういう催し物は大嫌いで。悪い人じゃないけど、偏ってるよね、考え方が。いえ、あの人の考えってわけじゃなくて、あの人の信仰していたキリスト教がさ、ちょっと変わってるの。小野先生は人を色眼鏡で見るようなことはしなかったけれど、私なんかやっぱり、ああ、この人、アレを信心してるからしょうがないや、みたいに思ってた。一度教会帰りに死に損なってるんだわ。迎えに行くといっても、いらないって断る。何でも自分でできると思っていて、人の厚意を撥《は》ね付けるみたいな、そんなところがあったね。悪気はないんだけど。雪が降った夕方に道に迷ってね。森の中の近道よ、木の根や石段があって危ないので杭とロープで私たちが目印を作ってやったの。それがいたずらされて別の方向にロープが張られてた。それでそっち行っちゃったのよ。たまたまそっち方向の別荘に人が来てたから助かったようなものの、そうでなければまちがいなく凍死してたわ」

まだまだ続きそうな話を優紀は、「それで実は……」と遠慮がちに遮った。

昔の写真を見ているうちに、一九九三年までの集合写真に小野先生はそれとわかる形で入っているが、一九九四年以降、不鮮明な写真しかない。また一九九四年以降のクリスマスの写真がなく、自分の来た九年前にはすでにそんな催しはなくなっていたのだが、何か心あたりはないか、と尋ねた。

斉藤登美子は黙って優紀の話を聞いていたが、「悪いね、酒屋が来ちゃったんで、後でかけ直すから」と言って一方的に電話を切ってしまった。

一時間後、約束通り斉藤登美子はかけ直してきた。

「九十何年とか言われてもとっさにわからなかったんだけど、確かにクリスマスパーティーどころじゃなかったんだわ。あれは平成六年だから、一九九四年か。十一月の終わりに、小野先生がフィリピンから帰ってきたの」

「フィリピン？」

「そうよ、何度も行ってたのは知ってるでしょ」

「はい」

「そのときが最後だったと思うけど、病気になって帰ってきちゃったのよ。それがひどくて、私たち、もう驚いたの何のって……。成田に迎えに行って、先生を探したのよ。そうしたらサングラスにマスクで車椅子に乗って、ぶるぶる震えている女の人がいるじゃない。腕なんか枯れ木みたいに痩せて、その人が、ほとんど声も出ないんだけど、私たちを呼んで。ショックなんてもんじゃなかったね。これはもう検疫でひっかかるかと思ったのよ。ところが南の島の伝染病なんかじゃなくって、小野先生が言うには、リウマチとか、そういうたぐいの。何か難しい名前がついていた。それからずーっと暗い部屋に一人で籠りきり。太陽の光を浴びただけで体中が怠《だる》くなるとか。蛍光灯の光さえだめで、もう、疲れがひどくて動けないし声も出ないし。痩せ細って痩せ細って、もちろん以前の面影なんかどこにもないんだけど、マスクとサングラスに白手袋。あのまま死んじまうんじゃないかと私たち、ずいぶん気を揉《も》んだものだわ。そんな体でも入居者やスタッフに優しい言葉をかけてくれるのよ。もう痛々しくてね。翌年、私があそこを出たときにも、まだ暗がりに籠っていたわ。写真がないったって当たり前だわ。回復したのが信じられないくらい」

小野先生が重い病気になってフィリピンから戻ってきた、ということは、以前から聞いていたし、知佳のインタビューでもその話をしていた。体調が元に戻らず、行事もできない。面《おも》やつれした顔など人に見せたくないから、写真でも無意識にうつむく。

だが、マスクとサングラスに手袋、帰国後もずっと暗い部屋に引き籠っていたとすれば、その目的は一つしか考えられない。

そのとき小野尚子は別人にすり替わった。

だれが？　何のために？

「つまり入れ替わっていたわけだ……たぶん、その時期は一九九四年」

優紀はプリントされた写真の中から、一九九三年のクリスマスの写真を拾い出し、絵美子に、斉藤登美子から聞いた話を伝えた。

「フィリピンから戻ってきたのは、小野先生じゃなかったっていうこと？」

「どこかで入れ替わったなら、そこしかない」

「私、ちょっと思ったんだけど、言っていいのかな」と絵美子が口ごもった。

「いいよ、言って言って」

「斉藤さんという人が言うには、フィリピンから戻ってきた小野先生は、重病だったんでしょう、それは本物の小野先生だった。けれど助からなくて亡くなってしまったので、どこかから影武者を連れてきた」

「影武者？」

優紀は素っ頓狂な声を上げた。

「何のために？」

そこまでは考えていなかったというように、絵美子は沈黙した。

「いや、理由はあるね」と優紀は思い直す。

入居者の心の安定のために。もちろんそれはある。だがもっと切羽詰まった事情がある。

　別荘の持ち主が亡くなれば、小野尚子の厚意で住まわせてもらっていた人々の前に遺族が現れる。新アグネス寮のスタッフにも入居者にも居住については何の権利もない。

それだけではない。新アグネス寮に限らず、類似する施設は常に資金の不足に悩まされている。運営資金がショートしたときに小野尚子は自分名義の預金を引き出して何とか保《も》たせていた。

「考えたくないし、言いたくもないことだけどね」

　当時のスタッフのだれかが、あるいは彼らの総意で、病死した小野尚子の身代わりを立てたとしたら……。新アグネス寮自体は、施設の性格上、世間一般にその内情やメンバーの個人情報を表に出すのを極力控えている。だからその気になれば偽者を立てることは可能だ。

「それじゃ遺体は？」

「埋めた……軽井沢の山の中か、いえ別荘の敷地はほとんど山林だもの」と優紀が答えると、「やめて」と絵美子がふっくらと白い自分の二の腕を抱き、身震いした。

「ごめん、ごめん」

　遺体の件はともかくとして、病死したか、あるいは病気のために新アグネス寮の「先生」をつとめられなくなったかした小野尚子のかわりに、よく似ただれかを据えたということは十分考えられる。とすれば、だれが仕組んだことなのか。そして優紀たちが小野尚子と信じていた先生がどこから来ただれなのか。

数日後、優紀は山崎知佳と二人で中軽井沢にある瀟洒《しょうしゃ》な別荘の一室にいた。

あの後、斉藤登美子とのやりとりを知佳に電話で伝えると、知佳は「それって、もろ、私が取材した部分じゃないですか。それが小野尚子さんじゃなかったってわけですか」と叫んだ。

それからしばらくして知佳は、一九九三年のクリスマスの集合写真に小野尚子と一緒に写っている女性にコンタクトが取れたので、何か話を聞けるかもしれない、と連絡をくれたのだった。

「ええ、確かにクリスマスにうかがいました。九三年のことですね」

白髪を淡い栗色に染めた髪をショートカットにしたフルート奏者が、ピアノ用の椅子に腰掛けて足を組み、少し恥ずかしそうに、知佳が手渡した集合写真の中の自分の顔に見入っている。

大きく胸元の開いたフリル付きのブラウスにペンシルパンツ、太いベルト、細かなウエーブの髪を肩まで伸ばした若い女性が、銀色の楽器を手に海苔《のり》を貼り付けたような太眉と真っ赤な唇で微笑んでいる。

二十数年も昔の写真であるうえ、あまりにも当時とファッションが変わっていたから気がつかなかったのだが、知佳は集合写真で女性が手にしている楽器を見て、リゾートホテルのプレス発表会でフルートの演奏を披露した女性奏者のことを思い出したのだ。名刺交換をしていたので連絡を取ると、はたして二十数年前の新アグネス寮のクリスマスパーティーに招待された女性であり、小野尚子や当時のスタッフも知っている、と言う。

青柳華《あおやぎはな》というそのフルート奏者は、毎年夏の間、ごく短期間、軽井沢に滞在しており、翌週には東京に戻るということで、知佳は彼女が軽井沢にいるうちに、と会見をセットしてくれたのだった。

優紀の方はすっきりしないまま、もはやそれ以上、二人の「小野尚子」について詮索しても無意味なような気もしていたし、知らない方が良いだろうとも思えたが、せっかく会見の場を設定してくれた知佳の立場を考えると断りづらい。それにもし自分が同席しなくても、知佳は事情を知ろうとそのフルーティストに会うだろう。としたらそちらも心配だ。

そんなこともあって絵美子だけに行き先を告げて、優紀は小諸の家を出てきた。

九三年当時、軽井沢一帯に別荘を持つ文化人やアーティストたちの交流は今よりはるかに活発だったと、青柳華は述懐した。

「いろいろな活動ができて楽しかったですよ。内面的にも、みんな今よりとても自由でした。ところであなたが、施設長さん？」

華は言葉を切ると優紀に視線を移し、かすかに眉をひそめて、気遣わしげな表情を見せた。

「いえ、ただの世話人です。事務処理上代表を立てないといけないんで」

「ライターさんが一人でいらっしゃるとばかり思っていたんですけど」

フルート奏者は幾度かためらうように、何かを言いかけた後、「ちょっと嫌なことがありましてね」と言葉を濁した。

「嫌なこと、と言いますと？」

思わず前のめりになって尋ねた優紀に、華は冷ややかな視線を向けた。

「失礼ですが、キリスト教と言っても新アグネス寮さんは、何か特殊なところですよね。カルトと言ったら失礼かもしれませんが」

「うちですか？」

慌てて首を振った。教派の異なる複数の教会が支援してくれており、施設名に聖人の名前を冠しているので、よくキリスト教団体の施設と間違われるが無関係だ。「小野先生」も洗礼は受けていない。そんなことを説明したが、疑わしそうに華は目を細めて優紀の顔をみつめている。

「小野尚子さんは素敵な方でしたよ。とても思いやり深く、上品で謙虚で、本当に女性たちのことを第一に考えている風に見えました。私も若かったので」

引っかかる物言いだ。

「でも、気持ち悪いところがあったんですよ。いえ、小野さんのことじゃなくて、幹部の女性が。かなり年配の方。差別になりますから、あまりはっきりは申し上げられないのですが、目の不自由な方でした」

「榊原さんですか」

「名前は覚えていません」

「何かあったのですか」

知佳が尋ねる。

「変なものを飲まされました。それで……」

青柳華は言い淀んだ。

「小野さんや他のスタッフは準備に駆け回っていて、私の接待みたいなことを、その女性に任せたんですね。それでその女性にとても嫌なことを言われました。伴奏でキーボードを弾いてくださった男性の友人についてとか。確かにその方とは正式な結婚をせずにお付き合いしていましたが、プライベートなことじゃないですか。ステージ衣装についても、肌を出し過ぎているの、腰の線が見えてどうこうとか。失礼ながらご本人は目が見えないのですよ。嫌みだか説教だか知らないけれど。小野さんがもし彼女に言わせていたのだとしたら、私は彼女に対しても不信感を持ちます。我慢ならなかったのは、私の演奏スタイルや選曲について、音楽を何も知らないその方が注文をつけてきたことです」

「たとえば？」

冷静な口調で知佳が話の先を促した。

「少しエロティックな歌詞のポップスをプログラムに入れたのですが、歌ではなくフルートですからね、関係ないでしょう。その他の映画音楽やポップスについてもクリスマスにふさわしい曲ではないとか、開演前に練習していたら、バッハの曲は感情的に吹かずに神の声を聞くように、敬虔《けいけん》な気持ちで吹けとか」

知佳が笑い出す。

「プロに向かってよく言いますよね」

「もちろん無視して演奏しましたよ。でも、あまりに失礼で、ずっとむかむかしていました。それで演奏が終わった後、その年配の女性からどうぞと冷たい飲み物を差し出されたんです。油断した私が悪いんですけどね」

優紀の背筋がぞくりとした。知佳が鋭い目配せをしてくる。

「演奏会の後って、二キロくらい痩せる感じなんです。とにかく汗びっしょり。喉も渇いているし、目の不自由な年配の女性が差し出してくれたものをみなさんの前で突き返すって、できないでしょう。『恐れ入ります』と受けとって、飲み干してから気づいたんですよ。変な漢方薬みたいな匂いがして。『これ何ですか』ときくと、何か妙な名前を言う。それで、あなたの感じからすると、肝臓が弱っているとか、眠れていないはずです、とか、また変なことを言い出す。その前からお酒もコーヒーも体に悪い、紅茶も日本茶もだめ、みたいなことを言っていたんですよ。そのとき、私は騙されてカルト教団の行事に駆り出されてしまったのだ、と怖くなりました。もしそうなら演奏家としてのイメージダウンもあります。そうこうするうちにめまいがしてきて、吐くほどではないけれど、胃のあたりが重苦しい。もう、怖くなって、すぐ車を呼んで、と頼んだけれど、その女性が、少し休まないとだめとかなんとか言って、触ってくる。その手の感触も気持ち悪いし怖い。年配の女性なのに、男のように力があって。触られたところが、何かひりひり熱くなるような……。それを全身で振り切って、お友達の大学の先生がそばにいたので、助けて、と目で知らせたけれどわかってもらえない。パートナーのキーボード奏者は別の方の伴奏をしている。それで他の人に、とにかくタクシーを呼んでください、と頼みました。車に乗ったらとたんに吐き気が強くなって、あちこちで車を停《と》めてもらって吐きながら帰りましたよ。恐ろしい経験でした」

そこから数キロ離れた自分の別荘に辿り着いて着の身着のまま、ベッドに潜り込み、眠ったと言う。

「眠ったのか、意識を失ったのか、わからないんです。今、考えても震えがきます。脱法ハーブだったんでしょうね。あの頃はそんな言葉はなかったけれど」

「病院へは？」

「いえ。翌朝は体から抜けたみたいで、何とか大丈夫でしたから。それにあの催しに駆り出されて、変なものを飲まされたなんて言ったら、どういうふうに曲解されて何を言われるかわからないでしょう。確かにあの施設は、文化人の方々が褒め称えていました。けれど、私、あそこには二度と近づきませんでしたよ。親しくしていた神父様にご相談したことはあるけれど、神父様は、小野さんもあの目の不自由な女性も邪《よこしま》な方では決してない、とおっしゃるだけ。以来、こんなことはだれにも話していません。別荘とはいえ、同じ軽井沢に住んでいるわけですし、目を付けられて何かされたら怖いじゃないですか。それに何か言えば入居者に対するあなたの偏見だ、とか、左派系の方々はすぐに言い出すでしょう。あの後、施設は引っ越していかれたようですし、山崎さんがお一人でお見えになると思ったので、お話しすることを決意したんですよ」

一呼吸置いてから、フルート奏者は優紀を見詰め、静かだが冷たい口調で続けた。

「お気を悪くなさったかもしれませんが、事実です。あれから二十年以上経っていますが、今後もあなたたちに関わるつもりはありませんから」

優紀は抗弁する言葉を持たなかった。

疑惑が形を成し、自分が善良だと信じたものが、丸ごと覆されるようなひどく不安定な気持ちになり、後ずさりしたくなるのを辛《かろ》うじて耐えている。

屋外に出たとたんに、暑さが厳しい季節だというのに鳥肌が立っているのに気づいた。

「小野尚子さんは毒殺された、なんて可能性がないですかね」

知佳が言う。可能性が、という言葉と裏腹に強い疑いを抱いている口調だった。

「ないない」

反射的に優紀は答える。

「榊原さんは元看護師でしたよね。私の偏見なら申し訳ないけれど、新アグネス寮に限らず、白百合会の寮には元薬物依存の方々がいらっしゃるでしょう、スタッフも含めて」

「ええ」

私もそうよ、という言葉を発することはできなかった。

「いきなり薬を抜くことができなくて、少しずつ断つとか、弱いものに替えながら軟着陸させるとかって、ないんですか」

「ありません」

それだけはなかった。病院や刑務所で薬を抜いた人々が一通りのリハビリを済ませた後、元に戻らないように、生活を共にしながら相互に支え合うのが聖アグネス寮や新アグネス寮の目的だ。もちろん入居者がそれに失敗し、再び薬物に手を出すことはあるが、スタッフも仲間も根気よく向き合い、断酒、断薬は徹底していく。

「突飛な考え方と思われるかもしれないし、中富さんを傷つけてしまう言い方かもしれないけれど……」

「いえ、かまわないから言って」

ためらうように知佳が続けた。

「榊原さんが自分の信条に添わない堕落した指導者を殺して、身代わりを立てた、ということは、本当に考えられない？」

「考えられない」

即座に答えた。

榊原久乃は確かにハーブには詳しかった。いろいろな野草や畑で育てた薬草で、お茶や煎じ薬を作って飲ませてくれた。それまでの看護師としての知識を生かし、人の体の状態と機能をトータルに考えた上での処方であったし、それでスタッフや入居者の健康が保たれていたのは間違いない。

その一方で、それらの薬草で人の健康を損ねることも可能だ。すぐに効果が現れれば、殺人、と気づかれるが、有毒なものを毎日少しずつ摂取させれば、緩慢な形で死に追いやることができる。

榊原の薬草茶には、信仰上の信念もこめられていた。特殊なキリスト教の教派に属していた榊原は、酒をたしなむことはもちろん、コーヒー、紅茶、緑茶といった一般的な飲み物さえも口にしなかった。

同時に榊原久乃はクリスマスを祝うことを拒否し続けた。カルト教団に属している様子はなかったが、彼女に言わせれば、福音書にはキリストの誕生日について何も書かれておらず、クリスマス自体が北方の異教徒の祭りだから、という理由だった。

「榊原さんのマッサージやお茶や煎じ薬は、入居者やスタッフの心身を癒してくれたけれど、みんなあんまり恩義には感じていなかったのは確かなんだ。青柳さんの言った通り。楽しいことやおしゃれっぽいものを拒否するんだよね。自分だけならかまわないけれど、ほかのメンバーに説教しちゃったりするから、煙たがられるっていうか、距離を置かれていた」

二十数年も前、斉藤登美子が居た時代からそうだったようだ。

「もしかして、厳格主義ですか？　それともファンダメンタリストってやつ？」

知佳は尋ねる。

「さあ、私には宗教の知識なんかないからわからない」

本物の小野尚子を優紀は知らない。スタッフにも、入居者にも、知っている者はいない。支援組織の人々も二十年のうちに代替わりしている。

一九九三年までのクリスマスは、記録によれば確かに盛大だった。クリスチャンの有志が企画したチャリティーコンサートが開かれ、軽井沢に別荘を持つ文化人や名士たちが出席者リストに名を連ねている。

あの九三年当時、アルコール依存から完全に立ち直り、組織運営も安定し、実績と知名度を上げることで華やかな人脈を築き、享楽的なものに寛容になった小野尚子のことを、榊原は快く思わなかったということは、考えられる。

男のように権力を求めて争う意志や野心はなく、嫉妬や金銭欲のような生臭いものにも縁はなかった。だが年齢が上がるにつれて頑迷さを増してくる宗教的信念か、あるいは榊原久乃個人の道徳観が、かつての盟友の変化を許さなかったとは考えられないだろうか。

病気で伏せっていることにして、一年間かそれ以上、榊原久乃が偽者を小野尚子に仕立てる訓練を施《ほどこ》していたとしたらどうだろう。サングラス、マスク、長袖長ズボン姿で、日光を避け、奥座敷に籠らせて。

そうして立てた偽者は、最初から榊原久乃のお眼鏡にかなう人物だった。小野尚子を騙《かた》ったという一点を除き、優紀や他のメンバーが知っているとおりの、慈愛に溢れた、思いやり深い、非の打ち所の無い人格者だった……。

すべてはスタッフや他のメンバーの知らないところで行われた。榊原は根回しなどできる人物ではない。だから彼女はたった一人で、トップの首をすげ替えた。

とすれば、本物の小野尚子はどこに行った？

あり得ない、と優紀は自分の心に生じた榊原に対する疑念を振り払う。

火災の折、榊原久乃は小野先生の後に続き、炎に包まれた二階に上がっていった。目が見えないにもかかわらず。「そうはさせませんよ」という言葉を残して。

「目が不自由だったのに……」

お別れの会の折、教会の中庭で絵美子は悲痛な表情でつぶやいていた。

「すぐに後を追ったのが榊原さんだったなんて。私たちはただ固まっていたというのに」

「目が不自由だからできたんだよ。私なんか、火の粉を見ただけでパニクっていたもの」と優紀が言うと、麗美がかぶりを振った。

「でも榊原さんが先生を追いかけていったのは、やっぱり意外だった」

麗美は、榊原が小野先生をないがしろにするような態度をしばしば取っていると以前から少し憤慨する口調で語っていたのだが、確かにそれは優紀も感じていた。

小野先生は言うべきことはもの柔らかな口調ながらきちんと伝えるが、個人的な希望については、婉曲《えんきょく》な言葉や態度でさりげなく示すことが多かった。だれよりも鋭く人の本心を見抜くはずの久乃は、そうした先生の意図についてまったく気づかないふりをして、メンバーの合意形成の中から先生を外すようなところがときおりあった。榊原久乃は自分が据えた小野先生に対し、心理的優位に立っていたということは考えられないだろうか。

夕刻、戻ったとき、古い屋敷は静まり返っていた。

玄関の引き戸を開くと下駄箱の上の物が目に飛び込んできた。薄暗い玄関灯に浮かび上がっているのは、ごく小さな羊の縫いぐるみだ。緋毛氈《ひもうせん》の上にころりと寝転がっている。中途失明した榊原久乃が、狭まりつつある視野を惜しむようにして作ったものだ。そして視覚が完全に失われた後も、習い覚えた指先の感触で同じ物を作り続けた。

増える羊たちをミニ牧場と呼んで、新アグネス寮の人々は部屋のあちらこちらに飾っていたのだが、五センチ足らずの縫いぐるみは赤ん坊にとっては良いおもちゃであり、柔らかで丸い感触は何か心を落ち着かせるものがあったのだろう。火事の夜、小野先生によって二階から投げ落とされて助かった赤ん坊の手には、それがしっかりと握られていた。

それ一つを残して残りの羊は燃えてしまった。ミニ牧場には羊の他にもう一体の縫いぐるみがあったことを優紀は思い出す。布を被り長い衣をまとった性別不明の人形だった。針金で作った杖《つえ》を手にした羊飼いだ。

新アグネス寮に来てしばらくした頃、優紀はその人形を手に取り、「人間はこの子だけなんですか」と榊原久乃に尋ねたことがあった。

そのとき久乃は薄い瞼を通して見えない目で優紀を見つめるようにして、低い声で答えた。いや、厳密には答えにはなっていなかった。

「羊の群れには、狼《おおかみ》がまぎれ込むことがあるのですよ。そして一匹、一匹とたいらげていく。だから羊飼いが見守らなければいけない。狼が手出しをしないように」

「それならその狼を狩ってしまえばいいことでは?」

「狼は狡猾《こうかつ》です。羊より人より。そして普段は羊の姿をしています。狩ることも追い出すこともできません。だから危害を加えたりしないように注意深く見守らなくては」

羊の姿をした狼、とは、善良な人々の心にときおり芽生える悪意や世俗的な誘惑を示したものだろう。こうした施設で一緒に暮らしていれば、喜びや悲しみとともに憎しみや怒りの感情も兆す。ときに邪な心が増幅され、外部の人々に攻撃を仕掛けたり、互いを傷つけたりもする。だから各自が心の内の自己を見つめ、律するものを自分の内に持て、という意味だと、優紀は解釈した。

だが、あの羊飼いは、今思えば榊原の独善的な自画像だったのではないか。そして監視役の羊飼いは、調子に乗りすぎたリーダー格の羊を何らかの形で葬るか追い出すかして、偽者を据えた……。

自分が即座に否定した知佳の言葉が、現実味を帯びてくる。

と同時に、自分が知っている「小野先生」は、榊原久乃の周辺の人物だったという可能性が出てきた。

受話器を取り上げ、榊原久乃の通っていた教会の番号を押す。

一九九三年から九四年にかけての話を聞くためだ。だが電話に出た女性は、当時在籍していた服部《はつとり》、という名の牧師はすでにそこにはおらず、アメリカ内陸部にある本部に行ってしまった、と答えた。連絡したければ教会本部に国際電話をかけ本人にメッセージを伝えてもらうか、手紙を書いたらどうか、と言う。

しかしアメリカ内陸部の田舎町では、手紙が届くのに二週間以上かかる。確実に届くとも限らない。電話でメッセージを伝えたくても、優紀は中学生程度の英語の読み書きならともかく会話はできない。麗美や絵美子はそれすらできない。

高学歴者の揃っている白百合会の会員たちとの果てしない落差を感じながら、優紀は度胸を決めてアメリカの教会本部に電話をかける。

相手の英語が聞き取れず、電子メールを送りたいのでメールアドレスを教えてくれ、と単語を連ねて、自分の希望だけを電話口で叫ぶ。本部宛てのメールに「服部牧師に転送してくれ」と英文で書けば、後は日本語で用が足りる。相手は何か答えたがやはり聞き取れない。しかたなくこちらの電話番号と、新アグネス寮の英語名、自分の名前を連呼して切った。

深夜、事務所の電話がけたたましい音を立てた。

飛び起き、事務所に走る。

おぼつかないメッセージは伝わったらしい。服部牧師からだった。

「私宛てにお電話をいただきましたそうで」

「ありがとうございます」と思わず平身低頭していた。

「いろいろ込み入ったことをお聞きしたいもので、服部先生のeメールアドレスを教えていただけますか?」

「いえ、私たちはそうしたものは使いません。ネット社会とは無縁に暮らしております」

どんな教派なのか、と首を傾げながら、それではこちらからかけ直します、という社会人としての常識的な物言いをしたいがためらった。寮の乏しい予算では国際電話料金が痛い。

事情を察したように相手は「これは教会の電話です。料金については心配せず遠慮なくお話しください」と言う。ありがたい反面、世界中の信者からどれだけ搾り取っているのだろう、と首を傾げる。

「それではファックスは？」と尋ねるとそちらはあると言う。

番号を教えてもらい、手紙を書いてファクシミリで送ることにした。

二時間ほどかけ、寮の火災で小野尚子と榊原久乃の二人が亡くなったこと、その後、警察から小野尚子の遺体について別人であることを知らされ、歯科情報によればすでに九年前には、別人が小野尚子と名乗って寮にいたらしいこと、二十数年前の小野尚子の写真と、二年前の小野尚子の写真が別人であること、そしてこの日の青柳華の話も含め、これまでわかったことを書き連ねた。

相手はアメリカ内陸部の田舎町にいて、しかも俗世間とはかけ離れた世界に生きていることを思えば、事情を隠す必要性は感じられなかった。

翌日の夜半、達筆な横書きで服部牧師から返事が送られてきた。火災で小野尚子と榊原久乃が亡くなったことについて、丁寧な悔やみの言葉が述べられていた。そして小野尚子がすり替わっていた、という話は、未《いま》だに信じがたいが、と前置きし、確かにマニラのスラムから戻ってきた後、彼女は二年くらい病気で伏せっていた。ひどく痩せ、顔をサングラスとマスクで覆い、紫外線を避けて生活していた様は、自分も目にしており、そのときに別人に入れ替わった可能性も否定できない、として、次のように書いている。

「私はその後も２００４年まで軽井沢におりましたが、あなたの言う時期に小野さんが別人に変わったと感じたことはありません。小野さんはクリスチャンではありませんが、慈愛に溢れたすばらしい方でした。警察の言うことが本当なら、何か事情があって本物の小野尚子さんの身代わりの方が現れたのかもしれません。しかしその方を責める必要がないのは、あなた方がすでにご承知のことと思います。それよりもあなたは榊原さんを疑われているようですが、それは大きな間違いだと申しておきましょう。榊原さんは立派な方です。キリスト者としての信念の下、看護師として長年、病める人々の苦しみに寄り添い、緑内障により全盲になられた後も敬虔な気持ちから、人としての研鑽《けんさん》を重ね、何事にも流されず、強い責任感をもって新アグネス寮に来られる人々を癒し続けたことは、あなたが一番ご存じなのではありませんか。演奏家の方のお話も嘘と断じることはできません。けれども榊原さんが差し上げた飲み物は、おそらくアルコールやコーヒー、清涼飲料水といったものから遠ざかっている人々が口にしているごく素朴なハーブティーであったと思います。ただ人の体というのは不思議なもので、疑いや嫌悪の気持ちに強く反応し、あたかも毒物であるかの如《ごと》く反応するものなのです。おそらくはその女性の体に起きたことは、そのときのその方の心の有様を反映したものであったと私は考えます。緊張、疑念、嫌悪、様々な禍々《まがまが》しい感情。そうしたものは間違いなく人の体を蝕《むしば》みます。恐ろしいことを考え、根拠なく怯えるのは愚かなことです。初代の小野尚子さんは何か事情があって、新アグネス寮の活動から離れることを望み、小野さん自身の意思で、おそらく榊原さんや他のスタッフと相談の上、代役を立てて寮を去られたのではないかと思います。事情はわかりかねますが、そこに邪なものがあったとは、長年、小野さんはじめスタッフの方々とお付き合いしてきた私にはとうてい考えられません。それではあなたのご存じの小野先生がだれであったのか、という疑問に、あくまで憶測で申し上げることをお許しいただければ、小野さんのご親族でお顔の似ている方、あるいはあなたの推測通り榊原さんのお知り合い、おそらく榊原さんのお眼鏡にかなった人物だったのではないでしょうか」

優紀たちを祝福する定型文で服部牧師の手書きのファクシミリは結ばれていた。

説得力のある内容だった。論理的な説得力以上に、優紀や寮の人々の心に温かい風を送り、不安を解消してくれる文章だった。

少し感動しながら、優紀は前日、耳にした青柳華の言葉は忘れようと思った。

3

以前、優紀たちが軽井沢の警察署で話した警察官が、新アグネス寮にやってきたのは、軒先にきゅうりやなすの牛馬を並べ、戸口に白提灯《しろぢょうちん》をつるして小野先生と榊原久乃の霊を迎えた八月の半ばのことだった。

応対に出た優紀は縁側に座布団を置き、絵美子がすばやくお茶をいれてくる。

警察官が、襖を開け放した座敷で電気蚊取りの薬剤を入れ替えていた麗美に鋭い視線を走らせる。

「ちょっとあちらで……」と玄関脇の事務室を手で示す。

察しのいい絵美子が「あ、はい」と返事をすると引き戸を開け、警察官を招き入れる。

「どうぞ」

スチールの折りたたみ椅子を二つ出し、お茶を机の上に置く。それから優紀にささやいた。

「私も居ていいのかな……」

「どうぞ」

優紀の返事を待つ事もなく警察官が促し、引き戸を閉め椅子にかける。

「実は……」

警察官は優紀の方に向き直った。

新アグネス寮の身元不明遺体については、その後もポスターやファイルという形で全国の歯科医師会に照会を行っていたのだと言う。それが最近になって、長野県軽井沢町の永山《ながやま》という開業医から、一九九〇年に確かにこの患者を診たという連絡があった。

「だれだったんですか、それは」

思わず身を乗り出したが、警察官は答えずに話を続けた。

二十六年も前に診た患者を永山医師が覚えていたのは、この女性が一見したところはわからないが、X線を通すと一目瞭然の歯の奇形を持っていたからだった。

過剰に生えた歯が前歯の根元に斜めに埋まっており、しかももう一本の過剰歯と融合し、複雑な形をした歯が正常な前歯を押して炎症を起こしていた。過剰歯の処置は若い歯科医の手に余る難手術で、結局、「大先生《おおせんせい》」と近隣の人々に慕われていた父に患者を回したのだが、ずいぶん葛藤があった、と現在、院長になっている永山医師は述懐した。

二十六年も前のカルテが残っていたのは、腕は未熟でもコンピュータについては詳しかった当時の永山医師が、父に代わって院内のカルテをすべて電子化していたからだ。

それが信濃追分のかかりつけ歯科医から警察がすでに入手していた亡くなる二ヵ月前の歯科情報、そして九年前までの歯科情報と一致した。すなわち火災による身元不明遺体のもの、優紀たちの知っている「小野先生」のカルテの内容と一致したのだった。

「このとき、永山歯科医院でこの女性は小野尚子名ではなく、本人の健康保険証で治療していますね」

一呼吸置き警察官は続けた。

「半田明美《はんだあけみ》、昭和三十年生まれ」

聞いたことのない名前だ。

昭和三十年生まれ、といえば、本物の小野尚子の六歳年下になる。

警察官は軽く咳払《せきばら》いした。

「八〇年代に、連続殺人事件の容疑者としてマークされていた人物です」

あまりに突飛すぎて驚きさえない。

傍らの絵美子が、ため息ともうなり声ともつかないものを発し、困惑の薄笑いを浮かべた。

「一九八四年に一度、東京で逮捕されましたが、正当防衛で不起訴処分になっています。それ以外の事件については物証がないので逮捕には至っていません」

淡々とした口調で警察官が説明する。

「何かの間違いですよ」

優紀はとっさに否定する。

「その歯医者さんが、間違えてるかもしれないですよね」

絵美子の顔に浮かんだ薄笑いが、半泣きの表情に変わっている。

みんなが小野尚子と信じていた女性が、たとえ別人であったにせよ、連続殺人犯のわけがない。

「だって」

絵美子が抗議するように甲高い声で叫び、すぐに引き戸の向こうの入居者のことに思いが及んだらしく、ささやき声になった。

「私たちみんな無事じゃないですか、先生は本当に身を削るようにして尽くしてくれたんですよ。最後は赤ちゃんとお母さんを守って亡くなったんですよ。そんな人がなぜ殺人犯なんですか」

「殺人犯とは言ってないですよ。捜査の対象になっていた、というだけで」

警察官は表情を変えずに答えた。

「だいたい二十六年も前の歯型なんて信用できるんですか。その間に抜いたり削ったりするじゃないですか」

優紀も無意識のうちに反論していた。

「で、どんな事件だったのですか」

あらためて尋ねる。

「地下鉄で男を突き落として逮捕されていますね」

「それが正当防衛だった、と」

「ま、そういうことです」

それ以上は何を聞いても警察官ははっきりと答えないまま、「それじゃ、何か思い出したことがあったら連絡をください」と言い残して立ち去った。

「嘘だよね」

玄関の引き戸を閉めかけたとき、絵美子がすがるように優紀の二の腕に手をかけた。

「だよね」と優紀はうなずく。

内心、警察官の言葉を嘘、と断じることもできず、かといって受け入れることもできない。信頼し、尊敬し、共に九年間を過ごした先生の記憶に、ゆらゆらと黒い影が射す。

「殺人犯……か」

背後に麗美が立っていた。たった今、警察官が出て行った玄関の引き戸を細く開けると首を伸ばして、その後ろ姿に目をやる。きついまなざしに、火傷の痕が引きつっている。

「いい加減なことを言って探りを入れにきただけだよ。塩でもまく?」

優紀はさりげなくかわした。入居者たちの耳には入れたくなかった。

「丸聞こえなんだよ」

麗美は事務室の引き戸の上を指さした。透かし彫りの欄間になっていた。

その場にいた入居者から他の人々にも伝わったのだろう、座敷に戻ると皆、一様に硬い表情で優紀を見ている。沙羅は頰のこけた顔で奥歯をかみしめ、震えていた。

「容疑者ということで警察が追っかけていたけれど、そうじゃなかった。一回は逮捕したけれど不起訴。つまり前科もなし。盗み聞きは勝手だけど、聞くならちゃんと聞いてね」

優紀は苛立ちを麗美にぶつけていた。入居者やスタッフにこんな物言いをすることは滅多にないが、小野先生がいなくなってから、頭に血が上ることが多くなってきた。入居者たちは無言で部屋に戻っていく。きっとそれぞれの部屋で、いろいろな話をするのだろう。人によっては憶測が妄想を引き起こし、また以前の状態に逆戻りするかもしれない。頭が痛い。

風が出てきた。麗美が戸口の白提灯を下ろす。

「どっかで歯車が狂うとね、人殺し、ってやってしまうものなのよね……」

中のろうそくを消しながら、優紀に向かい低い声でささやく。

「私はそれで三年、入っていたから」

精霊棚《しょうりょうだな》の水を取り替えていた絵美子がぎょっとした顔で振り返る。

傷害罪だと聞いていた。

「寝ていた亭主のおでこを、バールで殴っちゃった。殺すつもりだったよ、本気で。けれど、所詮は女の力だもの、怪我をさせただけ。でも、病院に担ぎ込まれて、私が服役している間に死んじゃった」

「どうして?」

「自然に。最初はベッドで普通にしゃべっていたけれど、そのうち唸《うな》ったりわめいたりするしかできなくなって、だんだん体が動かなくなったと聞いてる。寝たきりで二年半生きていたらしいね……」

だから何か歯車が狂えば、結果的に人は人を殺してしまう、と言いたいのか？

「麗美さんは、小野先生より警察の言うことを信じるの？」

絵美子が上目遣いにその顔を見つめた。

「先生が、昔何をしたって、他の人間に何をしたって、私には関係ないんだよ。私は小野先生にさんざん情をかけてもらったんだから。そういうものじゃないの？」

そのとき入居者の麻衣が入ってきた。

寮のメンバーが共有しているタブレットを見せる。

「『半田明美　殺人事件』とか『地下鉄転落　正当防衛』とかでググったけど、ヒットしないですよ」

詰問する口調で画面上に指を滑らせる。

麗美がその様子を一瞥したきり、無言で提灯を片付ける。

「だいたい本当にそんな人、いるのかな？」

絵美子が首を傾げながら、タブレットを受け取り、『半田明美』と文字を入れる。

「出てきた……けど、姓名判断だけ。連続殺人犯なら世間だってもっと騒いだはずよね」

「おまわりがいい加減なことを言ったんだよ」

優紀は応じる。これ以上、かき回されたくない。

「そういうごまかし方って、なんか嫌だ」

麻衣がタブレットを手に、少し厚ぼったい唇を引き結んだまま優紀を見つめる。冷ややかで攻撃的な視線に優紀は無意識に身構えている。

ここのメンバーの中では珍しく、普通の家庭で普通の両親に育てられた娘だ。小野先生に言わせると「まじめすぎ、頑張りすぎの病気」だった。

勉強も、運動も、部活も、親や周囲が心配するほどの努力と集中力を見せ、怠惰でいい加減な周りの人々をひどく攻撃する。止められるのは医師の処方薬だけだった。そして時期が来ると「頑張り」は突然終息し、不登校が始まる。その状態は転校や卒業という形でいったん解消し、再び「頑張りすぎ」の季節がくる。そして不登校。ほとんど学校に行かないまま、中学、高校を卒業し、いくつかアルバイトを経験したが、そこでも頑張りすぎと引き籠りのサイクルを繰り返した。その間にいじめを経験し、児童期から処方されている薬の量が増えていった。

断薬を試みて白百合会の主催するワークショップに参加したのが、麻衣が新アグネス寮に来ることになったきっかけだ。

「殺人犯だったかもしれないだれかを、私たち、小野先生だと信じていたってことですよね」

麻衣の口調はさらに鋭いものになる。

何か言いかけた麗美を片手で止め、優紀は冷静な口調で、「殺人犯じゃない。疑いをかけられただけ」と繰り返す。

「だから、『かもしれない』、と言ってるじゃないですか。それに前科にならなくても人を殺してしまったのは確かなんですよね」

しつこい物言いに、優紀は本気で腹を立てている。

「で、あんたは、どうしたいわけ？」

「ごまかされたまま、なかったことにして生きていく、みたいなのって、許せない」

「許せない」がまた始まった。うるさい、と殴り倒せたらどんなに気持ちいいだろう、と鼻に皺を寄せて糾弾してくる女の顔を見て思う。そりゃ、いじめにも遭うよね、と心の内で若い入居者を冷笑して平静さを保とうとしている自分に嫌悪感を覚える。

「許せないならどうすればいいと思う？」

麻衣は沈黙した。

「どうもしようがないよね」とたたみかける。

「そんなことを調べるのはおまわりさんの仕事なんだから」

「刑事さんは何かわかったら、ちゃんと私たちにも教えてくれるんですか？　っていうか、中富さんたちはちゃんと私たちに報告してくれるんですか」

「そりゃ言うでしょ」

何であんたなんかに報告しなきゃならないのよ、という言葉を呑み込み、優紀は冷静に対応する。

不信感をあらわにして優紀を見つめると、麻衣は無言のまま卓上のタブレットを手にして引き上げていった。

その夜、日付が変わった頃、沙羅がカッターで手首を切った。

連絡を受けて優紀は飛び起き、他の入居者を動揺させないようにスタッフの寝ている座敷に連れてきて傷口を見る。動脈までは切れていないが、かなり深く切ったようで出血がひどい。だが沙羅の方は、凍ったように静かだ。笑みさえ浮かべている。体の痛みと出血によって、心の痛みと混乱が抑え込まれてしまったからだ。

入居者のリストカットを優紀は何度も見てきた。冷静なふりをして手当てしながら、いつも激しい緊張と自身の痛みを感じる。

出血の様を見た絵美子はひどくうろたえて、涙を浮かべている。

「これ、縫ってもらった方がいいね。ちょっと深いわ」

麗美が部屋に入ってくると、優紀を押しのけるようにして沙羅の手を取る。傷口にガーゼを押し当て、ためらいなく圧迫止血した。痛かったらしく、薄笑いを浮かべていた沙羅の顔がゆがむ。

絵美子が119番しようとすると、「タクシーでいいよ」と麗美の声が飛ぶ。事務所の壁には夜間救急受付をしている総合病院の電話番号と所在地が貼ってあった。

「いえ、救急車を」

冷静さを装ってはいたが、内心、ひどく動揺しながら優紀は言った。

「傍《はた》迷惑でしょ。ただでさえ隣近所からは内心怪しい連中だと思われているのに、この時間にサイレンなんか鳴らして来られたんじゃ」

「そういう問題じゃ……」と優紀は言いかけたが、「この程度なら大丈夫」と麗美は落ち着き払っている。

結局タクシーで病院に担ぎ込んだ。沙羅は終始静かなままで、麗美が傷口を圧し腕を上げさせていたので車内を汚すことも、ドライバーを驚かすこともなかった。

蛍光灯が異様なほど明るくともった病院の待合室で、優紀は麗美から、その晩、沙羅が吐いていたことを知らされた。

ここにきて好転したように見えた摂食障害が、警察官の訪問でまた始まったのだ。挙げ句のリストカットだった。

沙羅は十代の終わりから命に関わるほど痩せて幾度か入退院を繰り返しており、昨年大久保の聖アグネス寮を経て、信濃追分にあった新アグネス寮に移ってきた。そうした症状は入院治療やリハビリによって一直線に回復する、というものではない。行きつ戻りつしながら、時間をかけて平穏と安定に辿り着く。

新アグネス寮にやってきてからも、沙羅は幾度か手首を切った。そのたびに「小野先生」は、無言で彼女に寄り添い、静かにその手に触れた。動脈までは切れていないから絆創膏《ばんそうこう》程度でいずれ血は止まる。血で自分の手が赤く染まることを薄気味悪がる風も厭《いと》う風もなく、小野先生は体温を分け与えるように、その骨張った体を抱いていた。緊張もなければ、悲嘆の表情もない。そんな状態でも落ち着いた笑みが浮かんでいた。和らいだ気分が他者の心に流れ込み、沙羅の体から力が抜けていき、その目から切迫した不安や怯えの色が消えていった。不思議なことにそのころには何もしなくても血は止まっている。だが自分にその真似はできない。優紀はますます自信を失う。

治療を終えた沙羅は、相変わらず静かだ。

自分たちが信頼していた小野先生は、半田明美という名前の、連続殺人犯だったかもしれない女性。ありえないと否定しても、関係ない、と無視しても、入居者だけでなくスタッフの心も大きく揺さぶられている。

病院から戻り、二、三時間寝ただけで、優紀は畑に出た。

火災前に住んでいた信濃追分の家に比べて、こちらの畑は広い。長い畝《うね》になすやきゅうり、トマト、かぼちゃなどが次々に実る。少し放っておくと、きゅうりはたちまち大きくなり、トマトは割れ、なすは白い種が見えてくる。

収穫しても食べきれないので、日陰でみんなで汚れを取り、整理して段ボールに詰め、白百合会の施設や本部に送る。このあたりではあり余り、もてあまされる夏野菜だが、東京の本部や他の施設では喜ばれる。それでも余ったきゅうりやなすは、料理の得意な麗美がピクルスにする。

雨の影響か、それとも不慣れな者が途中で引き継いだせいか、トマトの出来は悪い。白く斑点が出て腐っていく。

へたまで赤く実ったトマトを、瀬沼はるかが不器用な手つきでもぎ取ろうとした瞬間、腐った果肉にぶすりと指がめり込んだ。

派手な悲鳴とともに嫌な臭いが漂う。

「あたしたちもこれだよね」

畝に放り出された腐ったトマトをゴム長靴のつま先で踏みつぶしながら入居者の一人がつぶやいた。

白百合会から電話がかかってきたのは、そんな折のことだった。

「ちょっとお聞きしたいのですが、そちらでは、入居者に腐った野菜を食べさせているということを耳にしたのですが」

どういうことか、と尋ねると、前日、白百合会のミーティングに参加した麻衣が、新アグネス寮では気に入らない入居者には腐った野菜を食べさせる、と訴えたらしい。新アグネス寮は、白百合会から運営費の一部を負担してもらっているうえ、火災後には全面的な支援を受けた。そんなこともあり、担当者は即座に事実確認の電話を入れてきたようだ。

思い当たることはあった。台所で、ぽつりと白い斑点の浮いたトマトを無造作に生ゴミ入れに放り込もうとした麻衣に、優紀が「そこだけえぐり取ればいいんだよ」と注意した。そのときに腐っているの、いないのと、ちょっとしたやりとりがあった。

「腐っていたわけじゃありません。野菜の病気で皮の一部に斑点が出るだけで」

優紀は電話の相手に答える。

「病気って、普通なら食べないものでしょう」

「削り取れば関係ないですよ」

「そういうことではなく、普通の家の食卓には並べないようなものを寮で食べさせられるということが、彼女たちの心にどういう風に響くか考えてください」

「商品として出荷できるものと食べられるものは別です」

育ちの良い老嬢たちが、と心の内で吐き捨てた。農の現実と本当の貧困を知らないインテリの博愛主義者どもが、と腹の中で毒づいた。

電話を切り、麻衣を呼ぶ。言いたいことがあれば、私に言っていいんだ、と優紀がやんわり注意したとたん、麻衣の攻撃のスイッチが入ってしまった。

健康への悪影響がどうとか、差別がどうとか、入居者に対する上から目線がどうとか、一見、筋が通っているような言葉を延々と浴びせかけてくる。そんなことは今までにもあった。麻衣については「頑張りすぎの病気」であるし、暴力や虐待によって意思表示が封じられていた女性たちの場合には、回復していくプロセスの一つでもある。

それがわかっているから、怒りを呑み込み黙って聞いていると、麗美が不意に部屋に入ってきた。

「黙れ」と一喝した。

「この件についてはあんたが悪い」

麻衣は瞬時に沈黙し、蒼白《そうはく》の顔色になった。立ち上がり部屋から出て行き、五分も経たないうちに、玄関の戸を叩きつけるように閉めてどこかに行った。

「放っときな。頭を冷やせばそのうち帰ってくるから」

慌てて後を追おうとした優紀の腕を麗美は掴んだ。だが健康な人々には通用する理屈が、ここで生活する女にとっては当てはまらない。

一番身近にいて助けてくれる人にささいなことで怒り、しつこく責め立てたりするのは、どこまで許してくれるのか、と確かめているの。だから全力で受け留めてあげなくては。

小野先生は、よくそんなことを口にした。

優紀は、自分自身も納得がいかないまま、その話を麗美にする。

「ときと場合によるよ、そんなのは。今のあんたのはただの甘やかしだ。きちんと筋を通して叱らなければ、人は腐っていくばかりなんだから」

正論だ。その筋の男たちに一度ならず関わり、暴力夫の額にバールを叩き込んで収監された過去があるとはいえ、麗美は人としてまっとうだ。だがここの人々に正論は通用しない。

麻衣はそれきり帰って来なかった。

自殺することを心配した優紀が各方面に連絡をとったところ、実家に帰ったことがわかった。再び、学童期からかかっているクリニックで薬を処方してもらいながら、頑張りと引き籠りのサイクルを繰り返すのかもしれない。

同じ頃、午前も遅い時刻に雑草取りを手伝っていた瀬沼はるかが、露出していた背中や胸元に、火傷に近いほどの日焼けをした。

もともと色白なうえに、シミができたり日焼けすることを極端に嫌がり、はるかは外に出たがらない。目を離すと愛結を傍らにおき、タブレットをいじっていたり、事務所に入ってコンピュータを立ち上げゲームに熱中していたりする。

見かねた優紀が、その朝、多少は日の光を浴びた方がいいよ、と叱責する調子で注意したのだった。麗美と絵美子に愛結を見てもらい、その日、はるかは優紀の帽子を借りて畑に出た。七分袖のTシャツを身につけていたが、彼女の服のほとんどがそうなのだが、襟ぐりは大きく開いていた。バラ色に日焼けした肌は、作業から上がった昼時には火照《ほて》っていただけだが、夕刻には耐えがたい痛みに変わった。

午前中の日光を浴びることが鬱の予防と治療に効果的なだけでなく、生活全般にリズムと活力を与えてくれる、という素人情報を優紀が鵜呑《うの》みにした結果だ。

無理強いはすべきでなかった、と後悔しながら、その夜、優紀は赤くなったはるかの首筋や背中をぬれタオルで一晩中冷やし続けた。

翌日、はるかは赤ん坊を絵美子に預けて日焼けケアのための化粧品を買いに上田の町に出かけていったのだが、帰ってくるとそちらで仕事をみつけてきたと、うれしそうに告げた。

勤務時間は午前十時から午後六時までで、託児所付きのうえ給与も悪くない。仕事の内容を尋ねるとはるかは「接客」と答えただけで、それ以上説明しない。何かひっかかるものを感じたが、昼間の時間帯の勤務でもあり、水商売の類ではなさそうだ。何より入居者が仕事につくのは自立への大きな一歩だ。

「無理のないようにね」と優紀はその肩を叩いた。

そのとき絵美子は複雑な表情を見せた。「何か気になることでも？」と優紀が尋ねたが、絵美子は不自然な笑みを浮かべただけで答えなかった。不用意な事を口にしたとたん、いきなり殴られる、という経験をさんざんしてきたせいだ。そうした怯えはスタッフとしてここに来てからもときおり顔を出す。

二日後、はるかは深夜、バンで送られて寮に戻ってきた。職場で新人歓迎会が行われたという。送ってくれたのは同僚だった。運動部風の気持ちの良い挨拶をする若者で、かかとの細いサンダルをはいているはるかの代わりに、愛結を抱っこして車から降りてきた。愛結の方も懐いている様子で、けらけらと笑っている。

四日後、はるかは愛結を連れて、寮から突然、姿を消した。

彼女が子供とともに寝起きしていた和室には、スウェットやTシャツ、半ズボンなど火災後に白百合会から寄付された古びたカジュアル衣料と、つかまり立ちするようになった愛結にはすでに必要のなくなったベビーベッドがぽつりと残されていた。

小野先生の写真の飾られた棚には稚拙《ちせつ》な文字で「お世話になりました」と書かれたメモと、一万円札が二枚、置かれていた。

「風俗だよ」と麗美が言い、首を振った。

「前のこともあるから余計な説教はやめておいたんだけど……」

「昼間の仕事だったのに？」

信じがたい思いで優紀は尋ねる。

「男相手の仕事に昼も夜もない。託児所もあるし、待機部屋もあるから仕事が入るまで子供と一緒にいられる」

「何それ？」

「デリヘル」

絵美子が答えた。

「売春じゃないの、それって」

唖然《あぜん》として問い返す。

「社長が良い人ならいいけどね」

絵美子のあまりにも平淡な口調に、言葉を失う。

「店が用意してくれたワンルームにでも移ったんだろう」

麗美がため息をついた。

「あの子、若いし客が付くタイプだから待遇が良いはずよ。少なくともここより居心地が良いだろうね」

「そうだよね」と絵美子が同意したことにも、優紀は衝撃を受ける。

幼い頃から暴力や性暴力にさらされて生きてきた者にとって、薬物や酒といった「痛み止め」の助けを借りること無しに、行政や専門家の支援のもとに一般社会に復帰させられることは、想像以上に辛い。白百合会は公表しないが、リハビリを終え、就労と経済的自立、結婚といった「立派な社会復帰」を遂げた後に自殺した例は少なくない。

だから小野尚子は「新アグネス寮」を立ち上げたのだ。

たとえ「一般的でない社会」に復帰したとして、生き続けられればいい、と麗美も絵美子も口には出さないまでも思っているのだ。

わかってはいても小野先生が命と引き替えに守った母子にそういう形で去られてみると、優紀は無力感にとらわれる。

何よりきっかけを作ったのは自分だ。あのときはるかに外作業を無理強いして火傷《かしょう》のような日焼けを負わせたりしなかったら、と思えば後悔ばかりがつのる。

小野先生が居てくれたら、とすがるようにその顔を思い浮かべている。

火災の直後は、スタッフも入居者も悲しみと喪失感を共有していた。拘束の多い白百合会のシェルターに住んだ者も、肩身の狭い実家やひとりぼっちのアパートに暮らしていた者も、仲間と連絡を取り合いながら辛い時期を乗り切った。

新しい拠点が出来て、引っ越し前後の忙しさの中では、不満の噴出する余地はなかった。複雑な思いを残しながらも、メンバーは自分たちが「小野先生」と信じた「彼女」の死を悼《いた》み、自分たちを愛してくれた大きな者の死を受け入れた。

だが寮の生活が安定しはじめた頃から、だれにとっても小野先生の不在とその存在の謎が、どうにもならない寄る辺なさとして意識されてきた。そんなところに警察からもたらされた情報が、女たちの心に不穏な影を投げかけている。

麻衣と、はるか、それに赤ん坊が寮から消えて、夏は終わりつつある。

警察官はあれから来ない。

取っても取っても雑草が生えてくる。納屋には古い耕耘機《こううんき》があって自由に使わせてもらえるので、それで土ごと掘り返してしまえば済むが、畝の周りはやはり人手で取るしかない。ふかふかに肥えた黒土なのでほとんどの草はたやすく引き抜けるが、野稗《のびえ》の類の根は深く長い。信濃追分の民家の暮らしで野良仕事に慣れている優紀でさえ嫌になる。

陽の高くなる前に、と早朝から畑に出て、午後からは、故障した耕耘機を見よう見まねで修理しようとしたが、結局、できずに業者を呼ぶ。予想外の出費が痛い。

休む間もなく、エクセルを立ち上げ、白百合会に提出する書類の作成にかかる。運営費の一部をそちらからの寄付金でまかなっている関係上、いい加減な処理はできない。

「少し休んだ方がいいよ」

絵美子が、お茶を入れてきては優紀をパソコンの前から引きはがし、肩や首を揉んでくれる。

陽射しが弱くなるのを待って再び畑に出て、畝の間に生えた雑草を敵《かたき》のように引き抜いていると、麗美がやってきて腕を掴み引き立てるようにして縁側まで連れ戻した。冷たいタオルと水を手渡し、「あんた、やってること、ちょっとおかしいよ。自分でわからない？」と叱責するように言う。

それでも動き続けた。そうしていないと、足下の地面が崩れて、クレバスの底に落ち込んでいくような恐怖を覚える。胸底からざわざわと泡のようなものがせり上がってきて、自分を浸食していく。

考えてはいけない、そう自分に言い聞かせれば言い聞かせるほどに、ありとあらゆるものが疑わしく思えてくる。そして何より自分が疑わしい。

こんなところで何をしているのか、もっとやることがあるのではないか、おまえなど所詮、誰にも必要とされていない。こんなところにいるのは単純に自分の居場所が欲しいからだ。こんな組織でも、代表を張っていることに自己満足しているだけだ。

幼い頃から、こんな生活は嫌だ、と腹の中では思っていただろう、だから一番肝心なときに倒れたんだ。おまえがそんな気持ちを抱かずに感謝の気持ちで母を手伝い、祖母のお世話をさせていただいていれば、そもそもおまえは病気になどならなかった。嫌だ嫌だという気持ちを持っていたからあんな病気になった。朝の会に父や母と共に参加し、先祖や父母への感謝の気持ちを忘れなければ……。

父母、祖父母、家に根っこを下ろしたろくでもない倫理道徳が、私をとことん踏みつぶす。

「家出しようよ、優紀」と友達が言った。あのとき、私は彼女のことを信用しなかった。所詮は無責任で不道徳な人と、ときに見下しながら、クラスの中では親友、ということにして付き合っていた。彼女とも卒業間際に大げんかしてそれっきりになった。大げんかして仲直りできないってことは、最初から友達でも何でもなかったということだ。

「一緒にいても気詰まりでさ」という言葉を残して去って行った男がいた。そいつを恨んだ。恨んだところでしかたない、なぜなら私は魅力の無い女だから。それが証拠に、男のだれもがちょっと付き合うと逃げていった。いつも利用されるだけだった。いつも頼まれ事をして、いつも黙って引き受け、頼まれないことまでして、当たり前のような顔をされた。彼らが好きなのは、何もしてくれない女、調子が良くて可愛いふりのできる女。女はそういう方が絶対得だ。

最初から生まれて来なければよかった。

否定、否定、否定……。

薬が救ってくれる。医者が処方してくれる向精神薬だ、何が悪いことがあるだろうか……。飲み方さえ間違えなければ危険なことなど何もない。

保険証を取り出し、しばらく眺めてからバッグに戻した。

考えてはいけない。眠らなくてはと自分に言い聞かせたが、眠れない。

布団の中で悩んでいるからいけないんだ、と気づき、まだ薄暗いうちに起きて畑に出る。手足をブユに刺されながら、雑草取りをする。取り残した小さなきゅうりや固くなりかけたなすを収穫し段ボール箱に詰める。

そんな風に過ごして数日後、白百合会を通して中古の軽トラックが新アグネス寮に寄付されることになった。

喜ぶ絵美子や入居者たちに見送られ、手続きのために優紀は白百合会の長野支部に出かけた。その帰りに、突然気分が悪くなった。

道ばたで吐いて通行人に露骨に嫌な顔をされた。

這うようにして寮まで戻ってきて、玄関先で崩れた。

麗美と入居者数人に涼しい室内に担ぎ込まれて、絵美子から水で薄めたスポーツドリンクをもらって飲んだが、吐き気とめまいが止まらない。だが身体的な苦痛に苛まれていると気分は楽になった。

自分もまた沙羅と同じなのだ、と思い知らされた。

救急車のサイレンが近づいてくる。

救急隊員の質問に答える絵美子の声が頭上で聞こえ、ストレッチャーで運ばれながら吐くと、麗美の手が伸びてきて、気道を詰まらせないように顔を横に向け、タオルで顔の周りを拭いてくれた。

「いいよ、あたしがついていくから」と麗美が絵美子に言っている。

そのまま意識が薄らいでいった。

目覚めると処置室で点滴に繋がれていた。吐き気とめまいは治まっている。

「あんた、若いのによく務まってるよね」

麗美が忙しげに立ち働いている看護師の方を窺《うかが》いながら、優紀の手に自分の骨張った手を重ねた。人差し指に緑色の石をはめたリングが光っている。湿ったぬくもりに包まれた瞬間、不意に涙がこぼれそうになった。

「若くないよ、麗美さんと同じ歳なんだから」

「嘘でしょ」と麗美は目を見開いた。片側の火傷した方が引きつって、左右の目の大きさの差が際立った。

「何もないからよ。結婚したことも、子供を育てたこともないから、大人になれないのかもね」

「あたしと違って悪い男にも薬にも縁がないんだから、いいじゃないのよ」

「薬はやったよ」

「何言ってるんだか」

「刑務所にぶち込まれるような薬じゃなかっただけ。出ていった麻衣と同じ。処方薬はだれも逮捕してくれないから始末が悪いの。小野先生の手を焼かせたことでは、入居者の中では私が一番……」

「みんなそう言うんだよ。自分はワルだった、と自慢する。ヤクザと同じ」

「ワル、とは違うけど」

優紀はゆっくり落ちていく点滴のバッグをみつめる。

「私は白百合会とは全然関係のないところから寮に来たの。病院で断薬が成功して、そこまではスムーズだった。でもその先がだめ。ソーシャルワーカーがいろんな自助会を紹介してくれるんだけど、どこに行ってもお引き取り願われる。どこに行っても嫌われ者。みんなと喧嘩して、率先して場をぶちこわすから」

「そんな風にはぜんぜん見えないけれど」

社交辞令とも思えない様子で麗美が首を傾げる。

「自助会ってすごいところがあるのよ。精神科病院と刑務所を往復して生きてきたシャブ中はいるわ、一回二千円で路上売春していたショッピングバッグレディはいるわ、極道の女はいるわ……」

「知ってるよ。あたしのことだから」と麗美が屈託なく笑う。

「ごめん。私には変な自負があったの。私はあんたたちとは違う。犯罪にも自堕落にも無縁で生きてきた。こんな場所に来ることになったのは私のせいじゃない、と。うちは栃木の農家なんだわ、兼業だけど。堅いだけが取り柄の両親でね、女は学校の成績など悪くたっていい、人倫の道に外れることだけはしてくれるな、と」

「人倫の道、いいじゃないの」

冷やかすでもなく、麗美がうなずいた。

「ろくでもないよ。ただの右派系の新宗教、うちは宗教じゃないと主張しているだけで」と優紀は笑う。

成績は良かったが弟たちのために進学を諦め、地元の家電メーカーに就職し、通信講座で大学を卒業し、母が祖母の介護をするのを手伝いながら仕事を続けた。

責任感が強く、人が嫌がることを率先して引き受け、何をさせても覚えが早く、年寄りや子供に優しい。大人たちにはそう評価され続けた。息子の嫁にという年配の女性はたくさん現れたが、男の方は少し付き合うと、みんな離れていった。

会社の決算期の三月、祖母の介護のために残業ができず、上司に頼んでこっそり仕事を持ち帰り、明け方までかかって仕上げ、認知症の祖母に寄り添い二時間ほど仮眠した後のことだった。

目覚めても身を起こすことができない。全身がだるく、手洗いにさえ立てず、失禁した。おまえが倒れたら私はどうしたらいいんだ、と母は泣いたが何もしてはくれなかったし、そんなものだと思っていた。むしろふがいない自分を恥じた。

　数日後、当時大学生だった末の弟の車で無理矢理に病院に連れていかれ、そのまま精神科に入院した。祖母の世話だけで手一杯なところに、病気の娘までも家に置いておけないからという家庭の事情だ。

　一ヵ月後に退院し、医師やメディカルワーカーに指導され回復プログラムに取り組み、あっという間に治ったように見えたが、たちまち元の症状に逆戻りした。

　回復しなければという焦りがつのり、医師にせっつくようにして薬をもらい、処方された通りに飲んだ。一日も早く治らなければと飲み続けた。

　覚醒剤でもコカインでもヘロインでもない。治療薬だった。とにかく動けるようになるために、とにかく人並みになるために、何でもするつもりだった。そんな病気になった自分が許せなかった。

　ネットで得た情報を頼りに、医師の処方箋がなければ使えない薬を、海外を経由した通販サイトで購入して服用した。

　その後の経緯は、違法薬物の依存とまったく変わらない。入退院を繰り返し、「おまえのせいだ、早く死ね」と祖母に暴言を吐き、逆上して向かってきた認知症の祖母を足《あし》蹴《げ》にして骨折させた。父母や兄弟にもそれまでの孝行娘を返上したように怒鳴りちらし、部屋に引き籠った。幾度目かの入院時に、父から「もう帰ってくるな」と言われ、退院を前にしてメディカルソーシャルワーカーからリハビリ施設を紹介される。だが、どこに行っても他のメンバーとトラブルを起こし、最後に新アグネス寮の小野尚子を紹介された。

「嫌な入居者だったと思うよ、つくづく」と優紀は、麗美に語り続ける。

蛍光灯の下、傷のある麗美の顔がいっそう青白い。

「覚醒剤とかコカインとかやったわけじゃなくて、仕事と家族のせいで鬱になって、そこから治療薬の依存症になった。だから私はあんたたちとは違う、私は犯罪者じゃないし、セックス依存症でもない、意志薄弱なわけでもない。だからあんたたちと一緒にしないで、と、ずっとそんな気持ち。ずっと上から目線。ところが新アグネス寮に入るのに白百合会の人たちと面談したら、そろって高学歴で留学経験まであるのよ。そういう連中が、『あなたにこうして寄り添っている私たちも心が痛むのです』って、ふざけるんじゃない。恵まれたやつらのかわいそう目線が一番、腹が立った。私だってあんな家にさえ生まれなければ、あんな親にさえ育てられなければ、最低限、大学は出ていたと。高校は県立の進学校なんだから、もともとの頭のできはあんたたちよりずっと上なのに、そういう連中が腐ったトマトみたいな女どもに哀れみの手を差し伸べてくれる。新アグネス寮に来たけれど、あっちこっちにつっかかって、当然、みんなの鼻つまみ者。

なのに小野先生は優しくて真剣に私のことを思ってくれる。それが胡散臭くて、所詮、お嬢様が『良い人の自分』に酔ってるだけじゃないの、それとも売名行為？　と冷笑していた。そのうちに、それじゃ先生がどこまで私を受け入れてくれるのか試したいと思うようになったのよ。きっとどこかで本音が出て、私を追い出すに違いない、人間なんてそんなものだから、と」

「みんなそうだよ。私も、いい歳してだだっ子みたいな事を言って、小野先生や榊原のばあさんを困らせていたもの。あんたは知ってるよね」

麗美の凄まじい悪態や、機嫌の悪いときの荒れっぷりは、優紀も良く覚えている。だが、自分の陰険さに比べれば可愛いものだと思う。

あれは新アグネス寮に来て一ヵ月目のことだった。寮にある軽自動車を運転させてほしい、と優紀はスタッフに頼んだ。旧軽井沢から離れた場所にある役場まで書類を取りに行く必要があり、そんなときは別のスタッフや入居者が運転をしていた。私はとうに断薬もリハビリのプログラムも終わっているのだから大丈夫、と言ったが、スタッフは鍵を渡そうとはしない。そんなとき、小野尚子が、自分も役場に用事があるから一緒に乗っていく、と言う。

役場から出た後、少しドライブしていいか、と優紀は小野尚子に尋ねた。「あそこにいると息が詰まる」とも言った。

「そうね。私もどこか行ってみたかったのよ、行きましょう」と小野尚子が応じたのはひどく意外で、何か魂胆があるのか、自分だけがこの腐った女を救ってやれるという、鼻持ちならない選民意識のようなものがあるのだろう、と思った。

峠に向かって優紀は山道を上っていった。小野尚子は文句を言うでもなかった。すこぶる乱暴な運転で、ヘアピンカーブを右に左にと車体を振ったが、小野尚子は車を停めてくれるようにと言った。やがて頂上付近に茶屋が見えたとき、小野尚子は車を停めてくれるようにと言った。

酔ったようだった。正面に茶屋があったが、寒風の中、テラスに椅子とテーブルがぽつりと置かれたきり店は閉まっており、燃えるような紅葉の中、通りかかる車もなく、あたりは静まり返っていた。

「大丈夫ですか」と心配顔で尋ねた後、ちょっと下の方に行って、自販機を探して飲み物を買ってくる、と言い残し、優紀は車に戻った。そのまま町まで下りた。そしてつかの間、解放された気分で、旧軽井沢から少し離れた役場やスーパーマーケットなどがあるあたりを走り回った。

下の道に出る前に秋の陽は没していた。あたりは急速に暗くなり、風は凍るように冷たくなった。いくら晩秋の平日とはいえ、峠越えの車くらいは通るだろう。騙されたことに気づき、小野先生はどこかの車に助けを求め寮に戻るに違いない。

自分が帰ったときに先生がどんな態度に出るか見ものだ。そして自分は寮を追い出され、もう一度、薬物に逆戻りしてどこかで狂死するだろう。それでも人間の屑《くず》の吹きだまりのような場所で偽善者に頭をなでられて暮らすよりはましだ、と思った。

夜のとばりが下りた頃、峠へと戻っていったのは、万一、自分が人殺しになったりしたら嫌だ、という気持ちがあったからだ。そしてそれ以上に、開き直って旧軽井沢の寮に戻るのに強い恐怖を感じたのだ。

玄関先で榊原久乃に迎えられる様を想像した。初めて会ったときから薄気味悪かった。彼女は触れるだけで苦痛を癒してくれる不思議な力を持つという者もいて、確かにその体から立ち上る厳粛さと正しさに、冷え冷えとした情熱と超自然的なものが感じられ怖かった。

榊原久乃は無言のまま、自分を見つめるだろう。この見えない目で何もかも見えているのだぞ、とでも言うように。久乃の閉じた瞼は青白く薄い。あたかも瞼を通して、すべてのものを見通し、奇蹟を起こして人を救う一方、敬虔さを欠くものには容赦なく懲罰を加えそうな、非人間的な厳しさが伝わってくる。

真っ暗な峠道を上り、一台の車ともすれ違うことなく茶屋に着いたとき、小野先生はまだそこにいた。連絡の手段を持たないまま、どこで見つけたのか古新聞をジャケットの下に着込み、寒さに震えながら待っていた。

「ごめんなさい、道に迷って」

そうごまかした。

「たいへんだったわね、真っ暗になっちゃったから、すごく心配していたのよ。ここの手前の分岐で迷うのよね、間違えて右に下りるとずんずん山の中に入っていって、道が狭くなって消えるから。怖かったでしょう。でも戻れてよかった」

言葉を失った。言い訳するでもなければ、謝るでもなく、もちろん告白もせず、優紀は小野先生を車に乗せると、暖房のレバーを最強に入れ、無言のまま寮に戻った。

以来、優紀は入居者として十ヵ月を過ごし、そのままスタッフとして働くようになった。

小野先生と白百合会、そして他のスタッフからも、金銭管理についての信用を得ると同時に事務処理能力を買われ、事務長的な立場になっていた。

入居者であった期間も含めて九年という在籍期間は例外的に長い。合法違法にかかわらず、かつて薬物依存だったという自分の経験が、入居者と白百合会のメンバーや公的機関のワーカーとを繋ぐ上で役立ち、これを天職と感じている部分もあるが、それよりも真底、小野先生の人柄に惚《ほ》れ、心の底から信頼し尊敬していたからだ。

「観音様だったよね、本当に」

麗美がうなずいた。

点滴が終わり、一時間ほど休んだ後、熱中症だが入院するほどのことではないという診断を受けて、タクシーで寮に戻った。

夕刻、枕元に絵美子が粥《かゆ》を運んできた。

「働き過ぎで倒れたんだから寝てて」

言われなくても、起きられない。それでもここではだれも「精神科に行け」、とは言わない。

手首にまだ絆創膏を貼り付けたままの沙羅も介抱してくれた。自分を傷つけるほど追い込まれているはずが、めまいのする優紀を支えて手洗いに行かせながら、なぜか生き生きとしている。

優紀が動けない間も、寮の仕事が滞っている様子はない。多少、雑草が生えたところで農業委員会が何か言ってくることはなかったし、入居者がのんびりときゅうりをもいで大半を種にしたところで食い詰めるわけではない。中古の軽トラックは無事に新アグネス寮の所有となり、荷物の運搬やアルバイトに出る入居者の送り迎えに役だっている。

自分が不安や疑惑から逃げるために働き、逃げるために倒れたことはわかっていた。

自分が信じていた小野先生はだれなのか、だれであってもいい、自分にとっての小野先生はあの人以外にいない、そう断じていたつもりが、疑問は心の底に居座り、強い不信感となって、他の人々やあらゆるものに無意識のうちに向けられていたのだ。

二日ほど、入居者や絵美子に作ってもらったそうめんや粥を食べながら、タオルケットにくるまってうつらうつらして過ごした後、優紀は事務室に入った。

パソコンの前に座り、インターネットに接続した。

「やめた方がいいと思うよ」

気遣わし気に止める絵美子に向かい、「これについては突き止めた方が、私、すっきりするから」と答え、『半田明美』とあらためてキーワードを入れる。

一九九四年以降の小野先生が、もし歯科医の過去のカルテにある半田明美という女性であるなら、どういう経緯で新アグネス寮に来て、なぜ小野尚子を名乗り、過去に殺人の容疑をかけられたのか。理由を知っておきたい。呑み込めない理不尽を呑み込み、謎は謎のままでいい、として済ませるには、九年の歳月と小野先生の存在は大きすぎる。

検索ではやはり姓名判断しか出てこない。半田明美を警察が追っていたのは八〇年代、逮捕されたのは一九八四年ということだから、ツイッターもブログも掲示板も何もない時代だ。

だが新聞社の有料記事検索サイトがある。新聞記事に当たれば、半田明美が捜査対象となった事件について何かわかるかもしれない。たぶん写真もあるだろう。

会員登録をした後、「半田明美」のキーワードを打ち込む。

いくつかの記事が表示された。だがどれも無関係のものだ。「半田」と「明美」の文字にそれぞれ関連しているが、「半田明美」の名前の出てくるものはない。

次にやはり有料で雑誌の検索ができるサイトがあることを知り、そちらに飛んで「半田明美」と入れる。

何も出て来ない。新聞でも雑誌でも。

小野先生は、確かに他人の名を騙ったが、何も悪いことはしていないのだ。

何気なく「小野尚子」と入れてみた。

こちらは複数の記事が出て来た。

火災報道の他に、「女性の家」の活動に貢献した、あるいは「新アグネス寮」を立ち上げ運営し、社会的なセイフティーネットからこぼれた女性たちを受け入れ、絶望から救った、といった内容の記事がいくつかみつかった。「小野尚子」自身は宗教者でも信者でもないが、どの記事も聖女か何かのように最大限の敬意を払って書かれている。

本人はメディアに出ることを避けていたが、東日本大震災以降、寄付金減少のために新アグネス寮はもちろん白百合会の活動全体にも支障を来すようになっていたから、求められればインタビューを受け、支援を訴えることが多くなった。写真を、と言われると、「いえいえ」と笑いながら片手を顔の前で振って辞退していたが、それでもうつむきがちの顔写真が掲載されたものもある。それはまぎれもなく優紀たちが親しんだ、小野先生のものだ。伏し目がちの顔に浮かんだ慎ましやかな笑みを眺めていると、胸をつかれ、涙がこみ上げそうになる。だがその懐かしさと悲しみの感情は、混乱を伴ってもいる。

彼女は彼女ではない。

記事の中には山崎知佳の手によって書かれたものもあった。信濃追分にあった新アグネス寮に来て取材していったときのものだ。

ふとひらめいた。

マスコミ業界に身を置いている彼女なら半田明美について何かわかるのではないか。

「彼女にだったら明かしてもいいよね」

傍らにいる絵美子に尋ねた。

絵美子は深刻な表情で優紀の目を見返していた。色白のふくよかな顔に笑みを浮かべているが、瞳の底には常に悲観的な表情が見え隠れする。思慮深さに感じられるが、実のところ、何かに怯えアンテナを立てた状態だ。

このところずっとそうだ。小野先生の不在が、ボディブローのようにきいてきたか、それとも優紀同様に、疑問を封じ込めようとして、むしろ囚《とら》われ、不信感に苛まれているのか。

「顔認識ソフトで小野尚子と小野先生が別人だったことを突き止めちゃったのは山崎さんだし、それにマスコミの人だから、警察とも繋がりがあって何か情報を摑んでいるかもしれないよ」

絵美子は目を伏せ、かぶりを振った。

「本当のことがわかってもしかたないと思うよ。知らない方がいいこともあるし」

「いや、私、このままだと気持ち悪い。麻衣と同じ。何か、前に進めない気がする。それに小野先生については、知らない方がいいことなんかないよ。あの人が犯罪者のはずはないんだから、そのことをはっきりさせたい」

絵美子はそれ以上、反論はしなかったが同意することもなかった。

優紀はスマートフォンを手にし、電話帳の山崎知佳の名前をタップする。メールと違い通話なら録音でもされない限りデータは残らない。そのくらいの用心深さはあった。

知佳はすぐに出た。

「今、いい？」

「うん、家」

先を促す響きがあった。

歯科医による情報や「半田明美」について警察官から聞かされた話をできる限り正確に伝えた。

知佳は絶句した後、自問自答するような口調で尋ねた。

「まず、最初に確認しないといけないのは、本当に存在するのか、だよね。その半田明美って名前の女」

「私もそれを疑った」

警察官は確かにその名を言ったが、そんな人物はネット検索ではひっかかってこない。新聞記事のデータベースにもない。あるのは歯科情報だけだ。

「ちょっと三分、いい？」と断ると、知佳は電話が繋がったまましばらく待たせた。

「今、ネットで検索かけた。確かに半田明美ではヒットしないね」

続けて知佳は説明した。

プライバシー侵害、人権侵害を防ぐ目的から、誤認逮捕や不起訴処分になった事例については、データベース自体が存在しても、外部からは接続できないようにブロックがかけられている。だが知佳の経験からすると、当事者や関係者から特にクレームがつけられていないと、削除はもちろん、ブロックもかけられず、実名記事がそのまま残り、検索が可能になっているケースも多い。

ただしそれ以前に、逮捕されたり、殺人犯を疑われたのが昔のことであれば、データベース化されていないから検索をかけても出てこない。

「警察だけが持ってる情報なんだね、きっと」と知佳は言う。

「でも、山崎さんたち、マスコミの人は警察とのルートがあるよね」

「まさか」と知佳は笑い声で答えた。

「サツ回りの新聞記者と私のようなフリーランスは違うよ」

「お友達の記者さんとか、出版社は……」

「ないない」と答えた後に「でも新聞の縮刷版があるからその見出しで記事を拾ってみようか」と言う。

「縮刷版なんて、そんな手があるんだ。パソコンで検索することしか考えなかったけど」

「ただし見出しに『半田明美』の名が入っていなければ、記事には行き着かない。もし入っていれば、見出し索引を作っている図書館がある」

「可能性は？」

「ほとんどない。逮捕されたにしても、正当防衛が最初から疑われるようなケースではなおさら。でも手間と、つてと、お金で調べがつくかもしれない」

「無理しないで」

とっさに止めた。

「いえ、ちょっとトライする価値はありそう」

「トライって、何を」

「ま、いろいろ」

急に不安になった。マスコミの人間を信用していいのか。自分は軽率な真似をしたのか。

「微妙な問題なんですよ、山崎さん」

無意識に丁寧語を使っていた。

「亡くなったのは、小野尚子という名前の女性ではなかったし、警察は殺人犯だった、みたいな物言いをした。でも、小野先生は今でも私や入居者の精神的な支柱なのよ。こんなこと、言いたくないけれど、寄付とか支援の関係があって、新アグネス寮の存続にも関わっているの。だからそのあたり慎重にお願いします」

「もちろん。調べるに当たってそんなことを外部に話したり絶対しないから、心配しないでね」

「ツイッターやブログでも書かないで」

一瞬沈黙した後、知佳は気色ばんだ口調で答えた。

「そんなことやったらライター失格ですよ」

「気を悪くしたらごめん」

何かわかったら、逐次《ちくじ》、報告すると知佳は言い残し、電話は切れた。

4

電車を乗り継ぎ、私鉄の駅で降りた。道沿いにある病院の緑濃い敷地からアブラゼミの声が降ってくる。

流れる汗をぬぐいながら山崎知佳はノートパソコンの入ったバッグを背に大宅《おおや》文庫に向かう。データベース化されていなければ、ネットでキーワード検索をかけても何も出ない。それでも根気よく記事の現物に当たれば、情報に行き着くことはできる。これまでもそうしてネット依存の若いライターには書けない記事を、足と根気で書いてきた。

前日は、地元の図書館に行き新聞の縮刷版を見た。半田明美、という女が逮捕された一九八四年の縮刷版一ヵ月分は、電話帳ほどもある。その冊子を十二冊、閲覧机に積み上げて三面記事から殺人事件の記事を拾ってみたが、半田明美の文字はみつからない。正当防衛で結果的に不起訴になったということなので、最初から殺人容疑が薄く、「女性」とか「女」とかいう表現をされて、実名報道されていなかったのかもしれない。

そこで新聞ほどには行儀の良くない雑誌、特に男性向け週刊誌を探してみることにした。こちらも古すぎてデータベース化されていないので、普通の地域図書館で検索しても記事は引っかかってこない。

となれば定期刊行物を多く保存している専門図書館で目録に当たるしかない。

そこで私鉄沿線にある定期刊行物専門のここにやってきた。

さほど広くもない館内に入りうっすら利いたエアコンに一息つく間もなく、一階に並んだコンピュータの前に座り、「半田明美」の名でキーワード検索をかける。

出てこない。その後、紙の目録に行きつくためのキーワード検索をかけた。

ヒットした。

「スクープ　地下鉄ホーム突き落とし事件だけじゃない　半田明美の血なまぐさい過去」

一九八五年の週刊誌の記事だ。ここ十年くらいの間に、立て続けに名誉毀損やプライバシーの侵害訴訟を起こされている大手出版社系週刊誌に「半田明美」の名はあった。

閲覧申込書をカウンターに提出し、二階でしばらく待つとその雑誌の現物を手渡された。四ページほどの記事だった。

「昨年、地下鉄駅で男性を線路に突き落として死亡させたとして逮捕されるも、正当防衛で釈放された半田明美に、連続殺人の疑惑が浮上した。物的証拠がない、として起訴は見送られたが、希代《きたい》の毒婦の過去は限りなく黒に近い灰色だ」

いきなり不穏当な内容だった。だが、その文章より先に目に入ったのは、見開きページに大きく掲載された容疑者、半田明美の顔写真だ。

目を凝らす間もなく、自分が取材した自称「小野尚子」とは別人だ、と知佳は確信した。

ストレートの長い髪に半ば隠れた眉は、極端に細く弓形をしている。目に化粧はあまりしておらず、そのせいかさほど大きくは見えない。にもかかわらずカメラのレンズを見詰めるまなざしは鋭い。口は大きくもなく小さくもないが、美人と言われるような整い方はしていない。それは口角を下げ、一文字に結んだ表情から受ける印象かもしれない。

異様なのはその服装だ。浴衣というよりは寝間着のような縦縞の和服を、まるで七五三のように衣紋《えもん》を抜かずに着付けている。

キャプションに「自称女優　半田明美」とあった。

その場で記事に目を通そうとしたが止めて、コピーしてもらうことにした。

記事自体はモノクロだが、カラーコピーを頼んだのは、その方が写真が鮮明に複写されるからだ。

封筒に入れてもらった記事を家に帰るまで待ちきれず、電車の中で取り出して読んだ。

半田明美は、一九八四年、地下鉄丸ノ内線のホームから男性客を突き落として轢死《れきし》させていた。

その際、本人は、「新宿の町で知らない男に絡まれ、ずっと付いてこられた。ホームで腕を摑まれて身の危険を感じ抵抗したところ、相手が転落してしまった」、と供述している。深夜のホーム上には複数の目撃者がいて、彼らは事件直後から自発的に警察の事情聴取に応じ、半田明美の供述が間違いないことを裏付けた。結果的に不起訴になったが、週刊誌の記事はその結果に疑問を呈《てい》している。

進んで警察に出向き証言した複数の目撃者は、深夜とはいえ全員が中年男性だった。突き落とした女がホームから警察官に連行されるときに、被害者救出のために救急隊員と駅員が走り回っている騒然としたホームで、警察官を取り巻き、「か弱い女性がですよ、男に絡まれたんですよ」「まかり間違えばこの人がホームに落とされていたかもしれないんだよ」「ならあんたが守ってやれたのか」と抗議の声を上げ、多くの乗客が息を呑んでやりとりを見詰め、その人垣の中からも「その通りだ、その娘《こ》はむしろ被害者だ」という声がいくつも上がった。

目撃証言によれば、女に何か言いがかりをつけながら階段を下りてきた男に、女は「やめてください。私、知りませんから」と困惑した様子で答えていたらしい。逃げながらホームの端まできた女は、「やめて、だれか」と悲鳴を上げた。

電車が近づいてきて、助けてやりたいがだれもが躊躇した次の瞬間、長い警笛の音とともに車両がホームに滑り込み、男の姿が消えていた。

女は長い髪をポニーテールにし、白いポロシャツ、ぴったりしたジーンズにスニーカーといった出で立ちだった。清楚なOL風というのではないが、プレバブルの時代に珍しく地味な女子学生という風情だったという。

「その風貌に、男性客は騙された」と記事は断じている。「清純な女子学生風。その中身は、三十に手が届く、自称女優にして、黒い未亡人だった」

当時、半田明美は中央線沿線にある小劇場に所属し、その日は稽古の帰りだった。とはいえ訓練生の身分で、まだ役らしきものはついていない。写真は稽古場か何かで撮られたものらしい。

彼女の生活を支えているものは、実は結婚後二年で死亡した夫の保険金の四千万円だった。半田明美の夫は、内科医で新潟の片田舎の町立診療所に勤務していたが、その三年前の冬に往診の際に凍死している。

最大の疑惑は、今回の地下鉄の突き落とし事件の被害者が、「知らない男」という供述に反し、半田明美と無関係ではなかったということだ。

轢死した竹内淳也《たけうちじゅんや》は、半田明美の夫がかつて勤務していた診療所所在地の町で、役場の保健医療課に勤めていた。とすれば、町立診療所の人事や物品管理についても関わっており、医師とも日常的にやりとりしていただろう。半田明美の夫の死や、彼女が手にした多額の保険金について何か知っていた可能性がある。

夫の死の三年前には、明美の実父が亡くなっているが、こちらも見方によっては不自然な死だ。泥酔して線路に横たわり列車に轢《ひ》かれたのだが、明美の父は酒豪で知られている。飲んでも乱れることがないと評判の男だった。

不可解な死はさらにある。半田明美は十九歳で東京に出てきたが、特に仕事についてはおらず、周囲の者には「女優の卵」と語っていたらしい。その生活を支えていたのは中年の男たちだった。不特定多数の相手をする売春ではなく数人の男と愛人契約を結んでいたようだが、上京から二年後に練馬で内装業を営む五十過ぎの男から豊島区のマンションを提供された。だがその男もまた、半田明美と行った旅行先のバンコクで水死している。

地下鉄ホームの突き落とし事件で逮捕された半田明美の、他三件の不審死事件について警察が立件できなかったのは、いずれも物的証拠に欠けていたからだ。

だがわかっているだけで彼女の周辺では、実父も含めて四人の男が不自然な死を遂げている。それを男運の悪さ、と強弁できるのか、と皮肉っぽい調子で記事は結ばれていた。

山崎知佳は読み終えて、小さくうなり声を上げていた。

昔のライターというのはこういう記事を書くことが許されたのだ。

人権、プライバシー、個人情報。知佳が駆け出し記者をしていた頃には、すでにこの手の記事については、「根拠があるのか」というデスクの厳しい声が浴びせられるようになっていた。年配の契約記者が、「一言目には証拠、証拠とぬかしやがる。編集長はいつの間に裁判官になったんだ」とわめきちらしながら酒を飲んでいる光景を目にしたこともある。

大手出版社の看板雑誌が次々に名誉毀損やプライバシー侵害で訴えられ、賠償金を支払わされるようになった時代のことだ。

一方で記事の執筆は、大半が編集プロダクションや契約記者に委託されるようになり、出版社の社員が書くことはほとんどなくなっていった。物を書いて食べていくというのが少女時代からの夢だった知佳は、激烈な競争を勝ち抜いて入った大手出版社を三年後には退職し、編集プロダクションに移った。

実家の親からは、せっかく入った一流会社なのに、とずいぶん嘆かれもしたが、一度きりの人生を不満を抱いたまま終わらせたくはなかった。

だが零細な編集プロダクションはさらに締め付けが厳しかった。名誉やプライバシーへの配慮以前に、スポンサーに最大限気を配り、商品や人物、施設など取材先についての提灯記事以外はほとんど書けなかった。

結果、世話になった多くの人々を裏切る形で独立を果たした。フリーランスとしてある程度、仕事が軌道に乗った今も、その厳しさと窮屈さは変わらない。会社組織が守ってくれない分だけ危険度は増した。

だからこうして連続殺人事件の可能性を記述し、記事によって警察の怠慢を批判し、捜査を促そうとするかのような論調を展開できる自由さが羨ましいと思う反面、いくら何でも、この記者も出版社も人権への配慮が足りないのではないか、とも思う。

そして肝心な部分は、ともう一度、半田明美の写真に目をやる。

やはり別人だ。いくら見ても。それとも整形でもしたのか。

西荻窪にある自宅兼事務所のマンションに戻りエアコンのスイッチを入れると同時に、一息つく間もなくパソコンを立ち上げる。

汗で肌に貼り付いたシャツブラウスとブラジャーを脱いで洗濯かごに放り込み、半袖のブラトップとショートパンツに着替えた。

冷蔵庫で冷やしておいた水出し麦茶を飲んでPCの前に座るが、動作が遅い。不在にしていた数時間の間に室温がかなり上がってしまったのだ。昼間から部屋を暗くしておくのは気が滅入るが、この暑さではしかたがない。あえぐようにPCの画面がゆっくり切り替わっている間に、南西側の窓の遮光カーテンを引く。

１DKのマンションは、二年前、親から借金をして買ったものだ。北側が居室ではなくサービスルームになっているので安かったが、仕事柄そこは機材置き場や書庫として重宝している。

大手出版社を辞めた当座は、路頭に迷うことを心配したのか母親がひっきりなしに縁談を持ち込んできたものだが、娘が三十五を過ぎると諦めたらしく、ぱたりと攻勢は止《や》んだ。

弟が結婚し、あっという間に赤ん坊が生まれ、翌年には第二子、と孫育てに追われそれどころではなくなったらしい。かわりというのではないのだろうが、実家から電車で一時間足らずの場所にマンションを購入する話をすると、頼みもしないのに頭金の大半を出してくれた。当然のことながら知佳は律儀《りちぎ》に毎月、返済しているのだが、顔も見せずに銀行振り込みで済ます娘に腹を立てた母親は、その都度、説教の電話をかけてくる。

いつ熱暴走を起こすかわからないPCに冷や汗をかきながらマウスを操作し、何とか人物記事を書く際に使った小野尚子の写真を呼び出した。

どう見比べても二年前に会った人物と、大宅文庫でコピーしてきた「自称女優　半田明美」の写真は別人だ。ほっとしたような肩すかしを食らったような気持ちになった。

おおかた半田明美が本人の保険証でかかっていたという歯科情報が間違っていたのだろう。そもそも歯科情報自体が公的機関がしかるべき管理をしていたものではなく、一開業医が自分のデータとして保管していたものなのだ。情報と患者名がずれていた、あるいは同姓同名ということは大いにありうる。

PCをシャットダウンすると、部屋のエアコンを入れたまま大宅文庫でコピーしてきた記事を手に近所のコンビニエンスストアに走った。記事をさらにカラーコピーし、イートインコーナーのテーブルで余白に自分のコメントを書き込んだものを宅配便で新アグネス寮の中富優紀宛てに送る。

一通り終わると夏の陽は西に傾いていたが、相変わらずじりじりとあたりを焼いている。

少し迷った後、知佳は冷蔵ケースの扉を開け、そこにあったコンビニ限定ビールとサラダチキンをレジに運んだ。これとパック入り枝豆が今夜の食事だ。

言葉は交わさないまでも、毎日通うので顔見知りになってしまったネパール人のアルバイトが白い歯を見せて微笑んだ。

翌日、優紀からのメールがスマートフォンに送られてきた。

「調べてくれてありがとう。小野先生が小野尚子さんと別人ではあっても、連続殺人犯のわけはないですよね。写真を見てほっとしました。小野先生にも、アルバムにあった小野尚子さんにも、全然似てないですね。それにしても半田明美という女はひどい。こんな極悪人を捕まえられず、しかも、その女を小野先生じゃないか、と言ってきたりするなんて。もともと警察なんか信用していないけれど、今度のことでますます警察不信になりました」

週刊誌の記事を優紀が鵜呑みにしたことに知佳は少し驚いた。業界に身を置く者と一般の人々との違いなのかもしれない。自分だってもしこんな仕事をしていなかったら、記事の信憑性《しんぴょうせい》をまず疑う、などということはしないだろう。この手の記事は事実と事実を憶測の糸で繋ぎ合わせたもので、書いている記者の方は嘘をついているつもりがなく、真実を突き止めたと悦に入っているからよけいに始末が悪い。後ろめたさがないから読み手も怪しまない。

記事の信憑性はさておくとして、知佳はそれでも何か据わりの悪さのようなものを感じている。この記事から知佳と優紀が、半田明美は小野先生でもなければ小野尚子でもない、と判断した唯一の根拠は、写真の顔が違う、ということだ。だが、前回、アルバムにあった古い写真の小野尚子と、二年前のインタビューの折に小野尚子を名乗った人物、大半の人の目には同一人物に見えた写真を、顔認識ソフトは別人、と判断した。とすれば、人の目に別人と映る二つの顔が同一人物である可能性もないとはいえない。

一応、確認まで、と翌週、知佳は東京埼玉の県境にある大学の研究室を訪ねた。

以前、顔認識ソフトで小野尚子の写真を解析してくれた松本は化粧品会社の社員ではなく、大学の研究者で産学連携の一環として民間企業の仕事に関わっていただけで、前回から二ヵ月以上が経った今、もともと在籍している大学に戻っていた。

スチール棚に機械類やコードが雑然と置かれ、床上に専門雑誌の類が無造作に積み上げられた部屋の片隅に、松本の机があった。

化粧品会社の研究所ではそれなりに愛想を見せた松本だが、この日は余計な口はきかない。写真について、それがどういうものか、何に使うのかといったこともまったく質問することがなかった。プライバシーに関しての配慮かと思ったが、どうやらそうではないらしい。

新たに開発したより精度の高いソフトがあり、一刻も早く試してみたい、ということで、周辺情報などどうでもいい様子だった。

新たに持ち込んだ多くの写真のうち、一枚は週刊誌にあった半田明美のものだ。ただしそちらは三十一年も前の雑誌の誌面をコピーしたものなので解像度が低い。

「一応、カラーとモノクロ両方でコピーしてきたのですが」と知佳が説明するのを面倒臭そうに聞き流し、松本はモニターに目をやったまま素早くキーボードを叩く。

数秒後、27インチの画面に四枚の画像がほぼ同じ大きさで表示された。

以前、小野尚子の級友に取材した際、コピーさせてもらった二十代の小野尚子の写真と、週刊誌にあった半田明美の写真、一九九三年のクリスマスの集合写真にある小野尚子の写真、そしてインタビュー時に撮った二年前の「小野先生」の写真だ。

松本はマウスを使い、四つの顔に目鼻口といったものの輪郭を表示する。その後、元の写真画像を消す。

濁ったグリーンの地に、ベージュの線で顔の輪郭や目鼻の形だけが表示された。

二年前の小野先生の顔はやや横を向きうつむき加減だが、松本はマウスを操作し、それをまず真正面向きに直した後、顔を起こして見せた。

ざわざわとした違和感がこみ上げてくる。それは別の一枚と酷似していた。

半田明美だ。あの雑誌記事にあった、自称女優、の。

残りの二枚、級友から借りた小野尚子の二十代の写真と一九九三年のクリスマスの写真は、これまた双方が似通っている。

「こちらのペアについて、もう少し特徴とかわかりますか」

知佳は、角度補正した小野先生と半田明美の輪郭線を指差す。

「特徴、と言われると困るけど」と松本は苦笑しながら、本物の小野尚子の二つの輪郭画像を消し、残った二つの顔について重ね合わせる。

ずれていた。

ほっと胸をなで下ろす。

「いや、歳取って、顔のライン全体が下がっただけですよ」

松本は説明しながら、年齢補正をかけた。

無意識のうめきが知佳の喉から漏れた。

輪郭線はぴたりと重なり合っていた。

「そんな」

「びっくりしましたか？　アタマいいですよ、このソフト」

松本は画面を差して笑っている。

「でも、目鼻立ちや顔の形が似た人って、いますよね」

それには答えず松本はキーを叩く。画像が消え、細かな数字が現れた。

「まず間違いなく同一人物」

「全然、似ていないのに……」

「印象形成の問題なんですよね。笑い方とか、雰囲気とか、化粧の仕方で、顔立ちは関係なしにけっこうそっくりに見えるってこと。人の顔なんか雰囲気が八割ですよ。美人オーラを発していれば美人で通るし、あたしスタンフォード卒よ、などと吹聴していれば、頭良さそうだ、って話になるじゃないですか。でも顔の造形は変えられない」

「整形の可能性は？」

「そんなもの皮一枚の話です。印象は変わるけど骨格までは無理。顎の骨削ったところで限度がある。ほら、この輪郭、目鼻の位置。頭頂部から顎の先までの長さとの比率を見て」

松本は画面上に再び写真と輪郭線を呼び出す。

「つまり雰囲気は違うけれど、顔の構造は同じということですか？」

知佳は念を押す。

「たとえば親とか姉妹ということは？」

「親子じゃないですね。一卵性双生児とかのレベル」

つまり歯科医が提供した情報に間違いはなく、新アグネス寮で優紀たちスタッフや入居者に慕われていた人物は、半田明美だった……。

研究室を後にして、呆然としたまま秋風の立ち始めたキャンパスを駐車場へと歩いていく。

二年前のインタビュー終了時には、「日本のマザー・テレサ」という編集長のつけた月並みなキャッチフレーズを肯定する心境になっていた。それほどの女性に完全にしてやられた、ということか。

写真を収めたバッグをアクアの後部座席に放り込み、都心に向かって走り始めたときだった。スマートフォンの呼び出し音が鳴った。

車を脇に寄せて停め、画面を見る。松本の名前が表示されている。

「どうも、さきほどは」

「さっきの写真、今、手元にありますか？」

礼の言葉を遮り、松本がいくぶんか興奮気味に尋ねた。

「あ、はい」

いったん電話を切り、少し先にあるコンビニエンスストアの駐車場に車を入れ、後部座席に放り込んだファイルを取り出す。

電話をかけ直すと、松本は一九九三年のクリスマスの集合写真を出すようにと言う。

「どれですか？」

それぞれ別のグループと撮った集合写真は数枚ある。

「右側にクリスマスツリーがあって、女の人だけで三列になっている、一番人数の多い写真です」

絵本作家や演奏家などの著名人が一人も写っていない一枚だった。人数が多いこともあって、知佳はほとんど注目していなかった。

そのときになって気づいた。分析結果に動転し、提示した写真データを消しておいてくれるように頼むのを忘れていた。

「それの一番後ろの列、右から二人目の女性、わかりますか」

「はい」

「その人が、今日、あなたが持ち込んだ女性の写真と一致します」

「雑誌記事の写真ですか？」

「ええ」

「うそ」と思わずつぶやくと、松本は「ほんと」とまったく笑いのニュアンスを含まない口調で返してきた。

あの雑誌にあった小劇場の女優「半田明美」とも、知佳が出会った小野先生とも違う女がそこにいた。

首筋くらいでカットした髪、着ている服は丸首だ。最後列なので肩から上しか見えない。

顔全体が歪《ゆが》んでいるのは、集合写真の端にいるからだ。人々の中で、見事に埋没している。そして若い。客やボランティアの背後にひっそり立ち、微笑んでいる。

小野尚子本人とは親子ほどに歳が離れているように見える。若く見えても若さは発散されていない。

つるりと貧相な、何とも形容しがたい、何一つ印象に残らない顔がこの世にある、ということに知佳は驚く。特徴の無さが特徴となる、そんな顔立ちがあるのだろうか。二十数年を小野尚子として生き、小野尚子として死んでいった、聖女のような人には見えず、週刊誌の記事にあった希代の毒婦にも見えない。

混乱したまま電話を切ると、少し迷った後、都心とは逆方向の圏央道へ車を向けた。途中のサービスエリアから新アグネス寮に電話をかけ、中富優紀に訪問する旨を連絡した。

関越道から上信越道へと、ほとんど追い越し車線を突っ走ったまま、午後の三時過ぎに新アグネス寮に着いた。

二ヵ月半ぶりくらいに会う優紀は、気のせいかずいぶん面《おも》やつれしたように見える。

「引っ越し疲れが出たよね、今頃になって」と優紀は笑って見せる。知佳を座敷ではなく玄関脇の事務室に入れ、引き戸を閉めた。

「悪いけど、小声で頼むわ」

「了解です」

これから聞かされることが何か衝撃的な内容だと直感したのか、相手は身構えている。

自分以外のだれにも聞かせまい、としている。

顔認識ソフトが、半田明美とここにいた「小野先生」を同一人物と判定したことを伝えると中富優紀は頭を抱えた。

さらにその半田明美であるところの「小野先生」と思われる人物が、一九九三年のクリスマスの集合写真に写っていることを話し、その顔を指差す。

「見覚えは？」

「いや……」

「この団体はどういう人たち？」

「わからない。私が来るずっと前だもの」

お手上げという表情で優紀は天井を振り仰ぐ。

「もう、何が何だか……小野先生は小野尚子さんじゃないし、刑事は先生が半田明美とかいう連続殺人犯だったかもしれないみたいなことを言うし、おまけにその人がこの写真に入っているって、頭の中、ぐちゃぐちゃになってきた」

わけがわからないのは、知佳にしても同じだ。

集合写真の中の見知らぬ女性、顔認識ソフトが週刊誌に載った半田明美の顔と同一人物と判断した女性の顔を優紀が指差す。

「もしこの人が私たちの知っている小野先生だとして、このとき新アグネス寮に何をしに来たんだろう。私の知っている小野先生が凶悪犯だった、みたいなそんな話は嘘だ、と自分の中ではっきり否定したい」

「何か心当たりは？」

優紀の視線が泳いだ。

「当時のことを知っている人に聞いてみる……」

そのとき木村絵美子がお茶をいれて入ってきた。

優紀が目配せし、絵美子を座らせると、知佳の話を小声で伝える。

雑誌の記事は彼女も読んでいたのだろう。息を呑んで知佳をみつめる。

「写真は一致したけれど、記事の本文についてはどのくらい信用できるのか、わかりませんよ」

知佳はその視線に答えるように硬い口調で説明した。

冤罪《えんざい》、誤認逮捕。松本サリン事件の例もある。あのときは複数のメディアが犯人でもない人物について、あたかも殺人犯であるかのように書き立てた。

「そうですよね、ひどい話ですよね」と少しほっとした様子で絵美子はうなずく。「それに、逮捕されたけど、正当防衛で無罪になったたって、この前、刑事さんが言ってたし」

「無罪というか、不起訴」と優紀が訂正した。

逮捕、別の事件の容疑者としての警察の監視、あたかも犯人であるかのように決めつける顔写真入りの雑誌記事、世間のありとあらゆる偏見にさらされた女性が、新アグネス寮に助けを求め、何か事情があって小野尚子に成り代わった。そんな可能性もある。

正味一時間ほどいただけで、慌ただしく帰っていった知佳を見送り、優紀は事務室に戻った。パソコンのデータに入っている一九九三年のクリスマスの集合写真のうち、半田明美、と思われる人物の写っている一枚を二部、プリントアウトする。一部を岐阜にいる斉藤登美子に郵便で、もう一部を服部牧師にファクシミリで、それぞれ問い合わせの文章をつけて送った。

翌日の夕刻、アメリカにいる服部牧師から電話がかかってきた。

「ちょっと不鮮明で一人一人の顔はわからないのですが、私が知っている方はいないようですね。おそらく地元のボランティアの方々じゃないですか」

「教会関係のボランティアですか？」

「いえ、それなら私がわかりますから、たぶん朗読ボランティアかと思います」

「朗読ボランティア？」

服部牧師によれば、軽井沢で新アグネス寮を立ち上げた小野尚子は、運営が軌道に乗り始めた頃、入居者のリハビリを兼ねて、地元の図書館にある資料の音訳に着手した。

視覚障害者のために資料を読み上げテープに録音するもので、小野尚子はおそらく榊原久乃を通してそうしたものの存在を知り、少しでも自分たちが役に立てればと考えて始めたのではないか、と言う。

「朗読の指導のために、地元図書館で子供たちに読み聞かせなどの活動をしているご婦人たちが、寮に来られていたようです」

翌朝、役場に用事があって外出した優紀は、軽井沢町にある古い図書館に足を延ばした。二階の開架部分に他の団体が作ったものと一緒に、新アグネス寮の人々の手によるものも並べられていた。朗読テープが小説やエッセイの類だけでなく、新聞や雑誌記事、マニュアルに至るまで、あらゆる活字媒体について作られていることを知り、優紀は少し驚いた。

古いテープのデータは電子化されておらず、紙の目録にタイトルと共に作成者として「新アグネス寮」の文字がある。だが朗読者の個人名はない。ひょっとすると小野尚子の肉声が聞けるかもしれない、と期待したが難しそうだ。

「一応、保存はしてあるんですが、利用が多いこともあって、これだけ古いものですとどうしても伸びやひずみが出ちゃうんですよ。確認はしていませんが再生は難しいんじゃないですかね」

司書が済まなそうに言う。

図書館だけでなくて、テープは老人ホームや病院にも送られているということで、司書は近隣のそうした施設に電話で問い合わせてくれたが、朗読テープ自体が残っているところはなかった。再生機がデジタル化され、またテープ自体も耐久性のないものなのでずいぶん前に廃棄されたらしい。

朗読ボランティアについては、一九九〇年当時のメンバーの名簿が図書館にあるが、個人情報なので見せることはできないという。一方、現在の朗読ボランティアの事務局については公開されていた。図書館からほど近い、朗読会のメンバーの個人宅だ。

あらかじめ電話をした上で、優紀は図書館を後にして、そちらの家を訪問した。

応対に出た女性に対し、自分はかつて朗読テープを作成していた団体の者だ、と名乗り、その当時お世話になったボランティアの方の消息を知りたいと申し出た。

相手は怪しむ風もなく、一九九三年当時の登録メンバーの一覧表を見せてくれた。すっかり文字の薄れたハードコピーを綴《と》じたもので、連絡先はなく名前だけが並んでいた。そこに半田明美、の文字はない。朗読ボランティアの活動に身分証明書の提示など求められないから、偽名を使ったのだろう。

女性は、そこにある名前のひとつを差して、ボランティアの中でも一番古い方だから、彼女に聞けばわかるかもしれないと言う。逢坂聡子《おうさかさとこ》という名のその人は、千ケ滝《せんがたき》付近の別荘地に四十年前から定住しているらしい。

「ご主人はあの、はらみのるさんよ」

著名な絵本作家であり、一九九三年以前の新アグネス寮のクリスマス会に参加し、集合写真に納まっている一人だ。


シルバーウィークの連休の谷間に、渋滞を避けて車を飛ばしてきた知佳と共に、優紀は逢坂聡子の自宅を訪れた。

集合写真の中の女性について、優紀が朗読ボランティアの一人かもしれないので確認に行く、と知らせると、知佳はぜひ同行させてほしいと言ってきたのだ。

半田明美と思われる人物と新アグネス寮との接点が視覚障害者用朗読テープの作成ということは、すり替えを仕組んだのはやはり榊原久乃ではないか、と知佳は言う。

「それについては」と優紀が以前、服部牧師から届いたファクシミリについて話すと、知佳は「きれいごとじゃないかな」と首を傾げる。

「信者への説教と同じ次元でものを言ってないですか？　その牧師」

斜面に建てられた逢坂聡子の家は、別荘というよりはコンクリートの要塞のように見える。斜面をくりぬいて造られたガレージ脇の階段を上がると、広々とした玄関ポーチに出た。下の道からはのしかかるように見えた建物が、そこに立つと花々の咲き乱れた瀟洒な住宅であることがわかった。

絵本作家はらみのるは、東京のマンションで仕事しており不在だったが、ロングスカートに長袖ブラウス姿の逢坂聡子が二人を招き入れた。

「小野尚子さんのところのスタッフでいらっしゃるとか。火事ではお気の毒なことをなさいましたわね、本当に。ああいう立派な方に限って……」

新アグネス寮代表、と名乗っても普通の人には怪訝な顔をされるだけだが、「小野尚子のところの者」と言えば、だれもが信用し、人を紹介し、家にも上げてくれる。行く先々でその名前の威力を優紀は思い知らされる。

優紀は携えてきた集合写真を天窓から降り注ぐ陽光の下に置いた。

おもむろに眼鏡をかけた逢坂聡子に向かい、最後列の端の方にいる女性を指差し、尋ねる。

「この方、覚えていらっしゃいませんか」

「ええ、もちろん、よく覚えておりますよ、そう……お名前は」

逢坂聡子は細めた目を天井に向ける。

「半田さんとか、明美さんとかじゃありません？」と知佳が身を乗り出して尋ねる。

「いえ、そういうお名前じゃなかったと思うわ、歳かしら、いやあね。個人的なお付き合いはありませんでしたもので」

「でも、この方ということは覚えていらっしゃる、と」

「ええ。それはそれはお上手でしたから。ご本人はひっそりと、清楚な、と申しますのかしら、目立たない方なんですのよ。でも発声発話がとっても聞き取りやすいんですの。わたくしたちのようなカルチャーセンター仕込みじゃなくて、専門的な訓練を受けてらっしゃるわね、あの方、なんて、噂《うわさ》しておりましたのよ。ご本人は通信で、とかおっしゃっていたけれど、ご謙遜だと思うわ」

思わず唾を呑み込んだ。雑誌の記事によれば半田明美は小劇場に訓練生として在籍していた。とすれば、発声、発話の基礎を身に付けていて当然だ。

「一度、ピンチヒッターで、図書館の朗読会にいらしていただいたことがございますの。子供たちを集めましてね、あのときは『ズッコケ三人組』でしたかしら。朗読ボランティアの中には、紙芝居みたいに演じてしまう方もいらっしゃるんですけれど、あの方のは、それはもうぜんぜん違ってらしてね、ちっともわざとらしくなくて、読んでいらっしゃるだけなのに、会話が本当に子供同士のおしゃべりに聞こえてくるんでございますのよ。三人組の個性がはっきり表れて。子供たちはすっかり引き込まれて、しーんとしたりどっと笑ったり」

そうした一般的な読み聞かせと違い、視覚障害者用テープの音訳朗読には、特殊で高度な技術もまた要求されるのだ、と逢坂聡子は説明した。聞き取りやすい発声や発音の基礎を身に付けているのは当然のこととして、言葉の正しいアクセントや漢字の読みの調べ方、録音テープの校正方法と、専門的な知識や訓練が必要だ。そこで地元の図書館を拠点に活動していた逢坂たち朗読ボランティアの人々が、交代で新アグネス寮に出向き、指導に当たったのだという。その人々が九三年のクリスマスパーティーに招かれ、写真に納まった。

指導に赴いたメンバーのうち、半田明美とおぼしきその女性は、もっぱら朗読指導担当で頻繁に新アグネス寮を訪れていたという。

「きっと小野尚子さんのお人柄に惚れ込まれたのでしょうね。あの方は本当にお優しくて、思いやり深くて、高貴な感じで、まるで皇后陛下。その小野尚子さんが、彼女のことを褒めてらしたんですのよ。とても熱心で、お上手なのに謙虚で、私たちは本当に感謝してますのよ、とおっしゃって。朗読指導をなさるだけでなくて、ご自身も新アグネス寮の活動に関心があるご様子で、小野先生からいろいろお話をお聞きになっていたみたい。ああ、思い出した。山下《やました》さんとおっしゃった」

「山下さん、ですか」と知佳が、すばやく手帳にメモした。

やはり偽名を使っていた。

「すみません、その山下さんって、どこに住んでいたかわかります？」

「いえ、プライベートなことは存じ上げなくて……。私たちと一緒にお茶したりは、なさらない方でしたわね。会合の後もお一人で先にお帰りになってらした。私たちよりずっとお若かったから。きっとおばさんたちと一緒はお退屈だったのかもしれないわ」と逢坂は笑う。

若く見えた、ということは九三年の集合写真から想像がつく。

朗読指導者として新アグネス寮にやってきた半田明美は、そうして小野尚子の信頼を得ていった。

「ところで朗読テープと言えば、視覚障害者用のものですが、火災では元看護師さんで、榊原さんという、目の不自由なスタッフの方も亡くなっているんですよ」

知佳が榊原久乃のことに話題を移した。さりげない風を装っていたが、ひどく唐突な切り出し方だった。

「ええ、そうでしたわね」と逢坂は小さく眉をひそめた。

「朗読テープは、本来、視覚障害者の方々のためのものではあるのですけれど、ご病気で体力の衰えた方やお年寄りからもけっこう重宝されましてね、わたくしどもの作成したテープも、そんなことで病院や施設などにもお届けしておりましたのよ」

「それでは朗読テープの作成について榊原さんがボランティアの方たちの窓口になった

とか、そういうことはありませんでしたか？」

　知佳が重ねて尋ねると、逢坂は微妙な表情を見せた。

「その方が窓口になられたといったことはございませんでしたわね。わたくしどもとは特に何も……。看護師さんでらしたの？　私はマッサージでしたか気功でしたか、そんなことをなさる方とうかがっておりましたんですけれど」

「元看護師です。何かお気づきのことはありませんでした？」と知佳が執拗な口調で尋ねる。

「ちょっと、こう……言ってはなんですけれども……難しいところのある方でらしたから……」

「難しいというのは？」

　奥様言葉の回りくどさに、優紀はさきほどからいらついていた。

「陰気、と申し上げたらいけないのかもしれませんけれど、物事にこだわるたちのようにお見受けいたしましたわね……沈黙は金、と心得てらっしゃったのかもしれませんが……私たちがごきげんよう、とご挨拶しても知らん顔なさっているのに、苦情をおっしゃるときだけはお口を開かれるの。朗読テープといえば、ご自分が一番重宝なさるはずじゃございませんか。なのに私たちに向かって、何かとても嫌な対応をなさって。首筋あたりにふっと気配がするので振り返ると、いつの間にか後ろに立っていらして、びっくりしたことが幾度もございました。施設の女の方たちに不必要なおしゃべりをしないように私たちのことを見張ってらっしゃるみたいで。ご用が済んだら余計なことをせずにお帰りになってください、と言わんばかり。私たちが外からばい菌を持ち込むとでもお考えになっていらっしゃるような、私の預かっている神の子羊たちを汚さないでください、と叱られているような気がいたしました」

知佳が鋭い視線を逢坂聡子に向けながら、素早くボールペンを走らせる。

あのフルート奏者、青柳華のときと同じだ。スタッフの自分たちでさえ、榊原の奇妙な禁欲主義には少なからず窮屈な思いをさせられていたから、外部の人間からすれば尚更だろうと優紀は思う。

神の子羊という言葉に榊原久乃の作ったいくつもの縫いぐるみのフォルムを思い出した。キリスト教徒ならさほど抵抗はないのかもしれないが、入居者を子羊に見立てて、牧場を管理しようとする発想は、ずいぶん傲慢《ごうまん》だ。

逢坂聡子に玄関先で見送られ車に戻ると、知佳は助手席の優紀に確認するように尋ねた。

「その後、新アグネス寮では朗読テープを作ることはしなくなったんですよね」

「少なくとも私が来た九年前には、そんなことしてなかった。っていうか、そんなボランティアをしていたってこと自体、私、知らなかった。もっぱら畑仕事と掃除洗濯、ご飯作りみたいなことをみんなでやって、後は経済的自立を目指す方向だったから。仕事をできる人は無理のない範囲でアルバイトして寮費を稼ぐし、それで自信をつけて卒業していく。やっぱりそれが本来のやり方だと思うのよ。それに昔のように寄付がたくさんあって、入居者はボランティアで恩返し、なんて優雅なことをやってられる世の中じゃなくなったしね」

「と言うか、地元のボランティアといつまでも関わりを持っていたら、偽者としてはすり替わりがバレる危険がある、ということもあるよね」と知佳が言う。

なりすましやすり替わり、といった犯罪のにおいのする言い回しに、優紀は未だに抵抗を覚え、素直に同意できない。

その夜、岐阜にいる斉藤登美子から電話があった。

せっかく写真を送ってもらったけれど、二十年以上も前のことなのでそこに写っている人物についてはわからない、と言う。

「自分が写っているとかなら、手元に置いて眺め返したりするんだろうけれど、ほら、原則、私たちの写真は撮らせないことになっていたじゃない」

優紀は、実はあの集合写真に写っていた女性たちは朗読テープ作成の指導に来ていたボランティアだった、と告げた。

「そういえば、そんな人たちが出入りしてたよね」

「覚えていますか、だれがだれか」

「いえ、私、あんまり熱心じゃなかったから」

「ボランティアの中に、格別、朗読の上手な人がいたって聞いたんですよ」

「ああ、いたね。頻繁に来てた。顔とか名前は覚えてないけど」

「山下さんって、言ってませんでした？」

「ああ、そんな平凡な名字の人。最初は何かチャリティーの手伝いに来て、そのとき榊原さんの整体の教科書を持ち帰って朗読テープを作って持って来たんだったわ」

「榊原さんの？」

「そう、他にそんなものが必要な人は寮にいないじゃない。それで若いのに何だか地味な子だから、学生さん？　って聞いたら、人妻だって言うからびっくりした。その後かな、頻繁に通ってくるようになったのは。熱心だったよ。ラジカセとかビデオカメラまで持ち込んで」

「ビデオカメラ？」

「ええ、私にはよくわからないけれど、後でそれを見て、発声とかまずいところを直せって言ってた。あたしゃやったことないけどね。だって自分の顔のビデオなんか、こっぱずかしくって、見ちゃいられないじゃない。でもほかの子たちはそれを見て熱心に練習していたわ。ほら、カラオケのノリよ。そうそう、先生も言ってた。そうやって自分を好きになることが、ここの女の子たちには必要なんだって。なにしろ、自分のこと、殺したいほど嫌い、っていうような子が多かったから。でも、あのテープもみんな火事で焼けちゃったかな……」

確かにそれらしき古いビデオテープやカセットテープの入った段ボール箱があったような気もするが、旧軽井沢から信濃追分に引っ越した折にすべて廃棄した。テープは傷み、再生機についてはデジタルの時代に移っていたからだ。

「で、そのボランティアがどうかしたの？」

「その『山下さん』が、小野尚子さんにすり替わったかもしれないんですよ」

単刀直入に切り出した。

白封筒に入れて送られてきたお悔やみやざっくばらんな物言いに、登美子の人柄はうかがい知れた。今さら持って回った物言いをする必要性は感じなかった。

「なにそれ？　すり替わるって？」

慎重に言葉を選んで優紀は説明した。

お別れの会の直後に警察に呼ばれ、遺体が小野尚子のものではないと告げられたこと。優紀たちが出会い、寮で共に暮らしていたのは、その小野尚子ではない女性であったこと。さすがに彼女が半田明美という名で、警察が連続殺人事件の容疑者としてマークしていた、ということは伏せたが、その女性の身元が未だにわからないので、今、調べているのだ、といったことを話した。

そんなばかな、と否定するか、驚きの声を上げるかと思ったが、何か事情を知っているのか、それとも腹が据わっているのか、斉藤登美子は問い返すことも反論することもなく最後まで聞くと、冷静な口調で言った。

「確かに別人にすり替わっていたと言われりゃ、納得するわ、あれは。あのときはただただ心配で気がつかなかったけれど、ずっとサングラスとマスクで引き籠って、本ばっかり読んでいたんだから、確かに怪しかったんだ。まんまと騙されたってわけだ、その女に」

「いえ……騙した、というか……」

「で、小野先生は、まさかあの女に……」

殺された、と言いたげなニュアンスに、優紀は「あり得ません」と遮った。

それから斉藤登美子の「偽者」に対する視線が辛辣《しんらつ》で疑念に満ちたものである理由に思い当たった。彼女が新アグネス寮にいたのは、一九九一年から一九九五年までだ。そして一九九四年の十一月に「偽者」が日本に帰ってきた。斉藤登美子が共に暮らし、触れ合ったのは、本物の小野尚子、その人なのだ。そしてサングラスにマスクで引き籠っていた女性と暮らしたのは、数ヵ月ということを考えれば、その女性が別人と知らされ、騙された、と憤るのは当然のことだ。

「他に何か気がついたこととかなかったですか」

「ないね」

憤然とした口調で答えた後、登美子は「そう言えば……」と続けた。

「あの頃、あの人はときどき夜になると出かけていた」

「夜ですか?」

「太陽に当たると具合が悪くなる病気だとか何とか言って、昼なんかあたしらのいる部屋にも入ってこなかったけど」

「つまり正体を隠して外出した、と」

「難病を治してくれる漢方の名医がいて、そういう病気の人のために夜間の診療をやってるとか言ってたわ」

そう、以前、小野先生自身の口から聞いた。中国の医大を出た中医学の名医がいて、治してくれたのだ、と。

「だれか付き添っていきましたか?」

「スタッフとか入居者が軽自動車で駅まで送っていって、私も一度、送っていったことがあるけど、そこから先は一人で電車に乗っていった。夜なので日光がないから大丈夫、とか何とか言って。絶対、その先は送らせなかった」

「東京の方?」

「まだ新幹線が通る前の話だよ」と登美子は笑って付け加える。

「追分。信濃追分」

後に新アグネス寮が引っ越していったあたりか？

「当然、迎えも？」

「そうだけど、ときどき朝まで休んでくることもあってね。断食療法なんかもやっているから、道場というか、患者用の部屋があると言っていた」

いつのまにか絵美子がそばにいる。

逢坂聡子から聞いた話についてはすでに伝えてあるので、通話の内容は想像がついているようだ。

「ま、世の中には知らなくていいことというか、知らなきゃ良かったってこともあるのかもしれないね」

そんな言葉を残して斉藤登美子は電話を切った。

「信濃追分にいる漢方医というか、中医学の医者なんて知ってる？」と絵美子に尋ねると、「ぜんぜん」と首を横に振り、「榊原さんだったら詳しかったかもね」とあいまいに笑う。

サングラス、マスク姿での引き籠りが、実際はすり替わりのための詐病だとすれば、外出の目的は別のことだろう。

だれかに会っていた。このすり替わり劇を仕組んだ人物かもしれない。その人物の指示を仰ぐために出かけていた。それがひょっとすると本物の小野尚子だった、ということも考えられる。

5

地下鉄の階段を上り、台風一過の炎天下に出た。排気ガスとアスファルトの吐き出す熱気の中を歩きながら、山崎知佳は何とか頭の中を整理しようとしていた。

平和な日本で、最底辺の人生を歩まざるを得ない女たちがいる。健全な人々から、ときに自己責任、自業自得という冷たい視線を浴びせかけられる女たち。その彼女たちの想像を絶する悲惨な過去に向き合い、現在に寄り添い、小さな希望の火をともし続けた、一人の日本人がいた……。自分の受け継いだ資産のすべてと半生を捧げ、信仰表明こそしなかったが一切の私心を捨て、弱い者を思いやり、深く溢れるような愛情を注いで生きてきた小野尚子。

二年前、信濃追分の寮についての記事を書き終えた後、いつか小野尚子と新アグネス寮について、長編ノンフィクションに仕立てたいと考えていたが、その思いは、若い母親とその赤ん坊を救って彼女が亡くなったとき、さらに強くなった。

だが、今、知佳の前にあるのは、自分の構想とテーマを大きく覆す謎だった。

部外者の自分はもちろんのこと、九年間も共に暮らし、右腕として寮の運営を担ってきた女性さえ、まったく気づかなかったすり替わり劇。生前から半ば神格化されていた「小野尚子」と、連続殺人を疑われた女。同一人物とおぼしき二人を繋ぐものは何なのか。

「彼女」が「朗読ボランティアの山下」を名乗って、小野尚子に近づいたところまではわかったが、その先の手がかりがない。

そして「彼女」はすり替わったまま亡くなった。死者をむち打つな、というメディアに関わる者の倫理観はともかくとして、凶悪犯として週刊誌で名指しされ、警察にマークされ、一度は逮捕された女が、若い母親と赤ん坊のために、自分の命を犠牲にしたとすれば、その本性は善なのか悪なのか。

人間がそんな二元論で割り切れる存在であるはずはない。それでも突き止めたいと思う。

長島剛《ながしまたけし》という男が指定してきたのは、区民センターの一隅に配された店だった。沸かし返しのコーヒーや毒々しい緑色のソーダ水、といった飲み物を制服姿の中年女性が運んでくる、古色蒼然《こしょくそうぜん》とした「役所の食堂」だ。やる気の無い地元業者の委託経営であることは一目瞭然だが、ゆったり配置されたテーブルは広く、天井の蛍光灯も明るく、打ち合わせをするには最適で、こんなところを指定してくるのはさすがは元記者だと感心した。

だが薄くなった髪にきっちりと櫛目《くしめ》を入れ、痩身にスーツをまとい、ネクタイまで締めて現れた長島は、知佳のイメージする元雑誌記者とは少し感じが違う。

「教室、持たされちゃってね。文章講座って、おばちゃんたちの綴《つづ》り方だぁね」

荒《すさ》んだ笑いを浮かべ、長島は頭をかく。

こちらで区民講座の講師をしているという。

彼、長島剛が、今から三十年あまり昔、半田明美に関する週刊誌の記事を書いた人物だった。

週刊誌の版元、青山堂にいる知り合いの編集者に知佳が連絡をとったところ、今は役員になっているかつての編集部員に当たってくれて、執筆した人物の名前がわかったのだ。

長島剛は当時、契約記者として青山堂で原稿を書いていた。現在、そちらの出版社との契約は終了して十年以上が経っているという。

「ほんの気持ちだけですが」と知佳は携えてきた菓子折を手渡す。

「悪いんだけどさ」と長島は苦笑して、箱を押し戻した。

「糖尿なんだよ、俺」

「すみません、ではご家族に」

「いや、女房は認知症。甘い物を見せると歯止めがきかなくてな。止めると爆発しちゃうし、好きなようにさせると大福二十個くらいぺろりと平らげて腹痛を起こす。娘たちは遠くに嫁に行ってるし」と言いかけ、軽い身のこなしで立ち上がる。

離れたテーブルで先ほどから賑やかにしていた中年女性たちのテーブルに近づき、「これ、みんなで食べてよ」とテーブルに置くと、歓声が上がる。

「あれ、うちのクラスの生徒。みんなあんたみたいのにあこがれている。困ったもんだ」とそちらを無遠慮に指差す。

本題に入ろうとする知佳に向かい、長島は右手の掌を振り、話を遮った。

「話はこの前もらったメールでわかっている。繰り返さないでいいよ。時間の無駄だ。で、これを持って来たから読んでくれ」

黄ばんだ布製手提げ袋から、分厚い大型封筒を取り出した。

「取材原稿だ。二百字詰めで四百枚はある。千葉の田舎まで行って、半田明美の身辺を洗ったんだ。俺は若い頃、新聞社でサツ回りをやっていたんでね、コネがあるから情報についちゃ、正確だ」と言いながら、タバコをくわえ、ウェイトレスに片手を上げる。

「灰皿！」

「すいません、禁煙です」

無愛想な声が返ってきて、長島は肩をすくめた。

知佳は封筒から原稿を取り出す。変色した用紙の端に「青山堂」と印刷されている。

几帳面《きちょうめん》とは言い難い青インクの文字が三十余年の時を経て、色あせていた。

「あ、持ち帰って読んでくれ。やるよ、あんたに」

「いいんですか、こんな……」

申し訳ないような、迷惑なような妙な感じだ。

「三十年くらい前、この原稿を元に特集記事を書こうとしたんだ。ところが編集部から
ボツを食らった」

「出ていたじゃないですか、私、その記事に当たってきたのですから」

「あんな記事は、ただのとっかかりだ。その後、俺は二年かけてちゃんと深掘りしたん
だ。その原稿だよ。いいか、そうしたらこの女の身辺でもう一人不自然な死に方をして
いる男が出てきた」

「もう一人？」

「ああ。読んでみればわかる」と長島は原稿を顎でしゃくり、左掌を広げて見せた。

「五人だ、死体が五つ。事件だろ。ところが編集長は『載せられない』の一点張りだ。

今ほど人権、人権ってうるさい時代じゃなかったが、要するに腰抜けなんだよ。右に弱

い文栄書店《ぶんえい》に左に弱い青山堂ってね。だがこんな女に人権なんぞあったらたまらない。もしあんたがこれをノンフィクションに起こしてくれるっていうなら、やるよ。俺、糖尿病が腎臓までいっちゃってるから、もう体力がないんだ。あんたはまだ二十代だろ、元気な盛りだ、気骨もありそうだ。俺のかわりに書いてくれ」

「三十八ですけど」

長島は一瞬、惚《ほう》けたような表情で知佳の顔を見た。

「ま、そんなことはいい。だが」と声をひそめ、顔を近づけた。病気に特有の口臭がした。

「世も末だと思ったね、取材したときは。あんな悪い女は見たことも聞いたこともない。生まれついての毒婦だ。最近流行《はや》ってるだろ、次々男を毒牙にかけて金を搾りとって殺すのが。それも若くてピチピチの美人ならわかるが、デブだの、ばあさんだの」

「はぁ？」

「今の時代だからバレるんだけど、昔は科学捜査ったって原始的なことしかやってないわけだ。だから半田明美みたいな女が、今に至るまで捕まらずに堂々と普通の市民生活を送っている。つまり昔っからあったってことだよ、ああいう事件は。だからさ、あのとき俺がこれを記事にして、世間が騒いで警察の尻を叩いていれば、ちゃんと事実が明るみに出ていたんだ。そうすりゃ、昨今の連続不審死事件だの、後妻業だの、全部とは言わんが、何割かは防げていたはずなんだ」

知佳は青山堂に教えてもらった長島の連絡先に、話を聞きたい旨のメールを入れた折、「半田明美の記事に興味を持った」と書いたが、小野尚子との関連については何も伝えていない。そのために長島はここ十年くらいの間に起きた「女による連続不審死事件」の関連で、知佳が半田明美について知りたがっている、と解釈したようだ。

「いや、あの半田明美そのものがさ、あの後、またどこかの男を絶対、毒牙にかけている。俺はそう睨《にら》んでいるね。それまで何人もの男を殺してお縄になっていないんだ、せっかく捕まったと思ったら正当防衛が成立しちまった。しかも不起訴だぞ、不起訴。味を占めるだろ、普通なら」

ぎくりとした。男ではないが、女が毒牙にかかった可能性は……。

「いいか、あんたもマスコミの人間ならわかってるだろ。使命ってものがあるんだよ、ミッションっていうより、ヴォケーションだ。俺みたいなチンピラ記者にもな。犯罪っていうのは、成功した先例があれば、真似するやつが次々に出てくる。俺がだめなら、あんたのペンでそれを食い止めることができるかもしれないんだ。物を書くっていうのはそういうことなんだよ」

「はい」

誤解を訂正することもなく、知佳はうなずく。さぞや気のない返事をしていたのだろう。

長島は少し気まずそうな笑いを浮かべた。

「いや、青臭い説教聞かせて悪かった。ま、頑張って書いてくれ」

知佳の肩をぽんと叩いて立ち上がると、受講生たちのテーブルに移っていった。

ずしりと重い原稿の束を鞄《かばん》に入れ、知佳はレジに向かう。テーブルの中央にいる長島に向かい丁寧にお辞儀する。長島はそれまでの荒んだ笑みとは打ってかわった快活な表情で中年女性たちと談笑している。病気に蝕まれ、苦労の多い家庭生活を送っていることがうかがわれる七十前後の男にとって、区民講座の仕事は息抜きであり生き甲斐《がい》なのだろう。


取材原稿は予想外に整理されたものだった。

内容は、これが書かれた一九八七年当時までの半田明美の半生と、長島の追っていた連続殺人疑惑についてのものだ。この原稿を再構成し、彼は一冊のノンフィクションに仕立てるつもりだったのかもしれない。

原稿によれば、半田明美は一九五五年に、千葉県、成田《なりた》市近郊の町に生まれている。家は建築資材店を営んでおり暮らし向きは悪くはなかった。

日本がまだ高度経済成長の端緒《たんしょ》についたばかりの時代だが、戦後、小さなベニヤ板屋から始めた父、半田義治《よしはる》の商売は、バラックから一般住宅への建て替えが本格化する中で急成長し、半田明美が小学校に上がる頃には、義治は地域では名の通った企業経営者となっていた。

一家は、町でも一際目立つ、広々とした吹き抜けの洋間に曲線を描いた階段を取り付けた、アメリカのドラマに出てくるような家に住んでいた、と近隣の人々は語った。

明美の父、義治は、空襲で父親と妹を、結核で弟を亡くし、さらに戦争で南方に徴用された兄は行方不明となり、復員したときには身内といえば年老いた母一人になっていた。その母も義治が結婚して気が抜けたのか、貧しい暮らしの中で亡くなった。

そんな事情があったせいか、商売が軌道に乗った後、義治は妻の母親を引き取り、「アメリカのホームドラマに出てくるような家」を建てたのを機に、妻の妹たち身内の他、戦争孤児の少年までをも住まわせたというから、やり手のうえに親分肌の男だったのだろう、と長島は書いている。

地回りのヤクザから商売について難癖をつけられ、組の事務所に呼びつけられた折、幹部の一人と酒の飲み比べをしながら丁々発止のやり取りをして、最後まで乱れずに相手を潰した後、一目置かれるようになった、とも伝えられる。

その父の元に長女として生まれた明美は、幼い頃からピアノやバレエを習い、勉強部屋も与えられた。さすがに戦後のバラックは近隣にもほとんど残っていなかったが、庶民の多くが狭苦しい木造借家に住み、子供の習い事といえば算盤《そろばん》と習字が定番だった時代に、かなり恵まれた環境で育ったと言えるだろう。

　明美は金持ちのお嬢様だったわけだが、クラスの中では目立つ存在ではなかったようだ。成績が飛び抜けていいわけでもなければ、学級委員に選ばれたこともない。かといって性格が悪かったという話も出て来ない。物静かでおとなしく、口数の少ない少女で、格別の仲良しもいないが、仲間はずれにされた形跡もない。

　子供といえば、きょうだいや親類、知人の家から回ってくるお下がりを身につける時代だったが、明美はいつも新しい服を着ていて、そのくせ格別目立ちもしなければ、かわいいという印象もない。かわいくもないが、醜くもない。身綺麗《みぎれい》にしているが貧相な娘だった、と幼い頃を知っている人々は、長島にそう語った。

　気がつけばいつもグループの端にいて、一緒に行動している。そんな級友は知佳の周りにもいたから、何となく理解できる。

　だが明美の恵まれた少女時代は、彼女が小学校五年生当時に暗転する。

　母親が列車に撥ねられたのだ。魚の入った買い物籠を手に、サンダル履きのままの死だったというから事故の可能性が高いが、夫の浮気が原因で自殺したという心ない噂もささやかれた。日本では珍しい「アメリカのホームドラマの家」を建て、娘たちに洋風の習い事をさせる成り上がり男に対する、田舎町の人々の反感だろう、と長島は推測する。

妻を亡くした半田義治は、一周忌を待たずに再婚している。だが相手は若い女ではない。妻の叔母にあたる、義治よりも五歳年上の戦争未亡人だ。

長女明美を頭に三人の子供を残された義治が、結婚することで自分の妻を得るよりは、子供たちに母親を与えたのだ、と長島は書いている。その女性、義治の義母の歳の離れた妹に、子供たちが以前から懐いていたからだ。

原稿の次章は、一九八四年に起きた地下鉄ホームの転落事故から書き起こされている。事故直後、ホームで電車を待っていた複数の中年男性客が、「女性が男に絡まれ、危害を加えられそうになった女が男の手を振りほどいて逃げようとした拍子に男が転落した」と証言し、その結果、正当防衛が認められ女性が不起訴になった、というのは、雑誌の記事にあった通りだ。

だが長島は、その翌年、彼女の正当防衛を裏付ける証言をした男性乗客の一人と明美が懇意になり、男性の所有する渋谷区内のマンションで暮らしていることを突き止めた。

都内で貸しビル業を営む五十代前半の男に、長島は会っている。

当時流行した身頃の幅の広いダブルスーツに、やはり当時出始めたばかりのショルダーフォンをぶら下げた典型的なバブル紳士だった。

「おかしな言いがかりをつけるのはやめてもらいましょうか」

マンションのエントランスの階段を、深夜、一人で下りてきた男に長島が声をかけると、男は凄《すご》むようにそう答えた。

「旦那を亡くした悲しみを乗り越え、ささやかな夢を実現するために懸命に努力している女優の卵がいる。健気《けなげ》な女の夢の実現のために一肌脱いだ。アーティストを育てるっていうのは起業家の夢じゃない。義務だよ。私はそれほど立派なことはできない。せいぜい借り手のいない半端な中古物件を安い家賃で提供するくらいだ。その程度のことをとやかく言うのは、あなたの品性に問題があるんじゃないの？」

しゃべりながら駐車場に向かいベンツに乗り込むと、食い下がる長島を撥ねんばかりの勢いで男は走り去ったという。

明美がその頃、都内の小劇場に訓練生として所属していたことは事実だから、男の言葉がまったくの嘘とはいえない。だが、志高い訓練生が住むにはいささか贅沢《ぜいたく》なマンションに夜中、男が出入りしているのであるから、アーティストへの支援と言うには無理がある。

男が目撃証言のことを恩に着せ、明美に愛人になることを強要した、とは考えにくい。むしろ金回りの良い男が、明美に「次なる獲物」と認識されたのではないか。とすれば、この男の命も危ない、と長島は考える。

「なぜなら地下鉄ホームから突き落とされた男は、半田明美と直接面識があるか否かは別として、元々、無関係ではなかったからだ」

転落事故から遡ること三年、新潟長野の県境の町で、往診に出た医師が不審な死を遂げていた。半田明美の夫、中林泰之《なかばやしやすゆき》だ。

そして転落事故で亡くなった男、竹内淳也もまた、その県境の町、新潟県篠山《ささやま》町に自宅と勤め先があると知り、長島はそちらに向かう。

知佳が調べたところ、その後の市町村合併によって篠山町の名前はすでに地図上にはないが、飯山《いいやま》線の駅から日に数本しかない路線バスで一時間あまり行ったところのひなびた町だった。

そこの診療所に、中林泰之医師は亡くなるまで一年半ほど勤務していた。

偏差値からすると最低レベルの医大出身、しかも国家試験に二度も不合格になったと本人が吹聴していたというから学業成績は芳《かんば》しくなかったのだろうが、長島が現地の人々に取材したところによれば、中林医師の内科医としての腕は決して悪くなかった。四十を過ぎてそれなりの経験も積んでおり、僻地《へきち》の町の人々から信頼され、誠実で気さくな人柄で慕われていた。

篠山町はごく狭い市街地の三方を山に囲まれ、山々の斜面には小さな集落が点在していた。交通機関が限られ、高齢患者の多い地域でもあり、中林は診療所の業務には入っていない往診を、勤務時間外に行うこともあった。

その日の夕刻も、勤務時間終了間際に、末期癌《がん》の老人を抱える家族から診療所に悲鳴のような電話がかかってきた。

「家に帰りたいと怒って騒いで無理矢理退院してきたくせに、痛いから何とかしろと、また怒るんです。もうどうしたらいいか……」

中林医師は躊躇することもなく山中の集落にある患者宅に向かった。

帰宅途中に立ち寄るということだったので、事務員の男性はレセプトの整理をしながら、「雪があるから運転、気をつけて」と声をかけて送り出した。

患者の家は斜面の多い集落でも一番の高地にあり、雪のある時期は、車を県道沿いの郵便局の駐車場に入れ、徒歩で上らなくてはならない。

山上の家で末期癌患者にモルヒネを処方した後、中林医師は平身低頭する家族に見送られ、患者宅を後にした。

診療所の事務長が、自宅で中林の妻、明美から電話をもらったのは、夜の十時過ぎのことだった。いったん帰宅した夫が、「ちょっと気になるから患者宅に行ってくる」と告げ、家を出たまま戻ってこない、と言う。

患者の状態をある程度知っていた事務長は、中林医師が今夜あたり、患者が危ないと感じ、帰宅後、患者宅にもう一度様子を見に行き、看取りを行っているのかもしれない、と明美に告げた。

だがその夜、中林医師は患者宅には行っていなかった。

翌朝、中林泰之は家並みの途切れた県道で、消防団の人々によって発見された。自販機の脇でコーヒーの空き缶を抱えたまま凍死しており、車はそこから百メートルと離れていない食堂前の駐車場に停められていた。車内にはダウンジャケットや鞄が残されていた。

患者宅に向かう途中、温かい飲み物が急に欲しくなったのか、それとも抗《あらが》いがたい眠気に襲われコーヒーを買おうとしたのか、食堂前に車を停めた。だが食堂はずいぶん前に廃業しており、自販機に商品は入っていなかった。

その場に車を停めたまま、中林医師は百メートルほど戻った地点にある別の自販機のところに、小銭入れだけを手に歩いていった。そしてわずか百メートルの距離を車まで戻り損ねて命を落とした。当初はそう思われていた。

吹雪というほどではないが、その時間帯は雪が降っていた。一時止むが、また気まぐれのように降り出す。

夜のことでもあり、急に降り出した雪に中林医師は方向を見失い、もともと雪国に慣れていないせいもあって、自販機の灯の周りをむなしく歩き回り、車に辿り着くことができなかったのではないか、と町の人々は考えた。そして町の人々や山深い集落の老人たちのために尽くした医師の死を悼んだ。

事故の直後に、遺体は東京からやってきた親族が引き取っていった。

中林医師は、町の人々に「東京で医院を開業している家族に明美との結婚を反対されたので、駆け落ちのようにして篠山町にやってきた」と話していたから、当初、二人を知る人々は残された妻に同情した。

その気持ちは、中林医師の両親が、町立診療所を管理していた役場を訪れ、僻地の苛酷な勤務と管理の不行き届きが息子を殺した、と町長以下管理職を呼び出し、六時間にわたり抗議したことでさらに強まった。

高飛車な物言いで、怒りを町民にぶつける両親と、「あの人は責任と使命を全うして亡くなりました」と悲しみをこらえて語る若く清楚な妻。

近隣の人々は明美を何かと気づかい、一日も早く立ち直ってくれることを願い、励ましの言葉をかけた。

だが、その明美が町の有志が企画した偲《しの》ぶ会の開催を待つこともなく、粗末な借家を出て姿をくらまし、その後、多額の保険金を手にしたらしい、という噂が広まるにつれ、人々の同情の気持ちは疑念に変わっていく。

中林医師の捜索に加わった消防団員や、診療所の同僚、患者、近所の人々は、口々に語った。

中林医師は確かにコーヒーの空き缶を持って倒れていたが、傍らの自販機にその銘柄のコーヒーはあっても彼の手にしていたカフェオレタイプはなかった。

人々が現場を歩き回ったから、雪の上に残された足跡は入り乱れていたが、思い起こせば、車から遺体があった場所まで足跡はなかったような気もする。

また消防団の人々は、「捜索時、明美や診療所の事務長の言葉から、山上の集落のあたりを探すつもりだったのだが、夫婦が住んでいた借家から一キロと離れていない道路上で遺体が発見されたのは意外だった」と語った。

さらに中林とその妻明美は、駆け落ちのようにして篠山町に逃げてきたということだが、長島が聞いて回るうちに、夫婦仲は実はそれほど良くはなかったという話も出てきた。

保険金の噂が広まった後は、中林医師は、家の中で殺害されて雪の県道に放置されたのではないか、ということささやかれたらしい。

だが隣町の老齢の開業医の書いた死体検案書はあくまで凍死だった。また山中や古い民家で凍死体を幾度か見ているこの地方の消防団員は、安らかな表情で、鮮紅色の死斑の浮かんだ遺体の様は、どう見ても凍死であって、首を絞められたり、毒物を盛られたものではない、と断言した。

一方、保険金の請求が明美によってなされた折、保険会社の調査員が現地を訪れたが、特に保険金詐欺を疑われるようなことはなく事件化されることはなかった。

地下鉄ホーム転落死事件で半田明美が逮捕されたとき、三年前に遡って警察の捜査がなされたが、容疑が固まらないまま、転落死事件の勾留期限が切れて半田明美は釈放される。

だが竹内淳也の勤め先であった町役場に赴いた長島は、そこの地域振興課の係長として東京への出張時に事故死した竹内淳也が、その前年まで同じ役場の保健医療課医療係に配属されていたことを知る。町立診療所の管理運営に当たる部署でもあり、竹内が明美と直接面識があったか否かは不明としても、その夫、中林泰之とは日常的に顔を合わせる関係にあったことがわかった。そして葬儀の代わりに町民会館で開催された偲ぶ会の発起人の一人として、会を取り仕切ったのも、竹内淳也だった。

「町の診療所にはこれまでいろいろな医者が来てくれたが、中林先生のような垣根の低い、我々や村の老人のばか話にも付き合ってくれ、病気のとき、家族が困ったときには、親身になって話を聞いてくれ、尽くしてくれた先生はいなかった。これからもそんな医者には、二度と巡り合うことはないだろう」

同僚の話によれば、涙声での彼の弔辞は、役場の上司によって即座に止められた。医師の確保の難しい僻地の町立診療所に来てくれることが決まった後任の医師が、その場に参列していたからだ。

一方、中林医師の妻、明美の姿は偲ぶ会にはなかった。隣近所の人々、診療所の職員や地元で世話になっただれにも転居先を教えることなく、彼女は引っ越していった後だったからだ。

中林の死の当時、同情は寄せられたが、その夫と違い、明美の方は決して地元の人々の間での人気者、というわけではなかった。かといって格別、嫌われたということもなく、ただ、常に紗《しゃ》のかかった存在だった。会えば礼儀正しく挨拶し、愛想の一つも言う。だが、自分から夫の仕事の関係者や地元の人間と交流することはない。

中林泰之は、生前、親しくしていた地元の男に、相談している。

仕事をしている自分はともかく、妻が知らない土地にどうにもなじめず、可哀想《かわいそう》だ、と。

表面的な愛嬌《あいきよう》を見せても、決して打ち解けることのない医師の妻に対し、町の人々の方も距離を置いていた。

「つまり医者の奥さんってことで、都会の派手な暮らしを期待したところが、こんな田舎に来て、しかもちっとも儲《もう》からないじゃないか、ってことだったわけですか」と長島が、近所の人々に尋ねると、一様に「そうではない」という答えが返ってくる。

「派手だったり、金遣いが荒かったり、高飛車だったりといったタイプではなかった。ただ、何と言うか……得体の知れない女だった」

「出身は？」「子供は？」といった田舎の女衆の話題に笑顔で応じるが、答えることはない。笑顔を見せた一瞬後に、虚ろな表情に戻る。

「すうっ、と笑いが引いていくのが、何か気味悪いのよ」

「お面があるでしょう、お祭りで売ってるお姫様の。笑っているけど目のところは穴が空いてる。ああいう感じ」

偲ぶ会の数ヵ月後、その妻が多額の保険金を受け取ったらしい、という噂が広まったとき、もっとも憤ったのは、竹内淳也だった。

「警察も保険会社も物的証拠、物的証拠、と言うが、俺は許さない。どこかで見つけたら絶対に白状させてやる」と息巻いていたらしい。

それから三年たったある日、霞が関に出張した帰り、彼はターミナル駅の雑踏に半田明美の姿を認め、追いかけ、義憤にかられて詰めより、さらに深追いして殺されてしまった……。

長島はそう推測する。

竹内の方は明美をよく知っていたが、明美の方はそんな男は知らなかった、という言い方も、成り立つかもしれない。町の人々の話から浮かび上がるのは、半田明美が田舎町とそこに住む人々に抱いたものは、嫌悪ですらない。無関心だ。

セルロイドの面の丸い穴から覗いた視線の先に、田舎町の人々など存在しなかった。微塵《みじん》の関心も寄せていなければ、そこにいた人間の顔かたちなど、記憶の片隅にも残らない。

中林夫婦の住んでいた借家に地域の人々がやってくることはなかったが、中林泰之の方からは地域の人々が集まる県道沿いのカラオケスナックに頻繁に現れた。

そこのボックス席で診療所や役場や地元の男たちと薄いお湯割り焼酎《しょうちゅう》を飲み、酔うとこの町にやってきた経緯について、饒舌《じょうぜつ》に語っていた。

「日本中に医者など掃いて捨てるほどいるけど、僕ほど頭の悪い医者はいない」

それが口癖だった。

開業医の長男として生まれたけれど、学校の成績は下から数えた方が早かった。医大専門の予備校に通い二浪した後、父が金を積んでくれたおかげで、さる私立医大に合格を果たしたが、その後も実習はともかくとして暗記が苦手で単位を取るのに苦労し、国家試験にも三度目でようやく合格した。

「ほかの奴《やつ》らみたいに女の子とちゃらちゃらしていたわけじゃない。車だってマーチだったんだ。実家に来ている患者さんたちは、父のことを大先生《おおせんせい》って呼ぶわけだ。それで僕のことは若先生。どさくさにまぎれてバカ先生って」

自虐的な口調ではない。屈託もない。何とも人の好さそうな笑顔で、むしろ自慢げに語るものだから、聞いている方は爆笑する。

「ひどいやつは、高井戸《たかいど》のキム・ジョンイルだって。でも、医者は頭じゃないだろ」

「そ、腕だよ、腕」

　年配の男がその肩に手を回すと、中林医師は胸を叩いてみせる。

「違う、違う。医者はハート」

　国立大出の父に比べて、最底辺の私立医大、百八十センチ近い背丈の父に対し小柄で小太り、しかも母方の祖父に似て若はげでもある。

「それでも一応、医者というと女の子のターゲットになったりはするんだ」

「それがあの美人嫁か」

　美人だとはだれも思っていないが、愛想で男たちはそう応じた。

「いや、いや」と中林は生真面目な表情で片手を振る。

「つまり肩書きとか収入とかで近づいてくる女の子はいるにはいるけど、それも悲しいものがあるじゃない。それで何となく四十近くまで一人でいたんだ。そうしたら棚ぼたで、今の奥さんに会った。だから棚ぼた奥さん」

　仲間の医師が合コンを企画してくれた。やってきた大企業の役員秘書やキャビンアテンダントたちからは、その夜、彼はさりげなく無視された。愛想笑いを浮かべたまま話の輪から外れている一番年長で小柄な男を見かねたのか、それとなく声をかけてくれたのは、会場となったビストロの従業員だった。

「そのとき彼は自分が獲物になったことにまったく気づいていなかった」

長島は、断言するように書いている。

その後、中林は一人で店に行くようになり、明美と親しくなる。

「小劇場の劇団員で、夢を抱いて働いていた。一途に努力する女の子って、好きなんだよね、浮ついてなくて」

町の男たちに向かい中林はうれしそうに語ったらしいが、彼の両親は、その交際に反対した。結婚など論外だ。

ある日、自宅に明美を連れていくと、格別、不作法でもなければ生意気でもない、むしろ慎ましやかでよく気がつく女であったにもかかわらず、母親が言った。

「おとなしそうだけど、相当に芯は強いわよ」

父の方は「開業医の妻としてやっていくには繊細すぎる」と首を横に振る。

矛盾する物言いだが、気に入らない、ということでは一致する。実際のところ、両親は婉曲な言い回しで、相手の家や学歴にこだわっていたのだ、と中林は人々に話したらしい。

「それが証拠に、業を煮やした僕が家を出てマンションを借りたら、探偵事務所に依頼して、彼女の身辺を洗ったんだよ」

そこで彼女が片親であること、しかも母親の死が鉄道自殺であったらしい、と知った。

さらには明美が高校二年生のときに、父親の商売が失敗したこと、借金取りから追われ

ることになった一家が、豪邸から一転、県営住宅の2DKで一家五人が暮らすことにな
り、明美は通っていた高校を退学していること。そうした諸々の事情を探偵事務所は突
き止めた。

中林からすれば同情すべき要素ばかりの明美の半生だが、両親から見れば複雑で不安
定な家庭に育った中卒の女が嫁としてやってくることなど考えられない。おとなしそう
だが何をするかわからない、と母は激しく罵った。

「見事な母親の勘、というより女の勘だ」と、長島はコメントしている。

そうしてマンションで独り暮らしを始めた中林のところに、半田明美は転がり込んだ
のだった。

一方、身分や学歴に固執し結婚に反対する両親に失望した中林泰之は、実家で父の跡
を継ぐのを拒み、絶縁状を叩き付ける。

その直後に、明美が中林と同棲を始めたマンションからほど近い踏切で、明美の実父
が亡くなっている。

母と同様、父までも鉄道死してしまった。その衝撃から立ち直れない明美を連れて、
中林は実家のある東京を離れることを決意する。そして知り合いの紹介で、篠山町の診
療所にやってくる。

「自分が一番必要とされる場所をみつけて、こんな僕でも人の役に立てるって思えるの

が、人間として幸せだよね」

笑いながら中林はお湯割りを飲み干した。

東京からやってきた医者の語るロマン溢れる話を聞いた年配の男は、「この町に来てくれたのはありがたいけどよ」と前置きし、「おまえさんもバカだな」と嘆息した。

「東京に戻られちゃ困るが、両親には謝って、ちゃんと親孝行しろや」と別の年寄りは説教した。

その後、役場や診療所に出入りしていた生保レディに勧められるまま、中林は妻を受取人にして多額の生命保険に入る。

診療所の机で契約書に判を押した後、中林医師はそこにいた中年の看護師に話している。

「女房は両親とも あんな亡くなり方をしたし、だれも頼るものがいないんだよね。僕が守ってやらないと。ただこっちは十八も上だからね。平均寿命からすると二十数年早く逝くわけじゃない。貧乏医者としては、せめてこのくらいしかしてやれることはなくてね」

だれかれかまわず妻への愛を語っていた中林の表情は、一年もするうちに次第に曇っていく。

彼が町の診療所からさらに奥の無医村に目を向け、将来はそちらに移って前任者が亡くなり無人となった医院を引き継ぎ開業したい、という話をした時点で、妻の心が離れ始めた、と中林は、親しくしていた町民に愚痴ともなくもらしたらしい。

役場の職員が隣町のショッピングセンターの駐車場で夫婦が言い争っている姿を見かけたのはその頃だ。言い争う、というよりは、中林が何か怒鳴っていて、明美の方は二言三言、低い声で何か答えたきり、黙って中林を見詰めていたらしい。

「殊勝な態度だけど、何か、腹に一物《いちもつ》有るって感じの女房だったな。若い女だっていうのに」とその職員は語った。

そして長島が、地元の食料品店の店主に聞いたところによれば、仕事を終えた中林医師は、亡くなる二、三ヵ月前から、その店で出来合いの総菜や加工食品を頻繁に買って帰るようになった。

「女房の具合が悪い、というから、最初はおめでたかな、と思ったんだけど、それなら隠すようなことじゃないだろ。一日、二日のことでもないから、これはだいぶ夫婦仲が悪くなったんだな、と……」

「ありゃ、やっぱりやられたんだね」

隣でうなずいていた近所の主婦が、不意に口を挟んだ。

「あんなところで、いきなり凍死するはずがないさ、いくら東京の人だって。やっぱり運ばれて捨てられたんだよ。ここからちょっと行ったとこの嫁さんが見たって。いろいろ面倒だから、ここだけの話だけど」と声をひそめた。

中林泰之の凍死体が発見されたのは、夫婦が借りていた借家から一キロほど離れたところだが、それは畑や雑木林の周縁を巻いた幹線道路を通った場合で、以前、農道として使われていた林の中の細道を抜ければ三百メートル足らずの距離だ。中林医師が凍死した夜、そこを急ぎ足で自宅方向に歩いていく明美の姿を見た者がいる。

「残念ながらその目撃者の女性に話を聞くことはできなかったが、私はその道を歩いてみた。淋しい山道を想像していたのだが、道幅が狭いながらも舗装され、小学校の校庭に沿い神社の境内の脇を通って、桑畑へと抜けるごく普通の生活道路だ。だが、あたりに住宅は見当たらず、学校や神社に面しているから夜間はかなり暗くなり、おそらく人通りも途絶えるだろう。

そう考えると、町の人々の噂が信憑性を帯びてくる。中林泰之はどこかで、おそらく自宅で殺害されるか、あるいは抵抗できないくらいのダメージを与えられたうえで、妻、半田明美に車で運ばれ、発見現場に捨てられた。その後、明美は廃業した食堂の駐車場に車を入れ、自分は暗く人通りの少ない農道を通って帰ったという推理が成り立つ。

ではだれがどこで、住宅も人気《ひとけ》もない夜道で、半田明美を目撃したのか。ちょうど私がその道を県道に向かい引き返してきたとき、神社の本殿ではなく、その脇の藪《やぶ》に囲まれた稲荷堂の前で、赤ん坊を背負い手を合わせている若い母親に行き合った。

『よくここにはお参りに来るんですか?』と尋ねると、若い母親はうなずいた。商売繁盛や病気平癒などの願掛けをして、願いが叶うと油揚げを供えに来ることもあると言う。

『たとえば夜なんかは?』

『お百度《ひやくど》を踏んでいるお婆さんを見たことがありますし、それから』と母親は、ためらうように付け加えた。『他人様《ひとさま》に言えないような願掛けをするときに、年寄りが寝入ってからお嫁さんがこっそり抜け出して来たりしますから』と答えた。

半田明美の姿を目撃したのも、雪の夜にもかかわらず、何か事情があって神社に参拝していた者なのかもしれない」

篠山町の取材を終えた後、東京に戻った長島は高井戸にある中林医院を訪ねた。

整形外科は大先生が担当していたが、内科についてはどこかから若い医師が来て診療していた。

大先生、すなわち中林泰之の父親は、取材の意図を告げた長島に向かい、「息子が愚かだったのです」と一言告げただけで、それ以上、何一つ語らず、「お引き取り下さい」とドアの方を顎で示した。

だが自宅にいた母親は取材に応じてくれた。時が経って、悲しみよりは怒りがぶり返したらしく、堰《せき》を切ったように話し出した。

「息子に保険をかけて殺したんですよ、あの女。根拠がない、と主人は言いますがね、私はそんなことはないと思います。女親にはわかるんですよ。息子は生まれついての悪女の手練手管にひっかかったんです。それが証拠に……」

母親の依頼を受けて探偵事務所の調査員が調査したところによれば、半田明美は、中林泰之のマンションにやってくるまで、中野の木造アパートに暮らしていた。だが住民票がそこにあり、わずかな家財道具が置かれていたというだけで、実際のところほとんどそこで生活してはいなかった。

中林泰之が明美と出会った当時、彼女は複数の男のマンションをねぐらにしていた。そこそこ収入のある中年男性が他人名義で借りている物件を渡り歩いていたのだ。

そんな生活は十九歳で故郷を出てきてから、中林泰之との交際が本格化するまで、三年あまり続いていたらしい。

自称女優として、男たちに偶然を装って近づいた手口は、中林泰之のときと共通している。知り合った後に、男たちを中野のアパートに連れ込む。

男たちは部屋を見て嘆息する。ビニール製の簡易クローゼットと小さなちゃぶ台、小さな流しの上の棚には一人分の食器や小鍋が整然と並んでいる。あまりに貧しいたたずまいだが、壁際の本棚には、演技に関する専門書の他、文学や心理学などの古い本がぎっしり詰め込まれている。

テレビも、若い娘なら当然持っている鏡台もない。代わりに押し入れの引き戸や襖、窓など至る所に、大型だが安価な銀紙製の鏡が吊《つ》るしてあった。アルバイトからアルバイトへと追われる生活の中で、自宅に戻れるわずかな時間に、それを見ながら演技の勉強をしている、と明美は語ったらしい。そして当然の如く、上がり込んだ中年男たちは、鏡に囲まれた部屋で彼女の目的とは異なる、別の興奮を味わう。

探偵事務所から上がってきた報告書の中身は、詳細かつ具体的だった。

「竹内淳也の転落死事件の後、明美のパトロンとなったバブル紳士同様、七〇年代に彼女を囲った男たちも、『夢を抱いて東京に出て来た、貧しいが勉強家で努力家の、若く健気な若いアーティストの後押しをする』という大義名分を掲げていたのである。それは戦後の高度経済成長の中で財をなし、地位を築いた男たちが抱いた文化的劣等感の裏返しでもあった」と長島は解釈する。

「お願いだからこれを読んで目を覚まして」と母親が差し出した報告書を中林泰之は封筒ごと引き裂いた。

「こんな下劣な品性を持つあなたがたのところには二度と戻らない。内科医が必要なら他から呼んでくれ」

そう言い残すと中林泰之は出て行った。

翌日、彼は医院にやってきたが、父と母が何を話しかけても答えず、黙々とカルテを整理すると、「後はお願いします」と他人行儀に告げ、借りていたマンションも引き払ってどこかに行ってしまった。

「四十も過ぎた息子ですよ、私に何ができたでしょう」

話しながら中林の母は、両手でハンカチを握り締めていた。涙を一粒もこぼさなかったが、静脈の浮いた皺深い手は蒼白に変わり、小刻みに震えていた。

中林の実家を訪ねた二日後、長島の元に中林泰之の母親から、探偵事務所の調査結果報告書が、引き裂かれたところをセロハンテープで丁寧に張り合わされた状態で送られてきた。

「警察に行っても相手にされません。夫もこれ以上、息子の恥をさらすような真似はしてくれるな、と申します。けれども私は、あの女のことを思い出すたびに、はらわたが煮えくりかえる思いです。まもなく七回忌を迎えようとする今でも、ろくに眠れません。どうか息子の恨みを晴らしてやってください」と送り状にはしたためられていた。

中林泰之との交際前も交際中も、彼女が複数の男の愛人であったことは母親の話を聞くまでもなく、長島は自分で調べ上げていた。そして新聞記者時代から付き合いのある刑事から、そのうちの一人の不審な死についての情報を得ていた。

練馬で内装業を営む田沼康《たぬまやすし》という男が、明美と訪れた旅行先のバンコクで川に転落して死んでいるのだ。ホテル前の桟橋から夕刻に出発し、食事をしながらいくつかのポイントで下船しライトアップされた寺などを廻るツアーに田沼は半田明美と二人で参加したのだった。

日本のオプショナルツアーと違い、途中の下船乗船時に客の人数など確認しない。また出航前、暑さも手伝い、日の高いうちからビールを飲んでいた田沼はかなり酔っていた。

船の座席は決まっておらず、船室中央のテーブルから料理や酒をセルフサービスで運んできて、甲板に置かれた椅子など好きな場所で食事する。カップルの他に、現地の女性たちを買って同行させている男性客も多く、船室外は総じて薄暗く、船員はテーブル上の飲食物の補充に追われて客の動向など見ていない。そうしたディナークルーズ船から田沼は消えた。

船室に置かれたテーブルに行き、自分と田沼の分の料理を皿に取り分けて、甲板に戻ると田沼の姿がなかった、と半田明美は現地の警察官に話したらしい。

田沼が水死体となって発見されたのは二日後のことで、河口近くのドックの脇に浮いていた。

酒に酔った男が女が目を離した隙に船から転落した、とされた。安全性についてさほどやかましく言われない国でもあり、そういう時代でもあったから、景観を妨げるという理由から船の手すりは低く、不注意で落ちるのは自己責任と見なされていた。

その一方、自殺説も田沼の知り合いの間ではささやかれた。遺書こそなかったが、商売がひと頃の勢いを失い、債権者が押しかけるというほどではないにせよ、店の売り上げは年々、落ちていた。大手の建築会社が内装分野に参入してきた時期でもあり、田沼の経営する零細な工務店の業績回復はもはや望めない。そうした中で、彼はもはやこれまでと覚悟を決め、この世の名残に娘ほど歳の離れた愛人を連れてこの世の天国を楽しんだ、と、口さがない同業者は話の種にした。

自殺の噂はあっても、明美に殺されたと疑う者はいなかった。

男の死によって、明美は何も得ていなかったからだ。田沼は多額の生命保険に入っていたが、受取人は妻と子供であって、明美ではない。バンコクから一人で帰国した明美は、田沼の遺族によって田沼に提供されていたマンションから追い出されただけだった。

しかし、と長島は考える。

明美は確かに男の死により、直接には何も得ていない。ということは動機もない。そのように見える。

田沼康の死は一九七七年の暮れのことだが、その半年前に半田明美は医師、中林泰之に出会っているのだ。そしてその頃には中林との交際が本格化していた。街中や中野にある貧しいアパートの一室で明美が中林と会っていたことが、探偵事務所から上がってきた報告書に記載されている。その一方で半田明美の生活は田沼の提供した池袋のマンションで営まれており、その生活費のほとんどは田沼が負担していた。

田沼の死からわずか十日後、年が明けた正月五日に、半田明美は中野のアパートに迎えに来た中林泰之と共に初めて彼の実家を訪れ、結婚を前提に交際している女性、として両親に紹介される。

半田明美は身辺を整理したのだ。ちょうど結婚を控えた男が、それまで遊びで付き合った女やホステスたちと手を切るように。田沼は、開業医との結婚を目論《もくろ》む半田明美によって、整理されてしまった。

スクープのような形で半田明美の記事を週刊誌に発表するのに先立ち一九八四年の時点で、長島は結婚前の彼女が所属していた小劇場のメンバーに話を聞いている。彼女が写っている宣伝用のチラシをもらったのもそのときで、端役《はやく》で出ている彼女の顔写真を引き伸ばしたものが、記事と共に掲載された写真だった。それは山崎知佳たちが見た唯一の「半田明美」の顔だ。

座長であった三十過ぎの男に長島が話を聞いたところ、劇団員であった半田明美について、彼は好意的ではないが、辛辣でもない評価をしていた。

曰《いわ》く、「主役は張れない」と。

「要するに華がない、と？」

「いや、そういうことじゃないんだ。華とかいうのではなくて、存在感かな。そのあたりは難しい」

「たとえば？」

「あの子」と座長は、床に這いつくばり、汗まみれでゆっくり動いている、Tシャツとジャージパンツ姿の痩せぎすの女を指差す。

「あれがうちの看板女優」

そちらも明らかに華がない。化粧していないせいか美人でもない。台詞《せりふ》もない。ただ緩慢な動きで床を這っていたのが、突然鋭角的な所作で横に飛び、不安定な立位をぴたりと決めたところから、身体能力について並外れたものがあるのがわかる。

「存在感というのは、しかしやっかいなものであって、女優は芸術家じゃ困るわけなんだよね。そのあたりが難しい」

「それで……」と長島は話題を半田明美に戻す。

「明美は芝居のロジックの中に、自己を埋没させるという点では希有《けう》な才能を持っていたね」

意味がよくわからないと言うと、座長は億劫《おっくう》そうに、自分の生活上の感情から解き放たれ、芝居の世界を構成する要素に従い、そこに新たな自己を形成することが肝心だ、といったような説明をする。

「要するに役になりきるってことですか？」と尋ねると、座長はそういうのとも微妙に違うと幾分不機嫌に答え、知りたければまず芝居を見てほしい、しばらく通ってみれば、僕の言ったことがわかるはずだ、と締めくくった。

「煙《けむ》に巻かれた」と長島は書く。そしてチケットを売りつけられたが、結局、芝居は見に行かなかった。

稽古が終わったばかりの看板女優にも、座長の許可を得て話を聞いた。

「自意識が出たらだめなんです、私は私なんだけど芝居のロジックについては関係がない。だけどその中で自己はあるんです。生活している私から離れていくのだけれど、芝居の構造の中での私が、どんどんリアルになっていく。わかっているけれど私には難しい。私はここにいる、表現したいっていう気持ちが表に出たとき、座長から厳しい言葉が飛んできますね。でも私にとって難しいことが難なくできてしまう子もいる」

「たとえば半田明美」

すかさず長島は言う。看板女優は首を傾げた。

「ごめんなさい、ちょっとわからない……」
六、七年前まで、ここにいた劇団員、と言うと、その頃自分も在籍していたが、半田明美という女は覚えていない、と答えた。
それでも当時の団員の名簿を辿る中で、長島は半田明美を知っているという女を見つけることができた。

女優は諦めたが、もともと美大出身でもあり、長島が会ったときには別の劇団で大道具を担当していた。

「芝居のロジックと自意識のコントロールね」

仕事場である劇場の裏手で、女は笑いながらうなずいた。

「半田明美は確かにそういう意味では完璧だったかな。どこの学校出ているのか本人も話さないし、聞いたこともないけど、頭良いっていうか、理解力は抜群だったよ。隙間産業ってあるじゃない、彼女は隙間女優っていうか、重宝にすっぽりはまる。座長みたいにそのあたりの資質とか才能を見極める人なら別だけど、普通なら覚えてなんかいない。だいいち彼女には親しい友達なんかいないんじゃないの」

冷めた口調で語った後に、女は笑いながら付け加えた。

「私？ 覚えているよ。男取られたもの」

同じ美大の建築学科出身で、大手の設計事務所に勤務し、ホールや教会などの設計をしていた男だという。

「十年じゃきかない付き合いだったのに、あっさり振られたね。私が知らないうちに半田明美とデキていた。彼女が悪いわけじゃない。男と女なんてそういうものだから。私は彼と相性が悪かったんだと思う。友達としてはいいけど男と女にはなれなかったんだ。二人とも、相手を理解するより、自分を表現したいってヒトだったから。彼は建築家だけど、クライアントの希望を叶えるより、自分の芸術のへんな建物を建てたがっている、そういう男。だから明美みたいな、どんな隙間にもつるっと収まる、自分の心や感情じゃなくて、相手のロジックの中でリアリティーを持つような女と一緒の方が居心地いい。それで、明美も彼も結婚する気、満々だったけれど、結局別れた。彼の方から別れたんだけど、原因を作ったのは明美。たまたま事務所で手がけたシティホテルの一室で不備が見つかって彼が出向いてみたら、その部屋に明美がいたんだって。北海道に住んでいる資産家の東京オフィスというか、住居が、そのホテルの一室でね、中野の木賃アパートにいるはずの明美がそこに住んでいた。明美がその場をどう取り繕ったか知らないけれど、彼は調べてしまったわけ。結果は二股、なんてものではなかった。自称『女優』として、不動産屋の社長とか、大きな観光寺院の住職とか、三つ股、四つ股かけられていた？　いえ、彼以外は全員妻帯者だから、本命は彼だったんでしょう。ただし振られた彼女より振った彼の方が傷ついていたかな。彼は、その後、何かと私を呼び出して愚痴っていた。人間不信だとか何とか。でも彼女は平然と劇団に在籍していて、私の顔を見たって平気。というか、普通に素っ気ない。そのうち結婚するとか言って劇団を辞めてしまった。でも、そのずっと前に、愛人たちとは次々に手を切っていたみたい」

その頃の劇団仲間の話として、彼女は、明美がパトロンと思しき中年男と別れ話をしていたと話した。

その団員は、友人たちとハワイに遊びに行った帰りに、航空会社の手違いで一人だけ予約した便に乗り損ねた。そのため半日後の便で帰国したのだが、その際、航空会社は彼女の座席をビジネスクラスにアップグレードした。

ロサンゼルスから飛んできた飛行機に乗り込み、座席についたとたん、疲れもあって頭から毛布を被り座席の背を倒して目を閉じた。その耳にぼそぼそという後ろの座席の会話が入ってきた。

「やっぱり、待ってても結婚は無理ですよね」

ためらうようなささやき声は、けたたましい日常会話よりも鋭く耳に飛び込んでくる。

「それは……僕だって妻や子供がいることだし」

ビジネスクラスで旅行する愚かな男女の会話に、毛布を被ったまま舌打ちした。

その後に、男の説得とも弁解ともつかない言葉が続いた。

マンション、月々の小遣い、そして次の言葉にはっとした。彼女にとっても痛切な内容だったからだ。

「毎回、十万単位で君のチケットを買っている」

自分と同じように、どこかの劇団にいる女か、あるいは売れない歌手か。

機内の灯りが消えた後も、ぽつりぽつりと会話は聞こえた。

子供を欲しいという女と、早く良い男をみつけて結婚し子供を産め、と答える男。未練を残した女と逃げ出す男の通俗極まるピロートークだけならまだしも、膝掛けの下でまさぐり合っている息づかいが聞こえてくるに至って、彼女は完全に腹を立てた。

どんな恥知らずがビジネスクラスに乗っているのかと手洗いに立つふりをして背後の男女を盗み見て、その女が同じ小劇場の、ごく地味な劇団員であることを知った。

相手が気づいたのか気づかなかったのかわからないが、気まずい思いで彼女は座席に戻り、狸寝入《たぬきねい》りを決め込んだ。

「手切れ金もらったんじゃないかな。同じ劇団の子が銀行で会ったんだけど、いつものけろっとした顔で分厚い封筒を窓口に出しているのを見たって言っていた。楽屋に花束が届いていたこともある。脇役どころか、後ろを歩いて空を指差す演技しかしてなかったのに。『楽しかった、幸せを祈っている』ってカードが入っているのを見た。あれは辞める二週間前くらいのことかな」

明美は、妻帯者の男に結婚を迫ることで相手をひるませ、手切れ金を払わせながら順次、関係を整理していったようだ。しかし練馬の内装業者、田沼との関係だけは続いていた。何か未練を残すようなところがあったのか、それとも切れない事情があったのか。

長島は中林の母親が送ってきた調査資料に書かれていた池袋の賃貸マンションに足を運んだ。比較的風紀の良さそうな住宅地にある物件だが、マンションとは名ばかりの軽量鉄骨のアパートで愛人を囲うような建物ではない。

ひっかかりを感じて、長島はそこで明美を囲った田沼の友人たちを訪ね歩く。

電気工事を請け負っている業者が、そのあたりの事情を語ってくれた。

「俺と一緒に現場に出てるとか何とか奥さんに言って、女と遊びに行っちまうんですよ。そんなもんだから、遅くなるとうちに電話がかかってくる。こっちもひやひやものです。それで少しはいい女かと思ったら、事務所の奥で電卓叩いているのが似合いのような貧相な小娘じゃないですか。田沼も何を考えているんだか。会社の経費をどれだけ使い込んだかわかりませんよ。しまいには従業員や取引先にもそっぽを向かれていました。要するに女優、ってのに弱かったんでしょうね」

また田沼の幼なじみで、青年会議所のメンバーとしても親しくしていたという町工場の経営者は、田沼が「これができた。若い女優だ」とにやつきながら小指を立てていたのを覚えている。彼が愛人のためにマンションを借りるにあたり、それまでの付き合いもあったので、親類の名義を貸したと言う。だが田沼工務店の経営は悪化し、まもなく明美を囲ったマンションは軽量鉄骨のアパートに借り換えられる。

「普通なら諦めて女と手を切るよね」

男はため息をついて首を振った。

「あるとき呼び出されてさ、相談があるって言うから、内容は想像がついた。あのままじゃ、いずれ店を潰すぞと仲間内でささやかれていたし、俺もさんざん説教したからね。

金を都合してくれという話ならはねつけるつもりだった。そうしたら違う。商売を甥《おい》っ子に譲りたい、と。練馬の家も土地も貯金も中学生の息子と女房にくれてやって、女と二人、屋台でも引いて出直したい、と。いい歳して何を考えているんだか。聞いている方が恥ずかしいやら情けないやら……」

「それはいつの話ですか」

長島は身を乗り出した。

「死ぬ直前だよ」

こともなげに男は答えた。

「直前って言うと？　何月頃」

「十二月の初め。昭和五十二年だ、忘れようもない。円高ががんがん進んで、商工会ではみんな青い顔していた。俺なんか、手形が落ちるか落ちないか、首吊り覚悟で走り回っていたときに、その体たらくだ。もうこいつはだめだ、と思ったね。それで引導を渡した。息子と女房を受取人にして限度額まで生命保険に入っとけ、と。それが最低限の男の責任だ、と。まさか本当にやるとは思わなかった」

医者との結婚を前にして明美は他の男とは首尾良く別れた。だが田沼に対してだけは、「結婚してくれなければ別れる」と迫る、という整理方法はきかなかった。逆に言えば、田沼は搾り取るだけ搾り取られ、それでも半田明美の腹黒さに気づかなかったのか、あるいはわかっていても諦めきれなかったのか。

「男の純情に生きようとしたために田沼は殺された」

いくぶんかの同情を込めて長島はそう書いている。

だが、山崎知佳の方は、約三十年前に書かれたその原稿を読みながら、どうにもならない苛立ちと鳥肌立つような嫌悪感を覚えている。

愛人のために使える金が底をついたとき、恥も外聞もなく軽量鉄骨の名ばかりのマンションに女を引っ越させる。挙げ句、文無しになって女に結婚を申し込む。しかも相手の女性について、小指を立てて「これ」と他人に自慢するような品性の男だ。仕事も金も家も土地も失った五十男が、二十歳そこそこの女に、共に苦労することを持ちかけるとは、どこまで図々しいのか。

こんな男、殺されたって文句は言えない、と思った。三十年前に男盛りであった長島が、どんなに怒りを込めて告発しようと。

長島が取材した青年会議所の知り合いは最後に語っている。

「ひどい話だが、考えてみればあれで良かったんだな、と……。甥っ子っていうのがしっかり者で商売はうまく回っているし、田沼さんの息子も今年で大学を卒業する。屋台引く覚悟がヤツにどこまであったか知らないが、そんなことを言いながら女と呑気《のんき》にバンコク旅行なんかしてるから、ああいう目に遭う。自業自得だな。気の毒だが」

一方、半田明美の方は、そうして複数の中年男に貢がせていた十九歳から二十二歳までの三年間を清算し、四十間近の独身医師との結婚に動き出す。

一方、田沼康をバンコクの大河に葬った翌年、明美は今度は実父を手にかけた、と長島はまたもや断定する。

飲んでも飲まれぬ、と評判だった酒豪の父が泥酔して線路に横たわり電車に轢かれるとは不自然だ、と雑誌の記事にもあったが、原稿では疑惑の根拠についてさらに詳しく記述してあった。

半田明美の父が轢死した踏切は、当時、明美が中林と同棲を始めたばかりの杉並区のマンションから、二キロ足らずの場所にある。

高級住宅地として知られた世田谷の私鉄沿線だが、その小さな踏切の周辺は梨《なし》や野菜などの農地が広がり、歩いて数分のところにある各駅停車しか止まらない駅前には庶民的な商店街もある。

後に警察の事情聴取に応じた明美は、そのとき父親とは会っていないし、事故死したのが父親だったとは夢にも思わなかった、と語ったらしいが、当時、千葉県野田市に住んでいた父が、そんなところまでやって来るとすれば、娘を訪ねてきたとしか考えられない。

踏切事故の直前に二人の姿を見たという老人がいた。

梨の木の剪定《せんてい》をしていたその老人は、踏切近くにある、冬枯れの児童公園のベンチで、中年男と若い女が並んで何か話し込んでいる姿をフェンス越しに見た。

普段から子供も住民もあまり寄りつかない公園だが、その二人連れの男の方は乾き物を齧《かじ》りながらベンチでカップ酒を飲んでおり、何か大声でしゃべっていた。その説教口調から、老人は何となくその二人が親子だ、と感じたらしい。

そしてしばらくたった頃、線路沿いの自宅で電車の急ブレーキの音を聞いた。

慌てて家を出て、遺体の一部が自分の所有する梨畑に飛ばされてきているのを見て、不快感を覚えながらも手を合わせた後、パトカーがすでに到着している踏切に走った。そのとき老人は、まだ収容されていなかった遺体が身に着けていた作業用ジャンパーから、先ほど公園で酒を飲んでいた親子連れと思しき二人のうちの男の方だと知った。

運転士の証言によれば、轢かれる直前、男は踏切から数メートル先の線路上で仰向けに横たわっていたらしい。そして遺体からは高濃度のアルコールが検出された。

酔っても乱れないはずの酒豪の男が線路上で寝込むほどに泥酔していたとすれば、何かの薬物を同時に摂取していたのではないか。そして当時、医師と同棲していた明美なら、不眠を訴えるか、あるいはくすねるかして、睡眠導入剤の類を比較的簡単に入手できたはずだ、と長島は考える。

だが梨畑を所有していた老人の目撃証言が、警察の捜査で重視されることはなかった。

老人は一週間後に白内障の手術を控えており、その時点で眼科医が「ここまで放置した白内障は珍しい。術後、視力がどのくらい回復できるか不明」と手術をためらうほどの重症だったからだ。夕陽の当たる畑で梨の木の剪定を続けることは可能でも、常識的に考えて、黄昏時《たそがれ》の公園にいた人物の姿形や、何をしているか、何を飲食しているかまでもを判別することは難しい。

それでも長島は、老人の見た人影を、半田義治、明美親子と考える。

駅前商店街に高級レストランはないが、間口一間の居酒屋が軒を連ねる路地はある。季節は十二月の終わりだ。ホームレスならともかく普通の人間が、なぜ黄昏時の公園のベンチで木枯らしになぶられながらカップ酒を飲まなければならないのか。

よほど金がなかったのか、客同士が肩を寄せ合っている小さな居酒屋では話を聞かれてしまうおそれがあったからではないのか。

少なくとも中林と同棲中のマンションに、父を連れて行けない事情が明美にはあった。

半田明美の少女時代、市内にアメリカンホームドラマに出てくるような豪邸を建てた父、義治は、その後不動産業に手を出して失敗し、本業の建材屋もろとも倒産した。明美が高校二年になった年のことだ。

一家は外房《そとぼう》の県営住宅に引っ越し、明美は二年後に東京に出てくる。父と継母、弟と妹はしばらくそこにいたが、やがて一家は離散した。義治が東京で轢死したとき、すでに継母は他界し、葬式にやってきた弟はあきらかにどこかの暴力団の構成員のように見え、妹は消息不明ということだった。

半田義治は家屋解体の作業員として一人暮らしをしていたが、寂しさが募ったのか、あるいは何かしらの援助を求めたのかわからないが、長女を訪ねて東京に出てきた。医師との結婚という玉の輿《こし》のためには殺人も厭わない明美にしてみれば、ただでさえ相手の家に疎まれているのに、落ちぶれた父にやって来られ、夫となるべき男に金の無心でもされたらたまらない。

家に上げることも、店に入ることもせず、公園のベンチで薬物入りの酒を飲ませた後、泥酔状態の父を連れて公園裏手の歩行者専用の小さな踏切から線路内に入り込み、放置して立ち去った……。

正当防衛、不慮の事故、と判断された計四件の不審死の他に、長島はさらにもう一件、明美が関与したかもしれない男の死を探り出している。こちらは自殺だった。

明美の中学生当時の家庭教師、長谷川道隆《はせがわみちたか》が、明美が十八歳のときに自宅近所で首吊り自殺をしていた。一九七三年のことだ。新聞の地方版に載った当時の記事によれば「司法試験ノイローゼ」とされている。

長谷川道隆の死後十二年を経て、長島は彼の実家を訪れ、老母に会った。即座にドアを閉められることを覚悟しながら、玄関先で名乗り慎重に取材意図を告げると、不審そうな様子ながらも相手は室内に上げてくれた。

「ええ、自殺ですよ」

居間で向き合った母親はあらぬ方向をみつめて肯定した後、「受験ノイローゼのわけがないじゃないですか」と頰を紅潮させた。

「息子はまだ二十五歳だったんですよ。そう簡単に受かる試験じゃなし。三十、四十の司法試験浪人なんかたくさんいるのに」

「では何が？」

母親は口ごもり、「今、考えても悔しくて」と涙を拭《ぬぐ》うばかりで答えない。

長谷川道隆の実家を訪ねる前に、長島は、半田明美の生家の近所を回り、地元の人々から話を聞いていた。

「アメリカンホームドラマの家」はすでに取り壊され、後には二階建ての店舗兼住宅が建ち、一階部分には美容院やラーメン屋といった店が入っていた。どこか他の土地から移ってきた人々がそこには住んでいた。しかし周辺の住人の入れ替わりは少なかった。

「ほら、金はあったけれど、早くに母親を亡くして、淋しかったんだろうね。不憫《ふびん》といえば不憫だけど」

そう前置きして、向かいの家の五十がらみの主婦が話してくれた。中学時代の家庭教師と明美は男女の仲になっていた、と。

この地域にあって家庭教師をつけてもらうという破格の境遇にいた明美だが、それでも偏差値の高い進学校ではなく、当時の庶民が「エスカレーター式」と揶揄《やゆ》した、あまりレベルの高くない大学の付属高校に入学する。

その一年後に、多額の負債を抱えて父親の会社は倒産し、高額の学費が払えないため、明美は県立の商業高校に転校する。公立校でもあり学費に関しては行政による救済制度があるから、明美がそのまま高校に通い続けることは可能であったはずだが、夏休みが終わった頃から明美は欠席しがちになり、やがて退学する。

それと前後し、暮れも押し詰まった頃、一家はどこか別の町に引っ越していった。

だが明美と家庭教師の青年とは、その後も関係が続いていたらしい。

「京成《けいせい》の駅のそばであの娘が男にしなだれかかるようにして歩いているのを見たのよ。外房の方に引っ越していった後だから、あら珍しい、と思ったんだけど、会いたさに戻ってきたのかね。そのうち酒々井《しすい》のモーテルから二人で出てきたのを見たなんて噂も立って。明美の方は母親もいないから親身になって怒る者もいなかったし……」

「家庭教師というのはどんな感じの男でした」と長島が尋ねると主婦は「好青年だったよ」と即座に答えた。

「色白で背の高い。ちゃんと挨拶もするし真面目な感じの」

長島が取材した中では、この女性の言葉が明美に対してもっとも好意的なものだった。

その後、長島は明美の友達や別の主婦にも話を聞く。

「あれは絶対に半田明美から誘ってたよ。中学生とか大学生とか関係ないよ。あの子って、小さい頃から、何か、女臭かったからね、制服着てても。目をつけた男子の隣にいつの間にか座ってて、二人の世界を作ってる感じだった」

そう語ったのは、小学校時代から幾度か同じクラスになった女だ。

中学校時代の明美の同級生の男は答えた。「男はいただろうし、もうやってるなって感じはしたが、俺等は関係ない。あいつ、同じ歳の男なんか相手にしなかったからな」

さらに長島は、中学校時代の担任の教師を訪ねる。取材当時、すでに校長に昇進していた五十代の教員は、「複雑な家庭で、母親を不慮の事故で亡くしたりしていたから、周りの子供たちより大人びてはいました。特に問題はありませんでしたよ。せっかく入った高校を中退したのは残念でしたが」と語った。だが、歯切れが悪い。良識の範囲内の受け答えで、必要以上は語るまい、という警戒心が透けて見えた。しかも、俺の前でその名前を口にするな、とでも言いたげな、不快そうな表情で、話している間中、長島とは決して視線を合わせなかった。

明美の周辺、特に元同級生や友達からは、それ以上の話は聞けなかった。彼らのだれからも明美の心中を探ることはできない。彼女には心の内を話せるような友達はいなかったようだ。

「警察もおかしいんですよ。証拠がないの、これ以上ほじくり出せば息子さんの不名誉になるのと」

長島の取材に答えた長谷川道隆の母の声は震えていた。

「息子は不名誉なことなど、何もしていません。何か出てきたとしてもあの娘の作り話に決まっています。あの娘が捕まって、ちゃんと刑務所に入るまで、私は何年経ったって諦められませんよ。息子だって浮かばれません」

母親の話によれば、半田明美は父の商売が傾き、一家でどこかに「夜逃げ」して以降、執拗に道隆につきまとっていた。

「結婚してくれの、抱いてくれの、と十六、七の子供がですよ、そんな嫌らしい手紙を書いて寄越すんです」と母親は身震いしながら、自分の両腕をさする。

「息子へ来た手紙を開封しましたよ。当然でしょう、私は母親なんだから。相手は普通じゃないんですよ。事件に巻き込まれたりしたら大変だと思いました。そうしたら案の定、恐喝です。息子が、中学生だったあの娘に乱暴し、以来、ずっと弄《もてあそ》んで子供も堕《お》ろした、金を払わなければ息子や私の夫の知り合いに手紙を書く、写真もある、って。十代の小娘が強請《ゆす》りですよ。息子が一番大事なときに、アルバイトばかりで勉強に身が入っていないので問い詰めたら、それまでもあの娘にお金を渡していた、と。私は息子に問いただしましたよ、あなた、本当にここに書いてあるようなことをこの娘さんにしたの、って。もちろん何もない、と言っていましたよ。かわいそうな境遇だったので、相談に乗ってやったりしただけで、変なことは何もしていない、と。あなたも嘘だと思うなら、だれかに聞いてください、息子がそんなことをするような子かどうか。みんな口を揃えて言いますよ、道隆はそんな子じゃない、と。写真を送りつけてきたこともあります。モーテルで二人で写した写真。息子が教えてくれましたけど、修整して背景を別のものに変えることができるんだと。息子が勉強を教えていたときに、中学生だったあの娘がセルフタイマーつきのカメラを買ってもらったとか何とかで、試しに部屋で撮ったそうです。シャッターを切る直前、べったり息子にくっついてきたけれど、子供のことだから、そのままにしておいた、と。でも写真のモーテルの部屋か何かに変えて、お金にもない。嫌らしい表情ですよ。それで背景をモーテルの部屋か何かに変えて、お金を要求してくる。十いくつでそういう悪知恵が働く女です。そうやって息子は命を奪われたんです。この悔しさ、わかりますか？　あなたが息子の不名誉を晴らして、あの娘が捕まるように記事を書いてくれるというなら、私、いくらでも協力しますよ」

母親の呪詛《じゅそ》と後悔の言葉は続いた。

長島は、彼女から、道隆と親しかった友人の連絡先をいくつか教えてもらい、彼らを訪ねた。

長谷川道隆の幼なじみで、中学、高校と同じクラブに所属していたという男は、道隆の実家から歩いて数分のところで、父親の経営する司法書士事務所を手伝っていた。

「あれね、会ったことはないけど、かなり性悪な娘だね。道隆は結局、人が好《よ》すぎるんだ。おふくろさんの前じゃ言えないけど」

人気《ひとけ》のない事務所の、応接コーナーで相対した司法書士の男は、額がすでにはげ上がり、堂々とした体軀《たいく》が、何とも言えない貫禄を醸し出している。色白の好青年、道隆も生きていればこんな歳になっているのか、と思うほどに、母親の無念さがいっそう胸に迫った。

男は、ため息とともにかぶりを振った。

「本当に手を出したんだよ、あいつ、中学生に。男が悪いって言うだろ、おたくだって」

「いや……まあ、それは」

長島は何とも答えようがない。想像はついていた。

「軽率だった。絶対、言いのがれはできない、と俺も思う。泣いてたよ、あいつ、俺の前で。ただ、話聞いてみりゃ、はめられたとしか思えない。十五のガキにさ。親も兄弟も、一家が外出した後、あの娘一人が風邪をひいて寝ていた。ところが胸が苦しくてたまらない。父親には連絡が取れないから、来てくれ、と道隆に電話をかけて寄越したんだ。自分で119番しろ、と俺なら突っ放す。李下《りか》に冠を正さず、だ。だがあいつは出かけていった。そういうやつなんだ。あの娘は寝ていた。苦しいの、触ってみてくれの、と言ったらしい。それで抱きつかれたか何かしたんだろうな。結局、やっちまった……」

親父に知られたら半殺しの目にあうぞ、と彼は道隆に忠告し、何か理由をつけてすぐに家庭教師のアルバイトを辞めるようにと説得した。

「ところが責任がどうとか、やつは訳の分からないことを言い出して耳を貸さない。だけど、おたくだってわかるでしょう。責任だけで女となんか付き合えるものじゃないってことは。道隆ははめられたんだ、中学生に。いや、そういう状態だった。真面目に司法試験の勉強をしていれば、ガールフレンドは作れない。たとえ付き合っている女がいたって、いつ受かるか将来がわからないから、みんな大学の四年くらいになると別れる。いつまでも結婚を引っ張ってるわけにいかないからね。砂漠で一滴の水もないって状態だよ。だから性悪のマセガキでも女に見えたんだ。めでたく高校に入学させたと思ったら、堂々と付き合い始めた。いい加減にしろ、と俺が言ってもきかない。後は、女の思うつぼさ。悪いことにその後に、女の家が傾く。そうなれば遊ぶ金が無くなる。十七、八で、金、金、金、だ。子供ができたの、産むの、堕ろすの、結婚したいの。あいつは女に金を搾り取られていた。バイトしても間に合わないって言うんで、俺もあいつに貸したよ、金。こっちはもう働いていたから。信じられないだろう。初任給を親に渡すならわかるけど、あいつにそっくり貸したんだ。どこにやった、とうちの親に責められたから、飲んだ帰りに落としたと嘘ついて、怒られるわ、怒られるわ。あいつの方は、もう試験どころじゃない、ついに覚悟を決めてあの女と結婚するって話になった。ばかだよな。ところが女はまだ結婚なんかしたくない、と言ったらしい。それより金寄越せ。金を持って来なければ、おまえは中学生を強姦《ごうかん》して、その後もずっと関係を強要した、とあちこちに言うぞ、と。いや、もう、十七、八の女のやることじゃない。まるでヤクザだ。最後にあいつから金を貸してくれと言われて断ったとき、俺は言ったんだ。毅然としろ、と。事実無根だ、と否定しろ、と。あれは札付きの悪ガキだ、世間はおまえの方を信用する、と。その翌朝さ、おふくろさんが電話してきた。道隆が帰ってこない、と。ついに殺《や》ったのか、と俺は青くなった。だがあいつにそんな度胸はなかった。神社裏の森で首吊っていたんだ。でも、悪いことはできないと思ったね。それからしばらくした頃、女は殺されかけたんだ。なんでも親父の以前の取引先の男だか何だかに殴られて、高速道路の中央分離帯にすっ裸で置き去りにされていたらしい。道隆と同じつもりで、大人の男にちょっかいを出せば痛い目にあうってことさ」

道隆の友人のそうした話について、長島は、新聞社時代のつてを辿り、事実を確認した。

民間の警備会社の役員をしていた退職警官に当たったところ、明美が暴行されたという話は事実だとわかった。だが事件化されてはいない。

夜明けの高速道路で全身痣《あざ》だらけで下半身から出血し、意識ももうろうとした全裸の状態で、半田明美はうずくまっていたらしい。たまたま通りかかった車のドライバーが発見し救出したが、明美はドライバーに向かい、病院にも警察にも連れていかないでいい、何か着せてアパートまで送ってほしい、と哀願したという。だがドライバーは、即座に警察に通報した。女のただならぬ様子からトラブルに巻き込まれるのを恐れたからだ。

保護された明美は救急車で病院に搬送された。激しい暴行を受け、全身打撲のうえ、性器に裂傷を負っていた。瀕死の状態で中央分離帯に捨てられていたのだが、女は何も話さない。

目撃情報があったことから、その日のうちに、半田明美の父、義治の以前の商売相手の男が警察に呼ばれ事情聴取を受けたが、逮捕には至らなかった。

単なる痴話げんかと見なされたからだ。デートDVどころか、DVという言葉自体がなかった時代の話だ。

長島はこの男の元にも足を運んだ。

以前は小さなアパート管理会社を経営していたようだが、長島の取材時には、男は鉄筋三階建ての自宅兼事務所を構えて不動産業を営んでおり、地元ではちょっとした名士になっていた。

当時流行のゆったりしたシルエットのスーツを身に着けた四十代後半の男は、若かりし頃の半田明美に加えた粗暴な行為からは想像もつかないような、気さくで愛嬌さえ感じさせる笑顔で取材に応じた。

ところが長島が商売の暗部に触れるような話を振ったとたんに、突然視線が鋭くなり沈黙する。事実、彼の会社の実態は地上げ屋で、近隣の地主や住人、借家人に強引な交渉を仕掛けることで恐れられ、同時に重宝がられてもいた。

長島が、地下鉄転落死事件に関連させながら、十数年前の半田明美との交際について尋ねると、男はさほど警戒する様子も気を悪くした様子もなくすらすらと答えた。

「ありゃそうとうなタマだったね」と男は苦笑し、その後に断定した。

「地下鉄の転落事故？　そんなもの正当防衛のわけがない。男の背中をどん、とやったにきまっている。油断も隙もない、いつ寝首をかかれるかわからない、そういう女だよ、あれは」

高校を退学した後、父の再婚相手である親類筋の継母とも折り合いが悪くなった娘を、一日中、家に置いておくわけにもいかない、と明美の父親から相談され、彼は、当時経営していたアパート管理会社に、お茶くみ要員として明美を雇ったと言う。

「若い娘にしちゃ気が回るし、きゃあきゃあうるさいところがなくて落ち着いていたね。

書類の整理や封筒の宛名書きとか、簡単な事務もやらせた。拾い物だと思ったんだよ、最初は。特に問題も起こさなかったし」

あるときどこかの男につきまとわれて困っている、という相談を受けたのをきっかけに、成り行きで男女の関係になった。あくまで成り行きで、どちらがどう誘ったのかといった詳しいいきさつが男の口から語られることはなかった。

「いろいろ気の毒な事情があって、高校を中退した真面目な勤労少女っていうから、こちらも何かと面倒を見ていたんだが、それがきっかけで豹変《ひょうへん》したね。完全に女なんだよ、それも生まれついての淫売。それでいて翌朝になると、けろっとして事務所に出勤してきて、殊勝な態度で女房なんかに『おはようございます』とやってる。女ってのは、怖いね。そこそこ羽振りもよかったから、俺もそれなりのことをしてやってはいたんだが、だんだん図に乗ってきてね。マンションを借りてくれの、専門学校に通う金を出せの、と。そのうち俺を強請りにかかった。呆れたね、二十歳前の娘が、だよ。で、ちょっとお灸《きゆう》を据えてやるつもりだったんだが、ついつい大人げないことをやってしまった」

深夜、モーテルを出た後、明美と車内で言い争いになり、人気のないパーキングエリアに車を停め、暴行に及んだ後、服をはぎ取り、未明の高速道路の中央分離帯脇に停車して、助手席から突き落としたと言う。

苦笑を浮かべながら語る男の顔に、暴力を日常の営みの一つとして生きてきた者に特有の凄みが現れる。道隆の死後か、あるいは並行してか、半田明美はこの男と交際し、やはり道隆のときと同様に、金を脅し取ろうとした。だが男の方は道隆よりも少し歳がいっていたうえ、組織に所属しているかどうかは別として、ヤクザとの付き合いは日常的にあり、本人もそうした連中と変わりはなかった。

その事件後、明美は地元に居られなくなったのか、そろそろ潮時と考えたのか、東京に出てきた。

女優になるという夢が、どの程度本気だったのかはわからない。いくつかのオーディションを受け、落ちたのかもしれない。そして中央線沿線に小さな劇場を構える劇団に入る。そこで座長の言葉を借りれば「存在感が無い」なりに、ある種の才能を発揮し、真面目に稽古に取り組み、重宝された。一方、半田明美からすれば、金ヅルとなる男を引き寄せるための「女優」という肩書きを手に入れた。

「その後の凶悪犯罪を引き起こすための布石を打ちながら、女は中野のアパートで一人、すり切れたジーンズの膝を抱え、薄汚れた天井をみつめていた。半田明美、二十歳の誕生日を迎えるその夜のことであった」

あたかも見てきたように長島は描写して文章を結んでいた。

違和感を覚えながら、山崎知佳は読み終えた原稿を封筒にしまう。違和感の正体は何だろうと考えた。

都合の良いエピソードの取捨選択、憶測、人権への配慮の欠如。それは記者としての世代的な違いだ、と知佳は思う。権力側によって記事を潰されたり、特定の団体から嫌がらせを受けて自粛するということはあったにせよ、出版社がその記事に書かれた側から訴訟を起こされ、賠償金を支払うのがまだ珍しかった時代、記者は今より自由に筆を振るい、結果、書かれっぱなしの弱者を苦境に立たせることがあった。

だがそれだけではない。

椅子から下り、知佳はフローリングの床に仰向けになり、頭の下で手を組む。

女性ライターとしては、やはり長島の家父長主義的視点に基づく偏見と、明美のような女性に対する男としての憎悪と蔑視が鼻につく。

同時に知佳自身が、ここに書かれた半田明美という女に嫌悪感を覚える。長島の感覚とは違う。

フェアじゃない、という怒りと、自身の「女」を売り物にする女への、同性としての拭いがたい嫌悪だ。

なぜ、それが「小野尚子」なのか。

歯科データ、顔認識ソフトが突きつけてきた「同一人物」という結論。限りなく信憑性の高い情報を前に、何かの間違いだ、とつぶやいている。

それからやにわに起き上がり、コンピュータを起動し、長島宛てにメールを打ち始めた。

たった今、読み終わったことを伝え、その見識とジャーナリストとしての姿勢を讃《たた》え、そうしたものを読ませてくれたことに感謝する内容だ。

お礼はこの仕事には欠かせない。金でも物でもない。感謝の気持ちを発信する。仕事をくれる担当編集者に対しても、取材対象に対してはもちろん。

後からゆっくり、ではいけない。簡単でよいから、即座にお礼の気持ちを伝えることで、信用され、人脈ができ、それが新たな仕事に繋がっていく。

ただし長島に送ったメールは、極めて丁重な定型文だった。現役を引退しても何事につけ一言ありそうな長島と、この先、面倒なやり取りをしたくない、という気持ちがあったからだ。

6

出先から事務所兼自宅のマンションに戻ると、留守番電話のランプが点滅している。再生してもメッセージは入っていない。着信履歴にある電話番号は未登録のもので、だれからかかってきたのかわからない。その前にも同じ番号で、二、三回、かかっている。営業の電話か何かだろうと放っておいたが、その日、夜の九時過ぎにその番号から再度かかってきた。

長島だった。

「その節はたいへんお世話になりまして」

慌てて型通りの礼の言葉を述べる。

「いや、別に大したことはしてないけどさ、礼状がeメールで来るって、時代が変わったね、実に、まあ」

皮肉だ。プロのライターなら、こんなときはちゃんと手書きの礼状をしたためろ、という意味だ。何度も電話をかけてきて、そのたびに留守番電話のメッセージが出るので余計に腹を立てたのかもしれない。

「申し訳ありません」

面倒なことになったと思いながら、殊勝な態度で謝る。

「いや、そのためにかけたんじゃない。一つ、言い忘れたんだ。重要なことだが、その原稿を書いた後からわかった。地下鉄突き落とし事件で目撃証言をした男と半田明美がその後、男女の仲になったという話は書いたよな」

「はい。男性の所有する都内のマンションで暮らしていたとか」

「ああ。それでその原稿をまとめた後、心配になってきたわけだ。ま、俺が心配する義理はないが、次はその男が殺られるんじゃないか、と。ムシの好かないヤツだったが、黙って見てるわけにもいかない。そこで男の事務所に行って、ちょっと忠告したんだよ。ところが、もともとあんな女にひっかかる大馬鹿者だからしかたがないが、『目的は金か？』ときた。『違う、あんたの命が心配だ』と正直に言うと、ブラックジャーナリズムだ何だと、悪態をついて怒り出した。ガードマンというか、チンピラみたいな若い社員が駆けつけてきてたたき出されたわけだが、その男がその後、無事だったのかどうか、確認していない」

「いつ頃の話ですか、差し支えなければその男性の名前とかも……」

「昭和六十二年頃のことだ。尾崎輝雄《おざきてるお》って男だ。新橋に輝元ビルって、今は廃墟《はいきょ》みたいになったのが建っているが、やつの持ち物で事務所もそこにあった」

「半田明美が囲われていた、というのは？」

「道玄坂《どうげんざか》裏手のマンションだが、取り壊されて今は商業ビルになっている」

尾崎の愛人になって以降、一九九四年までの半田明美がどうしていたのかはわからない。長島としては、尾崎輝雄の消息というよりは、殺されたのか否かの方が気になるらしい。

調べてみて、何かわかったら報告する、と告げて知佳は電話を切った。

翌週、知佳が新橋に足を運ぶと、駅からほど近い裏通りに、確かに廃墟のようなビルがあった。外壁はひびが入り、狭い入り口を入ると、階段脇の薄暗い空間がエレベーターホールになっている。

あらかじめ登記簿で調べたところによると、ビルの持ち主は一九九〇年の六月に変わっていた。尾崎は事情があってこのビルを売ったのか、ひょっとすると亡くなったのかもしれない。その後ビルは次々転売されていく。

肝心の尾崎輝雄の方は、住民票や戸籍謄本については個人情報の保護がかけられているため、所在を確認することができない。ネット検索でもひっかかってこない。

そこで登記所に行ったその足で、かつて事務所があったという老朽化したビルに来てみたのだ。

エレベーター脇に掛かっている看板を見た限り、このビルを所有する会社のオフィスらしきものは内部にない。一階はラーメン屋らしいがシャッターが下りている。二階以上はと見ると、クラブやスナックの名前が並んでいる。

いったん引き返し、陽が傾くのを待ってそちらの店を一軒一軒当たった。

上の方の店は、せいぜいこの十年ほどの間に入ったようだが、二階にあるスナックが三十数年間、ここで商売を続けていることがわかった。

まだ客の入っていない、昨夜の酒の匂いの残っている開店直後の店内に足を踏み入れると、七十はとうに越しているとおぼしき、ひょっとすると八十半ばかもしれないママが、一人でおしぼりの準備をしていた。

「こんにちは」と挨拶しカウンター席のスツールに座り、ジンジャエールを注文する。

見慣れない顔の女一人客に、高齢のママは愛想良く応じながら、さりげなく探りを入れてくる。

知佳は、ビルのかつてのオーナー尾崎輝雄を知っているか、と単刀直入に尋ねた。

「ああ、尾崎ちゃんね」と笑顔が返ってきた。

ママにとってはかつての大家であると同時に、長年の客でもあり、今でも年賀状を送っている間柄ということだ。

「返事は来ているんですか？」

思わずカウンターから身を乗り出した。

「お客さんは返事をくれるかわりに、お店に来てくれるのよ。でも尾崎ちゃんの顔はここ何年も見てないわね。独身でいくつになっても格好良いから、女の子にはモテモテだったわよ。目端が利く人だったのね。バブルが弾ける直前に、このビルを売ったのよ。その後買ったオーナーはみんな苦労したわね。修繕もままならないし、今はこんなお化け屋敷になっちゃって。もっとも私が妖怪みたいなものだけど」

「尾崎さんって、今、どのあたりに住んでいらっしゃるんですか？　東京ですか？」

ママのピンクのアイシャドウを塗った目元の笑みが瞬時に消えた。唇を引き結んだまま知佳をみつめた。

警戒された。

「私、子供の頃に可愛がられてたんですよ、尾崎さんに。近所にいたもので、それで」と、とっさに口から出まかせを言った。ママの目が疑わしげに細くなる。

子犬のような顔、と昔、男に言われた表情を知佳は瞬時に作った。

ママは小さく笑う。

「グランヴィル桜ケ丘《さくらがおか》って、高級老人ホームよ。年賀状が戻ってこないから、まだ生きているんでしょう。行ってあげたら喜ぶわよ。尾崎さん、彼女はたくさんいたけど、子供はいなかったからね。淋しい思いをしているんじゃないかしら」

丁寧に礼を言って店を後にした。

京王線沿線の高台に、その有料老人ホームはあった。建物は古びていたが、玄関ホールやテラスなどはリゾートホテルを思わせる豪華さで、カウンターの職員の対応も福祉施設というよりはホテルのコンシェルジュのようだ。

名刺を差し出し、この施設に尾崎輝雄という入居者はいますか、と尋ねる。

「はい、いらっしゃいますね」と紺の制服姿の女性はにこやかにうなずき、「今、担当者に代わります」と内線番号をプッシュする。

担当者、とは介護士のことかと、不安になった。

長島の危惧は外れ、尾崎輝雄は生きていた。だが、長島が会ったときから、三十年も経った今、尾崎は病気で言葉が出なくなっているか、認知症を発症しているかしていてもおかしくはない。

話ができないか、記憶が失われているか、あるいは認知症特有の作り話を聞かされるかもしれない。

二、三分して、やはり紺のスーツ姿の年配の女性が現れた。

名札の上に「バトラー」とある。介護士ではなく執事。高級老人ホームのイメージ戦略だ。

バトラーに案内され、エレベーターで三階に上がり、廊下の突き当たりまで進むと、小さな喫茶コーナーのあるサロンとも図書室ともつかない広い空間になっていた。

ソファから長身の老人が立ち上がった。人違いかもしれない、と思った。白髪で柔和な笑顔には、長島の言うバブル紳士の面影はない。補聴器は付けているが物腰や目の光からは知力の衰えが感じられない。

知佳は名刺を差し出す。

「ほう、私の知り合いの女性のことで、わざわざ雑誌の記者さんが訪ねておいでになるとは。いや、最近はあなたみたいなきれいなお嬢さんが記者をなさっているんですか。まさに一億総活躍社会ですな」

「はい。未熟なりに頑張っています」

老人を見上げるようにして姿勢を正し、「お嬢さん」に徹して、話を引き出す。

「そうか、半田明美について知りたい？　事件を起こしたとかで、昔、男の記者が来たことがあるよ。生意気な男だったね。他人の彼女のことに難癖つけてきて、あんた殺されるよ、とか何とか脅迫まがいの捨て台詞を吐いて帰っていったよ。だが、あの明美はそんな女じゃない。で、あなたも彼女を追ってるの？」

「いえ。最近、長野の福祉施設で火災がありまして、焼け跡から発見されたご遺体が半田明美さんのものらしい、という情報を得まして」

施設の性格や組織については伏せて、福祉施設、と言い換えた。

「福祉施設というと、老人ホームとかグループホームみたいなやつ？」

「ええ、まあ……」

「亡くなったのか……」

尾崎は向かいの本棚あたりに視線を泳がせ、ため息を一つついた。

「私より二十も若かったんだよ。病気か何かでそんな施設に？」

「そのあたりの事情はよくわからないのですが、ご家族もいらっしゃらなかったようなので……」

「人生、いろいろだね。私も若い頃、一度結婚したけれどすぐに別れて、独身のままこんなところにいるわけだ。いや、彼女はたくさんいたよ。今でも遊びに来てくれる。半田明美は悪い女じゃなかった。世間やあの生意気な記者が何を言おうと」

「はい」

意識しないまま、期待を込めて次の言葉を待っている。やはり、あの原稿は長島剛という記者が予断と偏見を持って書いたものだった……。

「明美は決して悪いことをする女じゃない」

そう繰り返した後、尾崎輝雄は付け加えた。「世間的にはちょっと変わっていたかもしれないが」

「どんな風に？」

「女優だったんだよ。派手でもなければ美人でもないのに。よくいるだろう、ドラマなんか見てると、すごくうまい脇役だが、ぜんぜん名前を覚えられないようなのが。料理屋の仲居から女教頭まで、何の役をやらせたってそれらしく見えるような……半田明美はそんなタイプの女優だったね。実際、テレビに出たことはないけど。ほんとの女優というより、まだ見習いだったんだ。そうそう、訓練生と言っていた」

「文学座とか無名塾とかの？」

「そんな一流どころじゃない。池袋だか高円寺だか、そのあたりにある劇団だったかな。何でも昔はどっかの小劇場で女優を張ってたこともあったそうだが、ま、いろいろあって心機一転。本格的に演技を鍛え直してもらって、いつかはちゃんとした舞台に立つんだ、みたいな話をしてくれた。やはりね、人間、夢に向かって努力するっていうのは、すばらしいことだよ」

長島の草稿にある「毒婦」とは異なる半田明美が立ち現れた。

「で、明美さんはどんな女優さんを目指していたんでしょうか」

「それはわからなかったなぁ」

尾崎は拍子抜けするくらい気のない口調で答えた。

「で、その後、どこかの舞台に立ったりはしなかったのですか？」

「いや……まあ、そう簡単には役はつかないものなんだね。演技がうまくたって、運ってものがある」

「それで尾崎さんは、ずっと支援をされていた、と……」

付き合いはどのくらい続いた？　いつ別れた？　理由は？　どちらが振った？　婉曲な言い回しで、下世話な問いを投げかけた。

「ああ、そのこと？」

尾崎は微笑んだ。何で今更、そんな昔の、プライベートなことを、と気を悪くした様子はなかった。逆に、その目に生き生きとした表情が宿る。

「女性との付き合い方というのはね、お嬢さん、いろいろあるものなんですよ」

口調が自慢気なものに変わった。

「女のタイプにはいろいろあるんだね、妻のように長く寄り添うタイプ、短期的に情熱をぶつけて燃焼しつくすタイプ、一夜限りの楽しみを共有するタイプもあれば、見守り育てて楽しめるタイプもある」

紳士然とした風貌がくずれていく。

殊勝にうなずきながら、知佳は「それでは明美さんはどんなタイプでしたか？」と質問する。

「見守り育てるつもりが、けっこうやられたかな。女は寝てみないとわからないというけど、これは真実なんだね。離れがたい体っていうのがあるんだよ。いい女というより、男好きのする女。ウマが合うというのかな。何のウマかというのは、まあ、お嬢さんに向かってなんだけど、これは記者としての勉強のつもりで聞いてよ」と前置きすると、男女関係と女性器の形態と機能について、セクハラそのものの講釈を垂れ始めた。

先ほどの期待が失望に変わっていく。

「なのに別れてしまわれたのですか？」

清純なお嬢さん記者、実際にそんな記者などいるはずはないのだが、それを装って知佳は眉を寄せ、小首を傾げて尋ねる。尾崎は照れたように苦笑した。

「別れるというか、何となく疎遠になってしまったね。かれこれ四年くらい付き合ったかな」

「四年間、ですか」

「ま、私もその間は他の女性ともいろいろあったもので」

照れ笑いを浮かべている老人に、無意識のうちに咎《とが》めるような表情を向けていたらしい。

「お嬢さんね、そんな目で人を見るもんじゃないですよ。私は、ちゃんとけじめをつけたんだから。情を交わした女を飽きるとぼろきれのように捨てる輩《やから》が世の中にはいるが、そんなのは男の風上にも置けない」

「はあ……」

「あるとき彼女が言うんだ。都会の生活に疲れた、と。女優修業にも人間関係にも行き詰まったのだろうね。それじゃあ、と私は持っていたリゾートマンションを明美にやったわけだ。軽井沢のね」

「軽井沢ですか」

繋がった……。小野尚子に結びついた。

「ああ。駅からちょっと行ったところの、きれいな林の中の。確か七階か八階だから、ベランダから浅間山《あさまやま》が見える、豪勢なところだよ。今の時代、女と別れるにあたってそこまでやってやる男はおらんでしょう、お嬢さん」

感心したようにうなずきながら、知佳は新たな情報に脳神経細胞が次々にスパークするのを感じている。

「すみません、それは何というマンションですか？　差し支えなければ」

尾崎は考え込むように眉間に皺を寄せた。必死で記憶を辿っている。

「サンフラワー、いやサンクチュアリ、サンライズ、忘れてしまったね」

家庭の制約のない独身男が、金に飽かせて不特定多数の女と同時進行的な関係を持つ。出会いはともかく、手切れ金代わりに不動産を与えて別れた女との最後など、記憶の外に追いやられてしまっているのだろう。

「いつ頃のことですか、彼女にそのマンションをあげたのは」

「あれは……大喪《たいそう》の礼があって、東京中のネオンが消えて真っ暗になった。その少し後だから、平成元年か……」

平成元年といえば一九八九年だ。

その五年後に、半田明美は小野尚子に成り代わった。

一方、活動を縮小した「聖アグネス寮」から小野尚子が離れ、自分の持ちものである軽井沢の別荘に手を入れ、「新アグネス寮」を設立したのは、一九九〇年のことだ。一九九〇年から一九九四年までの四年の間に、半田明美は軽井沢の著名人の一人である小野尚子を知り、近づき、すり替わった。

「あの……」

口ごもりながら知佳はさきほどの質問を繰り返した。

「尾崎さんから見て、明美さんってどんな女性でしたか？　女優ということを除いては。さっき、悪い女では決してないとおっしゃっていましたが」

尾崎は笑みを浮かべた。穏やかで何にも頓着しない、冷めた笑顔だった。長、短、一夜限り……。派手な女性関係を誇るような感性の男にとっては、一人の女の人格などさほどの意味を持たないのかもしれない。

「ああ、悪い女じゃないが、わからないところはあったかな。何考えてるのかわからない女。私が右と言えば右、私が白と言えば黒い物でも白って感じで、逆らわない女だったね。それでつまらないってことはなかったし、居心地もよかった。お嬢さんくらいの歳ではまだわからないだろうけどね、やはりね、男と女っていうのは、体の相性なんだよ」

「はあ……」

「つまりさっきも話した通り、女もいろいろでね。たとえばお顔の方は上等でもあっちの方が今ひとつってのもいるし、そうなると男としてはまあ、連れ歩くにはいいけれど、どうもおもしろくない。反対に見た目がアレだけど、あっちの方は具合が良いっていうのもいるわけで。明美って女はね、実に細やかに尽くしてくれるタイプだったね」

「尽くすタイプ？」

「だからね、疲れているときなんか、こっちはただ大の字になって寝ているだけで……奥の方の襞《ひだ》が、こう……」

講釈は続く。

ああ、そうですか、八十過ぎても、「あっちの方」ですか、と心の内で吐き捨て、下劣な話に相づちをうちながら最後まで聞き、「たいへん勉強になりました」と丁重に頭を下げると、知佳は高級老人ホームを後にした。


「尾崎さんは健在でした」

またeメールで書き送って皮肉を言われても、と考え、長島には電話で報告した。

「おっ、そうか。予想が外れて、まずはよかった」

夕刻の忙《せわ》しない時間帯に電話することに知佳は躊躇したのだが、長島はひどく上機嫌だった。人との会話に飢えている、そんな感じがした。

スナックのママの話、老人ホームにいた尾崎から聞いた話などについては内容をまとめてメールで送りましょうか、と尋ねたのだが、長島は「今、言ってくれないかな、記憶はまだしっかりしてるからよ」と、何がおかしいのか笑い声を立てる。

メモを見ながら要所要所を伝える間にも、長島は幾度か電話口を離れた。妻に呼ばれるのだった。

落ち着かない状態で一通りの報告を終えたとき、長島はひときわ低い声で尋ねた。

「あんた、本当は半田明美について最初っから、何か摑んでいるだろ」

息を吞んだ。

「あんたの書いた記事を検索して読ませてもらったよ。あのご令嬢の人物伝と、火災で焼け死んだときのコメントがあったな。今の話から軽井沢繋がりでピンときた。半田明美が絡んでるんだろ」

「いえ、それは……」

なぜわかったのだ、という疑問が頭の中を回る。そして記者としての勘が働けばわかるはずだ、と納得する。たった一人の事務所を立ち上げ、フリーランスとして仕事をして七年が経つが署名記事など数えるほどしか書いていない。小野尚子についてのものはその数少ない署名記事で、とりわけ力がこもっていた。

「あんたが何を探っているのか、だいたい想像はついた。俺なりに協力はできると思うよ。記者として荒波をくぐってきたキャリアはあんたより長いんだからさ」

「ありがたいのですが……」

辞退のニュアンスをこめ、言葉を濁す。中富優紀はじめ、新アグネス寮のメンバーとの約束もある。やたらに事情をしゃべるわけにはいかない。それ以上に、長島の原稿を読んだ限り、これ以上関わるのは面倒臭い。

「尾崎は殺られなかった。半田明美と別れたのは、幾度か殺されかけてこいつは危ない女だと見抜いたからだろう。あいつは俺の見立てほどバカじゃなかったってことだ」

「いえ、尾崎さんのお話のニュアンスからすれば、半田さんのことは、あれは悪い女じゃない、と。むしろ彼の方が同時並行的に複数の女性とお付き合いがあって……」

「男の見栄だよ、そんなものは」

長島は一刀両断した。

「いきなりやってきたおねえちゃんに、男が色恋がらみの事情を正直にしゃべるわけがないだろ。尾崎はあの女に何か弱みを握られたんだ。貸しビル業なんか叩けばいくらでも埃《ほこり》が出る。別れてほしけりゃ、金、寄越せってなわけで、尾崎は軽井沢のリゾートマンションをくれてやった。ところがどっこい、奴の方が一枚上手だ。八九年と言えば、バブル絶頂期だ。不動産の仕事をしていれば、四、五年後にはそんなものクズになることくらいわかっている」

「湯沢《ゆざわ》と違って、軽井沢はクズにはなってませんけど。新幹線が開通するのがわかっていたわけですし」

「ま、そうかもしれんが、とにかく尾崎から見ればどうでもいい物件だったのだろう。で、それは軽井沢のどこだ?」

「そこまではまだ……」

マンション名は特定できていない。尾崎と別れたその帰りの電車の中で、彼がうろ覚えの記憶で話してくれたマンション名をタブレット端末で検索してみた。

「サンフラワー」はさる会員制リゾートクラブの名称で、中軽井沢に「サンフラワー・メンバーズ軽井沢」というゴルフ場はあるが、マンションはない。サンクチュアリは三、四年前に信濃追分付近にできた温泉付き高級リゾートホテルで、ホテルのホームページの他に旅行会社やホテルズドットコムの情報から個人のブログまでが、大量にヒットした。サンライズは大手建設会社の作ったマンションだが、軽井沢にはない。

「それはともかく」と長島は続けた。

「どっちにしても半田明美の方としちゃ次の獲物を見つけたいが、もう三十も半ばだ。女の賞味期限が切れている」

悪かったですね、と知佳は腹の内でつぶやく。

「いいか、そもそも都会と違って、いくら高級別荘地だって、軽井沢には夏場を除いてはひっかけられるような男はそうそういない。東京に出て行きたくても金も住処《すみか》もない。以前のような上物をくわえ込むのは無理だが、それでも何とかかつかつで食ってきた。

やがてバアさんになって遂に切羽詰まる。そこでだ、明美はいよいよ方向転換する。男から女だ。ターゲットを年老いたご令嬢に変えた。火災に見せかけ老嬢を焼き殺して、保険金か財産を手に入れることを目論んだ。あんたはその真相を追っている。図星だろ」

長島の推理は間違っている。しかしまったく事情を話してはいないのに、かなり近いところに踏み込まれた。

「私の記事を読んでくださったのなら、新アグネス寮がどんなところかわかっていただけたと思います。デリケートな扱いが要求されていますので」

「わかってるよ。余計なことはしゃべらない。情報ダダ洩《も》れのチンピラライター風情と一緒にするな」

「もちろん長島さんがそういう方とは思っていません」

「で、半田明美の尻尾《しっぽ》を摑んで、施設長を殺されて食い物にされかかっている気の毒な女たちを救いたい、と、そういう記者魂なんだな」

「いえ、違います」

気の毒な女たち、とは失礼な言い方じゃないですか、それに火事で亡くなったのは……という言葉を呑み込む。

「隠さないでいい、俺も興味を持った。だから言ったんだ、あの女は娑婆《しゃば》にいる限り、次々に悪事を働くと」

「半田明美は、死んでいます」

尾崎輝雄にも話したことだ。

さすがの長島も一瞬、言葉を失った。

逡巡しながら知佳は続ける。

「火事で亡くなったのは、小野尚子さんではなく、半田明美です」

相手は押し黙った。沈黙の向こうから、「お父さん、お父さんったら、聞こえないの、役立たず、また、女から電話なんだろ」という呂律《ろれつ》の回っていない悪態が聞こえてくる。認知症の妻だ。

「ってな事情だ。後でまた電話する」という言葉と同時に電話は一方的に切られた。

深夜になってから、ひそひそ声で長島は電話をしてきた。

「やっぱりメールが良さそうだな、ちょっとわかったことを書き送ってくれ」

「わかりました。かわりに長島さんのあの原稿を新アグネス寮のスタッフにお見せしてもかまいませんか？」

「おお、いいよ」

うれしそうな声が答えた。

「何があったか知らないが、みんなあの女に騙されていたんだろう。読ませてやってくれ」

決意して知佳は、小野尚子と半田明美の入れ替わりについて、これまでわかったことを順を追って長島に書き送った。

電話の呼び出し音で目が覚めた。

午前二時だ。

「申し訳ない。この時間帯だけは女房が静かなんだ。事情はわかった。わかったというか、謎だらけだ」

「はい」

「まず金についてだ。新アグネス寮というところに潤沢な資金があるとは思えないのだが」

「はい」

「たとえあったにしても、施設の性格上、金の使い道は透明にしなければならんだろう。ご令嬢の資産はあるが、半田明美が個人的に使った形跡はないのか？」

「ありません。私が取材した限りでは」

「何より一九九四年にすり替わったとして、目的はなんだ？　その時点で警察に追われていたわけではないんだから、別人になって生きる意味はない。半田明美に何の益がある？」

「わかりません。入居者を救って自分が亡くなったというのは、書いた通りです」

「何か隠したいものがあったか、金目のものを持ち出そうとして、逃げ遅れたってところだな」

「かもしれません」

「で、謎を解明するに当たって、あんたならどこから手をつける？」

「まず軽井沢での小野尚子さんとの接点を明らかにしていきます。軽井沢のマンションの存在を突き止めれば何とかなると思います」

「次は？」

「それはその結果で……」

「俺なら一番確実なところを攻める。フィリピンだよ。フィリピンに飛ぶ」

「フィリピン、ですか？」

「殺ってるだろ、一度。バンコクで男を船からドブ川に突き落とした。あの田沼って、練馬の内装業者だ。あのときも明美は大した金を手にしていない。邪魔だから殺した。金など手に入らなくたって目的は別にある。そのために人の命なんかへとも思っちゃいない。そういう女だ、半田明美っていうのは。それで今度はご令嬢を殺して成り代わった」

「殺したって、そんな、そこまでは……」

小野先生、すなわち半田明美は決して、入居者やスタッフを裏切ることはなかったし、入居者の信頼も絶大だった。

「乗りかかった船だ、真実を探りあててみろ。半田明美は何が目的だった？　何のために二十数年、そんなところで女どもを相手に、金も楽しみもない、面白くもない生活を送った？　何を企んでいた？　俺の友達は、五十四で二十代の中国女と結婚した。群馬の土地持ちで初婚だった。俺たちは止めた、おまえ、絶対、埋められるぞ、と。だが、そいつは生きていた。一年経ち、二年経ち、子供も生まれた。これで安泰だ、疑って悪かった、と周囲が安心して胸をなで下ろした頃、女は男の家、土地、財産すべてを現金に換え、子供を連れて消えた。入籍五年後のことだ。帰化するのにそれだけの年月が必要だったからだ。赤城《あかぎ》おろしの吹く寒い田舎で、姑《しゅうとめ》にいびられ、好きでもない男と体を重ねて、耐えて耐えて耐えぬいたんだよ、女にしてみれば。それで五年後、家の中にある自分の身元がばれるものをすべて処分して、逃げた。今頃、日本人として、都会で子供と二人、ひょっとすると好きな男も一緒に、うまいことやってるだろう。だがそれは五年だ。半田明美の二十何年っていうのは、その四倍、五倍。いったい何なんだ。たまたま不慮の事故で焼け死んだそうだが、あの女は何を目論んでいたんだ。二十数年、何のために耐え忍んだ？　希代の毒婦は何の秘密を握って死んだ？」

なぜ毒婦と決めつける……。そんな言葉を呑み込み、知佳は自分が会った「小野先生」の風貌を脳裏に蘇《よみがえ》らせる。

もし自らの意志で小野尚子の後を引き継ぐつもりであったなら、二十数年は耐え忍ぶような年月ではなかったはずだ。病気のふりをして、サングラスとマスクで顔を隠したというやり方は、いかにも怪しげだが、その後の半田明美の行動は尊敬されこそすれ、非難されるようなところは何もない。

「あんた、すごいネタを手にしているぞ。追いかける価値はある。宮様のお后候補にもなったご令嬢を殺して本人になりすまし、慈善活動に二十数年邁進《まいしん》した毒婦。いったい目的は何だったのか。肝心のご令嬢はどんな最期を遂げたのか？」

「それはいいんですが、そもそも遺体が別人だったとか、それが半田明美のものだったとかっていうのは、警察の方から言ってきたことですよ。小野尚子さんがもし殺されたのなら、火災の折の遺体がだれのものかわかった時点で警察が捜査に着手しているでしょう」

「するわけないだろうが」

小馬鹿にしたように長島は鼻を鳴らした。

「火事で遺体発見。身元を突き止めたら、そこに何年も前から他人の名前で入り込んでいた女だった。で、名前を使われたお嬢の方はとっくの昔から行方不明。殺されたかもしれないが、容疑者も死んでいる。しかも火事自体に事件性はない。死体も間違いなく焼死。後からそれが半田明美のものだとわかったんで何か聞きにきたのかもしれないが、警察の仕事はそこで終わりだ。半田明美には前科もない。言っておくが逮捕されたって不起訴だったら前科者じゃない」

「わかってます」

「ただの行方不明事件だろ。そんなものを後追いするほど警察は暇じゃない」

「それを私に追えと言われたって……」

「俺はもうだめだ、残念だが。何しろ糖尿が腎臓までいっちまってる。ちょっと動いただけでも疲れてかなわない。女房の面倒を見るのも俺しかいない。あちこち出歩くわけにもいかないんだ。いいか、親は子が年老いたっていつまでも生きているが、金と若さはいつまでもあるもんじゃない。ぼさっとしていると人生なんかあっという間だぞ。俺は後方支援に回る。あとはあんたがやれ」

「だから……」

イエロージャーナリズムに興味はない。

だが、連続殺人の容疑者として捜査対象になり、週刊誌の記者によって「希代の毒婦」とされた半田明美という女性の、その後の半生と死は何だったのか。そのことについては確かに真実を突き止めたい。

半田明美の本当の顔を知りたいのだ。偏見に満ちた男性記者の記事を覆したい。その気持ちはまだある。

電話を切った後、知佳はこれまでわかったことを簡潔にまとめて、中富優紀にメールで送った。

目的は報告というよりは、小野尚子と半田明美の入れ替わりについて長島に話してしまったことについての謝罪だった。そして長島のプロフィールを書いたうえで、長島から借りた手書き原稿をコピーし、新アグネス寮に宅配便で送った。

eメールに対しての返事は、その日の深夜に来た。

「記者さんの書いた原稿が届くのをお待ちしていますが、取りあえず私の方でわかったことを書きます」と前置きして、その後、一九九一年当時に新アグネス寮に入居していたという女性から電話をもらった事が記されていた。

斉藤登美子というその女性の言葉は、朗読ボランティアの逢坂聡子から聞いた話を裏付け、逢坂がうろ覚えだった部分を補強するものでもあった。

山下、と名乗った、半田明美とおぼしき女は、最初は新アグネス寮のチャリティーの手伝いにやって来て、そのときに榊原久乃の整体の教科書を持ち帰って朗読テープを作ってきた。

その後、朗読ボランティアとして指導に来た折には、ラジカセやビデオカメラを持ち込み、生徒である寮の人々の朗読を記録した。そうしたテープ類の収められた段ボール箱を優紀も見たことがあるような気がするが、旧軽井沢から信濃追分に引っ越す折にほとんど廃棄した。

入居者の写真を撮るな、画像を残すなというのが、不文律になっている新アグネス寮で、「山下」の行為が黙認されたのは、それが朗読上達のためであり、山下すなわち半田明美が、小野尚子に信用されていたからだろう、と優紀は書いている。

知佳は、それらの機材で半田明美が撮ったのは、主に小野尚子の画像だろうと推測した。小野尚子自身も熱心に音訳テープ作成に取り組んだということだから、山下――半田明美が、小野尚子の声や姿を撮るのは容易なことだっただろう。それを半田明美は自分が小野尚子に成り代わるための資料として活用したと考えられる。

尾崎の話と総合すれば、軽井沢に移り住んだ後に、半田明美は小野尚子を標的として近づいていき、彼女の信用を得て、新アグネス寮に出入りするようになった、ということだ。

二年前に会い、その優しさ誠実さ高潔さに自分が魅了された「小野先生」の姿が、ますますどす黒い影を帯びていくのを知佳は感じている。

それとも自分は長島の原稿に影響され、彼の論法、彼の構成した半田明美像を受け入れつつあるのか。

7

「週刊誌の記事がいい加減だっていうのは前からわかっていましたけど、ここまでひどい記者がいるのかって、呆れました」

軽井沢駅前にある古いたたずまいのカフェで、中富優紀は原稿の入った封筒を叩き付けるようにテーブルに置いた。長島剛だけでなく、それを送った山崎知佳にも腹を立てているのが、そのですます調の丁寧語からうかがえる。

「まあ、これは記事にならなかった部分だけどね」

「当然ですよ。こういう記事を書くという以前に、こういう目で人を見れるって、どんな男の人なのか、人間性を疑うわ」

「人間性……ね」と、長島の絡むような口調と、電話の背後から聞こえてきた認知症の妻の罵声を思い出す。

「私、こんな原稿の中身なんか何も信用していませんから」

雑誌の記事を鵜呑みにした中富優紀が、知佳がコピーして送った長島の手書きの生原稿については、全否定してきた。活字と活字媒体の威力を思い知らされる。

いや、雑誌記事を読ませた段階では、まだ小野先生は半田明美ではなかった。だがいくつかの理由から、もはや優紀が九年間、生活を共にした小野先生が半田明美であることが確実になった。それなら「希代の毒婦、半田明美」の像を否定するしかない。

「で、山崎さんはどう思っているんですか、この人の書いたこと、信用しますか？」

「百パーセントは信用できないけれど、事実も入っている」

「どういう意味？」

優紀の表情が険しくなる。どっちつかずの態度は敵対する以上に腹立たしいものだ。小野先生を信頼してきた優紀の気持ちがわかるだけに不用意な言葉は吐けない。

「つまり……この記者の推測というか憶測を取り除けば、小野先生、というか半田明美の生い立ちとか半生はある程度、事実だと思う」

焼死体の歯科情報と顔認識ソフトによって、中富優紀も含め現在の新アグネス寮のメンバーの知っている小野先生が半田明美であり、彼女が一九九四年以降に小野尚子とすり替わっていたことはもはや否定できず、その半田明美が一時、連続殺人容疑で警察の捜査対象になっていたことも事実だ。

優紀は分厚い茶封筒に一瞬、視線を落とすとふたたび顔を上げ、知佳を見つめた。

「半田明美は子供の頃、お母さんを亡くしている。それも鉄道自殺なんて悲惨な形で。お母さんの死もお父さんの浮気が原因かもしれないんだよね。思春期の入り口に立ったときにそんなことがあった。ということは、それ以前から、お金はあっても複雑な家だった、子供にとっては辛い家庭だった、ってことだよ」

はっとした。指摘されるまで考えたこともなかった。恵まれた子供時代が母の死によって暗転した、としか捉えていなかった。

「お父さんを立志伝中の人物のようにこの長島って記者は書いているけれど、それは男の人の感覚だよね、そうでしょ」

「はい」

勢いに呑まれるようにうなずく。

「お金があるから奥さんの親族も引き取って豪邸で同居していたってことは、恩に着せて暴君として振る舞えるってことだよ。おまえらこの家に置いて俺が食わしてやってるんだ、俺が何しても文句言うな、と。世間だってそう思ってる。奥さんの親族まで養ってやっている偉い人、と。奥さんとしては逃げ場がないよ。そういう歪んだ家族の内側を小野先生はすべて見て育ったんだと思う。だから私たちの気持ちがわかったんだよ」

悲痛な口調に背筋が強《こわ》ばった。複雑な家庭も、貧困も、家庭内暴力も、知らずに育った自分に見えていないものが、優紀には見えている。

「お金はあっても親の情なんかどこにもない、お母さんを亡くした幼い妹や弟の悲しみを受け留めてやる者は自分しかいなくて、でも自分の悲しみを受け留めてくれる人はだれもいない。そんなときに唯一、信じられたのが家庭教師のお兄さんだった。でもそのお兄さんに強姦されてしまった。そんなことを相談できる人はだれもいない。たとえ言っても信じてもらえない。もうその男についていくしかない。けれど男が司法試験に挫折して自殺したら、そのことでひどい疑いをかけられた。弱みにつけ込んだようにバイト先の社長が誘いをかけてきた。同情するふりをして弄んで、逆らったら、とたんに暴力。それも、強姦、性器に傷を負うほどの……全裸で中央分離帯に捨てられるなんて、それだけでものすごいトラウマになるはずよ。薬にでも逃げなければ、とても生きていられない。それでもそんなことをしないで必死で生きてきた。東京に逃げて、何とかして自分で運命を切り開こうとしていたところに、金や地位のある男が群がってきた。彼女の体をお金で買って好きなようにした。なのにそうして関わった男が命を落とすと、まるで彼女が犯人のように扱われる。そんな中で結婚してようやく幸せな家庭が築けると思ったら、今度は旦那さんが死んじゃった。するとみんなで寄ってたかって保険金詐欺の疑いをかけた……旦那について行った田舎町で評判が悪かった？　当たり前よ。こんな人生を歩んでくるとね、身構えちゃうのよ。あけすけの好意とか示されたって、どう反応したらいいかわからない。それに相互監視とワンセットの田舎者の親切とか、信用できないし、怖い。だいたいこの記者の方だって、悪く言ってる人の言葉ばかり集めてない？」

「確かに死んだ男の側にいる人たちのものが多いね」

「それと劇団の元女優でしょ。ライバルだよ、ライバルの女の言ってることだよ、これ」

長島は、半田明美の親族や親しくしていた友人たちの証言を取ってはいない。会ってもいない。だが長島の取材が恣意《しい》的なものであった、とは知佳は思わない。親族とは没交渉になっている可能性が高く、「友人」と呼べる人々がそもそも半田明美にはいなかったのではないか。長島が地元に行って話を聞いた元のクラスメートのほとんどが、否定的な物言いをしているのはそういうことだ。

遠慮がちにそんなことを言うと、優紀は「友達なんかいるわけないよ」とうなずいた。

「どんなに明るく振る舞っても、目立たないように周囲に同調しても、辛い家庭に育っている子供って何となくわかるんだ。女の子の世界って陰険でさ、そういうのをさりげなく外すんだよ」

「わかる気がする……」

「小野先生がどんな人か、山崎さんは知ってるよね。もちろん私たちほどわかっているわけじゃないと思うけど」

言葉を切って優紀は知佳の目を正面から見つめた。

「小野先生をここに書いてあるような女だと思った?」

返事をする代わりに、知佳は黙ってかぶりを振る。自分が話を聞いた一泊二日なら騙せるかもしれないが、ともに寝起きしている人々を何年も騙せるものではない。それをできるのは悪徳教団の教祖くらいなものだ。だが半田明美には、薄汚い教祖たちが持っている金ぴかの蔵も金も愛人もない。手にしたのは、新アグネス寮に関わった女性たちの敬愛と世間の意識の高い人々からの尊敬の眼差しだけだ。

「辛い思い、苦しい思いをすれば、人は歪んで意地悪になる、恐ろしいことも平気でするようになる。否定はしないけれど、反対に思慮深く、情け深くなる人だっているんだよ」

「はい」

長島に代わって謝罪するように、知佳は膝に手を置きうなずく。

数秒の沈黙があった。優紀は知佳の顔を見つめたまま、唇の両端を引き上げ笑った。

「それじゃ行こう、あまり時間、ないから」

気分を切り替えたようなさっぱりした笑顔で優紀は立ち上がる。

「あ、支払いは私が。取材費で落としますので」と知佳は優紀の手から伝票をひったくる。

土地勘のある優紀によれば、半田明美が当時住んでいたと思われるマンションは、軽井沢の駅近くにいくつかあるという。

まずはそのマンションを突き止めようというのだ。

優紀はあらかじめ、半田明美がそれを尾崎から譲り受けた一九八九年の時点で建っていたマンションをリストアップしておいてくれた。通称「リゾート法」の成立を受け、全国にリゾート開発の嵐が吹き荒れた頃、軽井沢にも多くのリゾートマンションが建てられた。

プレバブルからバブルの時代にかけ、軽井沢ブランドの別荘は買えないまでもマンションくらいは、という需要の他に、投資、転売目的でも買われた。そして知佳が長島に反論した通り、バブルが弾けた後も、新幹線が開通したことや強固なブランドイメージのおかげで、軽井沢のリゾートマンションはそれほど値段が下がっていない。

最初は登記所に行って、登記簿の中から「半田明美」あるいは「尾崎輝雄」の名前を探そうと考えたのだが、一棟に何十世帯と入っているものを一通一通取っていくのは不可能だ。それならまず、マンションの建物を特定しようということになった。

店を出て知佳は思わず身震いする。十一月の軽井沢はすでに紅葉も終わり、陽射しはまぶしいが、吹き付ける北風が凍るようだ。自分の車は駐車場に入れたまま、店の前に停めてあった新アグネス寮の軽自動車に乗り込む。

いささか乱暴にハンドルを切って、優紀が冬枯れの道に車を出す。

二、三分も走ると、針葉樹の植え込みに埋もれるようにいくつかマンションが見えてきた。

ていた。

「あれは違うね」と優紀が言う。

どれも新し過ぎる。その近所を回り、それらしき建物を見つけられないまま、地元の人々の住む繁華街に戻ってくる。築三十年を超えるような古びたマンションが一棟、建っていた。

「ちょっとイメージ違うかな」

知佳は首をひねった。

「ベランダから浅間山が見える、豪勢なマンションって言ってたから」

「浅間山？」

「そう七階か八階建ての」

優紀が笑って首を振った。

「そんなの軽井沢にないよ。ここは風致《ふうち》地区だから、三階建て四階建てがせいぜい、今は二階建てまでしか建てられない」

地元で反対運動が起き、全国に先駆けてリゾートマンションを規制する条例が出来、それも次第に厳しいものになっていったということだった。

「そんな高いマンションがあるのは、北軽井沢、草津《くさつ》の方だね」

「なるほど北軽……」

都会の生活に疲れたと訴えた女に、手切れ金代わりにリゾートマンションを譲り渡した。それもセレブなリゾート地の軽井沢に。だが同じ軽井沢とはいっても、県境を越えた向こうだとすれば……。

北軽井沢は新アグネス寮がかつてあった旧軽井沢からはかなり距離がある。車でも四十分以上かかる。朗読ボランティアという形で通うのは、夏場ならともかく、オフシーズンにはきつい。日常的に接点を持つにも離れ過ぎている。

軽井沢駅のロータリーに優紀が軽自動車を乗り入れたとき、知佳のスマートフォンが鳴った。画面には長島剛、と表示された。気まずい思いで運転席の優紀にちらりと目をやる。

「あ、かまわないよ、出て」

ハンドルをゆっくり切りながら優紀が言う。相手がだれかわかっていないようだ。

「長島です」

凄みを帯びた低い声で名乗った後、彼は声をひそめて続けた。

「重大なことがわかった。半田明美、な、あんたの言った一九九四年に成田空港から出国した。それきり帰国記録はない。行き先はフィリピンだ」

「フィリピン?」

「ああ。フィリピンのマニラ。重大だが想定内の事実ってやつだな」

「そんな二十年以上前の出入国記録をどうやって……」

「法務省に残っている。公開はもちろんしていないが。だから言ったろ、サツ回りをした記者のキャリアがモノを言う」

会話の断片が漏れて、運転をしている優紀の視線が鋭くなる。

「ちょっと停められる？」

優紀はうなずき、ロータリーの外れの路地に車を入れた。

すばやくスマホの音声をスピーカーにした。

「それでは、マニラで半田明美は小野尚子さんと合流した、ということですか」

「そこまでは俺の元警察ルートじゃ追えない。あんたが自分で現地行って調べるんだな」

「つまり半田明美はマニラに行ったきり帰ってこなかった。というか、小野尚子として、帰ってきた……」

「ああ、俺が言ったとおりだ。本物の小野尚子はおそらくマニラ湾の底にでも沈められている。あの当時は、金さえ払えばそのくらい引き受けてくれる現地の仕事屋がいくらでもいた。半田明美くらいのワルになれば、その程度のコネはあっただろう。それでパスポートを奪って小野尚子になりすまし、病気と称して顔を隠して本当に痩せ細って戻ってきたってわけだ」

スピーカーから流れる音声に優紀は唇を引き締め、路面を見つめていた。車を停めたまま、指が白くなるほど固くハンドルを握り締めている。

「証拠は？」

「そんなもの自分で集めろ。小野尚子の行き先はあんたが詳しいんだろ。俺ができることは後方支援だ。何しろ糖尿病が腎臓まで……」

「わかりました」とさえぎり、「ありがとうございました」と型通りの礼を述べて電話を切る。

冷ややかな表情でこちらを一瞥した優紀に、知佳は半田明美の出入国記録について伝える。

「それでマニラで人殺しをしたとか、依頼した？　小野先生が？」

詰問する口調だ。あなたはそれを真に受けるわけ？　という言外の問いを感じながら、知佳は言葉を選ぶ。

「小野尚子さんがフィリピンから戻ってきた時点で別人になっていたのは確か。それなら本物はどうしたんだと思う？」

「小野尚子さんの方が、半田明美さんとなってどこかで生きているかもしれない」

切なげな響きがあった。そんなことを知佳は考えもしなかった。

「半田明美の日本への入国記録はない。ということはやっぱり小野尚子さんはフィリピンで生きているんじゃない？」

そう信じて悪いことはない。

知佳は自分の推測を述べる。

「本物の小野尚子さんって、何か事情があって日本でのしがらみを捨てたかったのかもしれない。それでその、朗読ボランティアで来ていた半田明美さんに、『後は頼むわ』って感じで自分はフィリピンに残ることにした」

「そうそう」

優紀の硬い表情が、陽が差したようにほぐれてくる。

「前に、スタッフの絵美子が言っていたんだ。本物の小野尚子さんはいつもみんなのお母さんでいなければならない生活、自分ではケーキ一個買って食べることもできない、きれいな服を着て遊びにいくこともできない、そんな生活に嫌気がさしたんじゃないか、って。それで代わりを立てて、自分は元の殿上人《てんじょうびと》の世界に戻っていったんじゃないか、と。所詮はお金持ちのお嬢様だから」

あはっ、と知佳は笑った。

「かぐや姫だ。で、セブ島あたりの海を見下ろす丘の上に大豪邸を建てて……なわけないね」

そう言った後に、フィリピンで生きている、というのも、ただの切ない願望だけではないのかもしれない、と思った。

「本物の小野尚子さんが、以前、頻繁にフィリピンに行っていたのは確かなんだよね」

「うん」

「で、行き先は修道院とかスラムだった。ってことは、そこに骨を埋めるつもりで、たとえば貧しい子供たちのために、現地で頑張っているとか考えられない？」

夢のあるいい話が欲しい。読者にも自分にも希望を与える話が。長島とはまったく違うスタンスで文章を書いてきたライターの習い性《しよう》だ。

「ある、というか、それこそが令嬢小野尚子、だ」と優紀も同意する。

「修道院やスラムなら、出入国管理からもこぼれるかもしれない。でも、もしそんなことなら、みんなにちゃんと理由を説明してしかるべき後継者を立てるはずよね」

「いや、それは無理」

即座に優紀が首を振った。

「新アグネス寮は小野尚子さんでもっていたから。あの当時も今も。入居者にとっては他の人ではだめだったと思う。もし小野尚子さんがそんなことを言い出したら、自分はまた捨てられた、こんな自分を最後に救ってくれる人が現れたと思ったら、やっぱり嘘じゃないか、と、そういう考え方をする人が必ず出てくるんだよ。現に、小野先生が火事であんな亡くなりかたをしたというのに、やっぱり私自身、見捨てられた感、すごく強いもの。初めはそうでもなかったけれど、時間が経つにつれて、張り詰めた気持ちが緩んできたら、そうなってきた。特におまわりが寮に来て変なことを言っていった後は、ホントにおかしくなった。また元の薬物中毒に逆戻りしそうだったんだ、正直な話」

こだわりのない、しっかり者のリーダーに見える優紀のそんな告白に知佳は驚く。

「つまり、寝たきりでも、病気でコミュニケーションが取れなくても、小野先生がそこにいれば良かったんだと思う。逆に言うと、先生の名前は『小野尚子』でなければならなかった。こんなこと言いたくないけれど、対外的にも他の人ではダメだった。白百合会も、いろんな教派の神父も牧師も、文化人も有名タレントも、『小野尚子』だから新アグネス寮を支援してくれた。運営のための資金がなんとか集まったのも『小野尚子』という名前があったから。そのへんの事情、マスコミの仕事をしてれば、わかるよね」

「カリスマか」

「ではなく信用」と神経質な口調で優紀は訂正した。

「人としての信用、金が絡むからこそそれが必要になる」

知佳はうなずき、自分の論をその先に展開する。

「それで小野尚子さんが後継者として、この人ならと密かに白羽の矢を立てたのが、朗読指導に来ていた山下さんこと、半田明美。もしかすると半田明美は自分の生い立ちも含めて、警察に疑われたこともあった、みたいな話を本物の小野さんに打ち明けたかもしれない。小野尚子さんは信じてくれた。信じただけじゃなくて、そんな境遇に同情もしたと思う。世間では容疑者イコール犯人って扱いだから、この先も常に半田明美は偽名を使い続けなければならない。ばれれば居づらくなる。なら、あなたはこれから小野尚子として生きていきなさい、くらいのことは本物の小野尚子は言ったかもしれない。半田明美も腹をくくった。そして結果的に、半田明美は本物の小野尚子さんの期待に見事に応えた、と」

都合の良すぎるストーリーだ。しかし身も蓋もないリアルより、ロマンと善意を信じた文章の方が読者には好まれるし、書いている方も心地良い。

「筋が通ってるね」と優紀は微笑み、「もしかするとそれは小野尚子さんだけでなく、榊原さんと二人で練った計画かもしれない」と言う。

マニラのスラムで生きると決意した小野尚子を、それでは私たちが困る、と引き止める盲目の整体師。だが小野尚子は決意を翻さない。それでは、と二人で別人を小野尚子に仕立て上げることを考える……。

8

軽食が下げられ入国書類の記入が終わると、うとうとする間もなくベルト着用サインが点《つ》き、飛行機は高度を下げ始める。

赤道直下のボルネオから北上し、マニラまでは二時間少々だ。

フィリピン行きを決めたのは、つい一週間前の事だった。いくら長島に勧められたところで、自分の追っているテーマのために簡単に海外取材に出かけられるような金と時間は知佳にはない。

そんなとき絶妙なタイミングでコタキナバルでの仕事が入ったのだ。そちらに開発された年金生活者向けコンドミニアムについて記事広告を書く仕事を編集プロダクションから依頼された。

企画広告はギャラが高い。即決で引き受け、取材後に無理矢理一週間の時間を空けた。コタキナバルで不動産会社の社員と共に海辺のコンドミニアムを見学し、日本人向け診療所やショッピングセンターを回り、スタッフや現地在住者に話を聞いた後、クアラルンプール経由で帰国するかわりに、マニラに飛ぶ。

ニノイ・アキノ空港に着いたのは夕刻だった。ビジネスマン向け中級ホテルにチェックインした知佳は、テイクアウトのチャーハンを部屋に持ち込み、すぐにノートパソコンを広げて取材メモを見ながら原稿をまとめにかかる。バスタブの無い狭い部屋だが、Ｗｉ－Ｆｉが入っているので助かる。

朝までかかって原稿を仕上げ、編集部に送った後、取材先やクライアント側の担当者にお礼のメールをしたためる。

一眠りした後、チェックアウトして空港に向かった。行き先は日本ではない。あとは編集部とメールでやりとりしながら進めていけばいい。どこに行っても仕事ができるネット社会に感謝するのはこんなときだ。

国内線の窓口で、ルソン島南部の都市、ナガ行きのチケットを買う。

封筒の中には米ドルの現金が日本円にして六十万円近く入っている。

五日前、フィリピン取材が実現しそうだ、と長島に電話で伝えたところ、すぐに彼の自宅近くにあるカフェまで出て来るように、と命令口調で言われた。

待ち合わせたチェーンのカフェにサンダル履きで現れた長島は、会うなり茶封筒をテーブルの上に投げ出した。

「軍資金！」

二十年近く前に取材で中東を訪れた際、賄賂も含め、米ドルの現金が必要だったために換金したものだと言う。入国直後に政変が起きて外国人は国外退去を命じられたため、用意した金のほとんどが手元に残ってしまった。

「また行くつもりで持っていたんだが、そんな機会はもう無い。何しろ糖尿病が腎臓にまで……」という聞き飽きた口上が続く。

「銀行で日本円に替えたらいかがですか」と封筒を押し返した。外国通貨とはいえ、現金をもらうのには抵抗がある。

「再両替したところで手数料取られるだけバカを見る。フィリピンで半田明美のやらかしたことには、俺も興味がある。これで俺の代わりに決着をつけてきてくれ」

それだけ言うと長島はカップを手に立ち上がり、一人で下げ口に持って行く。あっけに取られている知佳に、「ほんじゃ、そういうことで」と片手を上げると、さっさと店を出て行った。

封筒の中身を確認すると、思ったよりはるかに大きな金額だった。

少し迷った後に中富優紀にメールを送った。

マニラに行く機会ができたことを伝え、小野尚子の足跡を辿ってみたい、と書いた。うまくいけば半田明美との現地での接点も見えてくる。ひょっとすると小野尚子本人に出会えるかもしれない。

意図を伝えたうえで、本物の小野尚子の当時のフィリピン行きについて何か知っていそうな白百合会や教会関係者を紹介してほしい、と頼んだ。闇雲にマニラを歩き回っても、小野尚子の足跡など見つけられないからだ。

そのうえで優紀を誘った。

「もし時間の余裕があれば、マニラで落ち合い一緒に探しませんか。新アグネス寮創設者の足跡を。お金については心配ありません。失礼な言い方なら、ごめんなさい。あの長島さんが、出してくれました。米ドルの現金です。格安航空券と安ホテルでよかったらぜひぜひ。一緒に行けたら、すごくうれしいです」

日程を書き添えて送信すると、二時間後に返信が来た。

「ぜひマニラの町を歩き回って小野尚子さんと小野先生こと半田明美について、長島氏の悪意ある憶測を覆すような真実を見つけてきてください」とある。残念ながら自分は行かれないけれど、と付け加えられていた。

「やっぱり、時間が取れないの？」

電話をかけて知佳はあらためて優紀に尋ねた。

「せっかくだけど」という言葉によそよそしい響きがあった。

「そうだよね、代表が一週間もこんなことで寮を空けられるはずないよね。一人で舞い上がっててごめん」

「いや、忙しいとかじゃなくて、ちょっと今、崖《がけ》っぷちで」

「何か起きたの」

尋ねた後に、部外者の自分が首を突っ込むことではないかもしれない、と後悔した。

「ここ、出て行かなくちゃならなくなって。不動産屋さんへ行って、またどこか別の家を探さないと」

息を呑んだ。慌てた様子で優紀が続けた。

「何か不祥事を起こしたとか、近所の住人とトラブルになったとかじゃないのよ。もともと厚意で住まわせてもらっているものじゃない。敷金礼金どころか家賃も払ってないんだよね。持ち主のところに地元の医療法人から老健施設を建てたいって話があったんだって。それで悪いけれど出て行ってくれないかって。ほら、あっちも両親がホームに入っていたりするから、いろいろ考えるところがあるらしいんだ」

「で、すぐに出なきゃいけないわけ？」

「いや、半年くらいこのまま居ていいって。測量とかで敷地に人は入るけれど」

「逆に言うと、半年以内に次の候補地を見つけないといけないってことよね」

「見つかればいいけれど。そんなこんなで、白百合会に泣きついたりしながら、金策も含めて、どんな方針で行くか話し合っているところ」

だめなら今度こそ解散、言外にそんな意味がこめられている。

「財源は白百合会を通じて集めた寄付と、メンバーの払ってくれる寮費だけだもの。みんなバイトしたり実家からもらったり、生活保護費から払ったりとかだから、簡単に値上げできないし。これで家賃とか上乗せってことになったら、まず無理。今は、あちこち走り回って状況を話して、支援を頼んでいるところ。行政を頼っちゃうと、いろいろ規制とかあって、小野先生が道筋をつけてくれたユニークなプログラムを実行するのが難しくなるんだよね……」

あの人は、だれだったのか。そんな謎解きより先に、優紀にはやらなければならないことがある。

「ごめん、能天気なメール送ったりして」

「いやいや、うれしかったよ、声をかけてもらって。こんな普通の友達関係みたいなの、本当のことを言うと、私、初めてなんだ。ありがとね」

しんみりした口調だった。普通の友達関係みたい、という言葉が切なく胸に響き、知佳は言葉を失う。

中学も高校も私立の女子校だった。近隣の進学校の男子生徒が目の色を変えるようなお嬢様校でもなければ、規律の厳しいカトリック系の学校でもない。当時荒れていた公立中学校を避けて、親が入れたところだ。

卒業するまでの六年間、暮らし向きの似通ったクラスメートとほとんど顔ぶれも変わらないまま過ごした。仲良しグループを作り、その中でも特に気の合う友達がいて、いつも一緒だった。六年の間には、仲間はずれにされいじめられたこともあれば、逆にいじめに荷担したこともある。意地悪をされ、意地悪をし返し、泣いて謝ったこともあれば、ヤクザの手打ちのように仲直りしたこともある。

大学に進んで初めて地方出身者や外国人、家庭環境の違う人々と付き合うことになった。ボランティア活動に参加し、合コンを経験し、仲良しの女友達は相変わらず周辺にいて、男を巡ってさりげなく牽制《けんせい》し合うかと思えば、旅行先で悩みを打ち明け合い一夜を過ごしたりもした。

友情、嫉妬、共感、対立、侮蔑と尊重。あらゆる感情がわき上がっては消え、移り変わっていった。

憎しみを抱いていても、利害関係が鋭く対立していても、好感を表し表面的な友好関係を維持しなければ、食っていくこともままならない過酷な大人の世界に放り込まれる前に、苗床のような環境で、同年代の女同士、ぶつかり合い、励まし合い、傷つけ合い、生身で触れ合い、自分の感情や関係性を処理するための一通りのトレーニングを積むことができた。

幼い頃から大人の役割を要求され、あるいは虐待を受け、そんな当たり前の時間を手にできなかった人々がいる。そのことをあらためて思い知らされ、重たい気分になる。

地方の特産物やアイスクリームの屋台の並ぶ、どことなく緩《ゆる》い雰囲気の国内線のロビーのベンチで、パソコンや貴重品の入った鞄を両膝の間に挟むようにしてしっかり抱え、知佳は搭乗を待つ。

最初はマニラ市内のつもりだった。だが、その後、優紀と白百合会を通して、小野尚子がマニラに赴くきっかけとなった、国内のカトリック教会の神父から話を聞くことができ、かつて小野尚子が向かった先がマニラ市内ではなかったことを知ったのだった。

勝峰《かつみね》というその神父はすでに七十を過ぎ、教会の要職につき、海外での活動から退いて久しかったが、小野尚子のことは良く覚えていた。

当初、教会側が白百合会を通して小野尚子にフランス語の通訳を依頼し、シスターたちのマニラ行きに同行してもらったという経緯は、知佳が「小野先生」から取材した内容と一致した。だが本物の小野尚子がその後、頻繁に通って活動していた場所は、知佳が勝手に想像していたスモーキーマウンテンではなかった。マニラから三百キロも離れたルソン島南部のタハウという小さな町だったのだ。

確かに取材時、小野先生こと半田明美は、「人々がゴミ捨て場からゴミを拾ってきて生活しており、それらを燃やして燃料にする」とは語ったが、「スモーキーマウンテン」という固有名詞は使っていなかった。

ゴミ捨て場はフィリピンの至るところにあり、ゴミを拾って生計を立てているのは、スモーキーマウンテンに限らないという勝峰神父の話を聞いたとき、知佳はなるほどとうなずいた。マニラとは聞いたが、それは初回に入った場所であって、教会が設営した診療所が、そこにあったという意味ではなかったのかもしれない。そうした曖昧な話が意図的なものであったのか、それとも実際にはスラムなど見たことのない半田明美の口から出まかせだったのか、あるいはインタビューした自分がタハウという固有名詞を聞き漏らしたのか、今となってはわからない。

ただし知佳が書いた記事では、「スモーキーマウンテン近くのスラム」となっており、原稿の確認を「小野先生」に頼んだにもかかわらず、直しは入らなかった。

勝峰神父には、今回「小野尚子の足跡を辿りたい」という理由を述べ、自分をタハウの教会に紹介してほしい、と頼んだのだが、数日後、どういう理由かはわからないが、フィリピンのカトリック教会の意向でそれはできないと返事があった。

勝峰神父自身もタハウの町は訪れたことがなく、小野尚子が実際どんな活動をしていたのかは、神父が彼女と交わした言葉から推測するのみだ。

タハウの教会に繋いでもらうことはできなかったが、勝峰神父は、そこの町の空の玄関口に当たるナガの教会に連絡を取ってくれた。そちらに行けばある程度のことはわかるのではないかと言う。

一時間半ほどの旅を終え、地方空港に降りると、海の匂いがした。澄み切った大気を通して照りつける陽射しは、白い炎のようだ。空港前から乗ったタクシーは並木の緑の美しい一画で止まった。気持ちの良い木陰の向こうに、壁の彫刻も美麗な教会がある。

ずいぶん前に観光で訪れたフィレンツェのドゥオモを思い出した。蒸し暑い大気の中、町の喧噪《けんそう》から切り離された場所にたたずみ、ほっとした気分で建物を見上げる。

ミサが行われている様子はないが、服装を整えた身ぎれいな人々が訪れ、敬虔な祈りを捧げていく。

知佳の来訪については勝峰神父からあらかじめ伝えられていたらしく、応対に出た司祭に礼拝堂脇にある応接室に案内された。

広々とした室内に冷房はないが、開け放した窓から木陰を吹き渡る風が入り、心地良い。

「残念ながら私は小野尚子という女性については知りません」

開口一番司祭は言った。

「こちらの女性ですが」

素早くスマートフォンを取り出し、データボックスから画像を呼び出す。

一九九三年のクリスマスの集合写真だ。その中の小野尚子の顔を拡大する。粒子が粗くなったが、ともかくもこの国に小野尚子が渡る直前の写真だ。

司祭はそれを一瞥しただけで首を横に振った。

その女性について自分は知らないが、あなたがその女性の志を継ぎ、ここでスラムの子供たちのために活動をしたいのなら、そうした組織も研修施設もあるので受け入れる用意がある、と言う。

「いえ」と知佳は慌てて辞退し、二十数年前まで頻繁にタハウのスラムを訪れ、突然こちらで姿を消した小野尚子という女性の消息を知りたくて来たのだ、と話した。

「失礼ですが、警察の方ではないですよね」

「とんでもない」

「タハウに行かれることはお勧めしません」

きっぱりとした口調で司祭が言った。

「シスターたちは慣れていますが、あそこは町全体が貧しいし、治安も衛生状態も悪い。外国人の女性が一人で足を踏み入れたら何が起きるかわからない」

「それでは、町ではなく教会を訪れるだけにしますので」

「あそこの教会自体が、感心できないのです」

司祭は遮った。

「感心できない、とは?」

「あなたがた外国人には関係のないことだ」

切り捨てる口調だ。その後、ふと思い出したように言葉を継いだ。

「あなたはタハウの教会で奉仕活動をしていた日本人女性、と言いましたね。小野という名前ではないのですが、タハウから来た日本人女性ならこの町にいますよ」

「だれですか、それは」

無意識に身を乗り出していた。

「半田とか明美とかいう名前ではありませんか?」

「いいえ。イネスという女性で、長年、ここに住んで、聖書の勉強会を開いています」

「イネス」

洗礼名だ。あっ、と声を上げていた。

スペイン語読みでイネス。英語にすればアグネスになる。新アグネス寮のアグネスだ。

「いくつくらいの人ですか、どんな女性ですか、いつ頃からここにいるのですか」

心が急いて、矢継ぎ早に単語を並べる。

「さあ、私が赴任してきた十六年前にはすでにここにいました。絵のうまい人で、貧しい山村の子供や売春婦たちに、聖書を絵物語にして教えています」

十六年前。小野尚子がここで消えて、半田明美が帰国した後だ。

小野尚子が絵が上手だったという話は、取材したかつての級友たちからは聞いていない。だが、育ちの良さ、実家の裕福さからして、一通りの習い事はしているだろうと考えれば、絵心があっても不思議はない。

「その人に会えますか」

「ええ。会えるでしょう。普段は売春婦のためのリハビリ施設にいて聖書を教えています」

「リハビリ施設」

間違いない。イネスは小野尚子だ。

「貧しい農村の少女たちが騙されて、売春婦として都市に連れてこられるのです。それを助けて再教育する施設を立ち上げたシスターがいるのです」

「それがイネス」

「いえいえ。それは我々の教会に所属するシスターですよ。イネスはその教会でボランティアとして活動しています」

「どこにいますか、そのイネスは」

「だからその施設です。『善良なる羊飼い』という名のところで、かつて過《あやま》ちを犯した娘たちが共同生活をしています」

過ちを犯したのは娘たちではなく、周りの大人と男たちだろ、という反発の言葉を呑み込み、司祭に礼を述べて教会を出た。

タクシーで数分行ったところに「善良なる羊飼い」という施設はあった。

火炎樹の並木が斑《まだら》に影を落としている歩道に知佳は降り立った。

街中の喧噪から切り離された整然とした一画だ。

正面に学校のような二階建ての建物があり、裏手にある狭い農園で若い女性が数人、野菜を収穫しているのが見える。

エントランスの階段を上り、そこにいた事務職員にイネスに会いたいのだけれど、と告げるとそちらで待っているように、とロビーを指さした。

蔓《つる》で編んだバッグや貝殻細工を施した調度品などが並んでいる。

少女たちが売春以外で生計を立てられるようにここで技能を身に付け、作ったものだという。街中の土産物屋より高い値段がつけられているが細工が細かく、丁寧な造りなのがわかった。収益は施設の運営費に当てられるという。

特にだれのために、と考えることもなく、知佳はバッグや口紅入れ、小箱などを買い込む。

しばらくして戻ってきた事務職員は、イネスは今、子供たちに聖書を教えるために町外れの教会に出向いているためにここにはいない、と告げた。地図を描いてもらいその教会に向かう。

邸宅の建ち並ぶ公園のような住宅地を抜けると、繁華街に出る。

汚れた歩道を歩いていて、ぎくりとして立ちすくんだ。

舗装のひび割れた道路際の街路樹の下にシートを敷き、若い女がタバコのようなものを売っている。そのシートの脇に真っ黒に汚れた赤ん坊が仰向けに転がっていた。おむつすらしていない裸だ。

死んでいるのかと目を凝らす。動かない。だが母親の呑気な様子からして寝ているだけだろう。息をしているのかどうか確認するのが怖くて慌てて通り過ぎる。

異臭が漂う市場を回り込んだところに、白い壁が場違いに清潔な印象を与える教会があった。扉を開けたが、子供の姿はない。掃除をしている男に尋ねると、聖書の勉強はすでに終わり、イネスは町の食堂で食事を取っているはずだと言う。彼女のお気に入りは、「サラの店」というところで、教会のすぐ近くにあるらしい。男が教えてくれる道順をメモし、路地を奥の方に入っていく。

「サラの店」はすぐにみつかった。

路地に向かって長く伸びた庇《ひさし》の下で、年配の東洋人女性が、半袖Tシャツの袖を肩までまくり上げ、短パンにビーチサンダルといった格好で、皿に盛られたご飯とおかずをかき込んでいる。

かつての令嬢には見えず、また写真で見た小野尚子にも半田明美にも似ていない。他のテーブルを見回すが、いかにも東洋人風の顔立ちの人物は彼女一人だ。

「失礼ですが、イネスさんですか？」

知佳は英語で尋ねた。

「そうだけど、日本人？」

日本語が返ってきた。

短く刈り上げたごま塩の髪、現地の人々と区別がつかないくらいに日焼けした、艶やかな肌。年齢は確かに小野尚子くらいだ。

知佳は日本から来たライターだと自己紹介し、「失礼ですが、小野尚子さんでいらっしゃいますか」と重ねて尋ねる。

「はぁ？」

イネスは、小さな目を見開いた。

「違いますよ。なに？　だれか探しているの」

彼女ではなかった。最初からそううまく行くはずがない。

実は、と知佳は、日本で女性たちのための共生施設を立ち上げた小野尚子、という女性を探している、と話した。

「小野尚子……私もこっちは長いけれど」と記憶を辿るように視線を外の通りに向ける。

それから店のスタッフや客に向かい、「ねえねえ、だれか小野尚子って日本人、知ってる？」と尋ねるが、だれもが首を傾げる。

「いくつくらいの、どんな人？」

知佳は、先ほど司祭に見せた写真の他に、軽井沢の別荘のペンキ塗りをしているスナップも見せる。

「さあ……どっかで会ってるかもしれないけれど、記憶に無いわ」

小野尚子の年齢や一九八〇年代からこちらにたびたび通ってきていたこと、一九九四年くらいに、こちらに来たきり姿を消したといったことを話す。そのうえで小野尚子の出身や経歴について話し始めると、イネスは途中で吹き出した。

「で、なに？　あたしが、その宮様のお后候補のお嬢様だって」と言いながら、周りにいる客や店の主人に、英語で説明し、笑い転げている。

「ここにそんなお上品な日本人がやってくると思う？」とイネスは笑いすぎた目元の涙を拭きながら続けた。

「タハウならなおさらよ。あそこに行く日本人は、恥さらしばかり。私がその代表。海があって、太陽があって、ドミトリーがあって。不良ガイジンのたまり場だもの。それで現地の男と遊んだり、ドラッグやったり」

「ドラッグですか」

「うん、バカな日本人はこっちは麻薬が緩いと勘違いしてるからね。挙げ句に警察に捕まって地獄のようなこっちの刑務所に収監される。やり過ぎて死んだ人も見た。あのままタハウにいたら、たぶんあたしも死んでいただろうね。そうでなければ、こっちの刑務所に入れられてとっくに廃人になっていたか」

しゃべりながら、手元の布袋から粗末な冊子を取り出した。

「これ教科書ね、私が書いた」

質の悪い紙を束ねて製本した本を開く。中身はマンガだ。吹き出しの中は英語で、聖書の物語の一つが、一冊のストーリーマンガに収められている。単純な線で描かれたほのぼのとしたタッチの絵だが、デッサン力は確かだ。素人の描いたものではない。

「うそっ」

思わず知佳は声を張り上げ、相手を指さしていた。

絵柄に覚えがあった。

「そ、岡山桃子。ペンネームだけど」

「読んだ、読んだ、読んだ」

『フィリピーナモモコのぐうだら日記』というマンガエッセイが、一時、かなり評判になっていた。バブルの最後の頃のことで、知佳はまだ中学生だった。

内容は、バックパッカーの女性とスラムに住む友人家族との交流を描いたものだ。

「よく覚えているね」

イネスは笑った。

「もちろんですよ、ファンでしたから」とインタビューで鍛えた社交辞令で応じた。

「そう。旅行しててこっちの男にはまってね、一時、彼の家族と一緒に住んだりしていたんだ。ぼろぼろの一軒家に十五人くらい一緒に」

マンガエッセイにあったエピソードだ。

「で、何巻まで読んだか知らないけど、最後の方は悲惨なんだよ。当然、うまくいかなくなってね、金銭のことだの男の浮気だのでさんざん喧嘩して、ぼろぼろになって彼の家を飛び出した。マニラで知人の世話になったり、田舎に行って別の男とくっついたりして、気がついたら金も仕事も無くしてタハウのドミトリーに沈んでいた。たった一人で汚い天井眺めながら昼間からハシシ、キメて。そんなことをしてるうちに、明け方だったけれど、浜の方がやけに騒がしいのよ。で、行ってみたら、死体。それも同じ日本人のジャンキー女。目が覚めたわ。あれは明日の私の姿だって。真っ白になった手とか見たら、本当に怖くて怖くて、がたがた震えだして、浜辺にしゃがみ込んで吐いていた。それでもう、這うようにしてドミトリーに戻って、急いでリュックサックを背負ってナガ行きのバスに乗ったのよ。でもその先が、笑っちゃうけど、航空券買う金がないの。泊まるところがないから教会に飛び込んだ。屋根と床があって、寝てても追い出されないから。なんだかんだ言って、そうなるとこの国の人たちって優しいんだよね。炊き出しみたいなご飯もくれるの。そうやって何日か生きてるうちに、見えてた景色が変わったんだ。私みたいのでも、救ってくれる人がいるって。他人様に救われるって、つまり神様に救われるってことよね。すとん、と心におちるものがあったんだ。それでここの人たちに何かご恩返ししたいと思ったけど、何もできない。あたしにできるのはマンガを描くことだけ。それなら、と紙と鉛筆をもらって聖書のマンガ訳をした。田舎の子たちにもそれならわかるんだよね。タハウもそうだけど、このあたりも田舎なの。呪いだ、悪魔憑《っ》きだ、幽霊だ、と迷信がすごいのよ。それがキリスト教を歪めちゃっている。で、マンガで正しい聖書の勉強ができればいいかなと。そんなこんなしてるうちに、二十何年経っちゃった。不法滞在だよ。もう日本には帰れないし、他の世界にも行けないけど、何でも話せる友達もいるし、親みたいに慕ってくれる子供たちもいる。ここに骨を埋めるつもりよ、あたしは」

片やスラムのボランティア、片やジャンキー、二十数年前、フィリピンの田舎町にまったく違う形で日本人女性が入っていた。そしてイネスのように、現地の人々の真心と信仰によって生き直した人もいる。

「で、あなたはこれから一人でタハウに行って人探し？」

「ええ」

司祭には止められたが、せっかく時間を空けてここまで来て引き返すわけにはいかない。

長島からもらった軍資金の義理もある。

「最近は少しましになってはいるようだけど、あそこは相変わらず治安が悪いし、ろくでなしの天国だから気をつけてね。ドミトリーとかカフェとかでぼさっとしていると、妙に親切なやつが近づいてきて、飲み物やピザをおごってくれたりするけれど、絶対に手を出しちゃだめだよ。クスリが入っているからね。あっという間に眠くなって気がついたら財布とパスポート、指輪に金目のもの全部とられて、素っ裸で海岸に捨てられているなんて例がいくらでもあるから」

イネスの瞳を見つめたまままうなずく。

「困ったことがあったら電話ちょうだい」

イネスはノートに自分の似顔絵と携帯番号を書くと、そのページを破り取って知佳に手渡してくれた。その場で知佳は自分のスマートフォンからその番号にかける。

「OK」とイネスはうなずいて知佳の番号を自分の携帯に登録した。


翌早朝、ナガのホテルから、タクシーに乗った。

「どこへ行くんだ？　有名な教会があるよ。壁の彫刻が大きいんだ」

訛《なま》りの強い英語でドライバーが尋ねる。

「タハウ」

「タハウ？」

片手をハンドルにかけたまま、ドライバーが振り返る。

「そんなところに何しに行くんだ？　汚い町、汚い海、汚い人々。君たち金持ちの中国人の行くところじゃない」

「日本人だよ。とにかく行って」と短く命じる。

繁華街を出ると田園風景が広がる。雨の多い場所なのだろうが、強い陽射しの下、土は白く乾き、ところどころに高さ一メートルくらいの白茶けたごつごつした塔のようなものが見える。

ドライバーに尋ねると蟻塚だと言う。二、三十年前に農民が工場に卸《おろ》すための野菜の単一栽培を始めてから土が荒れ始め、何も取れない畑が増えた。消毒剤と化学肥料にやられて土が死んだ後は、シロアリの巣だけが残るのだと言う。

平坦な畑の向こうにときおり海が望める。

「もうタハウに入っているよ」

三十分も乗らないうちにドライバーが言う。

「で、タハウのどこに行くの？」

知佳は、運転席に手を伸ばし、教会の住所を書いた紙を見せる。

「あそこの教会は感心しない」と言いながら、ナガの教会の司祭が書いてくれたものだ。かつて小野尚子が訪れていた診療所のことも、そこに行けばわかるだろう。

畑の中の狭い幹線道路はやがて海辺に出る。片側はビーチ、反対側は汚れた壁に派手な看板をかけた安宿や、腐りかけた木製のバルコニーを張りだしたレストランが軒を連ねる繁華街だ。

そうした家並みもすぐに途絶えて、一帯は畑と椰子《やし》の林になった。

そのときタクシーは海岸の砂浜に乗り入れるようにしてUターンした。

「こっちではないようだ」

元来た道を戻る。再びタハウのごみごみした町並みが見えてくる。海岸沿いの道には、裸同然の姿の白人が行き来している。車はさきほど走った町中に入っていく。

土地勘がないのか、それとも観光客からぼろうというのか、ドライバーは同じ道を回っている。

「ここで停めて」

たまりかね、海岸沿いのドミトリーの前で知佳は叫ぶ。思いの外、狭い町だ。地元の人に聞けば教会の場所もわかるだろう。暑そうだが、歩いて辿りつけないこともないと判断した。

「よくわからないけれど、たぶんこの中だよ」とドライバーは家並みの向こうを指さす。

「狭い路地ばかりなので車が入れない」と言い訳しながら、メーター通りの金を請求した。

小さな雑貨屋でミネラルウォーターを買い、女性店主に教会の場所を尋ねた。

運転手の言葉通り、店主は幹線道路に囲まれた背後の町を指さした。

路地を奥に向かうと駅があって、教会はその前だという。鉄道の駅がこの町にあるとは思いもよらなかった。

ドミトリーの軒下でビールを飲んでいた客の一人が立ち上がり、ついて来いというように、指で合図する。タトゥーだらけの白人の男だ。大股で歩く男の後ろを知佳は躊躇しながらついていく。

ブロックを積み上げた外壁にトタン屋根を載せただけの家並みが続く。コンクリートの敷石の脇を汚水が流れる道で子供たちが遊んでいる。家の手伝いなのか、籠に入れた空き缶を背負って走り抜けていく子供の姿がある。幼い弟を背負った女の子の姿がある。

東アジア系の女の顔が珍しいのか、好奇心も露《あら》わに、黒い瞳で見上げながら後をついてくる。何かをねだるふうもない。その表情が奇妙なくらい明るい。貧しく汚れた町の中で、子供たちは汚れていない。赤茶けた髪は強い陽射しにきらきらと光り、洗濯を繰り返したTシャツは、色が褪《あ》せたパステルカラーだ。

目が合うと日焼けした頰を引き上げ、歯茎まで見せて笑う。何かさかんに話しかけてくるが、訛りが強く、ところどころしか聞き取れない。聞き返すと何がおかしいのかどっと笑い、一斉に引いたと思えば、すぐに寄ってくる。

ブロックの家並みが途切れ、開けた場所に出た。足下は線路だ。すでに廃線になっているというのが、その赤く錆《さ》びた様子からわかる。商品と思しき荷物を担いだ男女が行き交い、若い女性が幼児を抱いてレールの間に排尿させている。その両脇に差し掛け小屋のようなものが並ぶ。小規模なスラムだ。どこに行っても子供が寄ってくる。

ワンペソとかワンセンタボとか手を伸ばしてくることもなく、好奇心に輝く目で、聞き取れない言葉をかけてついてくる。

線路際の住居の貧しいたたずまいと、子供たちの明るさに知佳は圧倒されている。絶対的な貧困と炸裂《さくれつ》する生命力にめまいを感じる。

「ちょっと待って」

前を行く男を呼び止め、鞄からスマートフォンを取り出しあたりの様子を撮る。子供たちが撮ってくれというように寄ってくる。

「大丈夫だ」

タトゥーの男はそう言ってうなずく。

「モニターを見せてやってくれ」

言われた通り子供たちの写真を撮り、画面一杯に彼らの写真を拡大してやると、歓声を上げて覗き込み、満足したように散っていく。

やがて線路は緩やかな登り坂にかかり、しばらく行くと小さな林が現れた。

木々の間にコンクリートのプラットホームが見える。廃線になる前に終点の駅だったところだと、男が説明する。

駅舎らしきものはなかったが、線路を挟んだ向かい側に、やはりブロックを積み上げトタン屋根を載せただけの建物がある。

「あれがそうだ」と男が指さす。

戸惑った。

「教会？」

「そう」

スラムの家々と変わらぬ造りだが、確かに屋根に十字架がある。ナガの壮麗な教会とはずいぶん違う。

プラットホーム上にはテント屋根の差し掛け小屋が載っている。

「シスターのやっている診療所だ」

「あれが、ですか？」

小野尚子の通ってきていたところだ。本物の小野尚子のいた場所……。

小屋の外の木陰で、赤ん坊を抱いた女が診療を待っている。

半ズボンにポロシャツ姿で動き回っているのが医療スタッフらしい。

時代が違うせいだろう。以前、新アグネス寮で見せてもらった写真にあった、ズボンをはき、髪を布で覆ったシスターの姿はない。

男はスタッフとおぼしき女と二言、三言話をすると、知佳に片手を上げて街に戻っていく。取り残された知佳は「あなたはここの教会の人ですか？」と、子供の足の傷に薬を塗っている半ズボン姿の女におずおずと尋ねる。

「いえ、ボランティア」と女は答え、少し離れた場所にいるグレーのTシャツ姿の女性を呼んだ。

Tシャツ姿の中年女性はグレースと名乗った。やはりボランティアで教会の手伝いをしていると言う。知佳は、自分は以前、ここにいた小野尚子という日本人を探しに来た、と話す。

「彼女は日本で薬物やアルコール依存のリハビリ施設を立ち上げた人ですが、二十数年前にこちらにやってきて、そのまま帰ってこなかったのです。私は彼女、小野尚子の足跡を辿っているのですが、あなたはその女性を知りませんか？」

グレースは、自分はマニラからここに来たばかりなので詳しいことはわからないから、と向かいの教会を指さす。そちらにいるエチェロというシスターなら知っているだろうと言う。

赤く錆びた線路を渡り建物の正面に立つと、ガラスのない窓から、コンクリートの土間に木製の長机を並べただけの礼拝堂の内部が見えた。

「どうぞ」と背後から声をかけられた。老齢の女性が開け放った入り口を手で指し示している。

洗いざらしの白っぽいシャツに同色のベスト、グレーの長ズボン姿で、首筋くらいで切りそろえた白髪がマレー系の小さな顔を縁取っている。ベールもカラーも何も無いが、胸に下げた十字架からシスターエチェロその人とわかった。

「いえ、お祈りではなくて」と慌てて辞退した。

「お尋ねしたいことがあって参りました」

「私に？」

皺深い目元が見開かれた。

「はい」

シスターは礼拝堂を回り込んで先に立って歩いていく。

「ここの教会の神父様は？」

貧しいたたずまいの建物内を覗き込み、知佳は尋ねる。

「司祭はいません」

シスターは答えた。

「典礼の折は隣の教区から来てくれますが」

日本の田舎の貧乏寺でも最近はそういうところがあると聞いているが、事情はどこも同じなのだろうか。

「神父の数は世界的に足りないのです。困ったものです」と独《ひと》り言《ごと》のようにシスターは続けた。

暑さと湿気のせいもあるのだろう、建物も机もだいぶ傷んでおり、修繕のあとだらけだ。ナガの教会の司祭が口にした「あの教会は感心しない」という言葉を思い出す。

「写真、撮っていいですか」と建物を指さす。

「どうぞ」

正面から、屋根の上の十字架を入れて写す。木陰のベンチに案内され、知佳はさきほどグレースにしたのと同じ話をシスターエチェロに聞かせる。

小野尚子の名前が出るたびに、エチェロはぴくりと眉を動かす。

「残念ですが、私はその人のことを知りません」

こちらの人ですが、とスマートフォンの画面を相手に向ける。

「いえ」

画面に一瞬目を落としただけで、すぐに視線を逸《そ》らせる。

「その女性がこの町で亡くなっているということは考えられませんか?」

「ときおり旅行者が病気や事故で命を落とすことはあります。しかし彼らは私たちの診療所には来ないのでわかりません」

「だから旅行者ではなく、こちらの教会の診療所にボランティアとして入っていた女性なのですが」

「とにかくその日本人は知りません」

小さな口元が引き締められた。何か隠している。だがこの場で頑張っても、答えてはもらえないだろう。となれば周辺部から攻めるしかない、と判断した。

いずれにしても小野尚子がここの教会に来ていたことは、シスターエチェロの反応から
らして間違いない。そしてエチェロの機嫌を損ねるようなことでもしたのか、何かトラ

ブルを起こしたのか、エチェロは小野尚子の話を忌避している。

礼をのべて立ち上がる。

「今夜中にマニラに帰られるのですか？」

シスターは尋ねた。

「いえ、せっかくですので二、三日、滞在したいと思います」

「ならここに泊まりなさい」

もの柔らかな口調でシスターは脇にあるコンクリートブロックを積み上げた建物を指差した。意外な申し出だ。

そこはシスターや手伝いの女性たちの住まいで、ゲストルームもあると言う。

「この町のホテルやドミトリーは、危険です。良くない人たちが集まっているので物を盗まれたり、ドラッグに誘われたりします」

監視したいのか、それともホスピタリティーなのか、判断できない。それでもここにいれば何かわかるかもしれない。厚意に甘えることにした。

建物内のゲストルームは、作り付けの二段ベッドと小さな机が置かれたきりの簡素な造りだが、十分に清潔だった。窓の外には広々とした田園風景が広がっている。

以前、小野先生こと半田明美が話していた「近くにゴミ捨て場があって、廃材を燃やして湯を沸かす」という話から想像したスラムのただ中の教会の診療所とは、イメージが異なる。貧しいが清潔でのどかな場所だ。

「ゴミを拾って生活しているスラムの人々は、このあたりにも以前はいたのですか？」

知佳はエチェロを振り返り尋ねる。

「いえ」とエチェロは否定した。

「どこの町にもゴミ捨て場はもちろんありますよ。でもここの人たちは一部の路上生活者を除いては、ゴミで生計は立てていません」

「診療所では建築廃材で治療に必要なお湯を沸かしたとか？」

「台風に見舞われた後に、廃線になった線路の枕木を燃やしてお湯を沸かしたことはあります。けれど日常的にそんなことはしていません。石油コンロも燃料もありますからね。人々は漁業と水産物加工、それから農作業で生計を立てています。もっとも問題はいろいろあって、みんな追い詰められていますが」

エチェロはため息を一つついて、窓の外の青々と作物の実る畑を指さす。澄み切った青空の下で、人々が収穫作業に勤《いそ》しんでいる。

「地主はマニラやセブに邸宅を持っていましてね。大きな家に住んで、大きな美しい教会に通い、豊かで清潔なニューヨーカーのような暮らしをしています」

それが幸せな暮らしとは限らない、と知佳は心の内で反論しながら、緑の山を背後に控えた海風の吹き渡る田園で、きゅうりの摘み取りを行っている人々の姿を目で追う。

「望ましいことではありませんが、最近では多くの人々が観光業にも携わっています。それでもここにスモーキーマウンテンはありません。なぜだかわかりますか？　ゴミの山ができるほどに人々が豊かではないからです」

半田明美はフィリピンにはやってきたが、この場所を知らなかったのか、それとも嘘をついたのか。いずれにせよ、二十数年も経てば、人の記憶は曖昧になる。

シスターエチェロが出て行くと知佳はスマートフォンを取り出し、先ほど撮った教会と線路脇のスラムの写真を添付して、優紀宛てにメールを送る。

「着いた！　タハウの町。たぶんここに小野尚子さんが滞在していた」

画像が重いらしい。送信するのにかなり時間がかかった。

ほどなく返信が来た。

「警告！！！　料金プランによっては、そこから写真を送ると通信料がとんでもないことになる、と沙羅が言ってます」という文章に続けて、「小野尚子さんが影武者を作って戻って来なくなった理由が何となくわかった」とある。

「なんだかんだ言っても、私たちはモノもカネも持っているんだね。なのにすごく貧乏で、辛いと思っている。どうにもならなくてお酒や薬や暴力や、ありとあらゆるものに追い詰められているし、自分を追い込んだりもしている。写真の子供たちの目を見て、私たちみんな感激して言葉もなくなった。

きらきらしている。何でそんなところで、そんな生活していて、あんなに笑っているの？　私たちあんな元気な顔の子供たちって、ずっと見てない。あの明るさに触れてしまったら、私だってそっちに行ったまま帰って来られなくなるかもしれない」

いささかセンチメンタルな文面だった。だが、知佳自身もこの日に見た光景を思い出すと、同じ気持ちになる。

パソコンの電源を入れてみたが、やはりネットに接続できない。

昨日、編集部から広告記事の文章についてクライアントからいくつか要望があり、書き直すようにとの連絡が入った。即座に直しを入れ、ナガのホテルからすでに送信しているが、諾否《だくひ》の返信はまだ見ていない。

財布とパスポートを入れたバッグを斜めがけにし、さきほどタクシーを降りた海岸沿いの町に出て、ネットの繋がるところを探すことにした。

宿舎の玄関でエチェロに捕まり、どこに行くのかととがめるように尋ねられたので、訳を話す。仕方ない、というふうにエチェロはうなずき、用事が終わったらすぐに戻ってくるようにと念を押した。

正午を回ったところでもあり、頭上からあぶられる陽射しが辛い。日傘がわりの折りたたみ傘をさしたが、風が強く役に立たない。

昼食を兼ねて比較的清潔そうなレストランに入る。ホテルの一階の店だ。ニッパヤシの軒を張りだした日かげで、ミネラルウォーターとパスタを注文してから、バックパックのパソコンを取り出し、試しにインターネットを立ち上げる。Ｗｉ－Ｆｉが繋がる。編集部から返信が入っていた。原稿についてクライアントからＯＫの返事がもらえたという。ただ今度はページ数の変更があり、分量を減らすようにと注文が入っている。

海風は涼しいが気温は高い。次第にパソコンの動作速度が落ちていく。

いったん電源を落とし、冷房の利いた室内に入って、原稿の直しにかかる。

直しを終え送信したときには、バッテリーが切れかけていた。

冷たいコーヒーを追加注文し、周りを見回した。

コーヒーを運んできた年配の従業員を呼び止め、二十数年前、教会の診療所を手伝っていた日本人女性を覚えていないか、と尋ねたが、知佳の英語は通じない。隣のテーブルの客が通訳してくれたが、男は自分は五、六年前にミンダナオからやってきたので、昔のことはわからない、と答える。

年齢のいった人々を捕まえて聞いてみたが、やはり同じようなものだった。

店を出て、サリサリストアや土産物屋、安ホテルが軒を連ねる海岸通りを歩き、店に飛び込んでは、シスターエチェロの診療所にいた日本人を覚えていないか、と尋ねるが、だれもが「知らない」と答える。

冷房の利いた、このあたりでは珍しく高級感を漂わせた小さなホテルのフロントでは、シスターエチェロの名前を出しただけで、マネージャーとおぼしき男が眉をひそめ首を左右に振った。ナガの教会の司祭の「あそこの教会は感心しない」という言葉と関係しているのかもしれないが、理由はわからない。

海岸沿いの繁華街にいるのは、観光客や観光業、サービス業に携わる人々ばかりで、大半は別の土地から働きにきているから、二十数年前に地元の教会に出入りしていた日本人との接点などないのだろう。

また小野尚子自身がこのタハウの町に住んでいたわけではなく、滞在者の一人に過ぎなかったことを考えれば、たとえ地元民であってもそういつまでも記憶に残ってはいないのかもしれない。

陽が暮れかけてきたので教会のゲストルームに引き上げる。

蚊取り線香を焚《た》き、ベッド脇の小さな机にPCを置き、今日一日の出来事を記しておく。

ふと視線を上げると金網のはまった窓の向こうをグレースが通り過ぎた。こちらに気づいたらしく、戻ってきて金網越しに「仕事をしているの?」と人なつこい笑みを送ってくる。

「日記を書いているの」と簡単に答えるとうなずきどこかに行ってしまったが、すぐにドアをノックされた。

「夕飯の時間よ」

食事まで出してもらえるとは思ってもみなかった。

案内されるまま遠慮がちに食堂に入ると、シスターエチェロがすでに食べ終わり、プラスティック製の食器を下げているところだった。裏手の村で赤ん坊が生まれたので、これから名前をつけに出かけると言う。

「へえ、シスターがそんなことを」

「いろいろ事情があって司祭がいないから」とグレースが答え微笑した。

仕切りのあるプラスティックの皿に盛られているのは、街中のドミトリーや安食堂に比べても貧しい夕食だった。

ばさばさの米に、やたらに小骨の多い青魚。他にはプラスティックを噛《か》んでいるような食感の海藻とピクルスだけだ。

暑さで体力を消耗していることもあり、魚の臭みや油の匂いが鼻につく。しかも塩辛い。テイクアウトのサンドウィッチでも買ってくればよかった、と後悔していると、グレースが「昔はもっと大きな魚も捕れたのよ」と言う。

「沖合に大資本の船が来て海の底をさらうようにして魚を捕るようになってしまったの

で、このあたりには小魚しか上がらなくなってしまったの。漁村の人々はみんな嘆いているわ。でもここはまだ食べられるから幸せ。マニラでは子供たちがゴミを拾って食べているところもあるのよ。食べ残しのハンバーガーやフライドポテト。ウジがわいているのを指で取り除いて」

吐き気がしてきた。とはいえせっかく出してくれた食べ物を残してはいけない。目をつぶるようにして食べ終える。ここを発《た》つときには自分の財布から献金して帰ろう、と決意する。

翌日、診療所を手伝いたい、と知佳はシスターエチェロに申し出た。観光客の町にいても何もわからない、となれば、地元の人々の集まる診療所で何か手がかりを拾えるかもしれない。

診療所には早朝から人々がやってきた。

下痢が止まらない、という痩せこけた赤ん坊を連れた母親や、ボートのスクリューに引っかけられて足に切り傷を負った少年、農作業中に鉈《なた》で負った傷から敗血症を起こしかけている男などだった。

小野尚子がここにきていた頃から二十年以上が経つが、状況は変わっていないようだ。

Tシャツ姿で手際よく治療する男は医師ではないと言う。内戦時に傷病兵の手当てをしていた人だ、とグレースが教えてくれたが、どこの内戦で、いつ頃のことなのかはわからないし、男の素性もわからない。詳細を尋ねている暇もない。

診療所に医師が来る日は限られており、それ以外は彼のような人々が協力してくれるらしい。

「手伝います」とは言ってはみたものの、技術もなければ、度胸も据わっていない知佳にできることは、お湯を沸かすことや、汚れた器具を洗い消毒することくらいだ。それだけのことでも血や汚物がついているものを触るのが、気持ち悪いを通り越して怖く、終始、腰が引けている。

ボートのスクリューで怪我をした少年の足の出血を見たとたん、目の前が暗くなってその場にしゃがみこんでしまい、怪我人から「アー　ユー　オーケイ？」と声をかけられた。

手伝うと言いながらグレースたちの邪魔をしているだけなのに、だれも苛ついたりしないので救われるが、ひたすら情けない。

干魚と得体の知れないスープの昼食が喉を通らないまま、自分の役立たずぶりを嫌というほど思い知らされ、午後からはPCを手に再び町に出た。

町中のカフェのコーヒーとサンドウィッチで一息つき、メールを読む。

編集プロダクションからは、写真のサイズを変えることになったという理由で、再度、文字数の変更が求められてきた。書き直して送った後、店を出る。

陽射しを避け、道路の向かい側にある海岸の並木の下を歩いていると、物売りがつきまとってくる。道路を隔てて陸地側は彼らのテリトリーではないらしい。店やホテルの建ち並ぶ向こう側に渡るとさっと引いていくが、木陰を求めて海側に戻ると、またどこからともなく、両腕にネックレスや貝細工の吊るし飾りを下げた少女や、飲食物のパックを抱えた中年女性、巧みな英語で案内を買って出る若者たちが群がってくる。

無言のまま貝のネックレスを押しつけてくる幼い女の子のすがりつくような視線に負けて、その一本を買って小銭を手渡したとたんに、群がる物売りはさらに増えた。泣きたい思いで逃げ出したところに、立ちふさがるように女の子の母親と思しき女が現れ、今度はカップに入った飲み物を差し出してくる。「お金はいらない」と笑みを浮かべる。昏睡《こんすい》強盗だ。反射的に片手で振り払う。

背後から「マッサージ、マッサージ」と服をひっぱられる。

「安い、安い」という日本語まで交じる。

「日本人？　たくさん魚がいるところを知っている、僕が案内するよ」

若者が立ちふさがる。まだ幼さを残した顔にいっぱしの軟派《なんぱ》師の微笑を浮かべている。

「いらない」

知佳は視線を合わせず吐き捨てるように答える。

「どこから来たの？　色が真っ白だね。とってもきれいだよ」

上半身裸で首に派手な鎖をかけた若者は、執拗に迫ってくる。
「ここには遊びに来たんじゃないの。ここで行方不明になった人を探しにきたのよ」
たまらず叫んだ。辛気くさい話でもあり、離れていくだろうと踏んだのだが、若者は
「え、なに？　君の旦那さん？」と馴《な》れ馴れしく顔を覗き込んでくる。
「女よ。たぶん二十年以上前の話だから、たぶんあなたにはわからない。たぶん彼女は
教会の診療所でシスターの手伝いをしていた」
暑くて煩わしくて、まともな英語が口から出ない。メイビーを連発した。裸の胸に鎖
を光らせたビーチボーイの表情が瞬時に曇った。周りの物売りやマッサージ屋の女性た
ちが顔を見合わせ、ざわめく。
「それって悪魔が憑いた女の話だろう。シスターエチェロのところに来ていた日本人の
ことだよね」
思わず若者の顔をみつめた。
「そうよ、なんであなたが知ってるの？　悪魔憑きって何のこと？」
若者に詰め寄っていた。周りの女性たちが口々に何か訴える。英語なのだが訛りが強
く聞き取れない。
「話、聞かせて」と道路の向かい側にある、コーヒーショップを指差す。
若者は首を左右に振った。

「私がおごるから。その彼女たちも」

「ごめん、僕たちは店には入れないんだ」

商売上のテリトリーか、それとも差別か。

女の一人が売っていた缶入りの清涼飲料水を買い、木陰にあるマッサージ用シートに座り込み、話を聞くことにした。

女と若者が、早口の英語で互いに被せるようにしてしゃべり、他の人が話したのを訂正し合うので、なかなか聞き取れない。それでもだいたいのところがわかった。

昔、エチェロの診療所を手伝いに来ていた日本人が悪魔に憑かれた話は、彼らの間では知れ渡っているようだ。青年も物売りの女性も、仲間から聞いた話だと言う。だがマッサージ屋の年配女性だけは直接、海岸に転がっていた死体を見たと語る。

「死体？　亡くなったの？」

「そうじゃない」

青年は身震いするように首を横に振る。

「死んでなんかいない。死なないから怖いんだ。いいかい？　この世とあの世の間にはドアがあるんだ。悪魔憑きになった者は、そのドアから悪霊になって戻ってきて災いをなす。だから怖いんだよ」

「でも死体は見たんでしょ」

マッサージ屋の女は、口角を下げ、視線をあらぬ方に向けたままうなずく。

それ以上は何を聞いても答えない。ただ身震いするだけだ。

タハウの教会の診療所に来ていた日本人の女は、悪魔に憑かれて亡くなった。つまり本物の小野尚子はここで客死した。そして半田明美が小野尚子になりすまして日本に戻った。

そういうことか？

だが海岸の死体、悪魔憑き、という言葉に聞き覚えがある。

ナガで会ったイネスの話だ。

「あの浜辺の死体を見なかったら、私もタハウで死んでいたかもしれない」「悪魔憑きなどの迷信がキリスト教を歪め……」

確か彼女はそんな話をしていた。

「一昨年亡くなった父さんは、エチェロの所の日本人シスターを知っていたわ。末の妹が魚の棘《とげ》に刺されて大けがをしたときに、診療所に連れていって日本人に治療してもらったから」

中年の物売りが言う。

「その妹さんは？」とせっつくように尋ねた。

「マニラに行って美容師をしている」

「ここにはいないのね」

「クリスマスになれば帰ってくるけれど」

いずれにしろ話している若者や女性たちは、その日本人女性をシスターであり看護師だったと思い込んでいる。

「とにかくシスターは突然、男の声でしゃべり始めたのよ。それも知らない言葉で。変な格好で練り歩いて、緑色のものをあちこちに吐いた」

緑色の物を吐いたなら、体調が悪かったのでは？　知らない言葉とは単に日本語だったのかもしれない、と知佳は遠慮がちに反論する。

「あなたは悪魔憑きの怖さを知らないのよ」

物売りの女性が叫んだ。

「そんなことを言っていると本当に怖い目に遭うよ」

別の女性も同調する。脅しではなく、心底、心配している様子だ。

「日本人シスターは、悪魔に殺された。気をつけないとあなただって巻き込まれるよ」

「目が光ったのよ、サーチライトみたいに」

「店の棚のものが全部落ちたと思ったら、冷蔵庫が宙を飛んだの」

「排水溝から真っ黒な虫が、ものすごくたくさん這いだしてきて、彼女がいたお店はその後もずっと、牛を殺したときのようなにおいが漂って営業できなかったのよ」

「気がついたかもしれないけれど、さっきくる途中、洞窟みたいのが見えたでしょう。お店の途切れたところに。あれは向こうの世界との通り道になっているの。だから私たちは近づかないけれど、外国人は平気で覗き込んだりするの。それで波長が合うと死んだ人がやってくるようになる。でも彼女の場合はもっと悪かった。彼女に取り憑いたのは死んだ人じゃなくて悪魔だったから」

「嘘じゃない」と若者は真剣な表情で知佳を見つめ、「みんなが言っている」と付け加えた。

「僕らの村には実際にその場面を見たじいさんがいる。じいさんはその日本人に病気を治してもらったから良く知っているんだ。悪魔が憑いたシスターは、その日のうちに死んだ。悪魔にやられたから、みんな怖がって、しばらくの間は、このあたりを夜歩く者はいなかったんだ」

「で、その後はどうしたの」

「シスターエチェロがマニラから悪魔祓《ばら》いの人を呼んでくれたらしい。悪魔をそのままにしておくと、また別のシスターに憑くからさ。だからその後はそんなことは起こらない。だけど君はその日本人シスターを探しに来た。今度は君が悪魔に取り憑かれる。僕たちも巻き添えをくうかもしれないんだ……。信じないのかい？」

若者は不満そうに口をとがらす。

「いえ……」

「何なら私たちの村に来て。おじいさんに会わせてあげるから」

女の一人が言う。

まもなく海に陽が沈む。女一人で、しかも夕刻、彼らの村についていくのは無謀だ。不良外国人町に行くなというシスターエチェロの言葉も、あながち偏見とも思えない。不良外国人だけでなく、地元の物売りグループのことも言っていたのかもしれない。うかうかついていったら、パスポートも含めて身ぐるみはがれ、海に捨てられるかもしれない。悪い人々には見えないが、観光客を騙す者たちが悪そうな顔をしているはずもない。パスポートや現金の入ったバッグはもちろんバックパックの中にはPCまで入っているのだ。

「ごめんなさい。陽があるうちに教会に帰らないとシスターエチェロに叱られるから。私、あそこに泊まっているの」

意外なことに人々は無理に引き留めたりはしなかった。ある者は「残念ね」と言うように眉根を寄せ、ある者は物言いたげに唇をとがらせる。

「それじゃ、明日も僕たちはここにいるから明るいうちにおいで」

若者は再び軟派師の甘い笑顔に戻ると、知佳の右手を握った。

そのとき人々の背後に片足に包帯を巻いた少年の姿が見えた。手を振っている。物売りの女の一人が少年を抱き寄せた。

今朝ほど、ボートのスクリューで怪我をして診療所にやってきた子供だ。物売りの女は少年の母親なのだろう。子供は知佳を指さし、現地の言葉で何か言っている。母親が知佳に近づいてくると、礼の言葉を述べるかわりにゆでたトウモロコシを差し出した。慌てて辞退し、「私は何もしていません。ほんと、何もできなかったんです」とひたすら恐縮しているうちに、この人々を信用する気持ちになっていた。

「私、村に行ってもいい？」

若者に尋ねると、相手は黙って親指を立ててみせた。

物売りやマッサージ屋の女性たちと共に、知佳は若者の後をついていく。

道路の向こうでドミトリーの主人が何か怒鳴っている。行くな、と言っているのがその身振り手振りからわかる。

すれ違った全身刺青《いれずみ》の白人が、「気をつけろ」と言うように、知佳のバッグを指差す。

大丈夫と言うようにうなずくと、舌を鳴らし薬指を立ててにやりと笑う。

だれを信用すべきかわからない。

海岸沿いの並木が途絶えたところに、ニッパヤシで屋根を葺《ふ》いた小屋が連なっていた。

線路脇のスラムよりも貧しい村だ。小船が砂浜に伏せてあり、木陰で老人たちが網を繕っている。

「あなたも魚を捕ったりするの？」

若者に尋ねると「ときどき」と彼は白い歯を見せた。軟派師の笑みではない。はにかんだような表情が幼い。

「でも魚が少ないから生活できない。昔はずいぶん捕れたらしいけれど、今は、沖に外国船が来て金目の魚をみんなさらっていくから」

若者は、一軒の小屋の前でうずくまるようにしてタバコを吸っていた老人の前に知佳を連れて行く。

老人は足を見せた。膝からつま先にかけて、斜めに稲妻のような傷痕がある。薬指と小指がない。ダイナマイト漁の失敗で怪我をしたときのものだと若者が通訳する。

「ああそうだ。わしはあの日本人のシスターを知っている。この足はあのシスターに治してもらったんだ。隣の家の孫は下痢で死にかけたが、あのシスターに抱いてもらったら治った」

「抱いてもらった？」

知佳は若者に確認したが、やはり老人はそう言っているらしい。

「シスターの名前は、小野尚子、ですか」

「わからない。外国の名前だ。赤ん坊や子供を抱いて病気を治してしまうのだ」

「すみません、この人でしたか」とスマートフォンの画面を見せる。

「おお、そうだ。このシスターだ。決して忘れない」

行き着いた。小野尚子は確かにこの町の教会に幾度かやってきて、医療ボランティアのようなことをしていた。クリスチャンでもなければ、洗礼も受けていない、とインタビューのとき、半田明美は語り、また本物の小野尚子を知る人々も彼女が特定の信仰を持ってはいなかったと話していたが、この老人は、彼女をシスターと呼び、あたかも奇蹟を起こして貧しい人々を救った聖女であるかのような物言いをする。

そのとき画面に触れていた指が滑り、写真が流れた。データとして保管してあった小野尚子こと、半田明美の写真、知佳の取材時にカメラマンの撮った写真が現れる。

「そうさ、この微笑みさ。ああ、シスターだ。この微笑みで大人も子供も、すべての人を癒した。この足さ」ともう一度、傷痕を指差す。

「これはこのシスターが治した。薬を塗って包帯を巻いてくれた。飲み薬もくれた。だが本当はこのシスターの微笑みで治ったんだ。おかげでわしはここにいる。この歳まで魚を捕っている」

自分や優紀たちだけではない。彼にも小野尚子と半田明美の区別はつかない。二十数年を経てみれば、印象に残っているのは顔立ちよりも表情なのだろう。

「それで悪魔が憑いたというのは」と知佳が話の先を促すと、老人は身震いし、「そんなことをなぜ知りたがるんだ」といきなり不機嫌になった。若者がなだめると、ようやくぽつりぽつりと話し出す。

「だからいきなり悪魔が憑いたんだ。この慈悲深いシスターに」

男の声で叫び、緑色の物を吐き、おかしな格好で歩く……。だが目が光った、物が動き出したり、冷蔵庫が宙を飛んだ、という話はない。

知佳からすれば、心身の不調にすぎないのだが、精神と生活の根にカトリックの信仰を持っている人々には、悪魔憑きに見えるのかもしれない。

「もう少し詳しく知りたいんですが、どこでその悪魔が憑いたのを見たのですか？」

「だからあの海岸沿いの町さ」

「教会か診療所ですか？」

「いや、レストランだ。サントスっていう」

「レストランサントスですね、今でもありますか？」

「あるよ。町では一番古いカフェさ」

老人の代わりに若者が答えた。

「最初は二人で普通にしゃべっていた。そのうちにシスターの目つきが変わってきた。体がぐらぐらし始めて、連れの女におっかぶさるようにして男の声でしゃべり始めた。悪魔の言葉だ。わしらが聞いたこともない」

「連れの女？　教会の人ですか？」

「いや、教会の人たちは、そんなところで食事はしない」

「フィリピン人の女性?」

「知らない。わしらならすぐに司祭を呼ぶ。お浄《きよ》めの儀式をしてもらえば、少なくともあんなことになったりはしなかったが、あの町に集まるような連中は悪魔の怖さを知らない」

「連れは、どんな女性でしたか、年格好は覚えていませんか?」

老人はひょい、と眉を上げた。

「さあ、わしが見たわけじゃないから」

拍子抜けした。さも自分が見たように話していたが伝聞だった。村人たちはカフェには入れない、と先ほど言っていたから、おおかた観光客からでも仕入れた話だろう。女性たちの話も、伝聞から伝聞で尾ひれがつき、悪魔譚《たん》や因縁話に作り変えられたものだろう。

「その場面を見た人は村にいますか?」

「だからわしが見た」

「でも、今、あなたは……」

「朝、捕ってきた魚を売りに行くときに見たんだ。あの日本人は浜辺に倒れていた。顔を水につけて。恐ろしい光景だった」

「それはあなたが見たんですね」

「だからわしが見たと言っているだろう」

老人は親指で自分の胸を差し、身震いした。

「近くに海岸洞窟があってな、あの世とこの世を繋ぐ穴ができて、そこからときおり死霊が……」

「それで遺体はどうなったんですか」

遮って尋ねた。

「教会に運んだ。シスターエチェロが飛んできて、まだ死んでいない、と言う。実際そうなんだ。悪魔に憑かれて死んだ者は心臓が止まっているように見えても、夜中になると突然生き返る。ちゃんと浄めてもらわないとたいへんなことになる」

「とにかくシスターエチェロは死体を見に来たのですね」

やはり彼女は一部始終を知っており、隠していた。

どこまでが伝聞でどこまでが実際に見たものなのか、どこまでが事実でどこまでが迷信、どこまでが作り話なのか、見当がつかないまま知佳は若者に連れられて町に戻る。

一人になってからスマートフォンを取り出した。リダイヤルの操作をする。

一昨日、ナガの町で互いの携帯番号を交換したイネスに、海岸で彼女が見たという死体の話を聞こうと思った。

数回呼び出し音が鳴った後、「はい」と無愛想な日本語が答えた。

聞き覚えのある声だが、何か違う。

「イネスさん？」

「はぁ？」

中富優紀だった。リダイヤル操作をしたつもりが着信履歴にかけてしまった。

「ごめん、山崎です、山崎知佳」

「もう帰ってきたの？」

「いえ、まだフィリピン。間違えてかけちゃった」

「電話料金がたいへんだよ、切るからね」と言うのを、「大丈夫、すぐ終わるから」と前置きし、繋がったついでにこの日のことを手短かに話した。

小野尚子は確かに、タハウの教会の診療所に来ていたこと。そしてこちらの海岸で死体となって発見され、漁村の人々は、「悪魔が憑いた」と言っていること。

「悪魔憑き？」

優紀は素っ頓狂な声を上げた。

「こっちにはそういう迷信があるんだって。彼ら、その本物の小野尚子さんが、緑色の物を吐いたの、知らない言葉を男の声でしゃべったの、目がサーチライトのように光ったのって。冷蔵庫が飛んだ、真っ黒な虫が這い出てきたっていうのまで、もう尾ひれがついちゃって。おまけに海岸で亡くなっていたので、シスターがこっちの教会に運ばせたんだけど、そのときに、この死体は死んでなくて、お祓いしないとゾンビになる、みたいな、わけわからないことを言ってたって。もっともこちらの漁民の人たちの話だからどこまで本当かわからない。でも、彼らはからかってるわけじゃないのよ。本気だった。町のカフェで悪魔憑きの現場を見た人がいるって話も聞いた。突然、体がぐらぐらし始めて目つきが変わって、連れの女性に覆い被さるようにして男の声でしゃべり始めたって。知らない言葉だったたって言うけど、もしかしてそれラテン語？」

「ラテン語じゃないよ、山崎さん」

低い声で優紀が遮った。

「わかってるけど」

「そう。日本語。その『悪魔憑き』の悪魔はクスリだよ。クスリでなければアルコール」

あっ、と声を上げていた。確かに小野尚子にはアルコール依存症で苦しんだ過去がある。

「冷蔵庫が飛ぶのはあり得ないけど、吐いたり、人が変わったような声でわめき散らしたり、目をぎらぎらさせたり、というのは私たち、日常的に見てるよ。そんなの可愛い方。もっと凄まじいのはなんぼでもある。本物の小野尚子さんはそっちに行ってスリップしたんだ。アルコールでいったん変性した脳の回路は、二度と元に戻らない。何年禁酒しても。何かの拍子に口をつけちゃったりしたら、たとえば乾杯のビールとかでも、もう、どろどろになってしまうんだから。そこにクスリは簡単に繋がるからね。悲惨だよ、山崎さんは見たことないだろうけれど。水死か、吐いたものを喉につまらせたか知らないけれど、小野さんはそうやって亡くなったんだ。とすれば、地元の人は隠したくなるよね、小野さんを慕っていればいるほど」

こちらの電話代を気にし、優紀は「あとはメールで」と言い残して切った。

スマートフォンを仕舞いながらカフェサントスを探す。そこで小野尚子はスリップしただけでなく、麻薬に手を出したのか。

通行人に尋ねると、海岸通りの一軒を教えてくれた。

古びたビルの一階から張りだした軒先に「カフェサントス」と大きく書かれた日除《ひよ》け布があった。古いがタイル張りの内壁が清潔な感じのカフェだ。メニューにもレジ脇のガラスケースの中にも、アルコール飲料は無い。カウンター上のジャグの中には、得体の知れない極彩色のソフトドリンクが数種類置かれていた。

そちらで緑色の飲み物を注文し金を払う。ジャグに入ったそれを大ぶりなカップに移しながら店員が「ハロハロは？　ここに来た人はみんな注文するよ」と、メニューの写真を指差す。アイスクリームや果物や芋餡《いもあん》などが重ねられたフィリピン風のパフェだ。

いえ、と断り、飲み物だけにする。冷房の利いた店内のテーブル席に着くと、再びスマートフォンを取り出す。今度こそイネスの番号に電話をかけると、呼び出し音に続き、何かわからないフィリピン語が聞こえてきた。留守番電話だ。

「山崎知佳です、この前はありがとうございました。お聞きしたいことがありますので、またかけます」とメッセージを残そうとしたとき、本人が出た。

「ごめんごめん、留守電にセットしっぱなしになってた」

「今、タハウのカフェサントスにいるんですが」

「あ……まだあったんだ、あの店」

懐かしそうにも憂鬱そうにも聞こえる声色だ。

知佳は、こちらに来てから聞いたことを話した。

タハウの教会のシスターエチェロが、小野尚子という日本人を知らない、と答えたこと。だが漁村の人々が、その日本人は悪魔に憑かれて死んだと話していること。どうやらその悪魔憑きは、アルコールやドラッグの中毒症状を指しているらしい、ということ。

「ああ、その迷信よ。学校教育からこぼれた子供たちがたくさんいるから……」と言いかけたイネスの言葉を遮り、知佳は漁村の老人が浜辺でその日本人女性の遺体を見たという話をした。

「イネスさんが浜辺で見た遺体って、その日本人じゃないですか」

沈黙があった。

「浜で、と言ったら私が見た人かもしれないけれど、浜で死ぬ人って、けっこう多いからね」

「それ何年前のことか正確にわかりますか？」

「ちょっと待って……あの年のクリスマスにマニラのスラムで大火事が起きてたくさんの人が亡くなった。それからこのあたりで土地所有のことで揉めて、警察だけでなくて軍が入ってきて……」

イネスはだれかとフィリピン語で言葉を交わしている。それから電話口できっぱりした口調で言った。

「一九九四年。万聖節《ばんせいせつ》の後のことだったね」

息を呑んだ。

一九九三年のクリスマスには、本物の小野尚子が軽井沢にいた。そして一九九四年の十一月に、痩せこけ、サングラスとマスクで顔を隠した半田明美が、小野尚子、として成田空港に降り立った。

「あくまで伝聞ですが、村の老人は、彼女には連れがいたと言っているんですが、遺体のそばにそれらしき人はいませんでしたか」

「いたかもしれないけれど、覚えてない。私の方がパニクってたから」

少し間があった。

「いたわ、確かに、連れがいた。だけど死体のそばじゃない。前の晩のことだけど、日本人の女の人」

「見たんですか？　前夜に」

「そう。ドミトリーのベッドにひっくり返っていたら、下の路地でだれかがわめいているの。別に珍しいことでもないし、何言ってるのかもわからないけれど、日本語でラリってるのだけはわかった。それで窓から覗いてみたら、いい歳したおばさん。Tシャツにズボンの野暮ったい格好の。それでわめくだけわめいたら、股開いて、道端に座り込んじゃって。もう、見てられないから私、部屋、飛び出して下りていったのよ。それでその女の人の肩を揺すって聞いたの。あんた、どこに泊まってるんだって。彼女、わけわかんなくなってた。ものすごい酒臭かったけど普通の酔っ払い方じゃないから、間違いなくクスリやってたね」

「クスリですか。昏睡強盗とかじゃなくて」

「違う。あれは真性ジャンキーの酔っ払い方。酒とクスリをダブルでやってた。たまたま通りかかった食料品店のおばちゃんが言ってた。店の前のベンチに座り込んで、もうぐらぐらしてて、あちこち汚すしわめくし、他の客の迷惑だからどこかに行ってもらったとか。あの頃はいたのよ、そういうのが。日本じゃ何もできないのに、円高をいいことに、外国、特にアジアに来てハメ外すのが。オヤジやリゾラバ女だけじゃない、いい歳したおばさんもね。だけど放っとくわけにもいかないじゃない、こっちだって似たようなものなんだから。それで部屋に運ぼうかと思っていたら、添乗員だかガイドだか知らないけれど、女の人が現れて、『すみません、すみません、ご迷惑かけて』って謝りながら連れていった」

「どんな人でした、その連れの女は」

　尋ねた声が無意識に一オクターブ上がっていた。

「わからない。こっちもクスリやってる最中だもの。でもそっちの女はジャンキーじゃなかった、というか、普通の人だった」

「その人と泥酔した女性との会話は聞きませんでしたか」

「会話なんてものは……片方はもうドロドロだもの。ただ、『先生』と。『先生、先生、帰りましょう』とか、その女の人が介抱しながら言ってた」

　間違いない。小野尚子と半田明美だ。

「たぶん、連れ帰られた先のホテルからまた抜け出して、海岸まで行ったんだと思うよ。バッドトリップするとね、かあーっ、て体中熱くなって、息が苦しくて、部屋にいられなくなるのよ。それで外に飛び出して車に轢《ひ》かれたり、窓から飛び降りたりとかやるから。してみると、あの遺体はこっちで骨にして、だれかが日本に連れて帰ったのかな」

「それはないようです」

「と、言うと?」

「小野尚子さんは二十年以上行方不明になっているので。それで私はここに来たんです」

「ああ、そういう話だったね」

半田明美と小野尚子のすり替わりについては、外部の人間には話せない。

「それでこちらの教会のシスターの、エチェロさんという方ですが、イネスさん、何かご存じじゃありませんか?」

「ごめんなさい」と即座にイネスは謝った。

「わからないのよね、ここからそう離れているわけでもないのに。いろいろ問題があるところなので、タハウの教会には関わらないようにと言われていて」

「それはたとえば悪魔関係……」

「いえ、そうじゃないと思う。とにかく過激なところがあるみたい」

「エチェロさんが?」

「いえ、そっちの教会が……。フィリピンだけじゃないけど、カトリック教会の内部もいろいろあるのよ」

彼女の立場としては言えないこともあるのだと察し、それ以上食い下がるのはやめた。

もし漁村の老人の言葉が嘘や記憶違いではなく、本当に「悪魔憑き」という言葉をシスターエチェロが口にしたのなら、タハウという土地柄もあり異端のキリスト教信仰が存在するのかもしれない。

礼を述べて通話を終え、目の前に置いた緑色の液体をストローですすり込む。とたんにむせた。電話をしているうちに氷が溶けて薄まっているというのに強烈な甘さと合成香料の匂いが喉から鼻に突き上げてくる。喉を通るような代物ではない。口直しにアイスコーヒーと炭酸飲料を買い直す。

アイスコーヒーはガムシロップがついていない。嫌な感じがしたが、やはり凄まじく甘かった。炭酸飲料の甘みはそれほどきつくはなかったが、こちらは梅干しとも漢方薬ともつかない強烈な香りだ。

この店の飲み物のどれもが、色、甘み、香りのいずれかが、あるいはそのどれもが強烈だ。町で一番古いカフェということだから、昔からみんなこんなものを飲んでいたのだろう。

飲みかけのプラスティックカップを三つ並べてため息をついていると、六十過ぎくらいの女性が厨房《ちゆうぼう》から出て来た。

「あら？」とテーブル上に置かれた、ほとんど手をつけていない極彩色の飲み物やコーヒーに目をやる。

「気に入らなかった？」

「ごめんなさい、私には甘すぎて……」

太り肉の女は眉を上げ、肩をすくめる。

「心配しないでいいわ。うちの飲み物はお腹を壊さないわよ。清潔に作っているんだから。何といってもこの町じゃ、一番古いカフェなのよ、うちは」

ここの店主なのだろう。

知佳は二十数年前に起きた事件について尋ねた。海岸に遺体があった、という話をすると、「そういえば、そんなことがあったわね」と店主は格別、興味もなさそうに答えた。

「ここの人たちは悪魔憑きだと言っていますが」

女主人は少しむっとした顔をした。

「ここの人じゃなくて、村の人たちよ、そんなことを言っているのは。貧しくて学校に行けない連中なの」

「それじゃシスターが悪魔祓いのために教会に連れ帰った、というのは」

「ここはミンダナオの密林じゃないんだからね。よく見たらまだ息があったか何かで、手当てするのに診療所に運ばせたんでしょうよ。教会でやっている診療所があるのよ。貧乏人しか使わないけれど」

「はい、知っています。私も行ってきました」

とすれば海岸に転がっていたのは必ずしも遺体ではなく、小野尚子は亡くなっていたとは限らない。

「それで、その倒れていた女の人、前夜かその前かわからないけれど、このお店にいるうちに突然、態度が変わって、目がぎらぎらし始めて、大声でわけのわからないことをわめき始めた、と聞いているんですが、そのときのことは覚えていらっしゃいますか」

「変なこと、言わないで」

最後まで言う前に、店主は殴りつけるようにテーブルを叩いた。

「私がここで店を開いて三十年、客の飲み物に変なものを入れたことなんか一度もないよ」

強烈な甘みと匂いで飲めないまま、知佳がテーブルに置いたドリンク類を、女主人は憤然とした表情で見下ろす。

「イカれた外国人が勝手にやるんだよ。コーラやシェイクに入れたりピザに振りかけたり。こっちはいい迷惑だ。私は、一度だって、変なものを売ったことはない。うちの飲み物が気に入らないならさっさと出て行きな」

「いえ、そんな意味ではなくて」

「出て行けと言ってるだろ。二度と私の店に来るんじゃない」

残した飲み物を頭からかけられそうになって慌てて逃げ出した。

むっとする夜気の中に出た後も、心臓が早鐘のように打っている。太り肉の女主人の怒鳴り声と啖呵《たんか》は迫力があった。怖かった。

クスリを混ぜる、振りかける……イカれた外国人が……。ここに来ているジャンキーたちはそうして薬物を摂取する。だがそれだけではない。

昏睡強盗が多い地域、とイネスに忠告された。ということは知らぬ間に人に摂取させられることもある。現地人の強盗に、ではなく、小野尚子と一緒にいたという日本人によって。

頭の中でパズルのピースがはまっていく。

嫌な絵が現れる。

日が落ちた後も舗装道路からは、日中の強烈な陽射しを吸い込んで熱気が吹き上げてくる。だらだらと歩きながら、知佳は長島の言葉が真実味を帯びるのを感じている。

バンコクで泥酔した男を川に突き落とし、次はマニラ湾に女を沈め……。

マニラ湾ではないが、半田明美はやはりそれに類することをしたのかもしれない。

カフェサントスの飲み物の、頭痛がするほどの甘さと合成香料の香りのきつさ。あれなら薬物の匂いも苦みも、アルコールの刺激さえ消してしまう。

一服盛ってしまえば、あとは自分から坂道を転げ落ちていく。

変性した脳の回路は二度と元に戻らない。何年禁酒しても。何かの拍子に口をつけたら、それがたとえば乾杯のビールでも、たとえばシェイクに混ぜられたショットグラス半分のウオッカでも。どろどろになっても止まらない……。

カフェサントスの店内で、小野尚子は半田明美と思しき女にアルコールか、ドラッグか、あるいはその両方の混ざったものを飲まされ、酩酊《めいてい》状態になったところで店から連れ出された。

その後、この町の人々の前で醜態をさらした。「連れの女」はそうして尚子が絶命するのを見届けようとしたが、間が悪いことにどこかのドミトリーに泊まっていた同胞の女が部屋から下りてきて尚子を介抱しようとしたので、慌ててそばにいき、その女に顔を見られた。

「連れの女」は、泥酔し急性の薬物中毒に陥った小野尚子を介抱するふりをして、浜に連れ出したのかもしれない。その状態なら五センチの水でも溺死する。

地元でシスターだと認識され慕われていた女性の急変に、人々が「悪魔憑き」と騒ぎ出したのは、殺人者の女にとっては想定外であったが好都合だっただろう。

シスターエチェロは、浜に倒れていた彼女を、息があったのか亡くなっていたのか定かではないが、引き取っていき、その時「連れの女」はすでにタハウから去っていた。

ほどなく殺人者の女は成田空港に、病気でやつれ果てた小野尚子、として降り立つ。

知佳は海岸沿いの食堂に入るとチャーハンをテイクアウトした。そのビニール袋をぶら下げ、バックパックを腹の方に回して抱き教会への道を戻る。

海岸の町を抜けると一帯は暗くなったが、不思議なほどに不穏な空気が感じられない。寝静まった貧しい家々があるだけだ。

礼拝堂は相変わらず開け放してあり、裏手の宿舎の入り口にも鍵はかけられていなかった。

殺風景な玄関ホールを入ると、グレースが片隅の椅子に腰掛けて、薄明かりの下で何か書類のようなものを読んでいたが、知佳の姿を認めると立ち上がり、駆け寄ってきた。

「どこにいたの？　無事に戻ってきてよかった。シスターエチェロが心配していたわよ」

「ごめんなさい、ついつい遅くなって。もしかしてずっと待っててくれたの？」

「ええ、普段は午後の八時になればここを閉めて鍵をかけて寝るんだけれど」

「ごめんなさい、ごめんなさい」と平謝りに謝った。

部屋に灯《とも》る蛍光灯の青白い光が廊下を斜めに横切った。ドアが開いた。

「こんな遅くまで、何をしていたのですか」

厳しい口調だった。

シスターエチェロだ。すでに寝支度を終えていて、下着のようなグレーのTシャツ姿だ。

知佳は身構えた。両手を握りしめ、いくつかの単語を頭の中で並べた後、「失礼ですが、あなたと今、お話ししたいのですが」と、単刀直入に告げた。

明日にしなさい、もう遅いから、と断られるかもしれない、と思ったが、シスターエチェロは、無言で知佳を見つめた。

「あなたが何をしに街に行ったのかは、もう私の耳に入っていますよ」

そう言ったきり皺深い唇を引き結ぶと、自室に戻り上着を羽織って出てきた。知佳をその隣の事務室兼応接室に招き入れる。

ドアのかわりにビニール紐の暖簾《のれん》のような目隠しが下がった向こうに、粗末な机と合成皮革のソファがぽつりと置かれている。壁に小さな聖画があるきり、これといった飾りもない部屋だ。

座るようにソファを指さすと、シスターエチェロはいきなり低い声で知佳に告げた。

「この建物の裏手の道を真っ直ぐ上がって行くとお墓があります。尚子はそこに眠っています」

格別の驚きもなかった。

「行かれるなら、明日の朝早くがいいでしょう。陽が高くなると暑いですから」

一呼吸置いて、シスターエチェロは、小野尚子は亡くなった、とあらためて告げた。

「普通の亡くなり方ではありませんでした」

「浜の入り江のところに倒れていたと聞きました。一九九四年のことですね」

エチェロの視線が一瞬、宙を漂い、すぐに知佳の顔に戻された。

「ええ、一九九四年のことです。ただし水死ではありません。警察が調べるまでもなく、アルコールのほかに、大量のアンフェタミンを摂取し、中毒死したことがわかりました。その前日、日本から尚子の友達がやってきたのです。それで夕刻、二人で海辺の町に出かけていきました。食事ならここでなさい、と私は二人に言いました。お友達にはここに泊まってもらいなさいと。けれども尚子の友達は、私の申し出を断って、尚子を誘って海辺の町に行ったのです」

「その友達の名前は覚えていませんか？　たとえば山下とか、半田とか、明美とか」

シスターエチェロはかぶりを振った。

「聞いたのかもしれませんが、忘れました」

「もしかして友達ってこの人ですか」

スマートフォンを取り出し、写真データを呼び出そうとするが、心がはやり指は硬直したまま意に反して画面を滑る。無関係の写真やイラストをいくつも表示させた後、ようやく集合写真の中の、「山下」と名乗った半田明美の写真を画面に呼び出した。人差し指と中指で広げ、その顔を拡大する。

目の前に突き出されたスマートフォンの画面を凝視し、シスターエチェロは困惑したように首を傾げる。

あまりにも特徴の無い顔、どこにでもある顔だが、だれの顔でもない……。

「それではこの人ですか」と長島の記事が掲載された雑誌にあった小劇場の女優の写真を見せる。

「わかりません。よく覚えていません」

二十年あまりが経っているのだ。よほど印象的な人物でもなければ、一、二度会っただけで、この人、と断言できるはずもない。

「尚子は『彼女は恥ずかしがり屋で人見知りする質《たち》です。英語もあまりできないので、みなさんと一緒なのがとても疲れるのです』と、ここに泊まらない理由を私に説明しました。あのときもっと強く引き止めておけばよかった。悔やまれます。今、思い出しても。一人では決してしないことを、仲間がいるとやってしまうことがあるのです。尚子の友達の日本人女性は、ただの恥ずかしがり屋でも人見知りする質でもなかったのです。良くない人だったのです。そのうえ海辺の町は良くない誘惑に満ちた場所なのです。昔は素朴な漁師の町だったのですが、あの頃にはホテルやドミトリーやレストランが建ち並び、良くない人々がやってきて、お酒を飲み、マリファナやＬＳＤを摂取し、街中や浜で淫《みだ》らな行為にふけるような町に変わっていました。この国がそんな風にしたのです。政権が交代したとき、アキノ大統領に私たちは期待したのですが、だめでした。とにかく日本から来た友達に誘われて町に出て、尚子は誘惑に負けたのです。そうして命を落としてしまったのです。尚子は犯罪に巻き込まれ、同時に犯罪者にもなってしまいました」

「犯罪者になった？」

シスターエチェロは悲痛な視線で知佳を見つめた。

「外国人観光客は誤解していますが、この国で麻薬は重罪です。ドゥテルテが出てくるずっと前からそうなのです。たぶんあなたのお国よりも厳しい刑罰を科せられるでしょう。私は彼女を犯罪者にしたくはなかった。彼女は亡くなったけれど、そんな不名誉な死は伏せたいと思いました。だから海岸まで呼ばれていってそれが尚子であることを確認した後、見物人のだれかが警察に通報する前に、彼女をここに運ばせて、病死者として葬りました」

遺体を見つけ、発見した人がすぐに１１０番通報をする、というのは日本的な感覚だ。不良観光客が集まる海辺の町の人々にとっては、ただの水死者であってさえ厄介事だ。それが薬物中毒ということであれば尚更だ。警察に踏み込まれれば、無関係の人々が逮捕されたり、賄賂を要求されたり、観光客だけでなく、宿やその他観光に依存して生活している人々全体に累《るい》が及ぶ。フィリピンに限らず、それが観光で食っている地域の実情だ。

悪魔憑きと教会の話は、迷信と素朴な信仰から発生したものとは限らない。不利益を避けたい人々の間で、故意に作られた都市伝説である可能性もある。

病死として処理するにしても、外国人の死についてはしかるべき医療機関の死亡診断書が必要となる。幸い、ここの教会は診療所を持っていた。

「彼女が亡くなったことについて日本の教会に連絡などは？」

シスターは口元を引き締めた。

「あなたたち外国人にはわからない事情がありましてね。ここの教会はバチカンとは距離を置いているのです。当然、国内外の多くの教会とも。それに私たちは尚子の日本の住所を知りません。ここに奉仕でやってくる方々の素性は問いませんし、彼女のパスポートも私物も何もかもなくなっており、連絡先を辿ることもできませんでした。おそらく日本から来た『友達』が持ち去ったか何かしたのでしょう」

「小野尚子さんが亡くなったとき、その友達は？」

シスターエチェロは首を振った。

「いませんよ。ドラッグで亡くなった尚子に関わることを恐れて逃げた後だったのでしょう。警察に捕まって彼女も一緒に摂取していたとわかれば、何年も収監されますから」

「その友達について、もう少し詳しく教えていただけますか」

「日本人です。それ以上はわかりません。それほど歳を取ってもいなければ、若くもない。観光客にしては派手でもない。尚子によれば、日本では視覚障害者のための奉仕活動をしている人だというので、私も気を許してしまいました」

間違いなく、「山下さん」こと半田明美だ。

「確かに彼女とはお会いになっているのですよね」と知佳は確認した。

「二回」とシスターエチェロは顔をしかめた。

「一度は、尚子を訪ねてここに来たとき。もう一度は、尚子の遺体が発見される前夜のことです。彼女は一人でやってきました。いえ、私が晩のお祈りに行って戻ってくると、勝手に尚子の使っていた部屋に入っていました。『あなた、そこで何をしているの』と声をかけると、町で尚子とはぐれてしまった、と、身振り手振りを交えて答えました。私は何も疑っていませんでしたから、『ここに戻ってきたあなたは賢明です。深夜まであの町で女性が一人で歩いていたら何があるかわかりません。尚子はまもなく帰るでしょうからここで待っていなさい』と言いました。ところがその晩、尚子は海岸で亡くなっていた。そして部屋で待っていたはずの友達も消えていたのです。尚子の私物と共に」

パズルのピースがまた一枚はまった。黒い絵が完成に近づいていく。

小野尚子から聞いていた情報を元に、朗読ボランティアの山下こと半田明美は、ここにやってきた。

英語ができないシャイな日本人を装い、教会や診療所のスタッフと会うことを避け、小野尚子を海辺のカフェに連れだし、飲み物にアルコールか薬物、あるいはその両方を混ぜて摂取させた。

もし彼女を殺してなりすますつもりなら、小野尚子のパスポートが必要になる。尚子をスリップさせ、泥酔させた後、半田明美は小野尚子の持ち物を探ったのだろう。だが、おそらくそのとき尚子はそうしたものを携帯していなかった。そこで半田明美は、尚子を街に置き去りにしたまま、教会の宿舎に鍵がかけられてしまう前にやってきて部屋に忍び込んだ。

シスターエチェロに見つかってしまったが、騙すのは簡単だった。はぐれた、と言い訳し、エチェロが立ち去った後、パスポートの他、小野尚子の身分や住所を証明するもの、小野尚子になりすますのに役に立ちそうなもの、自分のことが書かれているかもしれない手帳のたぐい、それらをすべて盗み出し宿舎を後にした。

街に戻り、小野尚子を絶命させるチャンスを待っていると、ドミトリーの路地で日本人の女が近づいていく。そこで慌てて飛び出していって介抱する振りをして、別の場所に移した。おそらく人気のない浜でさらに薬物を飲ませるか、水に顔をつけるかして殺害した。

やはり彼女、優紀や知佳が知っている小野先生こと半田明美は、長島が調べ上げた通りの冷酷極まる連続殺人鬼だったのか。

だが、小野尚子が亡くなり、それを「友達」による殺害ではなく、友人に誘惑されてアルコールやドラッグを摂取した結果、とシスターエチェロが考えたにせよ、そしてその死に方がいささか不名誉なものであったにせよ、私物やパスポートが盗まれていた事実があれば、エチェロは警察に通報すべきだった。そうすれば半田明美の出国は阻まれていたはずだ。

もしシスターエチェロが漁村の人々に悪魔祓いの話をして尚子の遺体を持ち去ったというのが本当の話であるなら、ここに来た日、自分が尚子について尋ねた折に「知らない」と答えたことからしても、シスターエチェロが優先するのは人の命や正義ではなく、教会の名誉と外聞だ。この教会の行っている地道な活動は認めるが、教会を仕切っている聖職者の人格はどうなのか、と疑念と失望を感じながらベッドに入る。

眠れぬまま、東の空が白みかけた頃、知佳は宿舎を出て、裏手の坂道を登り始めた。

名誉に固執する教会によって、名前も身分も剝奪されて見知らぬ国に埋められてしまった小野尚子のために、せめて真摯な祈りを捧げたかった。

まだ暗い時間だというのに、グレースたちはすでに起きていて、朝餉《あさげ》の支度をしている。

知佳は教会の周りの空き地に咲いている浜木綿《はまゆう》を手折って花束を作った。日本で見るものより花びらが太く、白百合に似た花はほのかな明るみの中で白く清冽《せいれつ》な香気を放っていた。

花立てなどないだろうからと水を入れたペットボトルを二つ持って藪の間の細道を登っていく。

藪はすぐに開けた。

両脇は畑で、ぼろぼろのTシャツ姿の男女がすでに農作業を行っている。未明には畑に出て、陽射しが強くなる昼前に休憩に入るのかもしれない。

緩やかな斜面を登り切ると、緑濃い木々の間に燃えるような赤い花々が咲いている。

ハイビスカスの植え込みがあった。

花に埋もれるように二本の木を組み合わせた十字架が見えた。

あたりに墓石らしきものはない。ちょうどそこが登り坂の突き当たりだ。息を切らしたまま振り返り、歓声を上げた。

緑の斜面の真下から海が広がっている。

海岸付近のコバルトブルーの水は、岩礁の紫色が点在するあたりを境として、紺碧《こんぺき》に変わる。水平線のあたりは鮮やかな青に輝き、明るさを増した空に溶け込んでいる。

抱えてきた浜木綿の花は吹き上げる風ですでに萎《しお》れかけていたが、墓碑銘もない墓の周りには溢れるように赤い色が咲き乱れている。

小野尚子はその花の下に眠っている。

花を植えたのがシスターエチェロたち教会の人々なのか、それともかつて小野尚子に抱かれて病を癒され、怪我を負った体を治療してもらった人々なのか。

豪華な花々の手前に、ペットボトルを埋め、首を垂れた浜木綿を生けて、知佳は手を合わせる。

そのとき軽やかな足音が斜面を登ってくるのに気づいた。

振り返ると汗まみれのワイシャツを身に着け、ゴム草履を履いた中年の男が立っている。前歯が一本抜けた口元で「ハロー」と笑いかけてきた。

「あなたが尚子の友達ですね」と、男は尋ねた。意外なほど訛りのない英語だ。

「小野尚子さんを知っているのですか？」

知佳が尋ねると男はうなずき、生い茂っているハイビスカスの枝をいかにも強靭《きょうじん》そうな指先で折ると、挨拶のつもりなのか、知佳に手渡した。

「ありがとう。この花を植えたのは、あなたですか？」

「そう、僕たちが植えた。あなたのことはシスターエチェロから聞いています。少しお話をしたくて追ってきました」

「教会の方？　初めてお会いしますよね」

男は首を横に振った。J.P.と名乗り、司祭だと言う。

「司祭？　というと、カトリックの？」と半信半疑で男の服装を見る。

古びて型崩れした白いワイシャツ、すり切れたジーンズはもらい物なのか、拾ったものなのか、男には太すぎるサイズで、古びたベルトでずり落ちるのを留めている。

「カトリックではなく、新しい教会です」

「新教、プロテスタント？」

だがプロテスタントに司祭はいない。

「プロテスタントではありません」

男は少し気色ばんだ口調で答えた。

「この国の政府も上流の人間も、教会の上の方の聖職者たちも、金持ちをもっと儲けさせることしか考えていない」

面倒な人物のようだ、ととっさに身構えた。

反体制運動家か、新興宗教の幹部か、それとも単に現状に不満を持つ者か。不審そうな知佳のまなざしに気づいた様子もなく男は一方的に話し続ける。

「いいですか、大統領がマルコスからアキノに代わった時、マニラあたりは少しは良くなったのかもしれない。しかし田舎の状況は変わらなかった。相変わらずひどいものでした。ある日政府は外国と協定を結んだ。そして金や安全保障と引き替えに、大型の外国船がここの沖で根こそぎ魚を捕っていくのを許した。地元の漁民たちは干上がった。また、このあたりの畑の農業労働者たちは、掌一杯の米も買えないほどの低賃金で夜明けから深夜まで働かされた。政府はそれを見て見ぬふりをする。アキノ政権下で農地改革法が制定されたにもかかわらず、です。だからタハウ教会の司祭は、貧しい漁民や農業労働者を集めて聖書の勉強会を開いたのです。そして今の社会で行われていることがいかに不正義であるかを学び合い、抗議運動に結びつけていったのです」

話の流れがいきなり変わってしまい、聞き取り、理解するのに苦労する。だが、フィリピンの現代史になど興味のない知佳にも、少しずつこの町の事情と小野尚子が通ってきていた理由がわかり始めた。

不在地主の下に多くの小作がいて、小作の下にさらに農業労働者がいる。何重もの搾取構造が存在し、餓死との境界線上で生活をしている人々がいた。そして現在もいる。そうした人々をこの地区の教会の司祭たちが組織し指導したのだ、と男は話した。

「我々は人々にこう説教しました。『土地は人にとっての命だ。神が人間に命を与えられたということは、土地を与えられたということだ。神の与えられた土地をだれかが独占し、人が土地から切り離されるということは、人が自らの命から切り離されるということだ。キリスト教において命が与えられるという約束は、すなわち土地を取り戻すということだ。また地主にとっての正義はこの国の法を守ることだが、農業労働者や漁民たちの正義は、命と生活が守られることだ。真の不正義とは、食べ物がないことだ』と。あなたもそう思いませんか」

「は……ええ」

完全には理解しきれぬまま、知佳は司祭の言葉に呑まれたようにうなずく。

「しばらくしてここ、タハウの司祭は中央の教会から警告を受けた。聖職者が政治運動、特に共産主義運動を行うことは禁止されている、慎むようにと。そのとき彼は、マニラの教会の司教に手紙を送った。子供も大人も明日の食べ物にも事欠き、赤ん坊が死に、少女たちが売春婦として売られる。それほどの貧しさを目の当たりにして、なおかつ信仰はこころの問題だなどと言うのは、欺瞞《ぎまん》ではないか、と。聖書のメッセージを丹念に読めば、私たちがなぜこれほど貧しいのか理解できるではないか。そして聖書にはどうすればそうした人々の苦しみを解決できるのかが、示唆されているではないか、と。神の祝福は、現実の苦しみにさらされているものに、苦しみを苦しみのまま放置して魂を救済するものではない。私はあなたと共にいる、だからあなたは突き進みなさい、という励ましの言葉なのです。その言葉に導かれ、農業労働者は賃上げを求めてストを行い、漁師たちは沖合の外国籍の船の退去を求めて大規模な抗議集会を行った。警官隊がやってきて、たくさんの人が逮捕された。殺された者もいた。タハウ教会の司祭も逮捕されて、しばらくして拷問と暴行で廃人のようになって戻ってきました。もちろん教会本部は手を差し伸べたりはしない。逮捕と同時に司祭を解任した。釈放された数日後に司祭は拷問による怪我が元で亡くなり、やはり抗議集会やストで殺された人々と共に、ここに葬られました。尚子がここに通ってきていたのは、そんなことのあった後だった」

「小野尚子さんもそうした運動に関わっていたのですか」

知佳はせっつくように話の先を促す。小野尚子の本当の顔が見えたような気がした。

男はかぶりを振る。

「彼女が来た頃には、闘争自体はすでに敗北した後だった。農業労働者の大半はここを出てマニラのスラムに行き、漁民たちは観光客相手の商売で生計を立て始めていた。教会本部が代わりの司祭を派遣してくることはなかった。けれども司祭の主張に共鳴したシスターエチェロたちがやってきて教会を維持していたのです。シスターたちは司祭ではないから典礼はできません。それでも診療所や子供たちのための日曜学校を運営して活動を続けていました。尚子はあの地獄のような闘争を知らないが、我々の思想には共鳴してくれた。彼女は自分がどんな家に生まれ、どんな境遇に育ち、どんな試練を経てきたのかを話してくれた。彼女はここの活動に自分の人生を照らす光を見出したのです。

だが尚子が我々と共に新しい神学について学ぼうとすることはなかった。彼女はクリスチャンではなかった。それでも我々の運動を理解し、シスターエチェロに深く共鳴し、年に一度、三ヵ月あまり滞在し、診療所で怪我人や病人の手当てをし、身を削るようにして献身してくれた。信仰も持たないのに、驚くほどの癒しの力を持っていた。あるときそれを訝《いぶか》ったものがそれは日本の神秘なのか、と尋ねると、彼女は笑って否定した。自分は、小さき者、卑しき者だ。だからすべての人々の下僕でありたいと願っているだけだと答えた」

小さき者、卑しき者。すべての人々の下僕。クリスチャンではないという小野尚子が、そうした言い回しをするはずがない。おそらく彼女は、慎ましくへりくだって謙虚な、まさに日本風の言葉と態度で質問に答え、それをクリスチャンである人々が彼らの論理の下で翻訳したのだろう。だがそれは見事に小野尚子の精神性を表した言葉だ。

男は顔をしかめ、次第に陽射しが強さを増してくる空を見上げた。

「その尚子が過ちを犯した。欲望に負けたのか、ちょっとした好奇心からだったのかわからない。ドラッグを使用して命を落とした。悪魔が彼女の心に入り込んだ。それが信仰を持たぬ者の弱さです。尚子は道端の小石に躓《つまず》いた拍子に、すがるものがなく堕落の深い穴に転落してしまった」

「尚子さんの過ちとは限らないじゃないですか」

思わず両手を握り締め、反論していた。

「信仰など持っていなくても、人は正しく生きていけますよ。自分の意志と判断力で誘惑になど負けずに生きていけます。でも、悪い人に騙されて知らぬ間にドラッグを飲まされたりしたら、どうしようもないじゃないですか。尚子さんはやられたんですよ、飲み物にドラッグを混ぜられて、知らずに飲んでしまったんです」

「いや、彼女はだれかに騙されて飲まされたわけじゃない。日本から来た不道徳な友人に誘われて、シスターエチェロが止めるのも聞かずに観光客たちの街に出ていったのです。ずっと昔から、外国人の大半はあの海岸の街でタバコを吸うように大麻を吸っていた。あそこを仕切っている売人もいる。あの頃、片言の英語を話す日本人の女にMDMAを売った者がいる。地主の土地に勝手に小屋を建てて逮捕された男が、同じ留置場に入ってきた男から聞いた話だ。私もエチェロも、そのクスリを買った日本人女性が尚子の友人だったと考えている。その女が尚子を誘惑した。残念なことだが、たいへんに残念なことだが、日本から訪ねてきたかつての仲間にそそのかされ、尚子は深い穴に自ら転がり落ちていった」

「だからそうじゃないって言ってるじゃないですか」と抗議しかけて気づいた。

この男は、「同胞」や「友人」が仲間に、昏睡強盗のようにドラッグを混ぜた物を飲ませ、挙げ句に殺す、などということには考えが及ばないのだ。同胞や友人を悪事に誘う者はいるにせよ、殺人を企ててここまでやってきて決行する者がいるなどということは考えられない。そういう頭の構造をしている。そのうえに信仰を持たぬ人々に対する強い偏見を持っている。

小野尚子は人が好すぎたのだろう、おそらく。育ちの良い人にはよくあることだが、自分がいったん信頼した人物が自分を裏切ることなど考えもしない。しかも異国に滞在している自分を慕って、友人がこんな田舎町までやってきた。どうしてその好意を疑うことなどできるだろう。外国に来て英語で歓待されるのはとても疲れる。たとえそれが相手の精一杯のもてなしであっても。旅の疲れが出る夕刻には、日本人同士で日本語だけしゃべってゆっくりくつろぎたい。日本人にとっては普通の感覚だ。

小野尚子はそんな「山下さん」の気持ちを、自分の立場より優先したのだ。だからシスターエチェロに止められても、不良外人のたまり場のような街に赴いたのだ。

「小野尚子さんは日本で様々な問題を抱えた女性たちが共に生きていくための寮を、私財をなげうって造り上げた方です。私はここに来て初めて小野さんが亡くなっていたことを知りました。彼女の訃報が日本にもたらされず、一人ここに葬られていたことに心が痛みます」

知佳は司祭の顔を真っ直ぐに見つめて続けた。

「彼女は殺されたのです。私はそう思っています。けれどもこうしてあなたが小野尚子さんのためにお花を植えて、お墓を守ってくれていた……いえ、神に祈ってくれていたことに、心から感謝しています」

司祭は礼儀正しい口調で「それには及びません」と答えた後に続けた。

「彼女は一人ではありません。ここには我々の仲間が眠っています。外国漁船の侵入に抗議して集会を開いたときに警察官に殺された漁師や、賃金闘争の折に逮捕されて死体となって戻ってきた農業労働者たちです。拷問で殺された司祭もここに葬られています。だれにも知らせず、尚子をここに葬ってしまったシスターエチェロを恨まないでください。あの頃、地方政府も、教会上層部も、心あるシスターがかろうじて維持しているタハウ教会への締め付けを以前よりもさらに強めていたのですから。司祭を派遣しないだけではなく、あらゆる秘蹟《ひせき》から排除し、シスターエチェロに対し様々な警告を送ってきていたのです。子供たちのための日曜学校に警察官が踏み込んできたことさえありました。そんな中で尚子の薬物死は、タハウの教会だけでなく、民衆の側に立って本来のキリスト者としての運動を展開している私たち全体に、弾圧のきっかけを与えるものだったのです。隠さざるをえませんでした。人は過ちを犯すものです。たとえ過ちは犯しても尚子がここの人々のために尽くしてくれた事実は消えません。彼女の優しさ、彼女の気高さ、彼女の人を癒す大きな力を、ここの人々はだれも忘れません」

男は跪き祈りを捧げる。

過ちなんか犯していない。彼女が設立した寮には薬物依存から抜け出した女性たち、抜け出そうとしている女性たちがいた。そうした人々のために尽力した小野尚子、そして決意を持ってこの地に通い、貧しい村の人々に医療を提供しようとした尚子が、仲間にそそのかされて酒や、ましてやドラッグを自ら摂取するはずがない。

知佳は司祭の背後で、立ったまま合掌し頭を垂れる。

無念だったでしょう、小野尚子さん。どうか成仏してください。今更、半田明美の罪を問うことはできませんが、何が起きたのか、必ず真実を解き明かしてさし上げます。

そう日本語で語りかける。自らの誤解を認めない司祭への面当《つらあ》てに、覚えたての般若《はんにゃ》心経《しんぎょう》を大声で唱える。

売人からＭＤＭＡを買った日本人女性が半田明美だったとは限らない。同じ頃、イネスこと岡山桃子もここに滞在していたからだ。それでも半田明美がここまでやってきて小野尚子を殺したことはほぼ間違いない。

自分がもはや男を獲物にできる年齢を過ぎたことを冷静に自覚し、次の標的を財産持ちの女に定め、異国まで追ってきて飲み物に何かを仕込んで殺害し彼女になりすますことで、半田明美は連続殺人の容疑者としての過去をも葬った。

長島の描いた通りの構図が、心ならずも証明されてしまった。

だがそんなことをして半田明美に何の益があったのだろう？

もし長島の書いた原稿の通りなら、半田明美は人望や名誉を求めるような女ではない。権威にも愛情にもセックスにさえ興味はない。ただ現実的な利益、手っ取り早く言えば金、それにしか執着しない。金以外に彼女が求めたものはない。

冷酷にして卑劣な毒婦、半田明美。だが知佳が見た「小野先生」からは、そんな内面は片鱗《へんりん》も感じられなかった。

二十数年の闇から事実が掘り起こされてみれば、謎はさらに深まっている。

その日の午前中に知佳は、シスターエチェロに世話になった礼を述べ、自分の財布から日本円にして約二万円分のフィリピンペソを献金し、タハウの町を出た。

ナガの空港でかなり時間があったのでイネスに電話をして、丘の上で司祭から聞いた売人の話をした。

「MDMA？　あの頃でも、さすがにやったことないわ、私。ハシシなら女が一人でいると仲間が寄ってきてわけてくれるのよ。だけどMDMAみたいな錠剤は高くて手が出ない」

もう一つ、状況証拠が付け加えられた。

マニラに戻った知佳は、宿泊先のホテルから事の顛末《てんまつ》を中富優紀にメールで書き送った。

憶測と推理は書かなかった。ただこちらに来て知った事実を羅列し、タハウの教会や漁村、カフェやドミトリーといった場所や人の写真を添付した。

その夜、ホテルの部屋で幾度かメールをチェックしたが、優紀から返信は入っていなかった。

翌朝、出発直前にスマートフォンにメールが届いた。

「小野尚子先生は信仰を持ってないわけじゃなくて、たぶん彼女自身が神様だった、と私は思う。とにかく、知佳さん、お疲れ様。気をつけて帰ってきてね」

初めて知佳さん、と呼びかけてきた。

小野尚子自身が神様だった、という優紀の言っていることはおそらく正しい。

混乱していた。

小野尚子、として今、イメージしている女性は、優紀にとっても知佳にとっても、半田明美、その人なのだ。「すべての人々の下僕でありたいと願う」ような女も、自らが神様になってしまった女も、実際に二人が目にした生身の半田明美に他ならない。

今の段階で信じられるものなど何もない。

信じられないから、優紀から送られた返信のトーンも落ち着いているのだろう。

9

ドヤ顔、というのは、こういうのを言うのだろう。

「な、俺の言ったとおりだろうが」

以前、取材原稿をもらった区民センターの喫茶室で、長島は腕組みをして鼻の穴をこちらに向けている。

知佳が、フィリピンでの一部始終を報告する傍らで、この日、所用があって東京まで出てきた優紀が、不審そうなまなざしを初対面の長島に向けていた。

「何はともあれ、モノを書くには現地に飛ばなきゃダメよ。で、半田明美はあっちで小野尚子を殺っちまって、彼女になりすまして日本に帰ってきたわけだ。病気だってことにして、顔を隠して、光線過敏症を理由に夜しか出歩かない、と」

そのあたりの情報は、知佳が前もって長島にメールで書き送っていた。

「で、戻ってきて、漢方だか中医学だかの先生んところに通って治したって話だが、この医者か、あんたちゃんと調べたか？」と知佳の顔を上目遣いに見る。

「いえ、まだ」と優紀の方をうかがう。優紀が眉をひそめた。

「早く、裏、取れよ。裏」

「でも、そのあたりは……」

だれも小野尚子が偽者だ、などと考えもしなかったのだから、漢方の先生のおかげで治ったと聞けば、そのまま信じる。

「信濃追分にあった医院で、断食療法もやっていたところ、と以前、寮に居た人から聞きました」

優紀が抑揚のない口調で代わりに答えた。

知佳はスマホを取り出し、検索画面に信濃追分、漢方医、とキーワードを入れる。二件ほど出てきたが、一般的な病院とクリニックで、医師が漢方を取り入れているだけで、漢方医が開業しているわけではない。中医学についてはデータがない。断食療法についても同様だ。

「そもそも仮病だったんだから、医院になんか行く必要はない。目的は、ずばり、外出だ」と長島は机を叩いた。

「それまでの手口からして共犯がいたとは考えにくいから、仲間と連絡を取ったということはないだろう。何をしていたか知らないが、金に関することを手始めに、やることは山のようにあったはずだ。ちなみに飲み物にクスリや強い酒を混ぜて前後不覚にするというのは、半田明美のお得意の手口だ。医者の亭主を殺ったときも、実の親父のときも。手口としちゃあ、練馬の内装業者を殺ったときとまるで同じだ。あのときは船から酔っ払った男を突き落としたんだが、大の男を前後不覚にするために、酒の他に一服盛っていただろう。今回は、金輪際一滴の酒も飲めない元アル中女に同じ手を使ったわけだ。しかも明美にクスリを売った売人の話まで出たんじゃ、もう否定のしようはないな」

知佳はうなずく。タハウのカフェで口にした飲料の合成香料の強烈な香りや吐き出しそうになるほどの甘みが舌の上によみがえる。あれに仕込まれたら、アルコールの味も匂いも、クスリの苦みも何も感じなくなる。

「練馬の内装業者と違うのは、犯罪場所の社会背景だな。政権からもバチカンからも目の敵《かたき》にされているアカがかった教会は、あの当時、フィリピンだけじゃなくてあちこちにあったんだ。発祥は中南米だ。あんたが会ったって言う墓守だか司祭だかは、そういう『赤い坊主』のなれの果てさ。アカの教会に出入りしている人間がドラッグで死んだとなれば、政権にとっちゃ弾圧の格好の口実になる。知られたら聖職者だろうが何だろうがまとめてひっくくられて組織は一気に叩きつぶされる。そんな事情があるから教会だけでなく町ぐるみで事件を闇に葬ったんだ。半田明美もそこまでは予想していなかっただろうが、その教会がどういうところか向こうに行ってから小野尚子から聞いたのだろう。そうでなければ、明美のことだ、小野尚子の死体をそのまま放置して逃げたりはしない。だれだかわからないように工作するくらいのことはしただろう。コンクリートブロックをくりつけて海に沈めるか、ガソリンをかけて顔を焼くか、野良犬に食わせるか」

傍らで優紀が無表情のまま、奥歯を食いしばっている。顎のあたりがきしむように動いた。

「あの女なら何をやっても俺は驚かない。半田明美は希代の毒婦どころか怪物だ。殺されたってしかたないってヤツも世の中にゃいるけど、まあ、その、どこから見ても聖女みたいなのを、冷酷無慈悲に、しかも大恥かかせて死なせるというんだから。よくぞ化けて出られなかったものだが、そもそも良心がなければ、良心の呵責《かしゃく》なんてものもないわけで、変なものを見たりうなされたりなんてこともないってことだ」

優紀が上目遣いに長島を見つめ、幾度かためらった後に言った。

「でも、私が九年間、一緒に生活し、一緒に仕事をしてきた小野先生は……」

そのまま言葉に詰まった。

タハウでの一部始終を長いメールで送ってから数日後、優紀からはあらためて返信が来た。

「信じたくはないけれど、事実と認めざるを得ない。知佳さんが実際に自分の足で歩き回って調べ上げたことなら。でも、どう考えたらいいのか、自分でもわからない」と。

この日、優紀は資金繰りのことで東京、大久保にある白百合会本部を訪れたのだが、彼女が知佳に同行してここまで来たのは、その混乱した気持ちに決着をつけたいと思ったからなのだろう。

「それにしても、よくぞ二十何年も善人の皮を被り続けたものだ」

長島は腕組みした。

「あれが皮とは思えないんですよ、私には」

うめくように優紀が言う。

「やつは、何を待っていたんだろうな、そんな長い間」

「何も待ってなかったと思うけど」と知佳は、躊躇しながら続けた。

「何かがあって、すごく反省して、すごく後悔して、心を入れ替えて残りの半生は私心を捨て、他者のために生きようと決意した、ということじゃないですか。それ以外考えられないでしょ」

「それはあるかもしれない」と優紀がためらうように同意した。「たとえば本物の小野尚子さんが、半田明美のことを本当に大切にしていたという証拠を、彼女を殺してしまった後に発見して、心底、後悔して、一生かけて償おうと決心したのかもしれません」

「あれがそんなタマか」と長島は鼻を鳴らした。

「反省だの、心を入れ替えるような人間なら、そもそもあんなことまではやらない。半田明美って女は、そうじゃない。良心自体を持たない、生まれついての犯罪者、正真正銘の怪物だぞ。俺は確信したね、取材を進めるうちに。どこで切っても良心なんてものは、顔を出さない。キリストでも乗り移らない限りは、悔い改めたりなんかするわけがない」

「キリストが乗り移るわけがないじゃないですか、おきつねさまじゃないんだから」と知佳は呆れながら応じる。

「そんじゃ観音様でも乗り移ったか」

優紀は無言のまま、冷ややかな表情で長島を一瞥した。

「とにかく」と知佳は居住まいを正し、土産物の袋に添えて米ドル札の入った封筒を礼の言葉と共に長島の前に置いた。

もらった取材費の残金だった。日本との往復航空券とコタキナバルの滞在費は編集プロダクションが負担しているから、マニラ、ナガ間の国内線運賃とその他の滞在費のみ、長島のくれた「軍資金」でまかなった。

宿泊先は、教会の宿舎や中級ホテルであったし、タハウの教会への献金は自分の財布から払っているので、「軍資金」は十万円程度しか使っていない。

「いいのによ。俺、この先使う当てがないからさ。あんた、この先の取材に使うだろ」と長島は封筒を知佳の前に押し戻し、「これだけありがたくもらっておくから」と、袋に入った土産物を自分の前に引き寄せる。

「いえ、けじめですから。本当にありがとうございました」と知佳は頭を下げて、封筒を再び長島の方に押しやる。

長島は固辞し、それから思いついたように優紀の方に顔を向けた。

「あんたんとこの施設に寄付するよ。米ドルだっていいだろ。台所事情はこのお姉さんから聞いてる」と知佳を顎で差す。「今日も、そのために東京まで出て来たんだってな。正月の餅代にしてくれ」

優紀は一瞬、呆気に取られたように長島の顔を凝視したが、すぐに姿勢を正し、「謹んで頂戴いたします」と深々と頭を下げた。

新アグネス寮は小諸の民家からの立ち退きを迫られているが、代わりの物件は見つからず、また家賃を払えるめどもついていなかった。白百合会にもそれほど潤沢な資金はない。暴力や薬物依存で緊急の保護が必要な人々のシェルターの維持だけで手一杯だ。大久保の本部で理事たちに支援を頼んだが色よい返事はもらえなかった、という話をつい先ほど、青白い顔で胃のあたりを押さえている優紀から聞いたばかりだった。

「それじゃ頑張ってくれ」と土産物の入った袋を無造作にエコバッグに突っ込んで席を立とうとした長島に、知佳は「それ、気に入ってもらえるといいんですが」とエコバッグを指さす。

「工芸品です。向こうの施設の女の子たちが、自立のために作っているものだそうです」

「例の売春婦たちの更生施設？」と長島は尋ね、再び腰を下ろし、いったんエコバッグに突っ込んだものを取り出し、中身を見る。

蔓で編んだ女物のハンドバッグだ。

包みを開いたとたんに、長島は泣き笑いのような表情を浮かべた。

「いや、ありがとな。かみさん、喜ぶわ。わけわかんなくなっても、こういうのが好きでな。病院連れて行くのに使わせてもらいます」

きっちり分け目のついた薄くなりかけた頭を深々と下げた。

区民センターの建物を出て、優紀が青空を見上げため息をつく。

「もう、正直、何を信じて生きていったらいいか、わからないんだわ、あたし」

「まあね」と肩を落として知佳も同意する。

「もちろん人の善悪なんて、そんなすっぱり割り切れるものじゃないけど、小野先生は特別な人なんだよ、私たちにとってはね」

「わかってる……」

「いや、知佳にはわからないよ」

「山崎さん」から「知佳さん」に、そして今、知佳と呼び捨てにされた。きつい物言いと相まって、優紀が無意識に距離を縮めてきたのがわかった。

「寮の人たち、何と言ってる？　フィリピンの件については。信じられないだろうね」

優紀はかぶりを振った。

「見せられないよ、あのメールは。とりあえず絵美子だけには読ませたけど。どういうことなのかわからない。何を信じていいのかわからないと泣いていたから、一晩中、話した。で、結局、知佳さんが書いてきたことは、たぶん本当のことなんだろう、というとこに落ち着いた。しっかりしていそうに見えても、不安定なんだよ。絵美子も、私も、海千山千に見える麗美さんも。だから虚勢を張ったり、異様に人当たりがよかったりするんだ。傍からはわからないだろうけどね。私だって、デパスとかに手が伸びそうになるのを、必死でこらえているんだよ」

知佳は無言でうなずく。確かに自分は新アグネス寮の人々の表面しか見ていない。

優紀は気を取り直したように微笑んだ。

「でも今日は、お金がもらえて、本当に助かった。どうやってお正月を迎えようか、先生が亡くなったからお正月はないけど、でもそれなりに新しい年だから、何かしたい。人生、お金じゃないって言うけれど、お金が無ければどうにもならないんだよ。あのときは長島さんの顔が一瞬、仏様に見えた」

「そこまで詰まっていたんだ」

優紀はうなずく。

「火事でみんな焼けたから。これまでも資金がショートしたことはあったけど、困ると小野先生が自分のお金からそっと補塡してくれていた」

ああ、と知佳はうなずく。

小野先生が偽者であるか否かに関わりなく、本人が亡くなれば個人口座から金は引き出せない。

「そこまでして新アグネス寮を維持していたって、小野先生は何を考えていたんだろう」と知佳は首を傾げる。半田明美の名前を出すのが、優紀の前では気がとがめ、「小野先生」と呼んだ。

「火事で焼けた追分の寮に、羊の牧場があったの覚えている？」

「ああ、ちっちゃい縫いぐるみの、あれ……」

インタビューに訪れた折、入居者たちが集まる食堂兼居間の出窓に置かれていた。おびただしい数のフェルト細工の子羊の縫いぐるみは、榊原久乃が視覚を完全に失った後も作り続けたものだと聞いた。一体だけ交じっている人形、羊飼いについて、かつて榊原久乃は「羊の群れに、羊の皮を被った狼がまぎれ込むこともある。だから羊飼いが注意深く見回り、羊を守らなければならない」と語った、と聞いている。

「神の子羊だか何だか、私はキリスト教徒じゃないからわからないし、興味もなかった。

榊原さんは、生きていくにあたっての一般的な心構えについて説教したんだ、と思っていたのよ。普段は良い人として暮らしている私たちも、時と場合によっては、あいつ殺してやりたい、とか、このくらいちょろまかしてもいいんじゃないか、とか、心に狼が忍び込む。だから常に自分を律し、良心の目を開いておきなさい、という意味だとね。でも、榊原さんが言ったのはそんな一般論じゃない、ずばり事実だったんだ。小野尚子さんにすり替わって新アグネス寮に入ってきた人の正体を、榊原さんだけは見破った。でもだれも信じてくれない。偽者を追い出すことができなければ、自分が羊飼いとなって監視しつづけるしかない、と。寓意でもなんでもなかったんだ」

「で、狼は死ぬまで羊の皮を被りつづけたわけだ」

「でも、長すぎるよ、二十二年なんて」

絞り出すように優紀は続ける。

「それに、あれは皮なんかじゃない。演技でできることじゃない。九年も小野先生のそばにいた者の実感なんだよね」

「無毒化」

ふと思いついたことを知佳は口にした。

「何それ?」

「HIVとかのウィルスで、感染したら必ず宿主《しゅくしゅ》を殺すようなやつが、ある人の体内では病気を発症させないまま共存してしまう」

「ああ、その人の体質とか抵抗力の有る無しとかで、あるかもしれないね」

「いや、体質でも抵抗力でもないんだよ。免疫細胞に情報が伝わってシステムが活性化される。そうするとウィルスが悪さをしたくても、細胞のドアをこじ開けられなくなる。結果、平和共存するしかないんだ。半田明美が小野尚子になりかわって二十二年、悪さをしないで消滅した。免疫システムの役割を果たしたのは榊原さんだった」

優紀はため息をついてかぶりを振った。

「小野先生が何か企んでいたなんて、私にはどうしても思えない」

年明け早々、優紀は長島からもらった日本円にして五十万円近い米ドルを、銀行に手数料を払うこともなく違法に換金した。休暇で故郷のカリフォルニアに帰ることになっていた長野白百合会のメンバーが、日本円に交換してくれたのだ。

ちょうどその頃、デリヘルの仕事を見つけてここを出て行った瀬沼はるかが深夜、五ヵ月ぶりに戻ってきた。愛結は一歳の誕生日を迎えていた。

風俗の仕事はもうしておらず、行き場所がない、と言う。

自分のしていることに嫌気が差したか、ヤクザのような経営者からひどい目に遭わされたのか、という杓子《しゃくし》定規な優紀の想像と、事情は微妙に異なっていた。

オーナーが提供してくれたワンルームマンションをはるかは二ヵ月目には出ていた。店には何も告げず、客であった男と姿をくらましていたのだ。

流通関係の仕事に就いている独身の若い男で、子連れのはるかと結婚するつもりでもあったらしい。男のアパートに転がり込み、しばらくの間はうまくいっていた。

年末年始もなく働きづめだった男にようやく休暇が取れ、計画していたドライブ旅行に行く直前に、愛結の具合が悪くなった。旅行をやめるかどうかでもめたが、結局、男の機嫌を損ねることを恐れ、はるかは赤ん坊連れで同行した。車中で愛結の具合はさらに悪くなり、むずかったり吐いたりする子供を見て男はますます不機嫌になったが、そのまま予約していたペンションにチェックインした。

子供の様子を見て心配したオーナー夫婦から病院に連れて行くようにすすめられたが、はるかは健康保険証を家に忘れてきてしまっていた。高額の医療費を請求されることを危惧し、男はいい顔をしない。結局、男に言われるままに、家に戻ってから医者に診せるつもりだったが、ぐったりした愛結の様子を見てどうにも不安になり、男が寝入った隙に男の財布とカードを持ち出し、タクシーで病院の夜間窓口に乗り付けた。

子供の病気は大事に至らなかったが、財布の中の現金では足りず、男のカードを使い、コンビニで現金を引き出して支払いをすませた。その間、携帯電話に男から電話が入り、黙って財布を持ち出したことで「殺す」と言われたために怖くなり、新アグネス寮まで逃げてきたのだという。その前にカードと空になった財布は封筒に入れ、普通郵便で男のアパートに送り返したらしい。

どうしてそこまでバカなのよ、という言葉が、思わず優紀の口をついて出た。

風俗の仕事に就いたことでも、簡単に男とくっついたことについてでもない。それ以前の常識の無さ、保険証を忘れた不注意はともかくとして、子供の容態を説明して男を説得することも、ペンションの夫婦に相談することもせず、男の財布とカードを持ち出し、勝手に現金化する非常識さ、どうやったのか知らないが、あらかじめその暗証番号を取得していた抜け目無さ、カードのたぐいを普通郵便で送り返すずさんさ。そのいびつさ加減に呆れていた。

「やって良いことと悪いことの区別がつかないまま育ったんだよ。本人のせいじゃない。親が悪いんだ」と麗美がかぶりを振りため息をつく。「切羽詰まるととんでもないことをしてしまう。どっちにしても、あの子、水商売や風俗は無理だ」

以前からはるかの話を親身になって聞いてやっていた絵美子がその言葉に同意した。

「お客さんと逃げちゃうなんて、ほんと、バカだよね。あそこは業界でもすごく良心的なお店だったのに。オーナーもシングルマザーで女の子たちに理解があるし、店長も良い人だって噂だよ」

彼女が辞めてしまったデリヘルについて、いかにも残念そうに語る絵美子の言葉に抵抗を感じながら、かといってそんな月並みな倫理観で生きていけるほど恵まれてもいない自分たちの身の上を思えば、果たしてどんな判断をし、どんな言葉をかけるべきなのか迷う。こんなとき小野先生がいてくれたら、とすがるような思いでその面影を追っている自分に気づき、優紀は愕然《がくぜん》とする。

縁側の床にぺたりと腰を下ろし、赤ん坊をあやしながら意外なほど丁寧で几帳面な手つきでおむつを替えている姿は、普通の若い母親だ。どんな事情であれ、その愛情は確かなもので、何があっても子供だけは手放さないだろう、最後は男ではなく子供を選ぶだろう。愚かであっても、いびつであっても、はるかは間違いなく母親になっていた。

「小野先生にもらった大事な命だったから、この子が死んじゃったらと思ったら、もう頭の中がわーっ、てなって」と涙ぐんでいる。

複雑な思いでうなずきながら、優紀は赤ん坊の顔を覗き込みあやす。

きょとんとした表情で愛結は優紀の顔を見た。

「だっこしてみます？」

汚れたおむつを手際よく処理すると、はるかはひょい、と愛結を抱き上げ、優紀に渡した。

湿って温かく、ずっしりとしたものが、腕の中に収まった。そのとたんに切ないほどの愛おしさが胸にせり上がってきた。

「重くなったでしょ」

「うん、うん」

思わず頬を押しつけた。いきなり腕の中にあったものが硬くなった。反り返るように抵抗するのと同時に激しい泣き声を上げた。

「あらあら、ごめん、ごめん」

「ああ、知恵がついて人見知りするようになってるんだ」と絵美子が笑う。

思いも寄らぬ拒絶に優紀は傷ついていた。

子供にも年寄りにも優しい、と言われてきたが、腹の中まで優しいわけじゃない。幼い頃からいつも割を食っている、という不満で一杯だった。無垢《むく》な赤子はこちらの人間性を見抜くってことなのか。そんなことを思い落ち込む。

「何やってるの、犬猫、抱いてるわけじゃないんだから」

麗美が手を出してきて、ひょい、とさらっていった。

「体にべたっとくっつけないで、こうやって離すの」と麗美は腕の中の愛結の顔を優紀に向けた。黒い瞳が優紀を捉え、上機嫌な笑みを浮かべた。

翌日の午前中、優紀ははるかを役所に連れていき、各種の手当や生活保護の申請手続きを手伝った。担当者と面談した結果、人並みの生活をするには足りないが、寮費を払って母子ともに生きていくには十分な扶助を受けられることになった。その一方で、母子相談員の勧めもあってハローワークが主催する職業訓練に通うことになった。

コンピュータ関係の資格を取得するためのもので、もともと優紀よりも器用にPCを使いこなすはるかには、寮の畑仕事をするよりそちらの方が合っているように思えた。保育園も優先的に入れそうで、行政の支援を受けながら自立の可能性も見えてきた。

以前からはるかは自分のタブレット端末ではなく、事務所にあるデスクトップ型コンピュータでインターネットを立ち上げて見ていることがあったが、ほどなく白百合会に提出する帳簿類を、優紀よりよほど手際よく作成できるようになった。忙しく飛び回っている優紀にとって、はるかは入居者というよりPC回りを担当してくれる頼りになるスタッフになりつつあった。

心を許しすぎた。

ある日、外出した優紀が戻ってみると入居者の様子がおかしい。

全員が事務所に集まり、デスクトップの画面を見つめていた。

絵美子が青ざめた顔で優紀を迎えた。麗美が丸椅子に座り、唇を引き結び腕組みしていた。

机の前にはるかがいた。

彼女が知佳の送ってきたメールを見てしまったのだった。

昨年暮れのフィリピン行きで知佳が突き止めた事実も含め、彼女とのやりとりについて優紀はパスワードをかけていた。

だが男のカードの暗証番号なども簡単に手に入れたはるかにとって、優紀の緩すぎるガードを突破するのはたやすいことだったらしい。

格別、悪いことをしているという意識もなく、合い鍵を使って勝手知ったる男の家に上がり込むような感覚で侵入し、はるかはその内容を読んだ。そして勝手に混乱し、その内容を入居者のだれかれかまわずしゃべりちらしただけでなく、開けたメールを画面上で読ませたのだった。

「何かの間違いよね、だれも見た人なんかいないんだし、二十年も前の外国の話だよ」

入居者の一人が震える声でささやいていた。

意外なことに同調する者はいなかった。だれもが困惑したように黙りこくっている。

「この人が本当のことを書いているとは限らない」

麗美が口を開き、少しためらってから続けた。

「だけど、肝心なことはこの通りなんだろうと思う」

警察から情報がもたらされたときから、覚悟していたように見える。

「やむにやまれぬ事情があったんだね。どうにもならない恨みがあったのかもしれない」

「小野尚子さんが恨まれたりすると思う?」

思わずそう反論しかけて、優紀は自分が本物の小野尚子を知らない、ということに思い至る。

どこかで歯車が狂うと、人殺しってやってしまうこともある。そんなことを麗美は以前語っていた。だが、彼女自身が犯した犯罪のように、恨みつらみが積もり、相手に怪我を負わせ、結果的に死なせてしまった、というのと、知佳の書いてきた半田明美の犯罪は違う。

「人情」からはかけ離れた、不気味で悪魔的なものが感じられ、優紀自身の知る小野先生の人間像からは限りなく乖離《かいり》している。

「人間って変われる、と私は思う」

絵美子が悲痛な表情でつぶやいた。

「人は真底から改心することで生まれ変わることができるんじゃないかな? 過去に何かあって、大きな罪を犯したにしても。いえ、大きな罪を背負っているからこそ小野先生はあんなに優しくなれたんだと思う」

不意にはるかが鼻をすすり上げた。幼児のようにしゃくり上げている。その隣で愛結がびっくりしたように目を動かす。

「生まれ直すことはできなくても、生き直すことはできるからね」

麗美が言う。

半田明美はどこかで生き直しを決意した。

そして贖罪《しょくざい》のために二十数年を生き、幼い命と引き替えに死ぬことによって最後の償いを果たした。

優紀もそう信じたい。その一方で、「あれがそんなタマか」という長島の身も蓋もない言葉がよみがえってくる。彼の言動も書いたものも、いちいち腹立たしいが、それらと知佳がフィリピンで拾い集めた事実は、ぞっとするほど整合性があった。

「なぜ、信じないの？」

奇妙に澄んだ声が聞こえた。

沙羅だった。

「小野先生は小野尚子さんなんだよ」

麗美が微笑してうなずいた。

「そうだね、そのとおり」

「半田明美は悪い人だった。小野先生をフィリピンで殺してしまった。でもそのとき小野先生の魂が半田明美の体に乗り移ってしまったんだよ」

沙羅は真剣だが、ひどく明るい表情で仲間を見回した。

長島や知佳との会話の中でも出た話だ。もちろん長島のヨタ話として。だが沙羅は冗談でも気休めでもなく、本気で語っている。

「そういうことってよくあるの。たいていはいっときのことだから、夢でも見ていたとか、言われてしまうけれど。でも強い霊力を持っていると体が死んでしまっても、自分を殺した人を恨んだりするんじゃなくて、邪な魂を追い出して自分が入ってしまうの」

取り乱すこともなく、狂気を滲ませることもなく、確信を込め、いつになく前向きな口調で語る沙羅を入居者たちは無言で見つめている。

「他の人の言葉を遮ってはいけない。どんな内容であっても否定したりコメントしたり、ましてや意見してはいけない」

それは優紀も含め、寮で寝起きしている全員が、白百合会の開催するミーティングで繰り返し教えられ、身につけたルールだった。そのルールの下で、各人が自分の心をさらけ出し、問題の本質に気づき、解決の方法を探っていく。テクニカルな理由がそこにはあった。

「嘘だと思ってるでしょ」

いきなり沙羅は麗美の方に顔を向けた。

「だれも嘘だなんて言ってないよ」

麗美は微笑した。傷痕が引きつれ頰に深い皺が横切った。

「あんたは嘘なんかつかない人だから、みんなわかってる」

「信じてないよね、私の言うことだから。頭おかしいと思ってるんでしょう」

直前までの明るく前向きな表情が一変していた。

「そんなこと、ないから」

絵美子がいち早く沙羅の隣に行き、その肩を抱いた。

「体は無くなったって、魂は残るんだから。きっと小野先生は本当のことを話してくれる、小野先生の言葉は聞けるのよ、そういう方法があるの。私、その方法を知っている。みんなで心を合わせれば、先生がここに降りてきて……」

「やめ！」

優紀は鋭く声をかけた。沙羅は沈黙し、不信感をむき出しにして優紀を見詰める。

確かに半田明美――小野先生の生き直しが成就され、二十数年かけて罪を償ったとして、異国で殺され、だれにも真実を知らされないまま野原に葬られてしまった小野尚子は報われない。死んでしまえば無念も恨みも心残りも、自己意識自体が消えるのだから何もない。それはわかっているが……。

長島や知佳が突き止めた事実と、優紀自身が九年間付き合ってきた小野先生の真実の間を繋ぐものとして、「魂の乗り移り」という沙羅の言葉は、オカルトとして排除されるべきものとわかっていても魅力的だった。だがそんな言説を肯定し、「死者の声を聞く」ためのコックリさんの類を認めれば、子供時代から沙羅の心を蝕んできたものに全員が呑み込まれる。それ以上に沙羅をまた以前の状態、刃物を自分の体に当てたり、食べ吐きを繰り返したりといった形で、自分の身体に苦痛を与えることによってしか逃げ場を見いだせない精神状態に引き戻すことになる。

また手首を切られるのではないか、とその夜、優紀と絵美子は、沙羅の挙動から目を離すことができなかった。

落ち着きを失ってはいても、その後の沙羅の様子は意外なほど前向きで明るかった。

この明るさが危ないのだ、と優紀の心に以前、別のリハビリ施設にいたときのことがよみがえり、さらに不安感が増す。覚醒剤が抜け、リハビリ期間の六ヵ月が終わり、人が変わったように規則正しい生活を始めた女性が、いつになく前向きな話をし、明るい笑顔をスタッフや仲間に向けたその日の午後、いきなり団地の非常階段から飛んだ。

油断はできない。胃がよじれるように痛み出す。

なぜ自分はこんなところに関わっているのだ、と思う。

とうにここを出て、アパートを借り、普通の仕事についてキャリアを積むことだってできたはずではないか。いつまでもこうした人々になど関わっていないで、自分のための人生を切り開くべきではないのか。何年も前にリハビリを終えたというのに、その後もスタッフとして残ったことこそ、自分の不健全さの証《あかし》ではないのか。処方薬依存から抜け出したように見えるが、代わりに他人へのケアに依存して生きているのではないのか。

幼い頃から普通の友人関係などなかった。学校から帰ってくると母の手伝いに追われ、祖父母や弟妹の世話に明け暮れた。神道保守系の宗教倫理に支配された地方の農家において、そんなことは当たり前だった。学校では級友に慕われたが、それだけだった。クラス担任からは生徒として扱われることはなく、教師と級友との橋渡しをする、小さな先生の役割を負わされた。年頃になっても本当の意味での恋人もできなかった。頼り頼られ、ケアしケアされるという人間関係しか自分は築いてこなかった。

闇の中で襖を隔てて寝ている入居者たちの様子に耳を澄ませていると、不意に絵美子が起き上がる気配があった。台所の方に行く裸足《はだし》の足音がする。

そっと起きて後を追う。

テーブル上の灯りを一つだけ点けて、一人で買い置きのバナナの皮をむいていた。

「何しているの、真夜中に」

何をしても痩せない、と嘆いていたが、こんなことをしていては太るのは当たり前だ。第一、健康に悪い。

絵美子は微笑した。

「一緒に食べよう」と黒くなりかけたバナナを手渡された。

その視線に打たれた。悲しげだが、濃い情を浮かべた目が真正面から優紀を捉えていた。

「落ち着くよ、甘いの食べると」

「ああ……たまには、いいよね」

向かいあって食べる。よく熟れたバナナは舌の上で容易につぶれた。とろけるような甘みに心がほどけていく。時計は深夜の三時を指している。

「そしたら歯を磨いて寝て。後は、私が起きてみんなの様子を見てるから」

手際よく皮を片付け、こちらに背を向けたまま絵美子が言う。

そういうことだったのだ。優しさに涙が出そうになり、無意識に手を合わせている。やはり自分はここを出てはいけないと思う。

その夜、沙羅が自分の体を傷つけることはなかった。翌日も、普通に過ごしていた。だが三日目に、何かを悟ったような明るい表情のまま、優紀たちが油断して目を離した隙に消えた。

「ごめんなさい。やっぱりお母さんのところに行ってきます。またメールします」

姿を消して二時間後、スマートフォンにそんなメールが届いた。

摂食障害の治療が終わり、退院した後、リハビリが進むにつれて自分の母親について「お母さん」から「うちの母親」という呼び方をするようになった、と白百合会のスタッフから聞いている。だがメールでは、また以前のように「お母さん」に戻っていた。

電車を降りたときから気が重かった。路線バスで冬枯れの景色の中を目的地に近づくにつれ、さらに気が滅入ってきた。

「こっちみたいだね」

終点で降りると、手描きの地図を片手に絵美子が曲がりくねった路地の先を指さす。

「一緒に小野先生の声を聞いてください」というメールが沙羅から入ったのは、沙羅が寮を出て行った翌々日のことだった。おかしな宗教に凝っている母親の元に戻ったと思ったら、今度は降霊会を行うと言う。

「ありえない」と入居者たちは口々に言って首を振ったが、もし先生に会えたら、その声を聞けたらという淡い期待のようなものは、だれの胸にも確実にあった。

沙羅を連れ戻さなくては、と口では言いながら、おそらく絵美子も同じ思いなのだ、と優紀は感じている。

いずれにしても放っておけば、また沙羅は以前のように病院と自宅を往復する生活に戻る。説得して連れ帰ることは叶わないまでも、自分はまだ新アグネス寮と繋がっている、決して見捨てられたりはしない、ということを沙羅に知らせておきたい。

ミーティングを通じて沙羅の家の事情を知っている麗美は、「私が行って、手を引いて連れ戻してくる」と同行を申し出たが、優紀は「もう少し待って」と断った。

麗美は入居者の一人であってスタッフではない。何かあった場合の責任の問題がある。それ以前に、覚醒剤所持と傷害の前科はあっても、麗美の心は健全だ。裏表が無く、よく働き、親身になって仲間の面倒を見る。しかし「親身」が通用しない場合もある。ときには腫れ物にさわる慎重さや冷めた視線、そして必要と判断したら白百合会を通して専門家に助けを求める臨機応変さも必要だ。

当初は絵美子に留守番を頼み、優紀一人で行くつもりだったが、出がけに絵美子からどうしても連れていって欲しいと懇願され、麗美に「沙羅は絵美子さんにしか懐いてないから」と痛いところを突かれ、結局、二人で早朝のハイウェイバスに乗った。

建ち並んだ借家のほとんどは空き家だった。中には屋根まで枯れた蔓草の茎が這い上っている家もあるが、そこの一軒だけは下壁から突き出した手洗いの臭気抜きの筒の先端がゆるゆると回り、台所口にはプロパンガスのボンベが二本立っていた。

沙羅の実家はもとは京都の田舎にあったと聞いているが、両親が離婚後、彼女は母について弟と共に、練馬、横浜、川崎と転々とした後、ここ八王子の奥、電車とバスを乗り継ぎ、最寄り駅から小一時間もかかる郊外の町に移り住んだ。

ごく幼い頃に精神疾患を発症した弟の治療のために、離婚後の母は良い病院、良い医師を求めて、引っ越しを繰り返したのだった。

粗暴な行動があるために施設入居を断られ、国の政策が変わったために長期入院もままならない。漂流を繰り返して四年前、ようやく理想的な病院をみつけ、弟は入院し、家族が頻繁に見舞いに訪れることができるようにと徒歩圏内のこの場所に移り住んだ。息子が自宅に戻ってきた際、隣近所に迷惑をかけるという気兼ねから、集合住宅には住めず、母親は廃屋寸前の一軒家を借りている。

優紀はベニヤ張りのドアの脇についている呼び鈴を鳴らす。

「いらっしゃい、どうぞ」

穏やかで優しい声と共に、ドアが開く。

腰に届くほど長く、真っ直ぐな黒髪。白い長袖チュニックにホワイトデニム。笑みを浮かべた面長の顔はつややかで若々しい。

こめかみや腕に血管が浮き出るほど痩せ、白髪交じりの赤茶けた髪をひっつめた沙羅の母親にはとうてい見えない。

だから嫌だったんだよね、と優紀は心の内でつぶやく。

弟の治療方針を巡って両親が対立して離婚、母親に引き取られた沙羅は弟のために頻繁な引っ越しに付き合い、弟のケアのために学校の部活も就職も諦めた。友達もいない。自立することを許されず、息子のために生きる母親の下女としての役割を疑うこともなく担ううちに、圧殺寸前の心が身体を攻撃し始めた。

自傷行為や摂食障害など沙羅の症状のあれやこれやを、精神科医は彼女の弟と同じ遺伝性の疾患に結び付けて説明したらしい。一方、沙羅の支援を担当した白百合会のスタッフは即座にそれを母娘関係に起因するもの、と判断し、沙羅に母親から独立することを勧め、大久保にある聖アグネス寮に入居させた。信濃追分にある新アグネス寮に移ってきたのも、東京に住む母親の影響力から物理的にも遠ざけようというスタッフの配慮によるものだった。

だがこの母親の下に戻れば元の木阿弥《もくあみ》だ。

「どうぞ上がってください。散らかしていてごめんなさいね」

小野先生とよく似た、情のこもった優しい声色。光を帯びたような微笑。だがその平穏さには強い違和感がつきまとう。白く明るい服装と面長で化粧気の無い若く美しい顔から放たれる不気味な前向きさは、寮を出る直前に沙羅が見せた表情にそっくりだった。

背後に沙羅の姿があったが、うつむいたままほとんどこちらを見ない。

縁側に面した六畳間に通されると、正面に白布の敷かれた祭壇があって、供物の果物と半紙に一筆書きされた日輪のような絵がかけられている。その脇に男が一人座っている。背を丸め、首をがくりと落として真下を向いているというのに、その大きさに圧倒される。巨漢だ。九十キロはあるかもしれない。

「息子のシモンです」

「キラキラネーム？」と傍らの絵美子がささやく。

「しっ」と優紀は唇に人差し指を当てる。

「先生に外泊許可をもらって、今日はうちに泊まるんです。優紀さんや小野先生をお迎えするので」

背筋を冷たい手でなでられたような気がした。中富さんではなく、いきなり優紀さん、と呼ばれたことにも、生きている人間とこれから降霊しようとしている死者を並べて語ることにも。そして何より、どういう理由で取った許可か知らないが、そんな異様な場に精神を患った息子を同席させようとする意図が不気味だ。

塗り盆の上に載ったハーブティーのようなもののグラスを勧められ手を出しかねていると、沙羅の母親は、「今日、皆さんと会えて、とても幸せです」と柔らかな口調で言いながら、そのグラスを取って優紀に手渡す。

タハウの町のカフェで何かを飲まされた、という小野尚子のことが頭をかすめる。それ以上に、「今日、皆さんと会えて、とても幸せです」というこの母親の定型から外れた挨拶に聞き覚えがあり、思わずその顔を見詰めた。

小野先生の物言いだ。嫌悪感が喉元をせり上がってくる。小野先生――半田明美のそれは、自らの感情を包み隠すことのない安定感のようなものがあったが、若々しく美しい母親の口から出た言葉は祈りとも祝詞《のりと》ともつかないもので、たかが挨拶と社交辞令にまで、そうしたものが込められる不自然さに、生理的な不快感を覚える。

身じろぎしながらハーブティーを受けとり口にする。ごく普通のカモミールに少しばかりローズヒップが混じったようなものだ。

「それでは小野先生のお話を聞いてみますね」

頬に垂れてくる長い髪を優雅な仕草で払い、母親は塗り盆を片付け、畳の上に小さな香炉を置いた。優紀たちにそれを取り囲んで座るように指示する。

不安な気持ちで絵美子の方を見た。困ったように眉を寄せたまま、絵美子は無言で従う。

紫色の香が焚かれ、いがらっぽいような合成香料の香りが立ち上る。その周りに沙羅と優紀、絵美子と沙羅の母親が、香炉を囲むように座った。

さきほどからうつむいたまま微動だにしないシモンという息子の方が気になって、ちらちらと視線をやると沙羅の母親はうなずいた。

「彼は私たちを守ってくれているんです。彼がいるから大丈夫」

「あ、はい。お願いします」

自分が障害のある人に特別の視線を向けていたこと、それを知られたことが気まずく、優紀はことさら殊勝な態度で頭を下げた。

「それでは亡くなった方々のためにお祈りしますね。あ、私だけでなくみんなで心を合わせてお祈りしてください。宗教のお祈りとかでなくていいんです。ただ、死後の世界で安らぎと喜びが得られますように、祈ってあげてください。それは必ず亡くなった方に伝わって答えをくれますから」

「あの……」

戸惑ったように絵美子が尋ねた。

「このままでやるんですか？」とあたりを見回す。

木造家屋の狭い庭に面した座敷だ。ガラス戸越しに差し込む光は、外に干された洗濯物に遮られてちらちらと動く。開け放した引き戸から、雑然とした台所が見え、鴨居《かもい》にはシモンのものと思しき、グレーのジャージが吊るしてある。

「真っ暗なお部屋で、とかいうのは、それでお金儲けしたい人たちが雰囲気を出すためにすることなんです。私たちはそんなことを考えていないから。それにああいうことをすると邪悪なものを呼び出してしまうことがあるんですよ」

絵美子はうなずく。

沙羅の母親は両隣に座っている沙羅と絵美子と手を繋ぐ。絵美子と沙羅、優紀もそれに倣い手を繋ぐ。

「それではお祈りしてください。亡くなった方の魂の平安と喜びのために」

沈黙が下りてくる。路地を通り抜けるバイクの音、隣の家のドアを叩く音、「宅急便です」という声。近所の家で干した布団を叩く音、防災無線。

それらを聞きながら、優紀は取りあえず沙羅の母親の指示に従う。

自分が小野先生、として認識していた半田明美と亡くなった小野尚子のことを思い浮かべ、「どうかそちらの世界で心安らかに、幸せに暮らしてください」と心の内で唱える。

「見えます」

数分後、沙羅の母親が不意に顔を上げる。優紀はそっと振り返った。さきほどまで首を折るようにして顔を真下に向けていた沙羅の弟が、顎を引いて正面を向いている。むくんだような白い顔で、沙羅に良く似た大きな目を虚ろに開いてどこかを見ている。

「お墓のそばでうずくまっています。どこにも行かれないのね」

沙羅の母親が話し始める。隣にいる絵美子の手に力がこもる。無意識に強く握り返している。

「心を合わせて祈ってあげてください。あなたはもう自由ですよ、もうあちらに行っていいのよ、とみんなで祈ってあげてください」

その瞬間、何か抗いがたいものを感じた。

なぜかわからない。怪しい空気に呑み込まれた。

言われた通りに祈る。自由になるのは殺された小野尚子か、それとも偽りの二十数年を過ごした半田明美か。心の内で念じたつもりが、小さな声が唇から漏れる。

「あなたはもう自由です。どうかあちらの世界に行ってください」

強い意識の流れのようなものを首筋あたりに感じた。生ぬるい風だ。数秒後にゆるりとした静寂が来た。

「ありがとう、気づいてもらえたようです」

手が離された。沙羅の母親が娘と絵美子の手を同時に離したのだ。輪が切れた。

「大丈夫です」

沙羅の母親はうなずいた。柔和な美しい顔だ。

「この人、間違った信仰を持ったために、この世にずっと留まっていたんですよね」

「間違った信仰って?」

優紀は尋ねる。

「はい。間違った信仰のために、お墓の前にじっとうずくまったまま、どこにも行かずに、大天使ガブリエルの吹く審判のラッパを待っていたんです。そんなものはどこにも無いのに、最後の審判なんかあるはずはないのに。亡くなった後は、みんな、みんな、魂となって霊の国に行けるのに、自分のお墓のそばでずっとうずくまっていたんです」

「榊原さんだ」

絵美子が叫んだ。あまり一般的でないキリスト教を信仰し、禁欲的な生活を自分に強い、人に勧めることもした。その榊原久乃が、人の死後には最後の審判が待っていると信じていたことは間違いない。

降霊会が自分の想像していたものと違うことに優紀は戸惑っている。

「お墓って、榊原さんはどんなところにいるんですか？」

絵美子が尋ねる。疑いを持って探りを入れている口調ではない。純粋に知りたがっている。榊原久乃の行った世界と彼女の霊魂の今のありさまを。

「ええ。白っぽいお墓の石。右側に木が見えました」

「木？　花が咲いてる……」

「ええ、そんな感じでした。色は……そう……」

「あの、椿じゃないですか」

「はい、ピンクの花です」

「榊原さんよ、本当だった……」と絵美子の頬が青ざめ、肩のあたりが小刻みに震え出す。

身元がすぐに判明した榊原久乃の遺体は、長い間、絶縁状態にあった妹が引き取っていき、山形県にある榊原家の菩提寺に葬られた。本人がどれほど熱心なクリスチャンであっても、遺言もなく不慮の死を遂げたのであれば、信仰に関わりなく残された家族の手で、彼らのルールに則《のっと》って葬られる。

寮の代表である優紀は、火災後の処理や当面の住まいを探すことに忙しく納骨には立ち合えず、かわりに絵美子が妹夫婦の元に挨拶に行き、墓参りもしてきた。

「白っぽい石の、建て直したばっかりの新しいお墓だったの。そばに椿の大木があって」

久乃の信仰については、スタッフも入居者も煙たくやっかいなものとは感じていた。だが、いざ彼女がその頑《かたく》なな信仰とは関わりのない曹洞宗《そうとうしゅう》の寺に葬られてしまったことがわかると、寮の人々だけでなく白百合会の人々も同情したものだ。

その久乃が、墓の前でじっとうずくまりひたすら審判を待ち続けている。あまりに切実で悲しい光景だ。

「もう大丈夫です」

沙羅の母親は、優紀たちを迎えたときと同様の前向きな笑顔を向けてきた。

「みなさんの気持ちを送って、もう行っていいのよ、とはっきりお伝えしました。旅立つ手助けをしてあげられました」

信じているわけではない。ばかばかしいと思う。にもかかわらずほっとしている。

二人が焼死したというのに、小野先生のことしか頭になかった。

赤ん坊と若い母親を助けて焼死してしまったのは久乃も同じだというのに、何かというと疑いの目を向けてきた。新アグネス寮のために貢献し、彼女の施術に癒された者も多いというのに、頑なな狂信的人物として恩知らずの視線を向けていた後ろめたさがあった。その彼女が禅宗の菩提寺の墓石の前でうずくまっていると聞いたときのやりきれなさが、沙羅の母親の言葉で救われた。

人の正気はこうして崩壊するのか、と自分の中の理性の部分が低い声でつぶやく。

「それで小野先生は……」

優紀は尋ねていた。半信半疑どころか、オカルトにはまった母親から、どうあっても沙羅を救出するのだという使命感に駆られてここに来たというのに、今は小野先生——半田明美と小野尚子の間にあった霊的交流を知りたい、できることなら小野先生の声を聞きたいという気持ちを抑えることができない。

「ごめんなさい、今日は、その方のことだけしか見えなくて。この次にお尋ねしてみますね」

「わかりました、すみません」

この世に留まり、それも他宗教の殺伐とした墓地の墓石のそばにうずくまっていた榊原久乃をあの世に送り出し、あの世が天国か霊界か幽界か知らないがそれだけで精根尽き果てている、母親の様子はそんな風に見えた。

だが「この次」と言われて我に返った。

「あの、失礼ですが、お礼は……」

「お礼って？」

沙羅の母親は怪訝な表情で首を傾げる。

「祈禱料《きとうりょう》というか、お金のことです。私たちは寄付と入居者のわずかな収入だけで賄っておりますので、多額のお礼はお支払いできないんです」

「お金とかは、いいですよ」

沙羅の母親は長い髪を揺すりながら首を横に振った。

「お花とお供物、袋に入ったお菓子でいいんです。ええ、お金のためにしているんじゃないから、私もシモンも」と息子の方に笑みを向ける。シモンという息子は、萎れた花のようにまた顔を真下に向けてうつむいた姿勢で座っている。

「沙羅ちゃん」

そのとき思い出したように絵美子がシモンの傍ら、母親の背後に肩をすぼめて座っている沙羅に呼びかけた。

沙羅は姿勢どころか顔の向きも変えず、無表情な視線を絵美子に向けた。静かだった。何か尋ねられれば答える。母親に指示されれば言われた通りに動く。だが、それ以上の反応はない。新アグネス寮にいたときは何かあれば叫び、訴え、ときに手首を切った。だが今、母親の背後に控えている沙羅は肩をすぼめてただ沈黙している。母と弟に仕えている下女のように、何か声がかからぬ限りは決して自分から動いてはならぬと命じられているかのように、鎮座している。

いったん戻ってきてしまったら、小諸の寮に連れ帰るのは難しい。こんな家、こんな環境であっても、沙羅にとっては家族なのか、と優紀は今し方、この母親の降霊術らしきものに心惹《ひ》かれた自分を戒めながら、目の前の光景に目を凝らす。

光の燦々《さんさん》と差し込む和室で仮面のような前向きな笑顔で、長い黒髪を輝かせている母親。その脇で、首がへし折れたような姿勢でうつむいている巨漢。

小野先生は、沙羅の心を本来の母親よりもしっかりと包み込んだ。だが自分にはそれができない。沙羅の心はもう新アグネス寮にはない。

元の木阿弥だ。あらゆる反抗を止め、この母親に再び取り込まれつつある。

何もできずに、優紀と絵美子は八王子の家をあとにした。

バス停までの道を歩きながら、絵美子が「気がついた？」と小さな声で尋ねた。

「あのとき、榊原さんの魂が無事あの世に行けるようにみんなで祈っていたとき」

言いよどみ、絵美子は訴えるような視線を優紀に向けた。

「嘘じゃないのよ、本当に見たんだから。あの祭壇にあった白いお花ね」

小さな水仙に似た白い花が祭壇に供えてあった。

「横を向いていたのが、ぐるっと動いたのよ。お花がこっちを向いたの」

嘘だ、とか、気のせいだ、とかは言わないでほしい、そんな必死の気持ちが込められた口調だった。

「榊原さんが返事をしたんだって、思った。ありがとう、わかったわ、それでは行きますね、って挨拶をされたような気がした」

「気がした」とは言っているが、自明のことを語っている口調だった。

もう大丈夫ですよ、そんなところで待っていないで、どうぞ天に昇ってください。あなたを裁く人などどこにもいません。あなたは立派に生き、若い母親と赤ちゃんにその命を与えたのですから。最後の審判も、曹洞宗の葬儀も関係はないのです。あなたの魂は自由です。

そんな優紀たちの気持ちに久乃は感謝の念を伝えてきた。地上での頑なな信仰から解放されて、風に乗って飛び去っていった。そう解釈しろ、というのか。

疑う心を捨ててみれば、浄化された喜ばしい光景だけが残る。

沈黙していた沙羅の様子に不安がかき立てられる。彼女はあの家、あの母の下に戻り、再び自傷行為と摂食障害を悪化させて、病院とリハビリ施設を往復することになるのか、それとも狂った霊的世界に母の下女として安住するのか。

その日、寮に戻った優紀は、この日の出来事を知佳にメールで書き送った。

すぐに携帯に電話がかかってきた。

「やめてください。絶対、金、取られますよ。最初はタダ、次は三万、五万、気がついたときは、トータル一千万超えてるんだから」

電話の向こうで、知佳が甲高い声を上げている。

「タハウの漁村の悪魔憑きの話の方が、商売っ気無いだけ、はるかにマシ」

「私も同じことを考えたけれど、あちらのお母さんは、お金なんかいらないって。ただお花とか供物の駄菓子で、いいって。それもそのへんに咲いている花で十分だって」

「嘘に決まってるじゃない。それが罠なんだよ」

「でもね」と躊躇しながら言葉を継ぐ。「理屈では説明できないけれど、本当に当たっていたんだよね。私たちも忘れていた榊原さんのことが出てきて、それもぴたりと彼女のことだったの」

「絶対、裏、ありますよ」と知佳は遮った。

「だいたい、沙羅さんって、彼女の事情は私はよくわからないけど、問題を抱えてたっていうのは、母親が原因なんでしょ。毒親じゃないですか、毒親。その毒親が沙羅さんをそそのかして寮の事情を探っていたんだよ。放っておいたら、沙羅さん、めちゃくちゃにされるよ」

「その通りだと思う、というか、もうされてる。でも手出しできない。相手は実母だし、沙羅は子供じゃなくて成人だし。それに私、ただの寮の世話人で、何の権限もないんだよ」

悲痛な思いで言葉を吐き出し、心の内で「何より、小野先生と違って私はみんなの全幅の信頼を得ているわけじゃない」とつぶやく。

一週間後、優紀は再び、沙羅の実家に向かった。傍らには絵美子の代わりに知佳がいる。

「あなたが諦めたら、沙羅さんは廃人にされるよ。お金とか、家探しとか大変かもしれないけれど、そんなになったら新アグネス寮の意味、ないじゃん。どんな理由をつけてでも沙羅さんを取り返そうよ」

再び電話をかけてきてそう訴えた知佳の熱意に少し感動した。彼女にとって、沙羅は二言三言言葉を交わした入居者の一人に過ぎない。

「同行させてよ」と知佳は言った。「どんないかさまをやらかすのか、私がしっかり見てあげるから」

フィリピンまで取材に出かけ、半田明美の犯罪を突き止めた知佳なら、何かを探り出すだろう。そしてその中から沙羅を取り返す手立ても見えてくるかもしれない。新アグネス寮でも白百合会でもない、外の世界の人との接触を求める気持ち、それ以上に、知佳その人と一緒に行動したい、という気持ちが優紀の中にあった。

降霊会は前回とまったく同じ手順で始まった。

怪しげな挙動を見逃さないように、と刺すような視線を沙羅の母から外さない知佳も含め、再び円を描いて座り、手を握り合う。

シモンはいない。状態が悪くて主治医から外出許可が出なかったと母親が説明した。沙羅は前回よりもさらに存在感がない。母親の後ろに肩を落として座っているだけだ。視線も合わせない。知佳の危惧は当たっていたようだ。救い出さなければ、と優紀はあらためて決意する。

今回は小野尚子、その人を呼び出し、話を聞くと沙羅の母が宣言した。

「あの……」

儀式に入る直前、母親は知佳に視線を向けた。

「どうして小野さんとお話ししたいのか、考えてからの方がいいと思うんですよね」

「はあ？」

不快感を露わにして知佳は母親の顔を見る。

「ただ面白そうとか、そういうことで、ここに来るのは良くないですよ。どうしてもお話ししたいという真面目な気持ちがないと怖いこととかもあるんですよね」

脅す気なの？　とでも言いたげに、知佳は無言のまま鼻から息を吹き出した。

優紀と繋いだ知佳の手が、冷たくじっとりと湿っていた。沙羅の母親をはっきり拒絶し、この場の空気を嫌悪しているのが、その氷のような冷たさから感じられた。

円陣を組み、手を取り合って数分したとき、沙羅の母親が口を開いた。

「ああ、きれいな、穏やかな、女神様みたいな女の人……髪の長い」

優紀の知っている小野先生――半田明美は短髪だった。ごま塩髪を刈り上げ、髪の手入れをする時間を惜しむようにして立ち働いていた。

知佳の手が緊張を示すようにさらに濡《ぬ》れてくる。目を閉じるように指示されたが気になって、そっと隣の知佳を盗み見ると、果たして彼女はトリックを見逃すまいとするように大きく目を開き、沙羅の母と祭壇、そして沙羅へと視線を移動させている。

「彼女は言っています。私は何も心配していません、って。なぜならあなたがたは私の後を継いでくれたから。私がいなくなってもあなたたなら、私の志を継いでくれるに違いないから。そう伝えて、と私に言われました」と沙羅の母親は、優紀の方に体全体を向けた。

戸惑いながら彼女の顔を正面から見る。その瞳が紛れもない小野先生のものに見えた。

「私はとても幸せです。何も思い残すことはないし、私が助けた愛結ちゃんも立派に成長してくれるはずです。あなたたちみんなで見守ってね、そう言われています」

不思議な感動に満たされ、優紀は言葉を失った。

「教えてください」

不意に知佳が遮った。

「何もかも火災で焼けてしまいましたが、小野先生の財産についてはどうなっていますか？　もしあるのなら新アグネス寮の運営のために使わせてもらっていいですか。いいのならそれはどこにありますか」

沈黙があった。ごまかしを見破るために発せられた質問であり、こうした場にそぐわない実務的な内容だ。両親の死後、小野尚子が相続した財産のうち、すでに売却した旧軽井沢の別荘以外のものは、株式や債券、現金などだ、と優紀は「小野先生――半田明美」の口から聞いている。だが、それがどうなっているのか、私的なことでもあり、優紀は知らない。そして、信濃追分に引っ越したときに別荘を売却したのも小野尚子ではなく、優紀の知っている「小野先生――半田明美」だ。

通常の運営費は寄付や入居者が支払う家賃と実費などで賄われているが、足りなくなったときは小野先生が自分の財産から補塡していた。

やがて沙羅の母は口を開いた。

「男の人ですね。年配の眼鏡をかけた、青っぽいスーツにネクタイの、大柄な。その人が青、青か緑っぽいマークのついた袋を持っているのが見えます」

息を呑んだ。新アグネス寮の運営資金や寄付の口座がある地方銀行のロゴも、営業用の粗品の入った袋の模様も紺と赤だ。だが事務所にはときおり、大手都市銀行から小野尚子宛てに通知が届いていた。事務所や居室には、そこの銀行の青と緑の色合いの紙袋やティッシュの箱なども無造作に置かれていた。だがどんな銀行員が小野先生にそれを渡したのかはわからない。

そのとき目を閉じ、うつむいていた沙羅が顔を上げた。

「私の大切な人たち」

突然しゃべり始めた。声色は沙羅その人のものだ。だが語り口は完全に小野先生だ。子でも、娘でもなく、「人たち」という言葉を使った。「大切な人たち」と敬意をこめて入居者を呼んだ。

「あなたたちを見守れて、幸せでした。私は今まで、三回、人生を生きたの。一回目の生は、お父様とお母様を看取った後、寒くて暗い軽井沢で終わった。二回目は、反対に暑くてしめった南の島で。苦しくて辛くて、真っ暗なところに閉じ込められていて、あのときは……」

言い淀んだ。

「ちょっと、いいですか？」

質問しかけ、気色ばんだように身を乗り出した知佳を、優紀は素早く片手で制した。

長い沈黙があった。陽射しが明るい。インフルエンザが流行っているので、外出から戻ってきたら手洗いうがいを、と呼びかける防災無線の間延びしたアナウンスが幾重にも反響して聞こえてくる。

沙羅の母親は、静かに目を閉じている。

沙羅が再び語り始める。

「あのときは、自分が死んだのがわかったの。ああ、私、死んでしまった、と。恥ずかしい。とても恥ずかしい姿で、倒れていた、異国の人たちが私を見下ろしている……」

傍らで知佳が挑戦するように身じろぎし、優紀の手を振り払った。肘を張って握り締めた両手を腿の上に置いている。

「しばらくして苦しくて目覚めた。赤ん坊みたいに何もわからなかった。痛くて苦しくて、何が何だかわからなかった。でもだんだん自分がだれなのかわかってきて、ああ、私、重い病気にかかっているんだと。でも重い病気は邪な魂を追い払ってくれるもの。苦しくて辛いけれど、暗くはなかった。体は苦しいけれど、みんなが大切にしてくれたから。病気が治るまで、長い長い時間がかかった。そうしてあなたたちと出会えた。一緒に住んで、一緒にご飯を食べ、一緒に畑仕事をして、幸せでした。本当にありがとうね。最後に火事で死ぬのは私の宿命だったの。それはまだ母のお腹に入る前から、わかっていた。そして私はその宿命を選んだ。自分の子供はできないけれど、かわりに亡くなるはずの幼子を救う。そう決まっていたのよ。私は神様から三回の人生をもらった。一回目は小野家の長女として何一つ不自由ない生活をいただいたのに、自分の我儘《わがまま》の

ために お酒で失ってしまった。二回目は白百合会や新アグネス寮の人たちに出会って救ってもらって、成長する機会を得た。そのご恩返しをする人生。けれど二回目の生も突然終わった。とてもとても不幸な出会いがあったの。真っ黒な邪なものに出会ってしまった。いえ、邪なのではなく、とてもとてもかわいそうな魂に。それで確かに死んだはずなのに、ある日、病院のベッドで目覚めた。あんな痛くて、苦しい思いをしたのは初めてだったわ。私はひどい病気なんだって気づいた。いえ、私じゃなくてあの人が。ひどい病気になってあの人は亡くなった。あの人の魂は真っ黒なものから解放されて飛び去っていったのよ。けれど私はあの人の病んだ体に戻ってきたの。不思議なことが起きて、私は三つ目の人生を生き始めた。人の三倍も生きているのだから、その分だけみんなを大切にしてあげたかった。でも私はもう向こうに行きます。もう戻ってこないから、あなたたち自身が幸せになってね。そうすればあなたたちが、同じ境遇の他の人たちを幸せにしてあげることができるから」

芝居がかった台詞。にもかかわらず自分の目に涙があふれてくるのを優紀は止められない。小野先生を知らない者なら冷笑するだろう。だが、その口調と表情は、間違いなく火災で亡くなった小野先生のものだ。沙羅とは別人のものだった。傍らの知佳も息を呑んでいる。

バス停への道を歩きながら、だれも口を開かなかった。

青ざめた顔で覚束ない足取りで歩みを進める沙羅を、知佳と二人で担ぐようにして連れ帰ってきた。

あの家に置いてきたら彼女は殺されてしまう。自傷行為や拒食がひどくなり、それを母親は平然と放置するに違いない。

降霊会が終わった直後、知佳は優紀の腕を痛いほど強く摑むと自分の方に引き寄せ、耳元でそうささやいた。

「小野先生」の言葉に混乱し、感動もしていた優紀は、それで我に返った。

「あなたが言わなきゃ」

片付けをしている沙羅の母親の背中を指差し、知佳は言った。

「わかった」

断られるのを覚悟の上で、優紀は母親を呼び止め慎重に切り出した。沙羅を連れ帰らせてください、と。

母親がすんなりと娘を手放したのは意外だった。

「みんなに本当のことを教えてあげてね」と母親は沙羅に向かって微笑みかけた。

沙羅は母親の言いなりになっていた。本当のこと、とは母親が信じていることを広めろ、という意味だろう。沙羅を伝道師に仕立てるつもりのようだ。

優紀は知佳のように一途に沙羅を救うことだけを考えるわけにはいかない。寮の代表として、危うい部分を抱えた入居者への影響も考慮しなければならない。

沙羅の母親の美しい笑顔に、娘への愛情は感じられなかった。

長い髪を腰のあたりまで伸ばした異様に若々しい母親は、一人では立つこともかなわないほど疲労した沙羅が女二人に両脇から支えられてよろよろと歩く姿にまったく頓着する様子もなく、感謝と祝福の言葉と共に娘を送り出した。

たまたま通りかかったタクシーに乗って最寄り駅に着いた頃には、沙羅の状態は多少回復していた。少しぼんやりしている程度で、足取りもしっかりし、母の背後に控えていたときの極端に慎み深げな挙動は消えている。知佳と別れ、新宿のバスターミナルで買ったサンドウィッチをハイウェイバスの車中で食べた後は、小諸に着くまで優紀の肩にもたれて死んだように眠った。

翌朝、優紀は大手都市銀行、五洋銀行の佐久支店に電話をかけた。

新アグネス寮の運営資金の口座のある地方銀行とは別に、小野先生宛てに五洋銀行の青と緑のロゴや模様のある葉書や封書が寮に送られてくることがあったからだ。

電話に出た五洋銀行の女性行員に、小野尚子名義の口座について聞きたいことがある、と言うと、男性に代わった。

優紀は自分の身分を告げ、火災で小野尚子が亡くなったこと、印鑑や通帳などもすべて焼けたことなどを話したうえで、そちらの銀行に確かに小野尚子の口座があるかどうか、そうした場合に預金はどうなるのか知りたいと伝える。

「失礼ですが、お宅様は亡くなられた方とはどのようなご関係ですか」

そう尋ねられ、優紀は同じ説明を繰り返した。

相手は優紀の問いには何一つ答えてくれなかった。個人情報であるため、そうした質問には、たとえ実子であっても電話口で教えることはできないので、身分証明書や委任状などを持って窓口に来るように、と説明した。

「口座があるのかどうかだけでも知りたいのですが」と尋ねたが、やはり答えられないと言う。

数日後、用事があって軽井沢に出かけた優紀は、五洋銀行の佐久支店に足を延ばした。身分証明書や新アグネス寮の登記簿謄本などを携えていたが、小野尚子名義の口座についていては、何も教えてもらえなかった。

相談窓口に現れたのはパンツスーツ姿の若い女性だった。沙羅の母親の言葉にあったような、年配で眼鏡をかけた大柄な男ではない。だが、対応に迷った若い担当者が呼んだ上司は、額のあたりがはげ上がり恰幅《かっぷく》の良い年配の男だった。眼鏡はない、と思っていると、優紀の差し出した書類を見るに当たり、胸ポケットに差してあった老眼鏡を取り出し、素早くかけた。沙羅の母親の託宣から優紀がイメージした男そのものの風貌であることに、薄気味悪さを覚えた。

個人情報、という理由で何も教えてもらうことはできなかったが、帰りがけに担当の若い女性が、優紀を呼び止めた。

新アグネス寮の運営資金はどのように管理されているのか、と尋ねながら、自行のパンフレットを手渡した。

地方銀行にすでに口座がある、と答えると、ぜひうちに、と言いながら、こちらをどうぞ、とミニラップやティッシュの入った袋を手渡した。淡い水色とペパーミントグリーンのツートンで銀行名の記入された袋。まさに沙羅の母親の言う通りの物だった。

小諸に戻ってきた優紀は、五洋銀行とのやりとりの一部始終を知佳にメールで書き送った。

二日後、知佳から電話がかかってきた。

優紀のメールを読み、文京区にある出版社を引き継いでいる小野尚子の実兄、小野孝義に連絡を取ったのだと言う。

「あの人に、あなたから?」

警察からの問い合わせに対してさえ、縁を切ったのだから二度と連絡を寄越すな、と答えた人物だ。

「ええ、本人の自宅にかけましたよ」

「自宅って、お兄さん、怒ったんじゃないですか」

「怒ろうが何だろうが答えてもらうしかないじゃないですか。本人がどう思っているかは別として、権利関係から言えば血縁なんだから」

電話口に出た小野孝義の第一声は、「この電話番号をどこで知ったのですか」というものだったと言う。知佳は自分の職業を告げ、出版社の事情に詳しい知人から、オーナーへの直通電話を教えてもらった、と正直に話した。

「どういったご用件ですか」

警戒感を滲ませて尋ねられたので、小野尚子についてお知らせしたい、と答えたとたんに、「小野尚子は確かに私の妹ですが、私から何もお話しすることはありません」と電話を切られそうになった。慌てて「待ってください」と叫んだ。

「小野尚子さんの銀行口座のことです」

「なるほど」

冷ややかな声が答えた。

火災で亡くなった小野尚子の預金口座が五洋銀行にあるようなのだが、彼女が運営していた組織の代表者が銀行に確認の電話を入れても、何も答えてもらえなかった、と知佳は話した。

「それは、当然でしょうね」

「それで小野尚子さんが、そちらで本当に口座を開設していたかどうかだけでも教えていただきたいのですが」

「なぜそんなことをお知りになりたいのですか？」

「小野さんが立ち上げたＮＰＯ宛てに、カード会社から請求が来ているのです。非常に迷惑しているそうですので」と偽った。

「なるほど」と相手は納得したように続けた。「あの慈善団体というか、女子寮の関係ですね」

「はい。新アグネス寮……」

「ありますよ。確かに五洋銀行に、小野尚子名義の普通口座が」

火災があって、小野尚子と思われる人物が死亡したという新聞報道があった直後に五洋銀行の担当者が孝義に電話をかけてきたと言う。

「一応、私が相続人ですから」と事務的な口調で小野孝義は付け加えた。

「それで小野尚子さんが亡くなったので、そちらの口座は凍結されている、ということですね」と知佳が確認すると相手は数秒間沈黙した。

「小野尚子は、まだ亡くなっていませんよ」

「どういうことですか」

「行方不明にはなっていますがね」

ぎくりとした。「聞いているんでしょう、おたくも。女子寮の方から」

「ええ……まあ」

考えてみれば、そこまでなら実兄が知っていて当然だ。

「遺体は妹のものではない、それどころか少なくとも九年前から妹はそんなところにはいなかった、と火事の後、警察から電話がありましたよ。家裁にはすでに失踪宣告の申立をしましたが、確定するまでは小野尚子の口座は生きています」

小野孝義が知佳に話したのはそこまでだったと言う。

「唯一の肉親といってもそういう感じ。本物の小野尚子さんがつくづく気の毒になった」

それから知佳はいつになく歯切れ悪く、尋ねるともなく続けた。

「もしかして……沙羅さんのお母さんって、本当に見える？　今回の銀行の件については、そのものずばりだったよね……」

「当たっちゃったね。見える、というか、霊を寄せつけて、そういう場を作り出せる人がいるって聞いたことがある。沙羅の方も子供の頃から霊媒みたいなことをさせられていたっていうし」

白百合会の主催するリハビリのためのミーティングで、本人の口から聞いたことがある。

「この間はいなかったけれど、シモン君っていう沙羅の弟さんもそういう力を持っているのかも」と知佳が言う。

「家庭が複雑だったり、いじめに遭っていたり、辛い生活を送っている十代の子が霊的な力を発揮することもあるらしいよ」と優紀も、以前、雑誌で読んだことを口にした。

この前の沙羅の姿を目にしなかったら、一笑に付しているような内容だ。

「私も、まさか銀行を言い当てるとか、そういうことはできない、と思ったけど、こんなことがあると、ひょっとするとって気になってくる……」

10

新アグネス寮が借りている家の奥座敷は、以前は仏間として使われていた。

かつて大きな仏壇の置かれていた正面の棚には、小花模様の白地の布が敷かれ小野先生と榊原久乃の遺影、グラスに入った水、香りの良い線香と線香立て、花などの他に、助けられたとき愛結が握りしめていた小さな羊の縫いぐるみが置かれている。

位牌も作らなかった二人のためにここに引っ越してきた後、スタッフと入居者が相談し、作った祭壇だった。

その部屋に鏡台が持ち込まれた。白百合会を通じて寄付してもらった調度品のうちの一つだ。

引き出しの上部に七十センチくらいの高さの鏡がついているだけの、ごくシンプルなものだ。その前に沙羅が正座し、背後に他のメンバーが控えていた。

小野先生を呼びたい、と沙羅が言い出したのは、実家から連れ戻されてきた翌日のことだった。

自分は、小野先生の魂を体に入れて、先生の言葉を伝えることができる、と沙羅は主張する。

ばかばかしい、と麗美は吐き捨てるように言い、優紀と絵美子はただでさえ過敏な感性を持った沙羅や他の入居者がますます混乱し、オカルトに傾倒していくことを危惧した。

寮内でおかしな儀式を行うのは許さない、というのは、スタッフとして当然の対応だった。その一方で、優紀も絵美子も沙羅の口を通して小野先生の言葉を聞きたいと、心のどこかで望んでもいた。

若い入居者たちが同様のことを望むのは当然だった。ある者は好奇心から、そしてある者は切実な思慕の情から。

果たして優紀たちからオカルト禁止を言い渡された沙羅は、みんなが寝静まった深夜に同室の三人と円陣を組み、ＬＥＤのペンライトの薄明かりの中で降霊会を行った。

絵美子に起こされてその部屋に入ったとき、それはすでに始まっていた。

鏡台の前に正座した沙羅は、自分の母親が優紀たちにさせたように円陣を組んで、手を握り合う、ということはしていなかった。

ただ若い三人の入居者に、小野先生のことを思い浮かべるようにとささやきかけているところだった。

「沙羅」

混乱させないように静かに呼びかけたが、だれ一人反応しない。

優紀と絵美子の足音を聞きつけて他の入居者も部屋に入ってくる。

こちらに背を向けた沙羅は動揺した様子もなく、静かに、というように鏡の中で唇に人差し指を当てた。

「先生には何かを尋ねたり求めたりしないで、そうっと呼吸してください。魂と魂が触れあうように」

「ちょっと」

麗美が襖を取り払うような勢いで部屋に入ってきた。背後から沙羅の肩に手をかけた。

次の瞬間、「熱っ」と手を引っ込めた。自分の掌を見つめ、それから他の人々を振り返った。

「何なのよ、この子は……」

そのとき一つ置いた隣の部屋で愛結のぐずる声が聞こえた。物音に目覚めたようだ。だが母親のはるかは放心したようにその場を動かない。

舌打ちを一つして、麗美がそちらに走っていく。

そのとき優紀は鏡面の沙羅の顔が揺らいだような気がした。摂食障害が重症化した時期に皺のよってしまった瞼と深くほうれい線の刻まれた頰。薄い唇が、かすかに動いている。

小野先生の死後の世界での安らぎと喜びを祈願する祭文《さいもん》を唱えている。止めるすべはない。気力を奪われたまま優紀はその顔に見入る。

背筋を伸ばして座った沙羅の背が、不意に柔らかく前屈《まえかが》みになり、体全体が正座した足の上に柔らかく乗った。

本当に降りてきた、と感じた。

正座に慣れた小野先生の後ろ姿がそこにあった。

そのとき襖越しに聞こえていた、愛結の激しい泣き声がぴたりと止んだ。あやしていた麗美の声も止まる。

「愛結……」

小野先生が沙羅の体を借りて呼びかけてきた。

そろりと優紀は襖を開けた。呼ぶまでもなく、怒ったような顔で愛結を抱いた麗美がそこにいた。

愛結は静まり、涙に濡れた目を見開き、天井付近の空間を見ている。

「愛結、少し見ない間に女の子らしくなって……。みんな幸せそうで良かった」

きょとんとした愛結の顔に笑みが浮かび、きゃっきゃっという笑い声を上げ始める。

まさに小野先生がその場に来て、屈み込み、ぷっくりした手首を握り、その背を軽く叩きながらあやしているように見えた。

だれもが呑まれたようにその様を凝視していた。

「こんな事って……」

呆然とした口調で麗美がつぶやく。

優紀はふと、視線を愛結から鏡の中の沙羅の顔に移した。その背が強い緊張感を帯びて反り返ったのを視野の端で捉えたからだ。

鏡の中の沙羅の顔が眉間と鼻に皺を寄せた苦悶の表情に変わり、両手で耳を塞いだ。

「うるさい、うるさい、そのガキの口を塞げ。死ぬ、死ぬ、死ぬ。おまえたちはもうじきみんな死ぬ。あのときみんな焼け死ねばよかったんだ。うるさいガキも性病持ちの雌犬も焼け死んだ方が身のため、世のためだ。クズどもの集まった家を燃やしてせっかくきれいにしてやろうとしたのに」

鏡の面が揺らぎ、不鮮明な輪郭の、しかし明らかに沙羅とは違う人物が映っている。顔立ちをはっきり捉えられないにもかかわらず、その醜悪な形相だけは見て取れる。歪んだ顔で、頭をかきむしっていた。

愛結は沈黙した。泣き声を上げることもない。だれもが逃げることも後ずさりすることもできず、その場に凍り付いていた。

悪魔を呼んでしまった。

瞬時に優紀がそう思ったのは、榊原久乃がときおりそんなことを口にしていたからだ。他者の信仰にも、伝統的な行事にも寛容さを欠いていた久乃は、寮でお盆に迎え火を焚くことやぼた餅を作ることなどを妨害しようとした。死者の魂をこの世に呼び返すなど許されない、開いた扉から死者と共に邪悪な者たちまで入って来る、と真顔で忠告し、他の入居者やスタッフの失笑を買った。

だが今、優紀はその言葉が実現してしまったような気がしている。

頭をかきむしりながら、鏡の前の沙羅は呻き声を上げた。呻き声の合間から、言葉のようなものが発せられた。

「死ね死ね死ね、豚のような男ども、豚のようなあの女。金を持って生まれてきて、ちやほやされて育って、クズども相手に、したり顔で説教し施しものをし……いい気になりやがって、殺してやった、毒を盛って、大恥かかせて殺してやった……なのにこんなじめじめした穴蔵にひとを……おまえら、みんな死ぬぞ、もうじきだ、もうじき死ぬぞ、うるさい赤ん坊も、雌豚も、雌犬も、クズども、みんな死んできれいに……」

その瞬間、腰を浮かせかけた沙羅の体がそのまま背後に転倒した。人の体が倒れたとは思えない重たい衝撃音が響き渡り、次の瞬間、愛結の悲鳴に似た甲高い泣き声が上がった。

仰向けに倒れた頭部のあたりから畳の上に血が広がっていく。

入居者の一人が両手で口元を覆ってくぐもった悲鳴を上げ、絵美子がおののきながら沙羅を助け起こす。

血などなかった。揺らめく光が作り出した錯視《さくし》だった。

素早く鏡を元あった部屋に戻してくると、麗美が若い入居者たちに向かい一喝した。

「二度とばかな真似をするんじゃない。今度は本当に取り憑かれるよ」

彼女もまた、心霊現象をまったく否定しているわけではなかった。

放心している沙羅を優紀と絵美子は立たせ、自分たちの寝起きしている部屋に連れて行く。麗美が他の三人を縁側に面した南側の居間に追い立て、そこに彼女たちの布団を引きずっていって寝かせた。

蛍光灯を一晩中点け、だれもが眠れないまま夜明けを迎えた。

麗美の号令で入居者たちは布団を畳み、パンを焼き、ゆで卵やサラダを皿に盛りつけて、座卓に並べる。

各人がことさらに普段と変わらない風を装っていた。朝の光の中で昨夜のことを思い出すと、何とはなしに気まずい気分になる。

優紀が事務所に入ると、若い入居者がそっと入ってきた。

「すみません、それの動画、消去してください。怖いから」と優紀が手にしていたスマートフォンを指差す。

寮のスマートフォンは、通常、優紀が持っているが、必要なときにみんなで使い回すために、わかりやすいところに置いてある。昨夜、それでとっさに動画を撮ったのだと言う。

「証拠を残したかったから。沙羅が何かごまかしをやるんじゃないかと思って。でも、本当に、ああいうことになったので。残しておくとそのスマホ、呪われそうだから」

うなずいただけで優紀は消去したりはしなかった。再生することはしないまでも、その入居者同様、証拠を残しておいた方がいい、と判断したのだ。知佳も、長島も、その場に居合わせない者は、昨夜起きたことを話しても信じてはくれないだろうから。

沙羅の方は落ち着いて見えた。

だが、それでは済まなかった。

以後、沙羅本人の意思と関わりなく、同じようなことが繰り返されるようになったのだ。まさに麗美の言った通り、本当に取り憑かれてしまった。

明け方に、突然、起き上がって叫び出す沙羅を同室の女性たちが怖がるようになったので、優紀は自分と絵美子の寝ている部屋に連れてきた。それで多少収まったように見えたが、今度は別の若い入居者が手洗いに起きた際、洗面所の鏡に映る自分の顔が、別人のものに変わっていたと言い出し、真夜中に大騒ぎになった。別の入居者はアルバイト帰りの夕刻、通い慣れた駅から寮までの道で、突然、迷った。本人の言葉によれば東西南北が九十度ずれ、異界に迷い込んだような感覚があり、馴染んだ風景が次々に現れるにもかかわらず、寮に戻れなかったらしい。

かと思えば壁にドリルで穴を空けるような音が響き渡った。そのとき優紀は手元に置いていたスマホで音を録音した。直後に再生すると、確かにその音はスピーカーから流れてきた。外からやってきて人の家の壁にドリルを当てる者はいないし、近所で道路工事などもしていなかったにもかかわらず。

ドリルの音から数時間後、機嫌良く遊んでいた愛結が突然、ひきつけを起こした。

若い入居者が騒ぎ出したのを聞きつけ、事務所で帳票類を作っていたはるかが慌てて飛び込んできたとき、おろおろする絵美子の腕の中で愛結は硬直した体を反り返らせ、白目を剝き、食いしばった歯の間から泣き声とも呻き声ともつかないものを漏らしていた。

はるかは悲鳴を上げ、絵美子の腕からもぎ取るように我が子を抱いた。

「愛結、愛結」と泣き叫びながら、痙攣《けいれん》するのを止めようとして揺するのを麗美が「静かに」と一喝し、愛結を畳の上に寝かせ、嘔吐したときに吐物を吸い込まないために頭を横に向ける。

絵美子が愛結の口をこじ開け、タオルを嚙ませようとするのを麗美が素早く止めて、愛結がはいているぴったりしたスパッツを下ろす。はっと我に返ったように、はるかが露出したおむつのテープを手際よく外し、上着も緩めた。

突っ立ったまま二人の手元を見ていた優紀は、腕時計に目をやり時刻を確認する。ひどく長く感じたが、痙攣は二分ほどで治まった。郷里にいた頃、近所に住んでいた従姉妹《いとこ》の子供がときおり熱性痙攣を起こしていたので、この程度の時間ならそれほど心配することではない、と判断した。それでも幼い子供が白目を剝き、両手を握り締めて反り返っている様を見ると平静ではいられない。

はるかはぐったりした我が子の脇の下に体温計を入れる。

平熱だった。

「病院、行かないと」と腰を浮かす。

熱性痙攣でないとすると、髄膜炎《ずいまくえん》などもっと重篤な他の病気の可能性もある。一見、常識に欠けているように見えても、はるかは保健センターでもらう冊子を隅々まで読んでいた。

寮の車ですぐに近所の医院に連れていったが、幸い髄膜炎は起こしていないということだった。てんかんである可能性は低いが、もし痙攣が五分くらい続いたり、頻繁に同様の発作を起こすようならまた連れてくるように、と医師はいささか呑気な口調で言ったが、原因はわからないらしい。

「どこかでお祓いしてもらった方がいいんじゃない？」

帰ってくると絵美子が真顔で言った。

ひきつけを起こす直前まで、愛結は縁側で遊んでいたのだと言う。そしてふと座敷に視線を向けた。このところ格段に表情が豊かになって、きゃっきゃっと笑い声を立てるようになった愛結の顔から表情が飛び、ぽかんと口を開け、眉を寄せた。あやしていた絵美子もそちらに目を向けたが、何もない。冬の陽射しが長く差し込んだ座敷は明るく、入居者のフリースがハンガーにかけられ、長押《なげし》からぶら下がっているだけだった。

室内に迷い込んだ蝶でも追うように、愛結の視線が動き、両手をついて立ち上がった。すでに伝い歩きができるようになっていたから、それ自体驚くようなことではなかったが、その立ち上がり方が、奇妙にスムーズだった。だれかが両脇に手をかけて立たせたように見えた、と絵美子は言う。

次の瞬間、その体が一本の棒のように硬直し、昏倒しそうになったところを慌てて抱き取ったらしい。

「お祓いしてどうにかなるものでも……」と優紀が躊躇している間に、麗美が市内にある神社に片端から電話をかけ、厄払いしてくれるところを見つけた。

翌日、スタッフと入居者全員で、神社に出向いた。五千円の祈禱料は、そんな費目の予算はないために、優紀と麗美と絵美子がポケットマネーから出し合った。

神社に着くとはるかに抱かれた幼い愛結も含め、全員が拝殿に着座し、神主の祝詞を聞く。

何事も起こらず、愛結にも沙羅にも異変は見られないまま、儀式は終了した。各自に配られたごく小さな御札は、それぞれの財布の中に入れて肌身離さず持っているように、と神主から言葉があった。

効果のほどはともかくとして、参道の階段を下りるときには、確かにすっきりした気分になり、だれもが来るときとは打って変わった顔つきで談笑していた。

翌日未明に優紀は息苦しさに目覚めた。

自分の布団に見知らぬ女が乗っている。闇の中で自分の胸の上にあるものが、いつか週刊誌の記事で見た、寝間着のような和服を着た女優半田明美の顔となって、はっきりイメージを結んだ。

「余計なことを……」という呪いとも恨みともつかない言葉が聞こえた。しわがれた声だった。そのときこれは夢の中のことかもしれない、と疑り、すぐに夢だと確信した。

次に首に長い指が巻き付いたのを感じた。その感触が異様に生々しい。指に力がこもる。夢とわかっているのに苦しい。渾身《こんしん》の力を振り絞り、両手でその手首を摑み、引きはがす。金属のような感触の冷たい手だ。

目覚めた。

肩で息をしながら、傍らで沙羅がうずくまっていた。

彼女に首を絞められたのだ。

お祓いでなだめられるようなものではない、とそのとき優紀は悟った。半田明美の霊が、ではなく沙羅の精神状態が、と、怯えている自分自身に言い聞かせる。まったく記憶がないらしく、ぽかんとした顔であたりを見回している沙羅を見ながら、頼るべきは神社ではなく、精神科なのだ、と知る。

投薬とカウンセリング。それでどうにもならなかったから、沙羅は白百合会を頼り、その後、ここに来た。

どうしたらいいのかわからない。

当面、このことは胸のうちに納め、もう少し様子を見ようと考えた。だがそれでどうにもならなかったらどうするのか……。おそらくどうにもならないだろう。

数時間後、沙羅の母親から優紀に電話がかかってきた。沙羅の様子を尋ねる内容だった。

何事もない、と優紀は素っ気なく答えた。

「あの……娘を連れて八王子まで来ていただけますか？」

母親は若いタレントを思わせる舌足らずな口調で訴えた。

「放って置くとたいへんなことになりそうで、心配なんです。寮の人たちもきっと困ると思うんですよ」

ここで起きていることをすべて知っているかのような口ぶりだ。

「お願いですから、娘を連れてきてください。私、母親なんですから」

娘を返せ、娘を家に帰して寄越せ、ではなく、連れてきて、というのが不思議だ。沙羅は小学生ではない。

「沙羅さんは今、落ち着いた状態です。ご心配なく。もう少しだけ、お待ちになってください」

そう偽った後に、自分は沙羅の身の上に責任を持てるのか、と自問自答した。

「お願いです、お願いですから、連れてきて。それが沙羅のためだし、優紀さんや寮の人たちのためなんですよ」

微塵の邪心も感じさせない声色だ。知佳の言う「毒親」の多くは、そんな自覚などないのだろう、とその悲痛な声を聞きながら思う。

沙羅の母親は、明日の午前中に駅まで連れてきて、と場所と時間を一方的に指定して電話を切った。家まで送って来いと言わないのは、電車とバスを乗り継ぐ不便な場所にあるから遠慮したのだろう。

「連れていかないと、あのお母さん、ここまで来ちゃったりしないかな」

傍らでやりとりを聞いていた絵美子が眉根を寄せた。

「乗り込んできたらあたしが追い返してやるよ」

掃除機をかけていた麗美が手を止め、無意識なのか延長管を立てて握り締めている。

乗り込んで来なくても警察に通報されたりしたら厄介だ。それに沙羅自身が母親の元に帰る意思があるなら、それを止める権限は優紀たちにはない。

とりあえず沙羅を呼び、優紀は母親の言葉を伝えた。

「帰りたくなければ帰らなくていいんだよ。もう親の言いなりになる歳じゃないんだから」

絵美子と二人で説得にかかる。

「お母さんが帰ってくるように言ったんですよね」

あらぬ方に視線を向けたまま沙羅は尋ねた。くぐもった声で呂律が回っていない。

「ええ、連れてきてくれ、と私に言ってきた。けれどあなたはもう子供じゃないんだよ。

行く行かないは、あなたが決めることなんだから」

「あ……行きます」

取りつく島もない言い方だった。

白百合会の本部にも相談したのだが、やはり沙羅本人の意思を無視して寮から出さない、というわけにはいかない、と言う。それをすれば犯罪だ。新アグネス寮としてできることはもう何もない。

翌日の早朝、沙羅を連れてハイウェイバスに乗った。

新宿で山崎知佳と合流し、三人で母親の指定した高尾《たかお》駅の改札まで行くことになった。前夜、電話で一部始終を話し、知佳に同行を頼んだのだ。

知佳の運んでくる外の常識と外の空気が優紀には必要だった。自分や白百合会の判断にまだ自信が持てず、繰り返される異様な現象に半ば気力を喪失し無力感に苛まれているときに、性格に複雑な翳《かげ》りのない知佳と一緒にいると何とはなしに安心できた。

寮で起きた怪異現象についても、優紀は躊躇しながら電話で知佳に話した。一言の下に否定したり、ばかばかしいと一笑に付されたりしなかったのは意外でもあったし、少しばかり安堵《あんど》することができた。

「私もさ、実はちょっと気持ち悪いことがあったんだ」

「やっぱり」

「あの後、別の仕事で出張した帰りなんだけど、電車を乗り換えるのにホームにいて、普段はそんなことしないんだけど、ぐったり疲れてベンチに腰掛けていたの。それでぼんやり半田明美のこととか、あの日の沙羅さんが言ってたこととか考えているうちに、アナウンスが聞こえて立ち上がったんだ。電車が近づく音もしたし。それで真っ直ぐに歩いていったの。すたすたって感じで。そうしたら知らない男の人に、ぐっと、腕を後ろから摑まれて引き寄せられた。その後、ほんの五センチくらい目の前を、特急列車が通過していったのよ。あのとき、私は普通に立ち上がって、普通に乗車口のマークのところめがけて歩いていっただけなのよ。ぼんやりしてたの、わかってるけど。でも怖かった。だって全然、別の仕事の帰りだよ。それなのに急に半田明美とか、沙羅さんのことが頭に浮かんで、そしたら電車に向かって自分が歩いていたんだもの。確か半田明美って、男を線路に突き落として殺してるよね」

背筋が凍り付いた。

「何かに取り憑かれたのかもね」

「何か」について具体的に言葉にすることはできなかった。ばかばかしいからではなく、言葉にすると現実そのものになりそうで怖かったからだ。

沙羅の母親は、改札口で待っていた。白いブラウスに、淡い色の長めのフレアスカート、真っ直ぐなロングヘアといった姿は、乗降客が足早に行き交い忙しなく出入りする改札口付近で、一人浮いて見えた。
優紀たちを見つけると、母親は胸元に垂れてくる艶やかな長い髪を片手でさっと振り払いながら挨拶し、相変わらずの前向きな、輝くような笑みを浮かべた。

「ありがとうございます、沙羅を連れてきてくれて」

媚びを含んだ甘える口調で挨拶した。初めて会ったときのわざとらしいたおやかさはない。

「沙羅を優紀さんにお預けしてから、私、悪い事しちゃったかな、と思って。それで私の尊敬するお友達に、この前のことを話したら、すごく叱られてしまって。浅はかなことを、と」

「お友達って、何ですか」

知佳がぴくりと眉を動かし、母親を見つめた。

「この前、うちに来ていただいたときに、私、ちょっとまずいことをしてしまったんです。亡くなった人に何か尋ねるというのは、とても危険なことだし、知っていたつもりだったんですけど、つい……。それで邪な霊を呼び出してしまったんですね。霊的にステージの高くない私があんなことをやってしまったのは、間違いでした。本当にごめんなさい。それで、これからちょっとその人のところに行こうと思って」と、彼女は歩き出す。

「ちょっと待ってください」

優紀は呼び止めた。

「すぐそこですから」

「私、行くつもり、ありませんから」

知佳が硬い表情で答え、沙羅の方に顔を向ける。

「付いて行っちゃ、だめだよ」

さほど親しくもない沙羅に対する物怖《ものお》じしない知佳の態度に優紀は驚かされながら、傍らの沙羅の骨張った手首を握る。

「お願いです」

沙羅の母親の顔がくしゃりと歪んだ。今にも泣きそうな、必死の表情だった。

「私が悪かったんです。自分にできると、うぬぼれていたんです。それで取り返しのつかないことをしちゃって」

母親は出口方向を指差す。

その瞬間、沙羅が優紀の手を振り切り、母の傍らに身を寄せた。

母親は沙羅の肩を抱き、ロータリーに出る階段を下り始める。

「やばっ」

知佳が叫ぶ。

「止めないと」

促されて後を追う。

沙羅は振り返って、優紀と知佳に微笑みかけた。

「大丈夫です。これは私の問題ですから」

「優紀さん、知佳さんも一緒に来てください、そうしないとたいへんなことになります」

沙羅の肩を抱いたまま母親が訴える。

摂食障害も自傷行為も、ここで母親を拒絶できるほど沙羅が自立していれば、最初から起きてはいなかった。倒れる寸前のような蒼白の顔でやってきた娘を見ても、体調を案じる様子もなかった母親が、自分の「尊敬するお友達」の元に行くにあたって、娘の肩を抱く。そのいびつな感覚が薄気味悪い。

知佳が小突くように優紀の背中を押した。

「一緒に行こう、優紀さん。マジ、やばいよ。ここで私たちがあの子を、見捨てたら」

駅前ロータリーにバスが停まっていた。沙羅の母が追い立てるように二人を乗せる。

同時に扉が閉まり、発車した。

座席に座った沙羅の母が話し始める。

「小さな穴を空けちゃったんです。そしたら、そこから水が入ってきて、どんどん穴が大きくなるように、もう邪悪なものがどんどん好き勝手に出入りするようになってしまったんです」

同乗している年配の客たちが、白っぽい服装で長い髪を垂らした美しい中年女を不思議そうな顔で見る。次に隣に座っている白髪頭のやせ細った皺だらけの娘に視線を移し、ぎょっとした表情を浮かべ、慌てて目を逸らす。

「このまま放っておいたら、私や沙羅だけじゃなくて、もう優紀さんや知佳さんにも、みんなに恐ろしいことが起きてしまう。邪悪な人の霊はこの人と決めると、いろんな怖いことをしかけてくるんです。乗り移って悪いことをさせたり、事故に遭わせたり」

バスは坂道にかかる。丘陵地を上り切ったところに、高層と中層の住宅が混在する大規模団地が開けていた。

「言っておきますけど、私、金、ないですよ。自分の事務所設立するのに全部、使っちゃったから」

バスを降りると同時に、知佳が沙羅の母に向かい、宣言する口調で言った。

「大丈夫、お金儲けしようとする人じゃないから」

「それから、以前、街金《まちきん》で借りまくったからブラックリストに載っちゃってます」

だめ押しするように知佳が続けた。街金もブラックリストも口から出任せだろう。

バス停からほど近い団地の五階にその家はあった。

格下信者から吸い上げた金で建てた禍々《まがまが》しい邸宅に連れ込まれることを優紀は予想していたから、普通の団地の一室であることが少し意外だった。

飾り気がなく機能的な造りの中層住宅の鉄の扉が開き、五十過ぎくらいの女が出迎えた。

少し後頭部を膨らませたショートヘア、張りのある肌に薄化粧、木綿レースのブラウスに淡い水色のデニム。身綺麗で、さりげなくおしゃれに気を配る、センスの良い専業主婦といった風情だ。

狭い玄関の靴箱の上に、白い花が丈低く生けられている。

「どうぞ、お上がりになってください。遠いところをおつかれでしたでしょう」

ほどよい礼儀正しさと洗練されたホスピタリティー。自分の生まれ育った世界にはなかったものだ。この女性に向けた自身のあこがれめいた視線に優紀は戸惑う。

さほど広くはないフローリングの居間に通され、丸テーブルの前の椅子を勧められる。

室内には花とハーブの香りが漂っている。白いカットワークのクロスがかかったテーブル上に、ガラスのポットが置かれ、リンゴやオレンジなどの果物を漬け込んだ紅茶のようなものがアルコールランプで温められている。

清潔そうな乳白色のカップで出されたお茶は甘く、香り高かった。

女性は、「耀月《ようげつ》」と名乗った。

「占いか何かの流派のお名前ですか？」

知佳が尋ねると、女は「いえ、私は占いのようなことは信じないので」と笑って否定し、華道家としての名前だと答えた。

「お花の先生なんですよ」

甘えた口調で、沙羅の母親が女性の方に片方の掌を向け、説明する。

確かに部屋のそこかしこに置かれた花はごく質素なものだが、あるものは風にそよぐように、あるものは太陽に向かい伸び上がるように、ためられており美しい。

「流派は？」

知佳が重ねて尋ねる。

「いえ……『耀月』は、昔、いただいた名前なんですが、いろいろ理不尽なことも多い世界でしてね、今はヨーロピアンフラワーなんですよ。ただ名前はそのまま使わせていただいております」

良識的で感じの良い人物に見えた。なぜ沙羅の母親と知り合いなのかわからない。

「それで困っていらっしゃる、とか？」

耀月は本題に入った。事情は沙羅の母親を通じて聞いているようだった。

「ちょっと見てみましょうね」

奥から銀色の香炉を持ってきて丸テーブルの上に置いた。繊細な細工の施された穴から、乳香のような煙が薄く立ち上る。

煙の向こうで、耀月は目を閉じ両手を合わせた。

やはり沙羅の母親と同類なのか、と優紀はその一挙一動を目で追う。

「ああ……」

耀月は顔を上げた。

「ひどいことになっていますね」

親身な表情だった。

「霊と会話するなんて、どこで聞いてきたの？」と耀月は沙羅の顔を覗き込む。

「前に母がしていたので。私の方が霊感、強いから……」

寮で起きたことや沙羅の行動について、優紀は母親に伏せていたのだが、沙羅の方から電話かなにかで伝えていたらしい。それで母親は自分の手には負えないと思い、娘と寮のスタッフを耀月の元に連れてきたのだ。

「霊感の強い人が、霊的ステージが低いまま、そういうことを行うと邪悪なものが取り憑いてしまうんですよ。今は一人だけだからいいけれど、こんなことを続けていると、そのうちもっといろいろなものが憑いてしまいます。あなたに取り憑いているのは、女性ね。グレーの髪を短くした、ズボンにオーバーブラウスの質素な身なりの女性。冷酷な人ですね、この人の周りでたくさん人が亡くなっている……」

「半田明美」

優紀と知佳は同時に言葉を発した。

グレーの短髪に質素な身なり、は確かに優紀や沙羅があまりにも馴染んだ姿だった。

小野尚子を騙った半田明美だ。

「長い間、とてもとても長い間、善良な徳の高い人の霊がやってきて、彼女の魂を封じ込めていたのです。なのに、あなたに呼び出されて邪な霊がこちらの世界にやってきてしまった。沙羅さん、あなた、どんな風にして呼び出したの？　まさかコックリさんみたいな真似をしたんじゃないでしょうね……」

「いえ、鏡です」

沙羅は答えた。

「鏡？」

叱責された子供のように沙羅は首をすくめる。

「いけません、一番危険なやり方ですよ。そういうのは私たちにまかせてくださいね。ちゃんと学んでいない人が、見よう見まねで霊を弄ぶようなことを始めるのは本当に怖いのよ。あなた、たいへんな人を呼び出してしまいましたよ」

無意識のうちに優紀は両手で自分の腕をさすっている。びっしりと鳥肌が立っていた。

「やってみますね、完全ではないけれど、とにかくこのままだと、周りの方が怪我をするくらいでは済まないですから。命を落とすこともありますよ」

耀月はテーブルの上のお茶をすばやく片付けると、クロスを模様のない真っ白なものに取り替える。

その中央に丼《どんぶり》ほどの大きさの金属の香炉を置く。中には鳥の巣のように丸めた枯れ草が入っている。その枯れ草に着火装置を近づける。炎が上がることもなく、枯れ草は線香のようにじわりと赤くなり、うっすらとした煙が上がった。窓を閉め切ってあるのに煙たくはない。上質の葉巻のような香りが漂う。

円形テーブルの周りに腰掛けている優紀たちに向かい、心の中で一条《ひとすじ》の光が自分に下りてくる様をイメージするようにと耀月は指示する。目は閉じていても開けていてもいい。両掌を揃えて上に向け、テーブルの上に置く。その掌と頭上に光を受けるのだと言う。

何か呪文《じゆもん》のようなものを唱えながら、耀月は立ち上がり香炉を手に優紀たちの背後を回る。

掌に冷たいものがかかった。聖水だろうか、指先ではじくようにして耀月は一人一人の頭上と掌に振りかける。ジャスミンの香りが部屋に広がる。

いったいどれほどの時間だったのか、ずいぶん長く感じられたが、おそらく十分足らずのことだったのだろう。

「終わりましたよ」

アフリカジャスミンの花を水に浮かべた銀の盆が優紀の正面にあり、そこここに白い蕾《つぼみ》が飛び散っていた。

香草はすでに燃え尽きているが、室内にはまだ爽やかな香りが漂っており、心身ともに浄化されたような不思議な心地良さがある。

「悪いものは去っていきましたが、通路は閉じていません。油断しないでください。一度、ドアを開けてしまったので、私たちの気持ちがネガティブな方向に向かうときや、嫌なことを考えたり、人を恨んだり、悲観したりすると、ふっ、と入ってきたりしますから」

手際良くテーブルの上のものを片付け、クロスを替え、耀月は各人の前にカットグラスを置き、ジャグからハーブティーのようなものを注いだ。レモンバームに似たすっきりした香りが立つ。

「あの……」

躊躇しながら優紀は尋ねた。

「悪霊みたいなものを呼び出してしまったときの様子を動画で撮ったんですが」

「えっ」と知佳が身を乗り出してきた。

「ただ、撮れているかどうか。まだ、怖くて再生していません」

「ビデオで撮ったりしたんですか」

　耀月は大きく目を見開いた。

「ビデオというか、スマホの動画です」

「いけません。絶対にやめてください。どんな危険なことが起きるかわかりません」

「すぐ消去した方がいいですね」

「だめです。そうしたらあなたのところに貼り付いてしまいますよ。スマホを捨てても同じです。ここに置いていきなさい。私が封印してから処分しましょう」

　奇妙に納得していた。だが個人情報の塊のようなスマートフォンを人に預けるわけにはいかない。この場でわずかに残っていた理性がそう判断した。

「今日、それを忘れてきてしまったので」とごまかした。

「それでは後で必ず送ってくださいね。それとこれからはあなたを守ってくれるものと、あなたの魂を浄化してくれるものを身につけた方がいいですね。良いお香を焚いて、私の言う方角にお花を飾ることも忘れないようにしてください」

　そう言うと、方位を記した紙を拝むような仕草をした後に、手渡してよこした。

「普段から浄化されたお水を飲むようにしてください。これは一緒に暮らしているみなさんにも伝えてね」

「すみません」

知佳が遮った。

「私たちの身を守ったり、魂を浄化してくれるものって、何ですか」

「それは一人一人違うんですよ、もし必要なときは、またいらっしゃれば、あなたの霊の発している色を見て差し上げます。それで何が良いのか判断できますから」

「それって、オーラとかですよね。それで守ってくれるのは、ブレスレットとか印鑑とか水晶ですか？」と知佳が畳みかける。

「いえ」

毅然とした口調で耀月は遮った。明らかに気を悪くした様子だ。

「私は変な宗教に関わりはありませんから。祈禱師や霊能者の方が、今、私がしたことの真似事をなさいますが、あれはお金儲けの手段ですよ。あの方たちの除霊は、一時的に悪霊を祓うことはできるのですが、それは汚いものをそのままにして掌で蠅《はえ》を追っているようなもの。私たちの魂を浄めて高めていかなければ、悪いものはいくらでも寄ってきます。あなたのところに邪悪なものがやってきたのだとしたら、通路が開いただけではなくて、彼女を惹きつける何かが心の内にあるからなのです。憎しみ、お金を惜しむ心、恨みや、人を疑う心もそうです。それから物事を悲観的に考える習慣も。邪なものたちにとってはどれも蜜のように甘くておいしいものなのです。だからこれからは、自分の内側からそういうものを追い払うことを心がけないといけませんね」

「わかりました」

知佳は耀月の目から視線を逸らさずに答えた。

「それでは」と耀月は打って変わった晴れやかな笑顔を優紀たちに向けると、丁寧に挨拶して、玄関から一行を送り出した。

立ち去り際に、沙羅の母親が白い封筒を耀月に差し出し、耀月は礼を述べることもなく受けとった。

エレベーターを降りると同時に、知佳が沙羅の母親に「失礼ですがさっきの封筒は、お礼金というか、祈禱料か何かですよね」と尋ねた。

「はい。でも、きょうは私の娘のことですから」と沙羅の母が微笑む。

「いくら払ったのかだけでも、教えてくれませんか」と知佳が食い下がる。

「三万円」

「もっと高いと思った」

知佳は意外そうな顔をした。

「本当に実費しか受け取ってくれないんですよ、あの人。他のところではカウンセリング代とかお礼とか、いろいろあるというのに」

沙羅は穏やかな表情で沈黙したままやりとりを聞いている。

優紀の方も胡散臭さを感じる一方で、何ともいえない爽やかな気分になっている。ハーブティーに含まれた化学成分ということはありえない。もしそうならかつて処方薬に徹底的に蝕まれた経験のある優紀の体と脳はすぐに反応するはずなのだが、それはない。何かもっと宗教的な力、たとえば禅のようなもので心が鎮められた状態なのかもしれないと感じた。

駅前まで戻ってくると沙羅の母親はあっさりと娘を離し、優紀に預けた。結局、「尊敬するお友達」に沙羅を見せるのだけが目的だったようだ。

11

「ばかか、おまえら」

区民センターの喫茶室で長島は、椅子の背に身をもたせかけ、腕組みしたままのけぞって見せた。

そう親しくもない相手から、いきなりばか呼ばわり、おまえ呼ばわりだった。

それに腹を立てるというよりは、唖然としている優紀の表情を見て取ったらしく、長島は即座に、「いや、失礼」と咳払いした。

「確かに実費だと思いますよ、あの人は何も儲けてはいないはず」と知佳は断定する。

「まあ、墓石屋や寺の用意する花や供物もぼり放題だから、まあ、三万は高いとは言えないが」

耀月のところに行ってから二週間ほどは、何一つ異変は起こらなかった。年度末でもあり、白百合会や役所などに提出する書類作成に追われながら、優紀はすべては気のせいだった、と自分に言い聞かせ、小諸の家の立ち退き期限を睨みながら、ウェブ上の物件情報などを集めていた。

そうこうするうちに、夜、異様な音が聞こえる、そこにいない人影が鏡に映る、と入居者が再び騒ぎ出した。異音については優紀自身も聞いた。幽霊の立てるかそけき音などではない。内装工事でコンクリート壁に穴を空けているようなけたたましい音が、再び、明け方や白昼に響き渡るようになった。それも近所からなどではなく、明らかに家の中からだ。

麗美が仏間の祭壇にある小野先生と榊原久乃の写真の前に、毎朝お茶を供えて線香を上げ、出入り口に盛り塩をしたがいっこうに収まらず、その盛り塩も翌朝見ると溶けたような状態で崩れている。

沙羅の言動はますます不安定になり、愛結が夜中にひきつけを起こして夜間救急の当番医のもとに駆け込んだり、入居者が白昼、凹凸のないアスファルトの道を歩いていて、何か透明な物に躓くような形で転び怪我をしたりといったことが続いた。

知佳に安否を尋ねる電話をかけると、彼女の方でもこのところ身辺に気味の悪いことが立て続けに起きていると言う。スマートフォンに亡くなった知り合いのメールアドレスから本文の無いメールが入ってきたかと思えば、夜中にだれもいないサービスルームのドアノブが回転する。外出先から戻ってみるとエアコンが勝手に作動し室内が凍るように寒くなっていたり、従姉妹がペットのトイプードルを連れてきた折に、よく懐いていたはずの犬がひどく怯えて嚙みついてきたりもした。

「一個一個はどうってことないし、気のせいで済むんだけど、こう重なるとね」

「やっぱり変だよね」と優紀はため息をついた。

「あのスマホの映像って、どうした？」

「そのまま。消去もしてない」

耀月というあの女性の元に相談に行くという選択肢は無い。だが、心情的には頼りたい気分になっていた。

「私の亡くなったお祖母ちゃんが霊感の強い人だったんだよね」

優紀は思い出すままに話した。

「身近で起きることを言い当てたり、失《う》せ物があって相談されると、あ、それは、どこにある、とか突然言い当てたり」

「つまり？」

「だから……そういうのをすべては否定できないのかな、と。私も自分がこうなる前は、ばかばかしいと思っていたけれど」

そのとき、他から電話が入ってきたと言って、知佳は一方的に電話を切った。

数分後にかけ直してきた知佳は、電話の相手は長島だった、と告げた。何か用があるというよりは、妻の介護の合間に、ふと手の空いた時間があったので、気分転換のつもりでかけてきた様子だったと言う。

「その後、どうよ？　何か摑んだか？」と尋ねられ、知佳は沙羅の母親や耀月のこと、新アグネス寮で起きていることを話し、ナンセンスではあってても「半田明美の身体に、殺された小野尚子の霊が乗り移った」と考えればつじつまが合うことも多い、といった話をした。

返事は舌打ちが一つだった。そして「ちょっと出て来い」と命令口調で言ったらしい。どうせ電話で何を言っても無駄だという、見下したようなニュアンスがあった。

「この前のＮＰＯのお姉さんも連れてさ。何なら張本人の、ちょっとイっちゃってる娘も連れて来いや」

「もう少し、落ち着くまで待ってください」と言えば、「落ち着く前にさ、話くらい聞かせてくれたっていいだろう」と強硬に言う。

「それから問題のスマホも持って来い、とＮＰＯのお姉さんに伝えてくれ。物証と言えば、それが唯一の物証だ」

多額の「軍資金」の残りをもらった義理もあった。優紀がその日、スマートフォンを持参して早朝のハイウェイバスで上京し、知佳と二人、区民センターまでやってきた挙げ句、顔を見るなり「ばかか、おまえら」の一言だった。

「私だってオカルトなんか信じていませんよ」

優紀はいささかむっとして答える。

「ただ、山崎さんがフィリピンまで行って調べて、殺人事件となりすましはまず間違いない、とわかったら、それじゃ私が出会ったあの人は何なの、と、いうことになるでしょう。半田明美の中に、小野先生が乗り移ったと説明されちゃうと、否定できない気がしてくるんです。それに私の目の前で現実に起きたことを長島さん自身が経験したら、やはりトリックとか脳科学とかでは説明できないことがあるんだ、と感じますよ」

知佳もうなずいた。

「あの銀行口座の件については、私もどう考えたらいいかわからないんですよね。小野尚子さんのお兄さんに電話したらまさにその通りなわけですから。出張帰りにホームから転落しそうになったことも、不注意とか、疲れていたとかじゃなかったんですよ。何かもっと不思議な力みたいなのが……」

「ああ、ああ、わかったよ」

遮るように片手を目の前で振る長島に向かい、「一応、何が起きたのか、最後まで聞いてくださいよ」と知佳は前置きし、沙羅の実家で見たこと、寮で起きたこと、耀月の家で目にしたことを順序立てて話し始める。

はなから否定されると思っていたのだが、長島が話の腰を折らず、知佳の話をB６判のノートに鉛筆でメモし始めたのは少し意外だった。

「で、いわゆる怪奇現象というか、超常現象ってやつは、それで全部か」

いささか揶揄する口ぶりで長島は言う。

「あと、これに何が録画されているかです。ひょっとすると何も録画されていない可能性もあります」と優紀がスマートフォンを見せる。

「それならそれで怖いよね」と知佳がうなずく。

「ま、いい」と長島は、ようやく運ばれてきたコーヒーと生姜《しようが》焼き定食に手をつける。

昼時でもあり優紀と知佳はサンドウィッチを食べている。端が乾いたパンに紙のように薄いハムときゅうりが挟んであった。長島は付け合わせのキャベツとトマトから先に平らげていく。

「糖尿病はさ、物を食べるのに順番があるんだよ」と説明しながら、野菜の次に肉に箸をのばす。

「ところでその女の子の母親や霊能者が、小野尚子やその周りのことをぴたりと言い当てたって話だが……」

食べながらくぐもった声で話し、さきほどのノートの白いページを広げた。

「ちょっと、人間関係を整理してみようじゃないか」

知佳、優紀、スタッフの絵美子、小野先生、榊原久乃、そして沙羅と、沙羅の母や弟、耀月と、線で結んでいく。

「で、スタッフと入所者、入所者は、情報を共有しているわけだ」

「入所者じゃなくて、入居者。人間関係はその通りです」と優紀が答える。

「沙羅という娘と家族の間はどうなっている？」

「それは二年前、白百合会のカウンセラーが母親と離して、その後も私たちは彼女を孤立させないようにして、お母さんに近づけないようにしてきました」

「だが、沙羅って娘は、結局、母親のところに帰っちまって、あんたたちが取り戻しに行った。そこで母親は娘をしっかり間諜《かんちょう》兼宣教師に仕立てて戻してきたわけだ。で、あんたたちはミイラ取りがミイラになっちまった、と」

「ミイラ取りって、いうか」

優紀は少し腹を立てながら続けた。

「沙羅が、殺された小野尚子さんの魂が半田明美に乗り移ったと言ったときは、そんなばかなと思ったけれど、これだけいろいろあると……」

長島はため息をついてかぶりを振った。

「その場にいて目の当たりにすれば、長島さんだって、そう思いますよ」

「いや、そうじゃなくてさ」と長島はノートを見せる。

「つまり、その沙羅って娘は、自分の母親に、これこれこういう事情で、中富っていうのと、もう一人、なんとかっていう、最初に訪問したときのお姉ちゃんはこういう人物で、みたいなことを予《あらかじ》めしゃべってるわけだ」

「ええ、まあ、話はしたでしょうが、そんなスパイみたいなつもりは、本人はなかったと思いますよ」

「で、その母親と耀月とかいう霊能者のおばさんが元々つるんでいる」

「つるんでるっていうか……」

「ダダ洩れじゃないか。小野尚子の言いそうなこと、榊原久乃の信仰しているキリスト教、半田明美の素性。相手は、全部、前もってわかってるんだろ」

「全部ってわけでも」

「実際、そうだろよ」と各人の名前の間の情報の流れを矢印で示す。

「どこにも不思議はないじゃないか。あんた、霊能者も占い師も、予めきっちり情報を仕込んでおいて、憑いたふり見えたふりをするもんだぞ」

「でも、たとえば榊原さんのお墓のことは何も知りません」

「それに銀行の話は、どう考えるんですか。どこの銀行とか、担当者とかその通りでしたよ」と知佳も言う。

長島はぱらぱらとノートをめくる。

「白っぽい墓石に、花か？　相手は、木蓮《もくれん》の花とか、妙心寺《みょうしんじ》とか信松院《しんしょういん》とか具体的な名前を言ったか？」

「いえ、そこまでは。ただピンクの花が見えると。うちのスタッフによればお墓の右側には椿の大木があったそうで、確かに霊視してもらった季節には咲いているはず……」

「どうでもいいけど、ピンクの墓石はないが、墓石はたいてい白っぽい灰色だ。高級品は黒御影《くろみかげ》だが、灰色なんで白っぽいと強弁できる。同様に灰色の花はないが、ピンクの花ならどこにでもある。俺の言ってること、わかるよな」

「一般論ってことですね」

知佳が言う。

「そう。今、都市銀行はいくつある？　その中で青や緑系の色を使ってないところがいくつある？　ピンクや真っ黄色のロゴを使った銀行があるか？　年配の眼鏡の男はどこにでもいるぞ。仮に直担が若い男だとしても、何かの折には必ず上司が顔を出す。つまり年配の男だ。近眼でなければ、書類を見るのに老眼鏡をかける」

「ええ。でもおかげで、小野先生の個人口座があることがわかりました」

「口座くらいあって当たり前だろう」

「私が出張帰りにホームに転落しそうになったのも、単に疲れていただけだと……」

知佳が尋ねた。茶碗のご飯を二箸、三箸、口に運ぶと、長島は未練がましい表情で箸を置いた。病気のため炭水化物の摂取を制限されているのだ。

咳払いを一つして長島は話し始める。

「昨今、酔っ払いのホーム転落事故が相次いだ駅じゃあ、ベンチの向きを線路側から九十度回転させた。電車が来たっていうんでベンチから立ち上がって、距離感がつかめずにそのまま歩いてホームから落っこちる輩がいるからだ。しらふでも疲れていれば同じことが起きる」

納得しかねた顔の知佳の前に置かれていた伝票を長島はさっと取り上げ、立ち上がる。

「とにかく、まずそのスマホの動画を見せてもらおうか」

良くないことが起きるかもしれないという耀月の言葉が、否定しきれないままに優紀を怯えさせる。

「もしかすると何も映ってないかもしれないですね」と優紀がスマートフォンを手にすると、長島は「いや、老眼にその画面は勘弁してくれ」と片手を振り、手早く会計を済ませ、二人を引きつれてエレベーターで上のフロアに行く。

廊下を回り込むと事務室があった。すたすたと入っていった長島は、職員と何か言葉を交わしていたかと思うと、鍵を手に戻ってきた。

優紀たちは同じフロアにある小部屋に案内された。区民のサークル活動やちょっとした会合のために使われるその部屋には、すでにPCが用意されていた。

長島は素早く立ち上げ何か操作していたが、館に備え付けのマニュアルを見ながら首をひねるばかりだ。

「あ、やります」と知佳が代わった。

そのときだった。

かちかちという時計の音が急に忙しなく聞こえてきた。

優紀は視線を壁に向けた。そこにある時計の秒針が忙しなく動き、文字盤を凄まじい速さで回転している。

あっ、と声を上げたきり、無言で指差すと同時に回転は止まった。

花の首がぐるりと回転した、という絵美子の話と重ね合わせた。

「電波時計だよ」

長島が笑った。「電波を拾って勝手に修正してるんだ」

知佳が所定のソフトウェアを起動し、USBを経由し、スマートフォンをパソコンに接続する。

数回試した後に、画面が切り替わり、動画が現れた。

「ああ、嫌だ」

不気味な現象を思い出し、優紀は反射的に目を閉じた。

画面には寮の座敷が映っている。鏡の前に座っている沙羅の後ろ姿と脇にいる入居者。

暗い画面に光がちらちらと舞い飛んだ。

「これ、オーブとか言う……」

知佳がためらうように尋ねた。

「LEDライトじゃねえかよ、鏡に反射してる」と長島が面倒臭そうに答える。

「うわっ、何、これ」

画面にはいない赤ん坊の泣き声が突然入り、知佳が叫ぶ。

「愛結ちゃん。入居者の子供がぐずり始めたの」と優紀が答え、長島が失笑する。

「ほら」と優紀は指差した。

伸ばしていた沙羅の背筋が、柔らかく前屈みになり、年配の女性の姿に変わった。

傍らで知佳が息を呑む。

「愛結」

画面の中で中年女性の声が、確かに小野尚子の声が赤ん坊に呼びかける。

「みんな幸せそうで良かった」

幼な子の上機嫌の笑い声。

続いてパソコンのスピーカーからドリルのような音が聞こえてきた。貧弱なスピーカーなので音自体は大きくはないが、確かに異音だった。

「こんな音、してなかった、このときは。でもあの時以来、聞こえるようになったの。夜中とか」

知佳がマウスを操作し、画面を少し前に戻す。

画像が戻り、スピーカーからの異音が繰り返される。

優紀の両腕が冷えてきた。部屋の温度が急に下がったような気がした。

「ラップ音」

知佳がつぶやく。優紀も身震いした。長島は腕組みしたまま沈黙している。

数秒後、沙羅の背中が反り返り、両手で耳を塞いだ。

「うるさい、うるさい、そのガキの口を塞げ」

鏡面には、沙羅とはまったく違う人物の顔が映っていたが、今、こうして見ると、光度が足りず、角度の関係もあり画面の中の鏡ではわからない。

再生を止めて静止画面で確認するが、同じだ。

再生ボタンを押す。

画面の中の沙羅が叫んでいる。彼女とは異なる声で。

「死ね死ね死ね、豚のような男ども、豚のようなあの女。金を持って生まれてきて、ちやほやされて育って、クズども相手に、したり顔で説教し施しものをし……いい気になりやがって、殺してやった、毒を盛って、大恥かかせて殺してやった……」

「へへっ」と長島が笑った。「こりゃ、本当に乗り移ったか」

迫ってくる沙羅の後頭部と慌てた女たちの声。金属音と共に画面は薄暗くなり畳の面と思しきものがぼやけて映り、何か指示している優紀や絵美子、他の入居者の声が続いている。

「なるほどね」と長島は肩をすくめた。相変わらず薄笑いを浮かべている。

優紀は、この後も寮ではラップ音を聞き、嫌な夢を見て目覚めると別人に容貌の変わった沙羅に首を絞められかけた、という話をした。

「そりゃ物騒だな」

優紀は少し逡巡した後、「これです」と彼女がスマホに録音したラップ音を聞かせた。

動画に入っていたドリルのようなあの音だ。

「あのさ、おたくの寮、全自動の洗濯機、使ってんだろ。それに水洗トイレだな」

長島が尋ねた。

「これが洗濯機やトイレの音ですか」

「だから、そういうことじゃなくってよ、配管の音だよ。その寮っていうのは、古いアパートか、そうでなければでかくて古い家じゃないか。そこで後から手洗いだけ直して水洗にしてるだろ」

「まあ、でかくて古い家ですし、私たちが入ったときには水回りとトイレは改築されていました。でも、これ、水を流す音なんかじゃありませんよ」

「水音じゃないんだ。水道ってのは、圧力をかけて給水してるわけだ、それをゆるゆると蛇口をひねるんじゃなくて、たとえば全自動洗濯機でぱっぱと出したり止めたりする。出すならともかく急に止めたらどうなる。押されてた水が行き場を失って一気に圧が強まるだろ、それが衝撃波になって離れたところまで伝わって、ドンとか、バキッて音になる」

「でも、ドン、バキッ、じゃなくて、このバリバリっていうドリルの音です」

「だからそのドン、バキッを放っておくと、管自体を振動させてあちこちに緩みがくるだろ。すると今度はその振動が増幅して伝わるようになっちまうんだよ。それがこの音だ。放っぽっとくと接続している器具だのセンサーまで壊れて、そのうち漏水が始まるぞ。おばさんの託宣なんか聞くより、早いとこ業者、呼べ」

「水道管、ですか」

　知佳が半信半疑といった様子で問い返した。

「確かに、それで風呂や洗濯機が壊れたら霊障とかになるし、漏水とかになったら、それも幽霊の仕業って話になりますね」

「ま、俺たち年寄りの言葉で言うと、集団ヒステリーってやつだ。ヒステリーって、今、何ていう言葉になったんだっけ？」

憮然《ぶぜん》としている優紀にかまわず長島が続けた。

「一人じゃなくて、女が何人か揃うと、お互いに騒動を増幅しちまうんだ。あたしも見た、あたしも見た、って具合にな。宴会のときに一人だけ下戸《げこ》が白けていちゃあ、申し訳ないって、あの心理だ」

「まあ、女の人の方が共感性がありますから」と知佳がうなずく。

「本人にとっちゃ本当に見えるし、聞こえる。幽霊の正体見たり枯れ尾花、じゃなくて、水道管だ。そんなものさ。この憑きもののお姉ちゃんだって、演技してる自覚はない。ただ、あんたたちの話から情報をばっちり仕入れてるんだから、そのつもりになっちまえばいくらでも巫女《みこ》さんができるぞ。昔からある病気だ」

「否定はしませんが」と優紀は苦い気分で答える。

「それで、と」

長島がノートを引っ張り出した。

「これを入れてくれないか？」とどこかのホームページのURLを見せた。

検索画面に知佳が打ち込むと「オカルト、宗教被害110番　全国弁護士連絡会」というのが出てきた。そこのホームページで様々な被害の報告例が時系列に並べられている。

霊感商法被害の対策連絡会というのも他にあるが、それとこのサイトが異なるのは、明らかに詐欺の意図を持って行っているものではなく、どこまでも宗教団体の体裁をとる事例も含まれており、しつこい宣教や日曜学校への出席の強要といった迷惑行為から人権侵害までが対象となっていることだ。

ページをスクロールしていくうちに、見覚えのある画像が現れ、優紀はマウスを操作している知佳の手を止めた。

ごく目立たない写真だった。

あの耀月の部屋で使った、真っ白なアフリカジャスミンの花と枯れ草のようなもの、それに見覚えのある香炉だ。

「アムリタ」という名前のスピリチュアルサークルだった。被害報告の上げられた地域を見ると、東京の目黒となっている。家庭用品や健康食品のマルチ商法同様に、暮らし向きの良い家庭の専業主婦の間で広がっているという記述がある。東京郊外の町に住む沙羅の母親が関わっているとすれば、地域的には、もっと広がりがあるのだろう。ただ、生活に余裕のない人々の間では、被害金額が大きく膨らまないために表に出にくいというだけで。

そこに記載された報告例では、被害額は一件で二千万円に上っている。

精神疾患のある長女の症状について、サークル会員から低級霊が憑いていると言われ、霊を浄化するという触れ込みの儀礼を受けた。実費一万円を払った後、長女の症状は劇的に好転するが、好転の理由は単に以前から通院していた病院の治療が奏効《そうこう》したのと、季節が変わって落ち着いたことによる、と担当している弁護士は書いている。

その後、再び症状が悪化、次女の不登校、夫の経営する会社の収益悪化、といったことのすべてが霊的現象に結び付けられ、カウンセリングと称する儀礼に一回あたり数千円を支払い、霊を浄化するという貴石を購入する。さらに勧められるままに自らの魂を浄化し、高いステージの霊と交流するというふれこみのサークルに入り、年に四百万を超える会費を払い続ける。反対する夫との間で諍いが絶えなくなり、まもなく離婚するが、子供たちを引き取った妻は、ますます「アムリタ」の活動にのめり込み、勧誘なども行うようになった。それから一年足らずの間に、財産分与で受け取った多額の金銭を使い果たし、弁護士会を紹介されたという。

「ばかじゃないの」

知佳がつぶやく。

「なぜもっと早く気がつかないの」と優紀も同意する。だが二人揃ってこのケースの前段階までは足を踏み入れていた。

知佳は画面を戻し、そこにあるアフリカジャスミンの花や枯れ草のような香草を指差した。

「耀月さんも自分が教祖じゃなくて、ここに属していたから、これらを買ったわけですよね。三万円が実費っていうのは、購入代とすればその通りで、あの人も何も儲けてなんかいなかったわけですね」

「被害者といえば、あの人も被害者なんだよね……」

だが、スマートフォンを処分するに当たっての、除霊、浄化代金は、いったいいくらくらい請求するつもりだったのか。そして耀月は、「これからはあなたを守ってくれるものと、あなたの魂を浄化してくれるものを身につけた方がいい」と勧めた。「守護、浄化アイテムは、その人それぞれの発する霊の色によって異なるから、あなたの身につけるべきものを見てあげる」とも言った。その際、カウンセリング料金も別に発生するに違いない。

アイテムは、ブレスレットか印鑑か水晶かと知佳が尋ねると、耀月は明らかに腹を立てていた。だが、そこにあるのは、ブレスレットや印鑑よりさらに低コストのものだった。

事件概要の脇に、「アムリタ」の扱う、除霊アイテム、浄化アイテムの写真と価格が示されていた。

色石は透かし彫りの金属カプセルに入れて首から下げられるようになっているが、ビーズほどの大きさのものが数粒見える。

ルビー、エメラルド、サファイアなどとあり、その人の発する気の色によって異なる、ということになっている。価格はどれも百万を超えており、払えない者にはローンを組ませる。

それぞれの宝石名は意外なことに偽りではない。だがいずれもグレードが低いというよりは、まったくグレードのない、透明度ゼロの、着色加工さえ施されていない、採掘場で捨てられる屑石の破片だということだ。それを百万を超える金額で売り、カプセルに入れて首から下げさせる。その時点で、購入者は「アムリタ」の会員となり、後は会費の他、例会やイベントごとの参加費、テキスト代、定期的な花や水、香草の購入費、相談料と、それぞれに法外な金を請求され、やがて社会的信用を失い、家庭崩壊、自己破産に至る。

優紀は、団地に住んで丁寧な美しい暮らしを営んでいる風に見えた、あの一見、感じの良い女性の一挙一動を思い出す。

彼女が「アムリタ」の有能な営業レディなのか、それとも熱心な信者で、本当に沙羅や新アグネス寮の人々を救ってくれようとしたのか、その真意はわからない。だがいずれにしても近づいてはいけない人であり、その背後には詐欺集団が控えていたのだった。

「目が覚めたか？」

それまで無言で腕組みしていた長島が口を開いた。

「目が覚めたというか……」

いかにも高みに立った物言いに半ば腹を立てた様子で、知佳が完敗を認めた。

「撤回します。小野尚子さんの霊が明美に乗り移った云々の件は」

優紀の方は、まだもやもやしたものが心の底に残っている。

「で、振り出しに戻った。二十二年前にフィリピンで小野尚子を殺害した半田明美は、二十二年間、何を企んで生きてきたのか、ってことだ」

「企んだ、と言われても……」

優紀は言いかけてやめた。

「そういう施設で気の好い寮母をやっている一方で、実は別の場所でいいことやってた、ってことはないのか？」

「小野先生はいつも私たちと一緒でした。共に寝起きし、食事して、出かけるときもほとんど一緒で。一人で行く場所といったら、白百合会の本部か、支援してくれている教会くらいですから二重生活はあり得ません」

「貢いでいる男もなし、か？」

「ええ。まったく」と優紀は断定する。

「隠し子とか可愛がっている親族がいた様子は？」と知佳が尋ねた。

「聞いたことない……。さっき、小野先生の個人口座が五洋銀行にあったと話しましたけど、うちみたいなNPOはお金がないんですよ。みんなでつましい暮らしをして、本当に少ない収入から入居者は寮費を払ってくれますけど、そんなのでは足りない。資金がショートすると小野先生が自分のお金から補塡してくれた。立て替えもしょっちゅう。あの震災の年なんか寄付金がほとんどゼロになって、うちだけじゃなくて全国組織の聖アグネス寮の方も、もう解散かっていうところまで追い込まれていたんです。そのときに小野先生は、自分のお金からうちと聖アグネス寮の両方に寄付してなんとか持ちこたえさせた。あのとき自分の持ち物だった軽井沢の別荘まで売ってしまった。お金目当てに小野尚子さんを殺してなりすましたのなら、そこまでしますか？　警察に追われているわけじゃないんだから、そんなお金があったら印鑑と通帳を持ってどっか行っちゃうはずじゃないですか」

「俺たち庶民にはできないことだな」と長島は仰向いて拳で自分の額を叩く。

「いずれにしても金の流れがどこかで見えてこない限り、何とも言えないか……」

「やはり何かきっかけがあって改心した、と考える方が自然じゃないですか」

ためらいがちに知佳が尋ね、優紀はうなずく。

「無いな」

長島が一刀両断した。

「実際に、足跡を辿ってみれば、半田明美っていうのは生まれつき良心を持たない女だというのがわかる。かっとなったり、怨恨で人を殺すわけじゃない。何か強烈に欲しいものがあって、我慢がきかない、ということでもない。たとえばこっちが得だという方に、さっと手を伸ばす、まあ、女なんてみんなそんなもんだが、そのセンスでさっと人を殺すんだ。皿洗いする程度の億劫《おっくう》さは感じるかもしれないが、他人の命を奪うことに抵抗感なんぞ持っていない。傍からはまったく犯罪者には見えない。なぜなら罪悪感も後悔も恐れも抱かないからだ。そんな女が二十二年もおよそ贅沢にも面白いことにも縁のない生活をした。何のために？」

また当初の疑問に戻った。

長島と別れ、知佳と二人で地下鉄に乗った。

「悔しいけどすっきりした。あの高尾の団地でお祓いしたときより」

知佳が自分の手で肩を揉みながら首を回す。

小野先生の謎は深まったが、確かに心霊現象については一応の合理的解が得られた。

「怖かったでしょ、知佳さんは一人住まいだから、余計に」

「怖かったよ」

強がることもなく、率直に認めた。

「お風呂場で髪洗ってるときにだれか向こうの部屋にいるような気がしたし、ベッドに潜り込んでも同じ部屋にパソコンがあるんだけど、それが真夜中に勝手に起動するんだ。古くなってうまくシャットダウンできなくなってるだけとはわかっているんだけど、うわーって、プラグ引き抜きたくなった」

「こんなときに頼りになる男がそばに居たら、とかは？」

「思った」

冗談のつもりだったのが、即座に肯定されて面食らった。

「でも、だめだよね。めんどくさくなっちゃって」

「付き合ったことはあるの」

こんなふうに相手のプライバシーに無造作に踏み込むような質問をするなど、自分でも考えられない。

「あるけど振られた。前の会社の同期。付き合ってるうちに何かめんどくさくなっちゃって、仕事でぼろぼろだっていうのに、なんで私、慌てふためいて着替えて、化粧直しして出かけてるんだよ、みたいな。割り勘だっていうのに、何、気を遣ってご飯食べてるわけ？　とか。で、気を抜いて付き合っていたら自然消滅。公認の仲だったんだけど、同期会でそいつ酔っ払って叫んでいたよ。『いつまでも山崎知佳だと思うなよ』って」

笑い転げていた。打ち明け話を聞かされて笑える相手など、今まで一人もいなかった。

「で、すぐに派遣の子とデキ婚したわ、そいつ」
もっと話していたかったが新宿駅に着いてしまい、優紀は「じゃ、また」と片手を上げてホームに降りた。

小諸に戻った優紀が絵美子と相談し、異音が聞こえようとおかしな影が見えようと平然と振る舞うように心がけるうちに、沙羅や他の入居者も落ち着いてきた。周囲の大人が落ち着いてくると、愛結がひきつけを起こすこともなくなった。

腹の立つ男ではあったが、長島は間違い無く、詐欺の手とオカルト思考から優紀たちを解き放ってくれた。

麗美は毎朝、二人の遺影の前にお仏膳を供え線香を上げて合掌している。それも信仰と呼べるものかどうかわからないが、彼女だけは寮の騒動の中でも終始落ち着いていた。

相変わらず水道管はけたたましい音を立て続け、洗濯機など使っていなくてもドリルのような音は鳴っているが、種明かしをされてしまえばだれも怖がらない。まもなく出て行かなくてはならない建物のことで、特に修理もしていない。

そして立ち退き期限だけがやってきたが、優紀たちはそのまま住み続けている。

先方の資金繰りの都合で工事が延期されることになったのだ。

家主からあと半年の猶予が与えられた。とはいえ敷地内には頻繁に測量の人々が入ってきて、重機を入れるために赤道《あかみち》が広げられ、畑が潰された。

秋が深まっても適当な物件が見つからず、優紀と絵美子が不動産屋を回り、白百合会に頻繁に相談の電話をかけていたある日、五洋信託銀行から電話がかかってきた。

「ああ、五洋銀行さん」

以前問い合わせした口座のことだろうと優紀は思った。

「いえ、五洋信託銀行でございます」

五洋銀行と五洋信託銀行。どこがどう違うのか、あまりよくわからない。

「実は」と担当者が慎重だが事務的な口調で切り出した。

「当行でお預かりしている小野尚子様の遺言状がございまして」

「遺言状？」

小野尚子と小野先生、どちらが書いたものなのか。

「小野尚子」は普通口座を五洋銀行に持っていただけでなく、不動産を含めた財産を五洋信託銀行に預け、そちらで公正証書遺言を作っていた、と行員が説明した。

その遺言に、財産の一部を新アグネス寮に寄付する旨が書かれていると言う。

「寄付って、どれくらい……」

思わずそう尋ねてしまった後に、切羽詰まっているとはいえ、いかにも浅ましい自分の反応を恥じた。

「詳細は、お目にかかってご説明いたしますので、一度当行までご足労願えますか」

「あ……はい」

五洋信託銀行の支店は県内にはない。わけがわからないまま翌週、絵美子と二人で東京に出ることになった。

バスタ新宿で降りて電車に乗り換え、東京駅からしばらく歩いたところにある五洋銀行の八重洲《やえす》支店に入る。五洋信託銀行はそこの三階にあった。

電話で告げられた行員の名前を受付で言うと、まもなく担当者が現れた。

沙羅の母親の託宣にあった「年配の眼鏡をかけた、青っぽいスーツにネクタイの、大柄な」男ではない。スーツの色はグレー、眼鏡はなく、アスリートのように身のこなしの軽い、若く小柄な行員だった。

行員に案内されてエレベーターで上のフロアに上がり、そこにあるパーティションで区切られた個室の前を通り過ぎる。

突き当たりに重々しい扉がある。若い行員が二人を中に入れる。

「え……」

白いカバーのかかったソファとテーブルの置かれた特別室に、声をひそめて何か話しながらつっ立っている二人組がいる。

ブルーグレーのカーディガンにチャコールグレーの襞《ひだ》スカートといった地味な服装にもかかわらず、眼鏡越しの鋭い眼光で存在感を際立たせた女は、キリスト教婦人会の前理事長にして、白百合会の現会長である坂本嘉子《さかもとよしこ》だ。その隣で温厚な笑顔を見せているのは、白百合会を支援する複数の教派のまとめ役である牧師だった。

「ご無沙汰しています」と互いに挨拶を交わしていると、若い行員が「少々お待ちください」と一礼して出て行く。

制服姿の女性がお茶を持って来て数分後、さきほどの行員が上司と連れだって入ってきた。こちらは確かに眼鏡をかけた肥満気味の中年男だ。

名刺を交換した後、席につくと、中年の銀行員は軽く咳払いし、「それでは遺言の開示をいたします」と宣言し、封筒に入った文書を取り出した。

文面を見せてくれるわけではない。年配の方の銀行員が、ぼそぼそと読み上げる。

小野尚子は彼女の財産を新アグネス寮と白百合会に、二分の一ずつ遺贈する、という内容だ。

驚きと感謝の気持ちは、四人とも同様だったのだろう。それぞれに膝に手を置き、頭を垂れていた。

遺言の書かれた紙を封筒にしまうと、若い方の銀行員が小野尚子の遺産の内訳と金額について説明した。

軽井沢の別荘は売却済みなので不動産は無い。

債券や投信と現金が、総額一億六千万円相当、と聞いたとき、絵美子はあんぐりと口を開け、坂本会長と牧師は同時に息を呑み、優紀は何かの間違いだ、と銀行員の訂正の言葉を待った。

だが相手はそのまま、全財産の半分ずつを白百合会と優紀が代表を務める新アグネス寮が受け取ることになる、と続けた。

「八千万ずつってこと……」

絵美子がつぶやき、牧師と坂本会長が顔を見合わせた。

「軽井沢の別荘の売却代金もありましたので」と若い行員が説明し、その上司が「我々が仲介いたしました」と笑みを浮かべ、胸を張る。

「贈与税とか、そういうのは」と優紀は尋ねた。

あまり金額が大きすぎて、何も考えが浮かばない。ただ、そんなにうまい話があるわけはない、という否定の気持ちばかりがわき上がる。

「福祉関係の認定NPO法人や公益法人など、免除されるケースがありますので、そのあたりはもし必要ということでしたら、お調べします」

「確か小野先生には実のお兄さんがいらっしゃるはずですよね」

「はい。そのお兄様から、失踪宣告のご連絡を受けて、昨日、お兄様に対しては遺言の開示をしました」

「遺留分は？　確か、全額をどこかに寄付すると遺言しても、親族がいれば、そちらにも分けるんですよね」

「遺留分が認められるのは夫婦と親子だけです。兄弟姉妹にはありません」

「え……嘘」

「相続権はありますが、遺留分は別の話です。当行でお預かりしている分については、お兄様が相続する財産はありません」

あっけに取られている優紀たちに向かい、若い行員は、遺贈を受けるにあたっての具体的な手続きや必要書類について説明を始める。

最後まで聞き終え、優紀はためらいながら尋ねた。

「この遺言書はいつ作成されたものなんですか」

そんなにうまくいくはずがない、という不安は、あまりにも大きな数字を前にして膨らむばかりだ。

「今、読み上げた通り……」

内容と金額に驚いて、聞き逃したようだ。

若い行員は遺言書を確認する。

「一九九一年の八月、ですね。公証役場で作成したものを当行でお預かりしました」

作成したのは小野先生こと半田明美ではない。本物の小野尚子だ。

「そして小野尚子さんは二〇〇七年に失踪されています」

「二〇〇七年って、何ですか？」

「失踪された年がわかっていたのですか？　私どもは亡くなったはずの小野さんのご遺体が別人のものだったということしかうかがっておりませんでしたが」と坂本会長も怪訝な表情で口を挟んだ。

小野尚子は一九九四年に殺害された。それがフィリピンまで行って小野尚子の墓を見てきた知佳が突き止めた事実、のはずだ。

「二〇〇七年って、小野尚子さんに何かあったの？」と絵美子も優紀の顔を見た。

「具体的に何があった、とかいうことではなくて」と上司の方が咳払いを一つして説明し始める。

「家裁に失踪宣告の申立を行うにあたりましては、ですね、単にこのとき家出されたとか、旅行に行かれたとかではなく、この時点では確かに失踪していましたよ、という、証拠になる資料が必要なのですよ。それが二〇〇七年のものなのでしょう。詳しいことについては、私どももうかがっていませんが、とにかく家裁がそのように判断し、先日、失踪宣告がなされた、ということです」

本当に知らないのかもしれないし、兄の小野孝義から聞いていてもそんなことは第三者には教えないのかもしれない。

坂本会長と牧師は腑に落ちない様子で銀行員の説明を聞いていたが、いずれにせよ遺言状は白百合会の資金が不足し、バブル崩壊が秒読みに入った一九九一年の八月、本物の小野尚子が生きていて、新アグネス寮を運営していたときに作成したものだった。

一億六千万という金額を耳にした割には、終始、平然としている坂本会長や牧師とは、銀行の正面入口で左右に分かれた。

そのとたん優紀は絵美子と顔を見合わせ、大きなため息をついた。膝から崩れ落ちそうだった。

「本当なの？」

「あの……」

二人同時に同じ言葉を発していた。

絵美子が無言で向かいのビルの一階にあるチェーン系のカフェを指差した。

「ああ、わかった」

店に入り、薄暗い奥の席を確保すると、カウンターに行った絵美子は小倉白玉パフェを注文した。だが、受け取って運ぼうにも腕が震えてトレイが持てない。

「いいからあっちで荷物見てて」と慌てて近寄った優紀は席を指差し、自分の注文したコーヒーゼリーと共に運ぶ。

「怖くて……」

シートに座り、絵美子はうつむいたまま膝に手を置き震えている。

「いいから食べなよ、お祝いだもの」

そんな心境ではなかったが、前向きな言葉をかけ、優紀は絵美子の震える手にアルミのスプーンを持たせる。

「本当にお祝いなんかしていいのかな……」

恐ろしいこと、嫌なことを前にして震え、怖がり、不安になるのは当たり前だが、絵美子はしばしば幸運に恐怖を感じ、今の幸せを自覚した瞬間に不安に捉えられる。

自分が幸せになれるはずはない、幸せの後には、見返りとして必ず地獄が待っている。そんな風にしかものを考えられない人生を送ってきてしまったのだ。

「じたばたしたって、なるようにしかならないんだ。良いときに良い思いしなきゃ。甘い物食べている今は、とりあえず幸せなんだから」

八千万。正月を前にして長島から日本円にして五十万円近い現金をもらったときも、突然の幸運に体の力が抜けたものだが、今回は桁違いだ。

税金を払ったとしても、それだけの金があれば、火災の後、そのままになっている西軽井沢の土地に新たな寮を建てられる。別の場所に中古物件を買い、修繕費を捻出することもできる。適当な賃貸物件を借りることもできる。残金はファンドにして計画的に活用すればいい。

希望に満ちたヴィジョンの前で、優紀もまたおののいている。

ふと絵美子の器に目をやると、残りがほとんどない。強ばった表情のまま凄まじい勢いでソフトクリームや白玉をかき込んだのだ。

「ねえ、絵美子」と優紀はテーブルを爪の先で叩く。

「コーヒー飲む？」

絵美子はスプーンを握り締めたまま、ぶるぶると震えるようにかぶりを振る。

「八千万ってどれくらいだろうね？　百万の束が一センチだから、八十センチかな。旧札だともっと厚みが出るから一メートル。でもきっちり並べればキャリーケースに収まるよね」

何も聞こえないように、絵美子はガラス容器にわずかに残った白いクリームをスプーンでこそげ取っては口に運んでいる。

「絵美子ったら」と器の脇に置かれた左手を握り締めた。冷たい。じっとりと汗ばんでいる。

「この際、山分けして逃げちゃおうか」

優紀の言葉にようやく我に返ったように、絵美子は顔を上げうっすらと笑った。

絵美子との会話なら冗談だ。だがもしそれが現金で目の前に積み上がったら、魔がさすかもしれない。

「魔がさす」以前に、半田明美の目的はまさにそれ、積み上がった現金、だったはずだ。

「何があったんだろう」

つぶやくともなく優紀はそんな疑問を口にしている。

「だから……」

スプーンをナプキンの上に置き、ためらいがちな口調とは裏腹に絵美子は見たこともないほど強い視線で優紀を見つめた。

「半田明美が小野先生になって生まれ変わるようなことが、きっと二人の間にあったんだと思う。たしかに半田明美は小野尚子さんを手にかけてしまったけれど、その後に一生かけて償いたい、と決心するほど大きな愛を小野尚子さんは半田明美に残していったんじゃないかな。それを知ったとき半田明美は小野先生になってその愛に報いた。それしか考えられないじゃない」

優紀はうなずく。長島が何を言おうと、どんな決めつけ方をしようと、半田明美は自分たちが見た通りの小野先生だった。小野尚子が半田明美に残していった、殺人者の心を変えるほどに大きな愛、とはどんなものだったのだろう。

小諸の寮に戻ったとき、入居者の一人から留守中に小野孝義から電話があったと告げられた。責任者が外出中、と伝えると小野孝義は特に伝言もせずに切ったと言う。

「そら、来た」

「やっぱり」

絵美子と視線を合わせ、うなずいた。

遺留分を請求する権利なし、とはいえ、相続人である実兄がそれで済ませるはずはない。

夜の七時を過ぎた頃、ふたたび孝義から電話がかかってきた。

「小野と申します。長年にわたり妹がお世話になりまして」という挨拶は、極めて丁寧で良識的なものだが、その口調に格別の感情は込められていない。亡くした肉親に対しての愛情も感じられないかわりに、長年、妹の名を騙った女を抱え込んだ得体の知れない共同体に対しての警戒心や敵意も込められていない。社会的に洗練され、高い地位をもとから保証された者に特有の超然とした冷ややかさと穏やかさだけが感じられた。

「こちらこそ小野尚子さんには……」と型通りの挨拶を返した後、優紀は相手が何か言い出す前に、この日、五洋信託銀行を訪れ、遺言の開示を受けたことを告げた。

「ええ、それは担当者から聞いておりますが、実は確認したいことがありまして」と前置きし、「おたくの施設はマンションですか?」と尋ねた。

「いえ。信濃追分の家を焼け出された後は、小諸市内にある民家に家主さんのご厚意で住まわせていただいています。マンションではありません」

「実は、小野尚子の資産内容について五洋信託から詳細な報告を受けたのですが、五洋銀行の普通預金口座に公共料金とマンション管理費の引き落としがあるんですよ。固定資産税については、軽井沢町に支払われています。確かあなたがたの寮の所在地も軽井沢町でしたね」

「はい。確かに焼け出されるまでは軽井沢にいました。ただ公共料金を含めた運営費は新アグネス寮の予算から支出していますので、小野先生の個人口座から引き落とされることはありません」

一気に話した後、マンション、という言葉がひっかかった。

小野先生、すなわち半田明美は確かに、寮で入居者と共に生活していた。だが、一方で、彼女自身の生活がどこかにあったのか？

平成元年に愛人の男に手切れ金代わりにもらったリゾートマンションで、本来の半田明美の暮らしがあった……。ひょっとすると、バカラのグラスやシャンパン、華美な衣装と美食の、贅沢三昧《ざんまい》の。

考えられない、とすぐに否定した。小野先生は、常に入居者と一緒だった。軽井沢の古びた別荘や、信濃追分の民家から出ることはめったになかった。しかも外泊したこともない。とすれば、そこにだれか、明美の親族か共犯者が住み、彼女を操っていたということなのか。

「もうしわけありませんが、その引き落としの明細を見せていただけますか、ちょっとひっかかることがありまして」

「いえ、もうこちらの口座は昨日、届けを出した時点で凍結されてしまいましたので。つまらないことをお尋ねして失礼いたしました」

丁寧な口調だが、明確な拒絶の意思が見えた。電話は一方的に切られた。折り返しかけようとしたが、相手の電話番号を聞いていない。しかも先方は非通知設定になっている。せめて問題のマンション名を聞いておけば、と後悔した。

すぐに知佳に電話をした。

まず、この日、五洋信託銀行に行き、小野尚子が残した遺言により、その財産の二分の一をＮＰＯ法人新アグネス寮が受け取ることになった旨を話した。

電話の向こうで知佳は何かを言いかけ、口をつぐんだ。

「いくらくらいもらえるの？」と尋ねようとして、その質問がいかにも非礼であることに気づいたのだろう。

「八千万」

優紀は察して答えた。別に後ろ暗い金ではなく、優紀個人のものでもないから、隠す必要はない。

「すごい」と息を呑んだ後、知佳は「お嬢様だったから、もともと。でも良かったね。これで寮の本格再建ができるし、事業もできるかもしれない」と付け加えた。

「ええ」

「でも、それってお兄さんが黙ってないんじゃないの？」

「そっちも法的にはクリア。でも、今、その兄貴から電話があって」と、小野尚子名義の普通預金口座からマンション管理費や固定資産税の引き落としがあった、と伝える。

「見えてきたね」

知佳が言った。

「で、お兄さんは、そのマンションの名前や名義について何か教えてくれた？」

「いえ、すぐに電話を切られた。あっちの電話番号もわからない」

「任せておいて、私は小野孝義の連絡先を知ってるから。以前話したことがあるし、感じ悪いやつだけど、うまく情報、引き出してみる」

知佳から連絡を取ってもらうまでもなかった。

数日後、再び小野孝義から電話があった。

「ちょっとおうかがいしたいことがあるのですが、近々、東京に出て来られることは？」

聞きたいことがあるなら、あなたが来なさいよ、という言葉を呑み込み、優紀は「どういったことでしょうか」と尋ねる。

「電話で申し上げるようなことではないのですが」と前置きして、孝義は、マンション管理会社から口座が凍結され管理費が落ちない旨の連絡があった、と話した。

「おたくにですか？」

「私が相続人ですから。取り分が有る無しにかかわらず」と、相手は銀行員同様のまったく感情を交えぬ言い方をした。

「で、そちらの寮に、半田明美、という名前の方がいたことはありますか？」

えっと声を上げそうになって慌てて口をつぐんだ。

「いません」

「入居者か、妹の友人などに心当たりは？」

「いえ……」

こめかみに痛みを感じるほどに、全身が激しく脈打っている。

もしその半田明美が二十数年、小野尚子になりすまして暮らしていたことを彼が知ったら。自分もスタッフのだれも犯罪には荷担していない。だが、世間はそうは見ない。「新アグネス寮」は、小野尚子の遺産の二分の一を手に入れたのだから。

軽はずみな答えを口にしてはいけない。

「こちらでも調べてみます」という言葉を繰り返し、近いうちに東京で会うという約束をした。

オフィスは品川にあった。真新しい高層ビルの七階だ。

出版社「朱雀堂」は、その後社名を「ＳＵＺＡＫ」に変え、出版だけでなくネット分野にも進出していると聞く。出版の本拠を文京区に置いたまま、現在はこのビルに入っているネット関連事業がメインになっているらしい。

社長である小野孝義は七十をとうに越しているのだろうが、細身の体を紺のシングルスーツに包んだ姿は颯爽《さつそう》として、とてもその歳には見えない。

「妹の財産について、私が何かを期待するということは最初からありませんから、お気遣いは無用ということで」と前置きした。

「むしろ多額の借金を残しているだろうと覚悟していました」

「私たちもあれほどの財産があったとは……」

「あれほど、と言える額かどうかはわかりませんが」と孝義は苦笑した。

「妹が嫁ぐ折に、遺産の相続放棄を条件にいくばくかの現金を持たせたのです」

「ご両親が亡くなった際に相続されたのではないのですか？」

小野先生はそう言っていた。

「いいえ、彼女が小野家から離れるときに両親が用意した持参金です」

あらためて「小野先生」は小野尚子ではなかったのだ、と思い知らされる。

「その後、妹は離婚して戻ってきましたが、持参金に手をつけてはいなかったのでしょうね。それで実家で家事手伝いなどをしていたのですが、体調を崩しまして」

アルコール依存症、という言葉を使わず孝義は婉曲《えんきょく》なもの言いをした。

「そこで私が、ゆっくり静養してくるようにと軽井沢の別荘に行かせたのです。結婚時に相続放棄の約束はあったのですが、私の判断で父が亡くなったときに、別荘については尚子の名義にしました。嫁入りのときに持たせた現金については身分相応のもので大した額ではなかったのですが、金利が異常なくらい高い時代でしたし、五洋信託銀行さんがかなりうまく回してくれたようですね。金融ビッグバン以前のことで、信託銀行が証券会社と棲《す》み分《わ》けをしていたことが幸いしたのでしょう、バブル崩壊の損害をまったく被らなかった。別荘の方もそこそこの値段で売れたようですし」

「それで小野尚子さんが亡くなっていることがわかったので、遺言状を開封されたのですね」

「実際のところ、生きているか死んでいるかなどわかりませんよ」

すかさず訂正されて、ぎくりとした。小野尚子の死について知っているのは、山崎知佳と新アグネス寮のメンバー、それに長島だけだ。

「今月に入ってすぐに家裁の失踪宣告がなされたので、五洋信託銀行さんに行って遺言書を開封したのです」

「二〇〇七年に失踪されていたとうかがいました」

「別に二〇〇七年に失踪したわけではないんですがね」と小野孝義は苦笑した。

「最初は火災で妹が亡くなったのかと思ったのですが、DNA鑑定やら何やらの結果、遺体は、妹を名乗った別人ということがわかった。ではいつから本人の生死が明らかでないのか、というと、三十年近く没交渉だったので私にはわかりませんでした。もっともその間、一度だけ妹には会いましたが」

「小野尚子さんと？　いつの話ですか？」と無意識に身を乗り出していた。

「一九九一年の秋でしたね」

淀みなく孝義は答えた。本人が亡くなる三年前、遺言書の書かれた一、二ヵ月後、ということになる。

「軽井沢の別荘を寮に改築するに当たって、私道の一部がまだ父の名義になっている、何とかしてくれ、と東京に出てきたのです。それが最後ですね。だからといってその直後に失踪した、ということにはならない。ただ、小野尚子のかかりつけの歯医者が保管していたカルテによれば、火災から遡って九年前、二〇〇七年には小野尚子は小野尚子ではない別人になっていた。それがこの時点で失踪していた証拠として家裁で認められたのですよ」

それで、と孝義は、本題に入るまえにＡ４判の用紙の束を見せた。

五洋信託銀行から送られてきた、小野尚子名義の普通預金口座の明細だと言う。

まず数ヵ月に一度、五洋信託銀行から一定額が五洋銀行の小野尚子名義の普通口座に振り込まれている。これは小野尚子個人の生活費として、予め設定してあったのだ。そこから「小野尚子」は現金を引き出している。

「たまに数十万単位を引き出していますが、通常はごく少額です」

たまの数十万単位、というのは、新アグネス寮の運営費が不足した場合の赤字補塡だというのが優紀にはわかった。

「電話で申し上げたのはこちらで」とそこに印字された「カンリヒトウ」という文字を見せた。その頭部分に書かれたアルファベット三文字は、収納代行サービス会社らしい。

「で、どこの管理費等か調べたところ、マンション管理会社を通して判明しました」

「軽井沢ですか？」と急き込んで尋ねた。

「ええ。ただし中軽《なかかる》、というか、追分近くの七階建ての」

「七階？　中軽で？　あのあたりは規制があってせいぜいが三階か四階では？」

「リゾート法の施行前、七〇年代には建っていた物件ですよ」

尾崎が知佳に語った、という見晴らしの良い、七階建てのリゾートマンションだ。北軽井沢ではなかった。

「名前はサンクチュアリ軽井沢」

「それは……」

マンションではなくホテルでしょう、と言いかけた。

「軽井沢サンクチュアリ、というホテルは存在します」と孝義は被せるように続けた。「ネットで検索すると、そちらばかりが出てきますが、マンションサンクチュアリ軽井沢は別物です。それに部屋が売りに出されでもしないかぎりは、『サンクチュアリ』でひっかけても出て来ませんしね」

言葉を切って孝義は続けた。

「半田明美という名の人物についてはあなた方の関係者ではない、とのことでしたね」

躊躇しながらうなずいた。鼓動が速くなっている。どんな言葉を発しても不自然でわざとらしいものになりそうだ。

「で、マンションの名義は、その半田明美になっています」

無意識に息を止めていたらしい、何か答えようとしてとっさに吐息しか出てこなかった。
二、三度、深呼吸してようやく言葉を発した。
「実は私は十年前に寮に来たもので、私が知っているのは、小野尚子さんではなく小野尚子さんを名乗っていた別の女性です。昨年の火災で焼け死んだ方で」

迷った後に続けた。

「半田明美さんという方ではないか、と警察の方が言ってこられました」

小野孝義は納得した様子でうなずいた。

「でも、信じてもらえるかどうかわかりませんが、私も他のスタッフも、入居者も、白百合会の方々も、みんな彼女を小野尚子さんだと信じていました。警察から別人と聞かされて驚きました。半田明美という名前を聞いたのは、火事から何ヵ月も経ってからです」

「私のところにも警察が尋ねてきましたよ。その女性に心当たりはないかと。何やら芳しくない評判の人物のようですが、いずれにしても妹の口座から半田明美名義のマンションの管理費が払われていた、ということは、やはり妹の名を騙った人物は、半田明美という女性だったのでしょうね。その女性が小野尚子を騙ってあなたたちの寮に住み、そちらのマンションには妹が住んでいたのかもしれません」

「え……」と言ったきり優紀はとっさに否定も肯定もできない。

「アルコール依存症の妹が、いくら更生したとはいえ、あなた方の施設で寮長が務まるとは思えません。イメージの問題があるから表向き寮長は小野尚子でも、実際はその女性が仕切っていたんじゃありませんか」

「わかりません、私は警察に告げられるまで、彼女が小野尚子さんだと信じていたのですから」

同じ答えを繰り返す。

「で、小野さんはそのマンションの部屋に行って中をご覧になりたいとは、お考えですか」

「いや」と孝義は表情を変えずに首を横に振った。

「他人名義のマンションですし。長期間、管理費その他が妹の口座から落ちているので、何か事情があるのかと思いお尋ねしたのですが、あなた方も無関係でご存じない、ということでしたら、後は管理会社の方で半田明美さんの関係者に連絡を取ったうえで処理するでしょう」

「そうですね」

視線を合わせずに同意した。

孝義には、妹が殺されたのでは、と自分や新アグネス寮の人々を疑い、警察に真相究明を求めようとする意思はまったく見られない。また、その遺言について異議を申し立てる様子もない。これ以上小野尚子に関わりたくない、という拒絶の意思のみが見えた。

品川のオフィスを出たそのとき、不意に疑問がわき上がった。

永山という歯科医の二十六年前の電子カルテ情報から、火災で亡くなった小野先生が半田明美ではないか、と疑った警察は、当然、その時点で半田明美の親族に問い合わせをしただろう。

長島のメモによれば、半田明美には弟妹《きょうだい》がいるはずだ。

だが少なくとも、彼らから新アグネス寮の方には、何の連絡もなかった。親族であれば遺骨について何か言ってきてもよさそうなものだが、小野尚子同様、半田明美についても兄弟の縁が切れているのだろうか。だがマンションの存在を知らされたら、やってきて物件を確認するくらいのことはするのではないだろうか。

携帯電話を取りだし知佳の番号を押していた。留守番電話になっている。メッセージを吹き込むのはやめて、話したいことがあるのだが、今、東京にいるのでどこかで会えないか、とメールした。

コーヒー代を節約し、ビルの地下にある広場の、植え込みを囲った大理石の縁に腰を下ろして返信を待つ。今日あったこと、小野孝義が語った内容などをノートに書き込みながら情報を整理し、何が起きるのかその可能性を書き出していると、知佳から返信が来た。彼女の予定は夜なら空いているという。

指定の時刻まで三時間あまりあり、優紀は近隣の公立図書館で時間を潰した。

そこが閉館になり、安いチェーン系カフェでもないかと探していると、知佳から再びメールが入った。文京区内にある長島の家の最寄り駅前にある純喫茶まで来てくれないか、と書いてある。

すでに長島に遺贈の件が伝えられたのかもしれないと思うと嫌な気がした。多額の遺贈を受けた新アグネス寮に対し、長島が何か言ってくるとは思えないが、頼みもしないのに彼を呼ぶ知佳がいささか軽率に思える。

約束の時間よりずいぶん早く店に着いた。薄暗いボックス席でノートを広げ、先ほど整理した内容を読み返していると、これまた約束の時間より早く、ポロシャツ姿の長島がサンダルの踵《かかと》を引きずるようにして店に入ってきた。

「いや、良かったな。あの極悪女が、小野尚子の金をそのまま残して死んだって？」

呆れた物言いに、返す言葉もない。

「ま、棺桶に金入れて地獄にまで持って行けるわけじゃなし。それにしても使う前に死んじまったのは、さぞかし無念だっただろうな」

「さあ」

冷ややかに答え、ふと、さきほどから不安に感じていることを思い出した。

「ちょっと、長島さんのお考えをお聞きしたいのですが」とあらたまった口調で前置きし、品川の会社で小野孝義から聞いたことを話した。

「おっ」と長島は驚きの声を上げただけで、その先を促す。

「それで火事の後、二十六年前の歯科情報から遺体が半田明美さんの可能性が出てきた時点で、警察から彼女の家族に連絡が行きますよね」

「ああ、それは行くな。だが、そもそもそれが半田明美の死体だったたって唯一の根拠が二十六年前のカルテと歯医者の記憶じゃあ、警察にしたって『かもしれない』って程度だ。それにああいう姉貴だ、弟妹《きょうだい》がいたって縁はとっくに切れていて、おらぁ知らん、ってところだろう」

「でもマンションとか財産を残していれば話は別でしょう」

「死んで一年以上経って、マンションの名義は半田明美のまま、固定資産税、管理費、修繕積立金、その他もろもろが、小野尚子の口座から落ち続けていたわけだよな。ということは、半田明美の親族はそんなものは相続していない」

「放棄ですか？」

「いや、相続放棄というよりは、親族はマンションの存在自体を知らない」

「だって半田明美名義のマンションが存在するなら警察だって調べて親族に問い合わせるんじゃないですか」

「ないない」と長島は笑って片手を振る。

「いいか、戸籍と住民登録と登記簿はまったく別だ。昔、役所も緩かった時代に、俺は記事を書くのに半田明美の戸籍を調べた。そのときには、医者と死別した後の本籍は千葉になっていた。住民票の方はアパートのあった東京の中野だ。尾崎からもらったリゾートマンションにどういう格好で住み着いたか知らないが、犯罪を目論むやつがそこで住民登録するか？」

「でも、彼女の名前でリゾートマンションを登記すれば……」

「だから登記と住民登録は別なんだよ」

少し苛ついたように長島は続けた。

「住民登録は中野のアパートのまま、リゾートマンションの登記をする。リゾートマンションなんて、たいていそうだろうよ」

「ええ、まあ。でも、その中野のアパートを引き払ってしまったら……」

「そこに住んでいようがいまいが、住民登録は住民登録。そのままだ」

「でも、軽井沢のマンションの固定資産税が払われてるってことは……」

「それも関係ない。税額の決定通知書については、最初は住民登録してある中野区に行くが、当然、住人不在ということで戻ってきてしまう。そうすると軽井沢町の税務課の職員が直接マンションにやってくる。その頃は半田明美がそこに住んでいたわけだから、次回から決定通知書の送り先住所は、軽井沢町のマンションにしてくれ、ということにすればそれで済む。半田明美がそこで税金を払いさえすれば、何の問題も起きない。で、小野尚子に成り代わった後の半田明美は、小野尚子名義の口座から税金、公共料金、もろもろの引き落としの手続きをする。それでときおりマンションの郵便受けを見に行っては通知の類を回収してくれればそれで終わりというわけだ。今回、焼け死んだ女がかつて連続殺人の容疑者だった可能性があるからといって、その女がそれまでどこに住んでいたかまで調べて回るほど役所は暇じゃない」

そのときドアのカウベルを鳴らして知佳が店に駆け込んできた。

遅れたことを詫びるのを遮り、優紀は長島とのやりとりや、この日小野孝義から聞いた話を伝える。

「すぐやるっきゃないじゃない」

知佳は言って、二人の顔を交互に見た。

「やる、って何を？」

優紀が尋ねると、少し苛立ったような早口で知佳が答えた。

「がさ入れよ、がさ入れ。マンションの」

「がさ入れ、って、おたくらが？」と長島が笑い出す。

「管理会社が開けて入っちゃう前に、そのサンクチュアリとかいうマンションに行って中を見るべきだよ、それって半田明美のアジトだったわけじゃない？　絶対何か秘密があると思う」

「まぁ、確かに何かあるだろうな」と真顔に戻った長島も同意する。

「そこで半田明美がもう一つの生活を営んでいたわけだからな。それこそ元々の半田明美だ。ジキルとハイドじゃないが、お楽しみがあったか、金目のものを山と並べていたか……。愛人を囲っている、とはあまり考えられないが」

「もう一つの生活なんかあり得ません」

優紀はかぶりを振った。小野先生――半田明美は、間違いなく新アグネス寮に住んでいたのだ。どこかに出かけることはあったが、長時間、所在がわからないなどということはなかった。

12

幹線道路から外れ、古びたアスファルト舗装を突き破るようにして生えた草が黄色く枯れた道を知佳はアクアで下りていく。数十メートルも行く前に、黒々とした影を刻んでその建物は現れた。

七階建てと聞いていたからそれなりに高さのあるマンションを想像していたのだが、紅葉した木々の間に埋もれるように建っている廃屋めいたものは、どう見ても四階かせいぜい五階までしかない。最初は見逃して通り過ぎ、山林に突っ込んでしまった。

助手席の優紀と、何かの間違いではないかなどと話して首をひねり、幾度もハンドルを切り返して方向を変えた。戻ってきて、その建物を再度確認し、ようやくそれが「サンクチュアリ軽井沢」であることを知った。

道路側にあるエントランスは一階ではなく実は三階部分で、建物裏側の谷地に面して一階と二階が隠れている。

一階は駐車場になっているのだが、一般道から建物内を通ってそこに降りていく道は薄暗く、コンクリートは黒ずみ、地下というよりは穴蔵に入っていくような不気味さが漂っている。

「そのへんに停めてもいいんじゃない。だれも来てないようだし」と優紀が言う。

「そうだよね」

知佳は車をアスファルトのひび割れた路上に停めて、外に出る。

「駅そばにこんなリゾートマンションがあるとは知らなかった」

助手席側のドアを後ろ手に閉めながら、優紀が目の前の黒々とした建物を見上げた。

歩けば十五分はかかる距離を、そば、とは言わないが、このあたりの感覚からすれば、駅から徒歩圏内はやはり「そば」なのだろうと知佳は思う。

「そもそも人が住んでる？」

知佳が首を傾げると、優紀が無言で四階の窓を指さす。ガラス越しに洗剤や漂白剤とおぼしきボトルが並んでいるのが見え、奇妙な生活臭にかえって気味悪さを覚えた。

谷側に回り込むと、地下二階に見える一階部分、駐車場の裏手が管理人室になっていた。

不審者と思われても困るので、一声かけていこうとしたが、小さなガラス窓にはカーテンが引かれ、「巡回中　御用のある方はボタンを押してください」とあった。

ボタンを押してしばらく待つと、作業着姿の七十をとうに過ぎたような老人が現れた。

自分たちは半田明美の親類で従姉妹同士、と知佳は管理人に名乗った。

事情があって高齢の伯母が半田明美に代わって管理費や修繕積立金その他を支払っていたのだが、その伯母が亡くなったために口座が凍結され、管理会社から支払いがない旨、連絡があった、と偽る。

「私たちは半田明美とはもともと交流はあまりないのですが、ここに引っ越して以来、あの人、法事にさえ来てないんです。伯母によれば、あまり体調が良くない、というか、鬱みたいで、それで軽井沢に引っ込むとか言っていたそうなので、ひょっとすると、と気になって来たんですよ」

知佳がそこまで話すと、管理人の顔が強ばった。眼鏡をかけてリストを見る。

「半田さん、708号室ですね。この仕事を始めてから私、十二年になるけど、あの部屋に人の出入りするのは見たことがないな。集合ポストはチラシが溢れたりはしてないから、ときどき来ていたのかもしれないけど」

リゾートマンションという性格上、在住者はもともと多くはなく、梅雨明けから八月いっぱいは多少賑わうが、昨今では夏場でも人の気配のない部屋がほとんどだと言う。

「ただ廊下でおかしな臭いがするとかいう苦情は、七階についてはないですがね」

おかしな臭いという言葉に背筋が粟立《あわだ》つ。

「七階では、ですか」

優紀が確認するように尋ねると、眉間に皺を寄せて管理人がうなずく。

「私らも一応巡回してるけど、部屋の中に入れるわけじゃないんですからね。お身内の方が、ちょっと確認してください」

期待した通りの反応だった。

当然、マスターキーを持って一緒に来てくれるものと思っていると、管理人は首を横に振った。

「マスターなんかないですよ、賃貸じゃないんだから」と言われ、確かにそうだった、と納得する。

リゾートマンションという性格上、内部の掃除や空気の入れ換えなどを管理人に頼んでいる家もあり、その場合コピーキーを預かる場合はあるが、半田明美とはそうした契約は結んでいない、と言う。

「鍵屋を呼びますか?」

管理人はファイルを引き寄せる。

「お願いします」と知佳が答えると、慣れた様子で管理人は電話をかけ始めたが、ふと手を止めて電話を切った。

「ええと、半田さんのお身内の方でしたよね？」

「はい。というか、管理費を払っていた小野の姪《めい》です」と知佳はとっさに答えた。

管理人としては、訪問者にやたらに合い鍵など作らせるわけにはいかないのだ。知佳はバッグをかき回し、身分証明書代わりの免許証を差し出す。

だが管理人はそれを見る代わりに、管理会社に電話をかけている。

「はい、今、所有者のお身内の方が見えているんですけどね、はい、管理費を払っていた方の姪御さんで……何でも居住者の方が、その、様子がおかしかったっていうんで、心配して来られているんですよ」

管理会社の承諾はとれたのだろう。管理人はあらためて鍵屋に電話をかけ、その場で待っているように、と知佳たちに言う。

「鍵屋さんを呼ぶようなことはよくあるんですか？」

優紀が尋ねると、「ああ、こういうところだから」と管理人は苦笑した。

「買ったはいいけど滅多に来ない人もいて、そのうち鍵なんかなくしてしまったとか、投資のつもりで買ったのに、ぜんぜん売れないし借り手もいない、で、それっきりってこともあるんですよ。いったいだれが持っているんだか。何年も戸が開いたことのない部屋も十、二十じゃきかないんじゃないですかね。管理費が滞って売るに売れない部屋が多くてね。建った当時は管理会社から管理人が来て常駐していたらしいんですが、今は、私など、町のシルバー公社から派遣されているんですよ。それも以前は夕方の五時までいたんですが、二、三年前から三時までになりましてね。どこも経費節減で、そもそも管理人を置いていないところの方が多いですからね……」

ということは、と知佳は優紀にささやいた。

「夜間の出入りについては、完全にフリーチェックってことよね」

一九九四年、小野尚子になりすましてフィリピンから戻ってきた半田明美は、この時期、マスク、サングラスという格好で、光線過敏症を理由に夜間、近隣の漢方医の元に通っていたと言う。だが、彼女が通っていたという信濃追分に、漢方治療を取り入れた病院はあっても、漢方医も中医学の医者もいない。過去にそうした治療院があったという話もない。

かわりにこのマンションがあった。

二十分もした頃、車の音がした。上っていくと軽自動車から管理人と同年輩くらいの男が降りてきた。管理人と親しげに挨拶を交わしている。

「何もなけりゃいいけどね」

「ああ、また警察だの消防だの呼ぶとなると面倒臭くてかなわない」

そんなやりとりが聞こえた。

孤独死やガス漏れ、空き巣など、施錠された室内での事件や事故が多いのだろう。

道具箱を手にした鍵屋や管理人と共に二人はエレベーターで七階に上がる。

内装が古びた天井の低い廊下に、同じようなスチール製のドアが並んでいる。表札はない。ホテルのように部屋番号だけを頼りに進んでいく。

「ああ……」

ドアの鍵穴を見ると、鍵屋は首を振った。

「これ、このまま合い鍵は作れないわ。錠前ごと交換しますよ」と工具箱を開く。

「鍵を替えちゃったのか……」と管理人が職人の手元を覗き込む。

不在にしている時期が長いために泥棒などに入られるのを恐れて、もともとついていたシリンダー錠ではなく、被害に遭いにくい特殊錠に替える人々がいると鍵屋は説明した。

「鍵はいつ頃替えられていますか？」

とっさに知佳は質問した。

「ずいぶん前だね」

道具を揃えながら鍵屋が答える。

「十年じゃきかない。二十年くらい前だね。外国から窃盗団が入ってくるようになってから、鍵もどんどん複雑になってきたんだよ。でもこれはわりに簡単なやつだ。最近の鍵は町の鍵屋じゃ合い鍵なんか作れないよ。二十年くらい前は、こんなんでもピッキングできないっていうんで、けっこう付け替えた家があったんだ」と錠前を指差す。

侵入されにくい特殊錠にするかと尋ねられ、「いえ、安いのにして下さい」と優紀が即座に応じた。

二十年くらい前、フィリピンから戻ってきた半田明美は自分の住んでいたマンションの鍵を厳重なものに付け替えた。

そしてその部屋に夜になると新アグネス寮から通ってきていた。漢方の治療、と偽って。

鍵屋がノブを外す。軽い金属音がして、その部分にぽっかりと円形の穴が空いている。そこに手をかけ手前に引くと、スチール製のドアはきしりながら開いた。

重たく、湿り気を含んだ空気が流れ出てきた。背後で管理人が小さな呻き声を発した。

扉の内側は薄暗く、視覚を遮るものもなく、八畳に満たないほどのリビングダイニングが見渡せた。いや視覚を遮るものはある。天井のクロスが剝がれ、ぶら下がっているのだ。無意識に壁際の電灯のスイッチを押した。

灯りは点いた。管理費と共に、電気代もごく最近まで支払われていた。蛍光灯の灯る天井付近からだんだら模様を描いて、壁には大きな染みが広がっている。

本来リビングダイニングにあるべき食卓テーブルやソファがそこにない。代わりに壁際に押しつけるようにしてシングルベッドが一台置かれていた。カバーが掛けられたまま、しんと静まりかえっているベッドに、知佳は恐怖を覚えた。ひからび厚みを失った何かがそこに横たわっているような気がした。

背後から管理人が、おののきながら知佳と優紀に先に上がるようにと手真似で促す。

「土足でいいですよね」

知佳が尋ねると、管理人は「いいですから、早く」と無意識なのだろうが、片手で背中を押す。

玄関には靴脱ぎが最初からついていない。段差がなく、土足のまま上がれるようになっている。ホテルを模したしゃれた造り、のつもりで設計されたマンションなのだろう。

床のカーペットは歩き回る者も、食べ物をこぼす者もいないまま、動くことのない空気の中で朽ちていた。

ベッドには当然の如く何も寝ていない。家主の几帳面な性格を示すように、乱れもなく整っている。

管理人がほっと安堵のため息を漏らす。

その脇の開口部に垂れ下がっている染みや虫食い跡のあるカーテンを知佳は乱暴に押し開く。間口一間ほどの引き戸の向こうはベランダになっているが、部屋全体にあまり開放的な感じがないのは、天井が低いせいだろう。

ベッドの向かい側に一口コンロのついたキッチンがあり、脇に小型冷蔵庫が置かれているが扉を開ける勇気はない。

小野先生こと半田明美がここに通うのをやめて何年になるのか、いったい何年、閉ざされたままになっていたのか。

予想していた黴《かび》の臭気はない。あまりにも密閉された期間が長すぎて黴さえも枯れたようだ。湿ったコンクリートの発するアルカリ臭と埃、接着剤の刺激臭のようなものが充満しているだけだ。

「リフォームでいくらくらいかかるのかね」

こんな物件をいくつも見ているのだろう。管理人について入ってきた鍵屋が平然として見回す。

東側にドアが二つあり奥の方を開けるとバスとトイレになっていた。昔、さかんに取り付けられた、浴槽、トイレ、洗面所が一体になったユニットバスだ。

鏡が錆びているが、プラスティック部分は意外なほど傷みがない。内部は空で、管理人がまた一つ、ほっと吐息を漏らす。

その脇の扉に優紀が手をかけた。

「そこを寝室にしている家が多いんだけど」と管理人が言う。

ドアを開いたとたんに内部から光が差した。灯りがついている。

いや、正面に鏡があった。リビングの灯りを拾って、光は奇妙な具合に拡散している。内部に踏み込み息を吞んだ。

「なにこれ？」

背後で優紀が戸惑いの声を上げる。

シルエットのような人影が無数に立っている。

全身が硬直する。だれかが壁のスイッチを押した。天井の蛍光灯が稲光のように瞬いて点いた。

鏡だ。ドア正面に鏡、左右の壁に鏡、振り返ればドアにも鏡。幅は四十センチくらいから八十センチくらいと様々だ。どれもこれも部屋に立った者の全身が映り込む縦長の鏡だ。それがつり下げられているか、置かれているかしている。

時が経ち、使われていない蛍光管も寿命が来ているのだろう、ふっと薄暗くなっては瞬いて灯り、再び薄暗くなり、を繰り返す。四方の鏡が明滅する灯りを拾って泡立つような光を室内にばらまく。

狂ってる、と優紀がつぶやき、たまりかねたように管理人が灯りを消す。

正面の鏡に映った自分の姿が背後の鏡にさらに映り込み、無限の像を結ぶ。混乱の中に見えるのは増殖する自意識か、自己と他者の境界の消滅か。めまいと吐き気を催す狂気の世界がそこにある。

逃げるように視線を鏡面から外し、知佳は室内を見回す。押し入れもクロゼットもない六畳の部屋には厚みのあるブラウン管テレビとビデオデッキ、そして壁際にぶら下げられた鏡の裏側には、丈の高い本棚が一つ置かれていた。スチール製の小さなテーブルが折りたたまれて、やはり鏡の向こうに立てかけられている他は、丸椅子が一つ。本棚と折りたたみテーブルの間には、厚さ十センチほどの箱のようなものが立てかけられている。

引き出してみると、傍らで優紀が「ああ」と小さく声を上げた。

「ワープロだ。プリンター体型の」

グレーのプラスティック製のカバーが埃を被り、黄色っぽく変色している。

「中はもうだめだね、たぶん」

知佳が言うと、背後で管理人が、「ここじゃ、機械類は湿気でやられるね」とうなずいた。

家具、調度品のたぐいはそれだけだった。死体や怪しげなものはない。

「何をやってた人なんですかね」

その部屋を出ると管理人は少し落ち着いた様子で知佳に尋ねた。

「演劇をやっていたみたいですよ。名前を聞いたことはありませんが」

管理人は、ああ、と納得した様子でうなずき、腕時計を見る。

「もう、いいですかね」

勤務時間が終わっている、何も問題はないようなので帰ってもかまわないか、という意味だ。こんなところにいつまでもいたくない、という様子がありありと見て取れる。賃貸物件ではないので、それ以上の責任は管理人にはない。

だが鍵屋の方は、鍵穴に合わせて合い鍵を作るのに、いったん店に戻り一時間ほどかかるということだった。

「私たちは合い鍵ができるのを待って施錠して帰りますから、どうぞおかまいなく」と知佳が言うと、管理人は逃げるように部屋を出て行った。

その後、鍵屋が店に戻ったのを見届け、知佳と優紀はリビングと鏡の小部屋の間のドアを開け放った。

ドアの向かいにある大型鏡の置かれた裏側は遮光カーテンが引かれた出窓だった。カーテンを開けたが、建物の出窓部分は温度差が大きいため結露がひどかったのだろう。棚部分の合板が浮き上がり、ガラスと板との継ぎ目を中心に、全体が黴や汚れに覆われている。カーテン自体も元の色がわからないくらいに、黴が生え傷んでいた。

あらためて数えると、全身が映る鏡は全部で七枚ある。そのうち本棚の手前やドア部分に取り付けられているのは、ガラス製ではなく、シート状のもので、もとは正確に像を結んでいたのだろうが、経年劣化で全体に曇り、歪みが生じている。

部屋の中央に立った知佳は、いたたまれない気持ちになる。

どこを見ても自分がいる。鏡の前で必死の形相でマスカラを塗る「私」でもなければ、化粧を終え、にっこり微笑んでみる「私」でもない。靴箱の扉についた長鏡で、靴とデニムのバランスをチェックするのにことさら腹を凹《へこ》ませて立った「私」でもない。無防備な斜め横向きの表情、猫背になっている後ろ姿、ナルシシズムを許さない自分自身、他人が見てそれこそがこの人物、と特定する、どこまでも客観的な「私」が合わせ鏡の中にいた。

「ああ、耐えられない」と優紀が額に片手を当てた。

「ああ、嫌だ、嫌だ。正真正銘、ただのおばさん。だんだん母に似てくるわ」

知佳の方も、やけにもっさりした自分の姿に、幻滅する。

重要なのはこれだ、と気づいた。見たくもない自身の姿形、ありのままの客観的な自分の容姿を半田明美は直視していた。

何のために？　モデルのように美しく振る舞うためではない。舞台女優としての所作を磨くためでもない。

優紀が畳んであったテーブルを広げ、部屋の中央に置いた。長さ五十センチ、奥行四十センチ程度のごく小さな台のようなものだ。丸椅子を引き寄せ、自分が座る。

「リビングダイニングにテーブルがない理由はこれね」

優紀が断定する口調で言った。

食事、身支度、読書、テレビやビデオの視聴。すべての行為を半田明美はここで行った。四方を鏡に囲まれ、自分の像が、自分の動作が、無限に映り込む。おびただしい数の「客観」に囲まれて、半田明美は日常を送った。

自分の見た目を改変するために。別の人物になりきるために。

人物の同定は容姿によるものだけではない。無意識のうちにその人物の特徴的な所作を人は記憶し、彼が彼であり、彼女が彼女であることを認識している。

だから容貌のみならず、年齢、性別まで異なる人物による形態模写のような芸が成立するし、意図的にずらしたり大げさに行うことで笑いを誘う。海外ドキュメンタリーの再現映像や映画などで、現代の著名な政治家や芸術家を演じた俳優が、まったく似ても似つかぬ容姿なのに、その演説の様、口調、所作から、いつの間にかモデルとなった人物そのものに見えてくるのはだれでも経験することだ。

知佳はシート状の鏡をめくり上げ、本棚に置かれたものを見た。

下半分は書籍とファイル、上の段にはＶＨＳのビデオテープが並べられていた。

スマートフォンをかざし本の背表紙を映す。

「小野先生の部屋にあった本よ」

低い声で優紀がささやいた。寮の小野先生が寝起きしていた部屋にあった本棚。そこに並んでいたのとほとんど同じラインナップの書籍が並んでいると言う。

半田明美はそれらを読んだ。読破した。小野尚子らしい受け答えをするために。小野尚子の発想を自分のものにするために。

「でも……」

背表紙の下部に張られたシールに気づき、知佳はそれらを本棚から引き抜いた。

「ひどい」

どれもこれもが図書館の本だ。主立った公立図書館の管理がコンピュータ化されてから、せいぜい二十年。出入り口に盗難防止用センサーが取り付けられたのは、さらに後の時代だ。それまでは市民の良識を信じて運営されていた公立図書館の本など、盗み放題だった。

「そういう人だったの？」と優紀が困惑したようにつぶやく。

「もっと悪い事を平気でやる人だったかもしれないけれど」と知佳が答えると優紀の眉間に小さく皺が寄った。

閉め切った部屋に置かれた本のページは褐色を帯び、めくっただけで用紙の端がくだけてくる。奥付を見ると、半田明美が図書館の書架から盗んできたと思われるその時代に、すでに出版年代はかなり古くなっていたはずだ。ネット通販のない時代、古い本が欲しければ、根気よく古本屋を探すしかない。それより遥《はる》かに簡単なのは、図書館の書庫を探すことだ。そして彼女はそれらの本を、各地の公立図書館から集めてきて、読みあさったようだ。

　知佳は少しためらった後、そこにあるビデオの二、三本を書架から引き抜き、すばやくバッグに入れた。

「大丈夫かな……」

　優紀がとがめるともなく言う。

「いいよ、いいよ、わかりゃしない」

　知佳が持っていたバッグにさらに詰め込もうとするのを優紀は止め、決意したように自分の手にしていた布袋を差し出した。

「全部持ち帰って調べよう、本も。もともと盗み出したものなんだし」

　知佳が言うと、優紀がちらりと眉をひそめ、うなずいた。

「早くやろう。鍵屋が戻ってくる前に」

　手際良く袋やバッグに入れる。

「そのパソコンも持っていって平気かな?」と知佳が床に立てられた機械を指差すと、優紀が「ワープロ」と言い直した。

「持っていってもしょうがないよ、中身はないから」

　首を傾げていると「ハードディスクは搭載してないの。文書はフロッピーに保存するから」と言う。ぴんと来ない。

初めて触れたマシンがPCであった知佳にとって、ワープロとはワープロソフトのことだが、三つ年上の優紀の方は商業高校でワープロのタイピングを習ったと言う。

「あった、これだ」

書架の天板の上を片手で探っていた優紀が歓声を上げた。埃を被った茶封筒に几帳面に包まれて、平たい正方形の透明なプラスティックケースが二つあった。

蓋を開くとやはり正方形の青いプラスティック製のものが納められている。

「中身、見れる?」

「まさか」

優紀はかぶりを振る。

「フロッピーのドライブの付いているような骨董品《こっとうひん》、うちの寮にない」

「わかった、何とかしてみる」と知佳は受け取り、自分のバッグに丁寧に押し込む。

袋に詰め込んだビデオ類と本を持って、優紀が駐車場に下りて車に置いてくる間にも、知佳は書棚に残されたものを黙々と別の袋に詰め込む。

この先、だれかがここに入ったとして、書架が空になっていたらさすがに不審に思うかもしれないが、そのときはそのときだ。優紀も知佳も自分の本当の身分は管理人に告げていない。

作業をしていてふと目を上げ、ぞっとした。

鍵屋がいつ戻ってくるか、警戒しながら背中を丸め、しゃにむにそこにある他人の本棚から中身を袋に詰め込んでいる自分が、鏡に反射し、それが向かい側の鏡に映り込み、いくつもの自分がいる。

猿みたい……。

本棚が空になってしばらくした頃、鍵屋が戻ってきて錠前をつけてくれた。部屋に施錠して、二人は夕闇が濃くなりつつある道を戻る。

この先マンション、サンクチュアリ軽井沢を訪れる者はおそらくいない。管理費が落ちていた口座が凍結され、マンション管理会社は持ち主の半田明美に連絡を試み、彼女の死を知るか否かはわからないが、そこまで行き詰まる。

彼女の弟妹のところに行きつくことは難しい。

それは固定資産税の収納業務を行っている町役場も同様だ。請求書や督促状が空しくサンクチュアリ軽井沢の集合ポストに積み重なり、やがて電気水道の類が止まり、あの部屋は全国のリゾートマンションによくある、廃棄された部屋として自治体と管理会社のお荷物になっていくだろう。

持ち出した本とビデオは、すべて知佳が預かることになった。

新アグネス寮にVHSのデッキはなく、また図書館の所蔵印やシールの貼られた本を置いてある理由を入居者にいちいち説明するのは面倒だ、と優紀は言う。

翌日、知佳は仕事上の繋がりのあるプロモーション会社の倉庫に行き、そこで埃を被っていたVHSデッキを借りてきた。

梱包し大きな紙袋に入れ、地下鉄を乗り継いで持ち帰るのは苦労したが、顔見知りの社長は、返さないでいいからそちらで処分してくれ、と言ってくれた。

苦心して配線を終えた後、テープを再生する。

画面に現れたのは、懐かしいテレビドラマだった。最後まで見ることもなく取り出し、別のものを入れる。

それも同様だ。どれもこれもテレビから録画したと思しきドラマやバラエティーばかりだった。

さらに半数近くが傷みが来ていて、動かなかったりノイズがひどく画面が流れたりしている。

半田明美はあの鏡に取り囲まれた部屋で、こんな月並みなテレビドラマを見ていたのかと首を傾げながら取り出しては入れ、頭出しする。

結局どれもこれもそうした類のもので、途中で投げ出そうとして、もしやと思った。

NHKの朝の連続テレビ小説が録画されていた一本を早送りした。中程で不意に画面が変わった。

再生に切り替える。

揺れる画面、雑音、生の日常会話の断片。

目を凝らす。気分が悪くなった。手ぶれ防止機能などない時代のビデオカメラで撮影された映像が画面に現れた。いや、その当時だって、少し注意すればもう少しまともに撮れたはずだ。

隠し撮りされた映像だった。

似たようなものを見た覚えがある。大手出版社に勤めていた二十代前半の頃、硬派の女性ライターが政治的な緊張状態にあったアジアの町のデモの様子を撮ってきたときのものだ。バッグに入れ、レンズ部分だけを出し、上からスカーフを被せて本体を隠した。揺れのひどい画像だったが、隠し撮り専用のビデオカメラでなくても、それで十分に録画できていた。

今、画面上では、数人の女性が動き、会話している。

「……ちゃん、椅子、あと三つ」

「はい。あれ、うそ、すごく重い」

「あ、壊れてるのがあるから、外しておいて」

「ああ、危ない危ない……」

息を呑んだ。

三年前、信濃追分の寮で、知佳が会って話を聞いた「小野先生」がいた。

いや、彼女ではない。ビデオテープに録画された、小野尚子の二十数年前の映像だ。

本物の小野尚子。だが、彼女は確かに知佳が会った「小野先生」だ。紛れもなく。

顔立ちも同じではないか、と混乱し息を呑む。船酔いのような気分の悪さをもたらす揺れ動く画面の中の「彼女」の、顔立ちそのものは違うのかもしれない。あるいは同じかもしれない。

かもしれない、としか語れない。ただ、その表情、笑い方、物言いが、自分の会った「小野先生」なのだ。

本人は自分が撮影されているとはまったく意識していない、日常的な映像。それが延々と続いていく。別のビデオも冒頭の二、三十分が経過した後、そうした映像が現れる。意図的なカムフラージュだ。だれかに発見されることを警戒し、関係のない録画を冒頭に入れてあるのだ。画面では本物の小野尚子がスタッフや入居者と話し、笑い、動いている。

別のテープには近寄って撮影されたたった一人の小野尚子がいる。いや、今度は小野尚子ではない。

別人だ。もっと若い。その女は言葉を止めた一瞬後に別人の顔になる。

体が震えた。

これが半田明美だ。鏡で自分のあらゆる所作を研究し、その音声をその表情をビデオに撮影し、小野尚子に成り代わろうとしている女がそこにいた。ごく短い一人芝居、似ているものもあれば、別人とわかるものもある。

混乱してくる。気分が悪い。吐き気もする。揺れる画面のせいだけではない。

人間とは徹底して客観的に自分を記録し、変えようという意志を持つことによって、これほどに自分の見た目を変えられるものなのか。

持ってきた計二十本のビデオのうち、十一本が再生可能であり、そのうち三本だけに、冒頭から新アグネス寮の様子が入っていた。こちらに手ぶれはない。

朗読講習のものだ。小野先生を含めたスタッフと入居者の朗読の様子が一人一人、固定されたカメラで録画され、手本として朗読している半田明美、その人の声が入っている。

これが半田明美かと、と耳を澄ませた。

いや、そうではない。演劇的訓練を受け、鍛え上げられた、女優の朗読だった。だれもその名前も知らない、小劇場で端役をもらえるかもらえないか、という無名の女優であっても、素人が足下にもおよばない、聞き取りやすい発声や間の取り方といった、読み聞かせの技術を持っている。それを手本として、新アグネス寮の人々は、単なる朗読テープ以上のものを作ろうとそれぞれ訓練に励んでいる。

ここに留まったとして、半田明美は十分幸せだったじゃないか、と知佳は両手を握りしめている。マンションもある、健康な体もある。真面目に働き、朗読指導のボランティアを行い、身の回りを整え、充実した生活を送れたはずではなかったのか。

何の恨みもないのに、みんなに慕われている「先生」を殺し、彼女に成り代わることに何の意味があったのか。

気がつくと深夜の十一時を回っている。夢中になっていて夕飯を食べ損ねていた。締め切りが迫っているときは、いつもこんな調子だった。

狭いキッチンに置かれた冷蔵庫を開けても入っているのは、缶ビールの他にはしなびたキャベツと干からびたニンジンだけだ。

早く火が通るようにと野菜を細かくペティナイフで刻み、三ヵ月も前に買って食べ残したまま冷凍したソーセージと水を入れてスープの素で煮る。鍋一杯あるから明日の朝、昼もそれで済む。それと軽井沢で買ってきた老舗パン屋のバゲットで遅い夕食にした。

つい缶ビールも開けたくなるが、まだまだやることがあるのでやめた。

風呂どころかシャワーも浴びずに、明け方までかかってすべてのビデオをチェックした。

最後にもう一度、半田明美が一人で映っているテープを見直す。

真正面から見た半田明美の一人語り。化粧気のない、細めの眉と切れ長の目、少し顎の尖《とが》った、面長の、人目を引く美しさもなければ、これといった欠点もない顔立ち。それがある瞬間、小野先生になり、内側から透明な光を放つ。

鏡とビデオと、もともと備わっていたに違いないぞっとするほど鋭い観察眼によって、半田明美は年齢も顔かたちもまったく違う女へと変貌していった。

底知れぬ不気味さを感じた。

ビデオについての報告をしたためて優紀の携帯にメールで送ると、折り返し電話がかかってきた。ビデオの詳細と印象について、今度は口頭で伝えた知佳の言葉を優紀は無言で聞いている。どんな表情をしているのかまったくわからない。

「どこかでデッキが手に入るなら、送るよ」

「いえ。いい……」という声が思いの外沈んでいて、本人がどうしても見たくないし、入居者にも見せられない、ということが察せられた。舞い上がっていた自分の無神経な問いを少し反省した。

通話を終えるとすでに日が高く昇っていた。

手元には半田明美の書架の中身が、本やファイルなど段ボール箱で二つほど残っていたが、この日は取材の仕事が入っている。

目覚まし時計をかけ、出かける直前まで仮眠を取った。

深夜に戻ってきて、ワープロフロッピーを読み出す方法についてとりあえずネットで検索をかけたところ、そうした古いFDをパソコンデータに変換してくれる業者がいることがわかった。

だが業者に依頼した場合、中身を読まれる怖《おそ》れがある。嫌なら、ネットでだれかが出品した中古のワープロを購入するしかないが、そうして買ったマシンが壊れていない保証はない。

踏ん切りがつかないまま、段ボール箱の本を取り出した。もし、それが優紀の言う通り、新アグネス寮にあった本と同じものだとするなら、自らをクリスチャンではない、と明言していた小野尚子の本棚に、聖書やキリスト教の子供向け入門書、マザー・テレサ他、聖職者によって書かれた本が数多《あまた》あるのは不思議なことだった。

もっとも小野尚子の生まれと育ちを考えれば格別不思議ではないのかもしれない。明治以降、日本の富裕層、知識階層は、一般教養としての聖書の知識や精神的支柱としてのキリスト教を取り入れていったのだから。

老舗出版社の令嬢として生まれ育った小野尚子が、そうした思想に馴染んでいたのは当然とも言えるし、常に身近にそうした書物を置いて、迷ったときに繰り返し読んだということは当然考えられる。洗礼といった儀式以前に、成長の過程でキリスト教的倫理観や価値観、哲学を内在化させていたのかもしれない。

一方で、『ナルニア国物語』、『ごんぎつね』、『はてしない物語』などの児童文学書もある。それらは虚しさに捉えられた心、現実の苛酷さに直面し、すべてを否定的に後ろ向きに捉えそうになる心に、そっと灯りをともすものであったのか……。キューブラー・ロスの死にまつわる考察も数冊ある。総じて内省的ではあるが、難解な書物はない。その気になれば、一ヵ月ほどで読破できるような冊数と内容ではある。ぱらぱらとめくった後に、まずは書名と著者名をパソコンに打ち込みリストを作り始める。

そのとき携帯電話の呼び出し音が鳴った。知佳の同年代から若い世代は、ほとんどの連絡はメールで行う。電話をかけてくるのは親と親類くらいなものだが、おおかたは深夜の電話は非常識と心得ている。ディスプレイを見ると、案の定、長島、とあった。

「もしもし、どうだったよ？」

リゾートマンションでの一部始終について、まだ長島には報告してはいなかった。

知佳は管理人や鍵屋のことから始まり、そこで見た多くの鏡や本やビデオ、ワープロのことなどを話した。

「で、ワープロがあったということは、当然、半田明美は何か記録を残していたということだな」

「はい。中身が日記とかであれば、謎は一気に解けるかと」

「半田明美の犯行日記。それとも完全犯罪計画書と工程表、それに覚え書きも残しているだろうな。行き当たりばったりでやったら、どこかで必ずバレるからだ。だが、他人が読んで謎解きできるようなものをあいつが残すわけがない。で、肝心のデータは」

せっつく口調だ。

「FDです、二枚あったので持ってきました」

「なんだ、それを先に言え」

「でも読み出せません、FDのドライブなんかないんです」

「シャッターに書いてある型番、読んでくれ」

知佳は戸惑いながら、アルミの部分に表示されたローマ字を読む。

「ああ」と長島は一瞬、脱力したような声をもらした。

「持ってこい、俺が読み出してやる」

「変換用のマシン、持ってるんですか？」

思わず甲高い声を発した。

「ないよ。『文豪』が書斎に転がっている。知らないだろ、『文豪』ったって、夏目漱石じゃないぞ。マシンの名前だ。俺たちこれで記事書いたんだ。当時、十七万だ。今なら立派なパソコンが買える」

「はあ……」

それでは明日、宅配便で、と言いかけると、「すぐそれか」と皮肉っぽく言う。

「最近の若いもんは、ものを頼むのも挨拶するのもメール、ブツのやり取りは宅配便だ。あんなもん、どこで何の事故があるかわからないんだぞ」とリスク管理の甘さをしばし説教した後、急がないので手渡しで届けてくれるようにと言う。

ため息をついて電話を切った後、優紀にそのことも含めメールを打った。

それからそこにある図書館のシールの貼り付けられた本を手に取る。

まず『ナルニア国物語』を読む。

幼い頃、学校図書館で借りて読んだ。衣装ダンスの向こうに出現する不思議な世界が、心の中で生々しい映像を結び、夢中になってページをめくったものだが、大人になって読み返すと、底に流れているルイスの世界観、人間観の大きさと深さに、立ちすくむ。

数巻を読み切り、次にエンデの『モモ』、『はてしない物語』、リンドグレーンの『長くつ下のピッピ』。どれもこれも子供たちだけでなく、大人にも人気があるファンタジーだ。

精神科医として死と死の受容プロセスを扱った『死ぬ瞬間　死にゆく人々との対話』は、出版当時評判を呼んだ本で、知佳の周りでも影響を受けた人々は多い。何かオカルト的なことを言っている人、という印象が知佳の中にはあったのだが、あらためて読み直すと医師として人の死に向き合うロスの精神力に厳粛な感動を覚えた。

マザー・テレサの言葉に深くうなずき、あいりん地区の日雇い労働者の中に入って活動した神父が説く難解な聖書解釈の底に流れる、思いの外先鋭的な姿勢に驚く。幼い頃は意味がわからなかった宮沢賢治の童話に涙し、幸田文《こうだあや》の随筆にざわめいていた心が洗われる。

格別難しかったり、高踏的《こうとう》であったりする本はない。小野尚子の本棚に特殊性も個性も感じられない。キリスト教関連の本以外は、知佳の周辺で、よく話題にされた「普通の本」ばかりだった。多くの人々が手にとった「普通の本」を、仕事以外の時間に知佳はひたすら読んだ。

同じことを半田明美は行ったに違いない。

小野尚子になりきるために。四方に巡らせた鏡を使い、ビデオを見ながら、徹底して表情、所作、口調、言い回しを真似ただけでなく、その発想を把握し、小野尚子らしき受け答えを完璧に自分のものにする。小野尚子を良く知る者さえ騙《おお》し果すために。そしてチャンスをうかがい、新アグネス寮を捨て、身を隠してその財産を手に、どこかで半田明美として自由に暮らす。だが彼女はそれをしなかった。しなかったのかできなかったのか。

膨大な量の活字を読み続けて、一週間もした頃、知佳は自分の心の内から、半田明美の正体を追う、という目的もテーマも消えているのを感じた。それがかつての小野尚子の本棚にあったという認識もおぼろげだ。

ライターという仕事をしていながら、いや、その仕事をしているからこそ、知佳は活字の力を過信してはいない。にもかかわらず自分の原稿の合間に、取材現場に向かう電車の中で、あるいは眠りに落ちる寸前まで、自ら選んだわけではない本を立て続けに読むという希有な読書経験をするうちに、何か自分の立ち位置が揺らいできた。

一時的なものであろうとは思う。ただ、今、そこにある物や現象、人を見る目が何とはなしに変わってきたような気がするのだ。

しかし金のためにためらいもなく人を殺し、罪悪感がないがゆえに、傍《はた》からはそのような人物には見えない、長島の言うそんな「怪物」が、たかが読書で変われるのか？

少年犯に対し、多くの専門家が関わり、育て直しを行ってさえ、心の内を変えることなどほとんど期待できないという話を、つい最近、取材の中で耳にしたばかりだ。

混乱を抱えながら、知佳はさらに小野尚子の本棚を読みあさっていく。一冊一冊の本がどう、ということではない。活字も人の言葉も集積したときに、風が巻き起こるのかもしれない。突風ではなく、心の内を常に吹き抜け、土埃や花びらや秋になりかけの頃の湿り気、香《かぐわ》しい落ち葉の匂いや、いろいろなものを運んでくる風だ。

自分の心がそうした空気で一杯になると、知佳は優紀宛てに、ちょっとした感想を書き連ねたメールを送る。小野尚子の精神や心の内はわからないが、気分はわかるような気になってきた。

優紀からの返信は、毎回、意外に冷めたものだった。

「そういえば、私たちも寮に来た頃は、小野先生の本棚の本はよく手にとった。みんなで暮らしているから、テレビとかも勝手にチャンネルを変えられないし、あの頃は地上波しか入らなかったしね」

「エンデ、大人が読んでも面白いよね。私はハリポタよりずっと好き」

「キューブラー・ロス、感動した？　私はあんまりわからない。というか、あれって西洋人の死生観じゃないかな。日本人からすると、ちょっと違うかなって気がする。あの世とか、魂とかって、私たちにはもっと自然で身近なものだと思わない？」

「幸田文は古くさいんでパスしていたけど、知佳が良いって言うなら読んでみるね」

そんな文章に当たるたびに、知佳は、自分は作品について話したかったわけじゃない、と奇妙な疎外感を覚える。高揚したものを受け留めてほしかっただけだ。

夏休みの小学生ならいざしらず、いい大人が本ばかり読んでいると、やはり日常や現実から心が離れてしまうようだ。

小野尚子の本棚には、幸田文的な日常や世間はあっても、薄汚れた現実はない。かつてアルコール依存症であった医師や、家族を立ち直らせた女性の手記などもあるが、温かく前向きな内容だ。手記はあるが評論やノンフィクションのようなジャーナリスティックな本もほとんどない。

そうした中で、キリスト教関係の本だけが、貧困や差別といった問題に率直に切り込む内容だった。アフリカや南アジアのスラムや日本のホームレス、フィリピンのストリートチルドレンの問題などについて聖職者が書いており、そのどれもが知佳が信仰ではなく教養として学んできたキリスト教とは肌合いが違う、社会改革的な意味合いの強い、読み方によっては闘争的な内容のものさえあった。

半田明美の犯罪を追ってフィリピンに入った知佳は、尚子の墓で出会ったフィリピン人司祭の言葉、シスターエチェロの行動、そして彼らとともに闘ったタハウの町の農業労働者や漁師たちの話をそれに重ね合わせた。

「子供も大人も明日の食べ物にも事欠き、赤ん坊が死に、少女たちが売春婦として売られる。それほどの貧しさを目の当たりにして、なおかつ信仰はこころの問題だなどと言うのは、欺瞞ではないか、と。聖書のメッセージを丹念に読めば、私たちがなぜこれほど貧しいのか理解できるではないか。そして聖書にはどうすればそうした人々の苦しみを解決できるのかが、示唆されているではないか、と。神の祝福は、現実の苦しみにさらされているものに、苦しみを苦しみのまま放置して魂を救済するものではない。私はあなたと共にいる、だからあなたは突き進みなさい、という励ましの言葉なのです」

あの司祭の語った言葉は、まさに小野尚子の本棚にあったキリスト教関連書籍の中で繰り返し述べられている内容と一致する。それが長島の言う中南米発祥の「アカがかった教会」の思想であり、あるときから小野尚子を突き動かす行動原理になったものなのだろうと今更ながら理解した。そして志半ばにしてフィリピンで殺され、異国の仲間の誤解の中に沈められた彼女の無念さを思う。

13

その日区民センターのロビーで待っていると、長島が太い肩紐のついたショルダーバッグを下げて、裏口から入ってきた。

知佳と優紀が挨拶するのを片手で遮って、重たそうな荷物に息を切らしながら事務所の窓口に行く。

鍵をもらい、三階にある小集会室に入った。

畳敷きの六畳間に長机がぽつんと置かれている。

「会議室は空いてません、だとよ」とぼやきながら、ショルダーバッグを畳の上に置き、自分の肩を揉んだ。

「これがラップトップワープロってやつだ。知らないだろ、若もんは」

「別に若者じゃありませんけど」と優紀がぼそりと答える。

「ラップトップじゃなくて、ラップクラッシュドワープロだって冗談が流行ったものだ。どうよ、六キロあるんだぞ、六キロ」

「それ、持ってきてくださったんですか」

知佳は思わず頭を下げた。

「いや、うちに来てもらいたかったんだけど、何しろ、家内がアレだから、お茶も出せないし」

「いえいえ、機械をお借りできるだけで」

「機械を貸しただけじゃ、何とも心許《こころもと》ないんだな」と言いながら、長島は知佳からFDを受けとる。

そのうちの一枚にふっと息を吹きかけ、「壊れていませんよう、壊れていませんよう」と呪文のように唱える。

「フロッピーなんてのは、長期間保存できる記録媒体じゃねえんだ」

「どのくらい？」

「信頼性ということからしたら、四、五年がいいとこだ」

優紀と顔を見合わせた。あの閉め切った部屋の、天井のクロスが剝がれ落ちるほどの湿度の中で、二十数年……。

無事とは思えない。

長島はワープロの電源コードをコンセントに差し込み、カバーを開く。カバーの裏側が液晶画面になっている。ＯＳのＦＤを片方のドライブに入れ画面を立ち上げ、つぎに知佳から受けとったデータＦＤを入れる。

しゅるしゅると音がする。

「中でフロッピーが回転する音だ」と長島が説明するが、いつまでも続いている。

「嫌な感じがするな」と首を傾げるうちに音が止まり、灰白色の画面に文字が浮き出た。

「読み出せません」

やっぱりな、と長島がため息をつく。

「壊れています？」

知佳は無意識に身を乗り出し、祈るような思いで画面を見つめる。

「ちょっと、頭、邪魔だ」

長島は知佳を退《ど》かし、ボタンを押してドライブからＦＤを取り出す。

「これでダメなら、諦めてくれ」と別の一枚を入れる。

「汚れたフロッピーを突っ込んだので、ドライブもやられたかもしれない」

入れたのはクリーニング用のＦＤだと言う。

ＰＣ－98のことを骨董品と呼ぶ世代の知佳にとっては、マシンそのものもシステムもひどく原始的に見える。

クリーニング用FDを二回ほど回した後、「これで俺のワープロが壊れたらあんたらのせいだぞ」と軽口を叩きながら取り出し、長島はさきほどのFDを差し込む。

画面が幾度か瞬いた後、文字が表示された。薄くて読みづらい。

「こりゃひどい」と長島が舌打ちする。FDのせいではなく、ワープロの方が経年劣化で液晶が傷み、暗くなっているのだと言う。

ディスクの中身はいくつもの文書に分かれている。長島によれば昔のワープロはせいぜいが一文書あたり原稿用紙にして三十枚程度しか入らなかったらしい。

文書に名前はなく、単純に1から12までナンバーが振ってある。

更新日付は、1が一番古い。古い物から順番に開くことにして、まず1を開く。

不鮮明な画面に箇条書きの文字列が現れる。

「1949年生　本籍地……」

小野尚子のデータだ。

「ああ、だめだ」

長島は瞬きをしてかぶりを振った。

財布を取り出し、千円札を数枚優紀に渡す。

「ちょっとひとっ走りして、この先の一文堂って文房具屋に行って感熱紙買ってきてくれ」

「感熱紙、ですか」

「ああ。もうインクが製造中止になっている。感熱紙なら印刷できる」

そこにあるワープロがプリンタ内蔵だということに初めて気づいた。コピー用紙ならコンビニにもあるが、感熱紙は区民センターが消耗品を発注しているその文具専門店まで行かないとない、と言う。

知佳も一緒に出かけ、三十分ほどで戻ってきた後、印刷を始めた。

一枚一枚紙を差し込むと、左右に動くヘッドが感熱紙に文字を印字していく。

「すごいぞ、希代の毒婦が書いた犯罪計画書だ」

長島が興奮気味につぶやく。

左右に動くヘッドと紙送り、すべてがゆっくりしている。もどかしい思いで身を乗り出して印字される文字を読む。

それは小野尚子に関する詳細な年表だ。

どこの学校を卒業し、だれと見合いし、だれと結婚したか。

趣味は、得意なものは……。

結婚相手として取りざたされた皇族の名前や当時の年齢も書かれている。

その他に小野尚子が私的な会話の中で明らかにしたと思しき、生い立ちやアルコール依存症に関する記述、立ち直る過程、新アグネス寮を立ち上げるに至った経緯や心境、などが年表中に細かく書き込まれている。

それらの文章は、年表部分と異なり箇条書きではない。話し言葉だ。

「話し合って解決できるっていうものでもないんですよ。お金がなくて、でも自立なんてとてもとても無理な人たちがたくさんいたの。幼い子供を裸のまま吹雪の中に放り出すようなものですよ。彼女たちだってずっとそのままじゃない。そのままいたい、なんて思ってはいないの。しばらくの間、サポートが必要なの。私のお金で、というのは確かに抵抗があった。そのことで私の心の中に、意識しないでも傲慢な気持ちが生まれてくるから……。こんなにしてあげている、という気持ちになることがあるから。自分の心と向き合っていないと、ついついそんな目であの子たちを見てしまう」

その文章が、小野尚子から半田明美に直接向けられたものか、それとも彼女が寮の人々に語ったことか、あるいはもっと公的な場でインタビューか何かに答えての発言なのか、判断はつかない。

ただ「私」で語られるそうした事情、心情を半田明美は自分の文章として書くことで小野尚子と一体化しようとしていたことは間違いない。彼女になりすまし、周囲の人々をあざむくために。

行間のあいた箇条書きで、感熱紙の一束はたちまちなくなった。紙は手差しでヘッドの動きは遅い。

プリントされる片端から三人で回し読みしていく。

データには更新した日付が入っていた。

文書１の最終更新日は１９９３年10月26日。この翌年、半田明美はフィリピンでターゲットの小野尚子を殺害し、彼女になりすます。日本を発つその日の直前まで、いや、それ以降も、半田明美は繰り返しこの文書を読み、小野尚子のデータを頭に叩き込んだのだろう。

文書２の最終更新日は１９９４年の12月28日だ。

フィリピンから帰国後、光線過敏症を装い引きこもっていた半田明美は、やはり漢方治療に行くと偽り、定期的にこのマンションを訪れ、夜の数時間を過ごしていた。共犯のだれかが待っていたわけではなく、あの鏡に囲まれた部屋でワープロを叩いていた。

その冒頭は、フィリピンの日記だ。

「10月23日　マニラ空港着　順調なフライトだった。

晴れ　すごく暑い。サン・トマス教会のボランティアの方が空港に迎えに来てくださっていたので、まず本部に。神父のミゲルさんは、体調を崩して先週から市内の病院に入院されていた。ご高齢なので心配。ミーティングの後、簡単な会食。

夕刻バスステーションからナガ行きの長距離バスに乗る。

10月24日　朝七時にナガのバスステーションに到着するはずが、理由はよくわからないが、六時間遅れで午後の一時着。バスが遅れるのはいつものことだけれど、タハウ教会のシスターエチェロから頼まれてガルシアさんがそんなに長い時間、コンクリートの階段に腰掛けて待っていてくださったことは、本当にありがたく申し訳ない気持ちで一杯になる。『遅れてしまってごめんなさい』と握手しながら謝るとガルシアさんは言った。『なぜ謝るんだい？　僕は尚子に会えるのを楽しみにしていた。会えるまでの時間が長いほど、わくわくしている時間も長いってことだよ。僕はとても楽しんだ、それでこうして会えた。とても幸せだ』と。

ガルシアさんの運転するバイクに乗せてもらって午後遅く、タハウ教会に着いた。

漁村の貧しさもスラムの状態も相変わらず。それでも子供たちは元気で、水びたしの路地を走り回っている。

裏手の農業労働者の方が、とりたての胡瓜《きゆうり》を届けてくださった。以前、長旅で疲れてここに来た私が、お塩をかけた胡瓜しか喉を通らなくなって、それをぽりぽり齧っていたのを見ていたから。何も言わなかったのに、覚えていてくれた。

翌朝から診療所の手伝いを始めた。早朝には列ができていて、シスターたちは忙しい。

私はメイベルと一緒に、病気で動けない患者さんのところに。

ドバイの出稼ぎから帰ってきたマリアさんは、この前来たときに比べると、ずっと状態が悪くなっている。咳が止まらなくて、始終、ひどい下痢を起こす。お金がないからもちろん入院ができなくて、スラムのさしかけ小屋のようなところにいる。けれどここにはHIVに感染したマリアさんを追い出すような人はいない。近所の人がひとりぼっちになったマリアさんを見舞って、食べられそうなものを届けてくれる。

この日、マリアさんは目を開けて微笑んだ。こんなとき健康な私は何もかける言葉がない。ただ微笑んでその手を握りしめていることしかできない。

マリアさんの痩せた体をぬれタオルで拭いていると、マリアさんが激しい咳の間に私を見つめて言った。

『大丈夫？　尚子。マニラからのバスは寒かったでしょう、風邪はひいてない？』

こんなになっていながら、私のことを気遣ってくれる。

こんなことがある度に、（マニラの教会の神父様や白百合会の方々のよく口にされるように）、神様は福音を実践するために私たちを苦しんでいる人たちの元に派遣するのでは決してないと思う。神様は、もしいらっしゃるのなら、天上におられて私たちを見下ろしていらっしゃるのではなく、この人たちの中にいる、この人たちの魂の中にいて、私たちに福音を告げていらっしゃるに違いない。

私がここに来るのは、決してこの人たちのためではなく、この人たちから学ぶため、この人たちの中にいらっしゃる神様に出会い、私自身の魂が救われ成長することを求めて来ている。

そして豊かな日本から来た私にできるのは、この人たちが本当に困っていること辛いことを心から理解し、響きあい、そのうえで必要な支援をしていくこと。食べ物やビタミン剤やミルクを配って歩くだけでは足りない。

この人たちがなぜこんな風に病気になってしまったのか、なぜこんなに貧乏なのか、なぜ他国まで行って、ひどい暴力を受け、病気に感染して戻ってきたのか。

エチェロやJ.P.の言う通り、共に手を携えて闘っていかなくてはいけない。

マリアやガルシアさんや農業労働者の方々や漁師の方々を永遠に貧困のそのまた底に繋ぎ止めておく人々やシステムと和解しなさいというのは間違っている。

自分の立場を曖昧にして、この人たちを見下ろしながらものや教えをさし出して、それで福音を実践していると思っているのは傲慢なこと」

「何なのこれ……」

印字が待ちきれず、動くヘッドの先を凝視していた知佳は思わず叫び、プリントの終わった感熱紙を長島と優紀に渡す。

「小野先生だ……」

優紀の顔がくしゃりと歪んだ。

「これ、小野先生、いえ……こんな風に言葉にはしなかったけど、小野先生の心の中そのもの」

「あの女、完璧なシナリオ、作りやがった。小野尚子の腹ん中までぴっちり設定を考えたんだ」

長島が呻くようにつぶやいた。

「なりきり日記……」

知佳の全身から血の気が引いていく。

殺害を念頭に、半田明美はタハウで小野尚子に会い、マニラからの詳細な足取り、現地であったこと、小野尚子の考えていることなどなどを聞き出した。そして我がこととして文章にまとめている。書きながら咀嚼《そしゃく》していった。素顔の上に、肉でできた仮面を築くために。

10月30日

ひどい疲労感。節々の痛み、軽い下痢などがあったが、診療所を手伝う。

10月31日

ゴミの山で金属片を踏んで足を切り、大けがをした子供が来た。破傷風の恐れがあるのですぐに病院に運びたいとシスターが言っていたが、お金が無いから無理と父親が首を縦に振らない。別の診療所に派遣されているボランティアの医師が来て、午後から切開手術をした。どうか感染しませんように。一日、忙しかったので、自分の体のことを忘れていたけれど、いつの間にか具合が良くなっている。あの子の中にいる神が私を助けてくれたのだと思う。

11月2日

朝から発熱、顔や首筋、腕などに湿疹のようなものがたくさんできて痛い。水ぶくれになっているものもある。体中の関節が痛み、疲労がひどく、歩けなくなった。清潔には気を配っていたつもりだったのに、感染してしまった。現地の人にはこんな症状はないので、きっとひ弱な外国人が病気になってしまうのだと思う。

診療所は休ませてもらって、一日中、教会のゲストハウスのベッドで横になっている。情けない。何のために来たのだろう。

11月3日　熱は引かない。少し良くなったと思い外を歩くと、日の当たった部分がたちまち真っ赤になって、体中に泥水が溜まったみたいに疲れる。気分が悪くなってうずくまっていると、シスターエチェロがやってきてマニラの外国人向けの病院に行くように勧めてくれた。

感染症の恐れもあり、みんなにうつしてしまうと困るのでその日のうちに教会ボランティアの方の車でマニラに連れていってもらった。

一日中、車に乗っていたので、気分は最悪に。紹介された病院は建物も立派で清潔なところで、真夜中だったにもかかわらず、救急で診てくれた。そのまま入院。

11月4日
一日中、検査。原因不明。細菌やウイルスも格別検出されていないらしい。

11月5日　気分が良いのは痛み止めをもらって安静にしているかららしい。また検査。

11月8日　気分は良いし、治った感じがするのに、相変わらず検査。逃げるように退院させてもらって、エチェロのところに戻ったが、たどり着くなり、めまいを起こして倒れてしまった。その日のうちにマニラに運ばれてまた入院。

11月10日　血液検査の結果、自己免疫疾患と診断される。ステロイドをもらう。これ以上入院しても良くなる可能性はないということなので、日本に帰る前に、いったんマニラ市内のサン・トマス教会に行こうとしたが、そのまま疲れて寝込んでしまった。

こちらは緑が多く、清潔で環境が良いので、しばらく静養していくようにと教会ボランティアの方に勧められ、お言葉に甘えさせてもらう。自分がいかに弱いのか、精神だけでなく、身体までが、としみじみ思い知らされる。

こちらの人々と手を携え、何かができればと思って来たものの、かえって負担をかけ、新アグネス寮のために使うべきお金を、病院の支払いで使ってしまった。本当に申し訳なく情けない気持ちで一杯になった。

11月20日
マニラの病院にしばらくいたけれど回復は望めず日本に帰ることにする。ビジネスクラス。こんなことで出費するくらいなら、タハウ教会に湯沸かし器を付けたい、診療所に簡易トイレを設置したい。けれど体の方がどうにもならない。

たぶんこれが最後のフィリピンとなるだろう。シスターエチェロやタハウの教会でお世話になった人たちに手紙を書き、マニラでお世話になった神父様やシスターたち、ボランティアの方々にお礼を言って、フィリピンを発った。

何のために私はあの国に行ったのか。

貧しい人々、弱い人々、底辺に置かれた人々に、白い手で何かを与えるのではない。彼らの苦しみを理解し、尊敬を持って話に耳を傾け、学ぶため。

けれど病気になって、あの人たちに、あの人たちの中に宿る神に救われて日本に戻ってきた。


「嘘」

絞り出すような声で優紀がつぶやくのが聞こえる。

そう、嘘だ。

フィリピンで病気になり、日本に戻ってきた小野尚子の架空日記だ。

周囲の人間に疑念を持たれないためには、自身の話が食い違ってはならない。矛盾がないようにストーリーを組み立て、文書化して、繰り返し読み、頭に叩き込む。

いや、頭に叩き込んだだけでなく、練習して身に付けた小野尚子の口調と仕草で、幾度となく語ってみたのだろう。四方に置かれた鏡の前で、あるいはビデオカメラの前で、そして入居者やスタッフや、その他のボランティアや教会関係者の前で。

フィリピンの日記の後に、いくつかの病名が書かれている。

「全身性エリテマトーデス」「関節リウマチ」「多発性筋炎」「混合性結合組織病」、その他の病名が並び、発熱、全身倦怠感《けんたいかん》、易疲労感《いひろうかん》、関節症状、光線過敏症、臓器障害、と、それぞれの症状について、詳細に記述されていた。

だがフィリピンの架空日記の記述の中に具体的病名はない。

自分にとっても、寮の人々にとっても、医師にとっても、それはフィリピンで罹患《りかん》した謎の難病でなければならなかった。病名を特定すれば、どこかでボロが出て詐病がばれる。その一方でそれらしき病気を調べ上げ、モデルとすれば演技にそれなりの現実味と生々しさが加わる。

疲労と関節痛、そして光線過敏症。正体を隠して引きこもるには最適の症状だ。そして、この病気の症状は個人差があり、命に関わる炎症を起こす場合もなく、臓器についてはまったく無症状、ないしは軽症のケースも多い、と半田明美は書いている。

改ページした後は短い言葉と日付が並んでいる。

そこの言葉に見覚えがある。書名だ。読書日記だった。

日付は、三日ないし四日おきくらいだ。そのたびに数冊の書名が挙げられている。

「ああ、小野先生の本棚にあった本だ」と傍らで優紀がつぶやく。すべてが半田明美のマンションにあったものではないが、新アグネス寮にはあった。

フィリピンから戻ってきて、病気を装い、マスク、サングラス姿で寮の一室に籠った明美は、ひたすらそれらの本を読んだようだ。

あのマンションにやってきては、明美はワープロの前に座り、読破した本の書名を書き残した。感想文や要旨といったものはない。本に何が書かれていたかなどどうでもいい。その内容を自分の精神や発想の中に埋め込み、あたかも自身の内面から発せられたものであるかのように、発言し振る舞うためだ。

「工作員の訓練と同じだな。それらしき教養を身につけないとちょっとした言葉の端で不信感をもたれるからな」

長島が言葉を止めてため息をついた。

「それにしたって、これだけの努力をなんでまともなことに振り向けないかな……」

辛うじて読み出せたのはそこまでだった。残りの文書は目次部分だけは表示されるが中身が読み出せない。長島はそれ以上、読み出しの操作をすることはしなかった。ディスクが壊れるおそれがあるからだという。

いったんディスクのクリーニングを行った後、もう一枚のＦＤを挿入する。

こちらはまったく読み出せない。

「やっぱりな」

長島は、FD二枚をケースに収める。

「だめですか」

失望と安堵をないまぜにしたような、惚けた表情で優紀が尋ねる。

「いや、何とかやってみる」と言い残し、長島は古びた二つ折り携帯電話を取り出し一人で廊下に出る。

数分して戻ってくると、時計に目をやり、「ちょっと秋葉原まで行くぞ」と言う。

荷物を片付け外に出て、玄関前から三人でタクシーに乗った。今日中に寮に戻らなければならない優紀を最寄り駅で降ろし、知佳は長島と共に秋葉原の通信機器を扱う店の入っているビルの六階に上がる。

「コンピュータ・ネット構築・サポート・データ復旧サービス　クリハラ」と看板がかかっている。

ドアを開けると四方をマシンに囲まれた部屋の中央にある作業用台の前で、Tシャツ姿の中年の男が待っていた。元は大手新聞社の記者だったが、IT推進本部に異動になって数年間仕事をした後、独立したと言う。

「まったく、最近のパソコン回りはさっぱりわからん。こいつだけが頼りよ」と長島は彼の背中を叩く。

栗原と名乗る男は、渡されたFDを一目見ると、「成功するかどうかは、五分五分だけどいい？」と長島に確認する。長島が返事しろ、というように知佳に顎でしゃくる。

「あ、はい。お願いします」

緊張しながら知佳はうなずいた。

テーブルの上を片付けると栗原社長は布を広げ、ドライバーのようなもので青いFDのプラスティック板をこじ開ける。

「俺の子供の時分には、親父が時計なんか分解掃除に出していたものさ」

「長島さんといっしょにしないでくれよ」

にこりともせずに男は答え、真剣な表情で丁寧にケースを分解していく。中には黒い円盤が収められていた。それがディスク本体だ。肉眼でも白く黴のようなものが生えているのがわかる。

「それ洗うわけ？」

「まあ、傷の場合もあるし、磁性体自体がタコになってることがあるから、そのときは泣いてください」

「はい」

知佳は神妙にうなずいた。

作業日程としては、四、五日。代金、五千円は前払い、復旧に成功した場合の報酬は三万八千円、失敗しても五千円は返金できない、と言う。

「で、この中身はそれだけの価値があるの？」と栗原は確認した。

「もちろん。成功したら少し色をつけてやるよ」と長島が答えた。

知佳が代金を払おうとすると、「いやいや」と栗原は初めて笑顔を作って、片手を振った。

「この後、長島さんにおごってもらうから」

祈るような気持ちで、知佳はそこのオフィス兼作業場を後にした。


一週間後、長島からゆうパックで紙の束と一枚のDVDが届いた。FD内のデータを焼いたものだ。その他にプリントアウトもついている。

長島からの送り状には、FDの復旧が一枚については成功したが、もう一枚は失敗。栗原はもう少しいろいろ試してみると言ってくれたが、あまり期待しないでほしい、とある。「なお、報酬については、以前、栗原に売った恩があるので相殺《そうさい》」

仕事で出かける直前に受け取ったので、中身を見たのは帰宅後だった。

「犯人の手で書かれた超ド級の資料。ただし半田明美の精神がかなりやられていた様子がうかがえる。意味不明の記述多し」

プリントアウトの表紙に、長島のそんなコメントが書かれていた。

紙資料は、更新年月日の古い順に綴じられている。

つまり書かれた順番に、ということだ。

右肩に、赤いボールペンで「文書1・2」と記された一枚目は、すでに知佳と優紀が読んだ小野尚子に関する年表と「フィリピンなりすまし日記」だった。

その後「文書3」からが、読み出せなかったファイルの内容だ。

「1995・1・12登録」とある。登録、とは書き終えた文書をディスクに保存することを指す。文書3というのは、ファイル名だろう。

冒頭から意味不明のメモが並んでいる。

「制汗剤　デオドラントソープ　無臭タイプ　利き足　右。左足から踏み出す　左足から靴を履く」

唐突に、榊原久乃の名前が書かれていた。

榊原久乃の一日の時間割、寮内での人間関係などについての記述がある。その厳格な信仰心のために孤立している様が、繰り返し書かれている。

一見したところ、半田明美が、小野尚子の次に榊原になりすまそうとしているかにも見える。

だが、その後に続く記述に慄然とした。

「薬物　×　嗅覚、味覚鋭い
交通事故　×　慎重　臆病　不必要な外出なし
屋内事故　△　浴槽　慎重
持病　臓器の疾患なし　健康情報なし」

一行空けて「奉仕活動（外出）　1月8日、1月22日、2月16日、～19：00」

殺人計画書だ。

殺害方法を検討し、榊原久乃の予定を書き出している。

次のターゲットは榊原久乃だった……。

だが榊原久乃は昨年、半田明美と共に火災で亡くなるまで生きていた。殺害計画は何か事情があって実行に移されなかった。あるいは単に失敗に終わったのか。

時計を見る。午後十時。優紀に電話をかけるには、ぎりぎりの時刻だ。

十回近く呼び出し音を鳴らした後、「もしもし」と知らない女性の声が出た。間違えてかけてしまったかと思いながら「山崎と申しますが」と言うと、「あ、お世話になってます。優紀さんですね、ちょっと待っててくださいね」と可愛らしい口調で答える。

幾度か会った絵美子の声だ。ふっくらした顔に浮かんだえくぼが目に浮かぶ。

数秒後に優紀に代わった。そういえば優紀のスマートフォンは、必要なときにみんなで使い回している、と聞いたことがある。

「この前はどうも。何かわかった？」

前回読み出せなかったＦＤの文書の読み出しに成功し、ＤＶＤとプリントアウトが送られてきた旨を話し、そのうえで榊原久乃に関する記述について、「これって殺害計画があったってことかな」と率直に尋ねた。

電話の向こうで優紀は沈黙した。

物音と気配から、優紀がスマートフォンを手にしたままどこか別の場所、おそらく他のメンバーのいない所に移動したのがわかった。

「心当たりがないことはない。というか、私が居たときには、そんなことはなかったけれど、昔、ここにいた入居者から電話で何かそれっぽい話を聞いた……」

「それっぽい、って榊原さんが殺されそうになったって？」

「いえ、そんなことじゃない」

いかにも慌てた否定の仕方だった。

「もう一度、その部分、聞かせてくれる」と尋ねられ、知佳は内容を要約することなく、そこに書かれた文章を読み上げた。

「何なら、メールに添付して送ろうか」

「いい」という断りの言葉と共に、声をひそめ優紀は話し始めた。

昨年、以前に新アグネス寮にいた入居者宛てに問い合わせのはがきを書いたところ、うち一人から電話がかかってきた。一九九一年から一九九五年までそこにいた入居者の話の中に、榊原久乃に触れた部分があり、半田明美の手によるメモと合致する内容だった、と言う。

「何の教派か私にもよくわからないけど、変わったキリスト教だったから、お堅いことばっかり言ってて、たとえば寮の浮ついたようなクリスマスは大嫌いで」

「ああ、それは一緒に取材に行ったフルート奏者の青柳さんからも聞いたよね」と知佳は言葉を挟む。

「そう。入居者の人たちから敬遠されていたのも、そこに書いてある通り。で、そこに榊原さんが奉仕に行く日程が書いてあるよね。一月と二月だよね。寒い季節。その昔、寮に居たっていう彼女の話によると、そのとき榊原さん、死に損なっているんだ。教会に奉仕に行った帰りに。目が見えないし、寒いし雪もあるしで、心配してその人が迎えに行ってあげるって言っているのに、そんなのいらん、みたいな感じで榊原さん、断ったらしい。森の中には近道があるんだけど、木の根や石段があって危ないんで、その前に杭《くい》とかロープでみんなで目印を作ってやっていたんだけどその目印のロープが別の方向に張られていた……。その話を聞いたときは、私、ほら、山道とか普通の道でも、いたずらして道標の向きを変えちゃうやつとかいるし、何かの拍子で外れたロープをたまたま歩いていた人が、いい加減なところに結んじゃったりするから、それかと思ったたん

きたの？」

「実は、半田明美の仕業だった、ってわけね。で、榊原さん、そのときは無事に戻って
だけど」

「そっち方面にある別荘に、たまたま人が来ていたんで助かったそうだけど、あのあたりクリスマスと正月は人が来ることがあるけれど、それ以外の冬の時期なんかだれもいない。そのたまたまがなければ榊原さん、助からなかったって、その人は言ってた」

「つまり半田明美は、榊原さんの頑なな性格とその予定を利用して殺害計画を立てたけれど失敗。でも半田明美が長島さんのレポートにあったような女なら、一度、二度の失敗にはめげずに、もっとしつこく殺そうとするよね」

優紀から言葉は返ってこない。彼女にとっての小野先生と、知佳の話にある半田明美の行動との落差に、受け入れがたいものを感じているのだ。

DVDの内容について、もし読むのならメールに添付して送るから、その気になったら連絡をくれるように、と一方的に言って知佳は通話を終える。

半田明美がなぜ榊原久乃を消そうとしたのか、という理由はそこにある記述からも、優紀の言葉からも明らかだ。

他の人間は騙せても、榊原久乃を欺くことはできなかった。

久乃に最大限の警戒心を抱く明美は、彼女の一挙一動から、自分の何が彼女に不信感

を抱かせているのかを考える。

「制汗剤　無臭タイプ　利き足　右。左足から踏み出す　左足から靴を履く」

匂い、音。明美がここに記述したのはごく一部だろう。

人の情報の多くは視覚頼みだ。声色を真似、病気で変貌したとする顔や体型をマスクやサングラスで隠し、所作や発想を似せる。健常な視覚を持つ者は、それ以外の感覚を視覚に合わせて、自分の中に生じた矛盾を解消する。

だが榊原久乃の場合は、聴覚嗅覚が視覚を補った。加えて、他人に不快感さえ与える慎重さ、信仰に裏打ちされ他者や世間に流されることのない信念、自分の感性と思考に絶対的な信頼を置く頑迷さが、明美の正体を見破らせる。

そのとき半田明美は、久乃の殺害を計画する。おそらく逡巡することもなく。森の中の雪道で迷わせたのは、その一つだろう。半田明美のことであるから、他の方法を幾度か試みたに違いない。優紀が知ったのが、その一件であるというだけで。だが、その計画はことごとく失敗した。かつて半田明美が手にかけた愚かな男たちと榊原久乃はまったく違った。ひょっとすると本当に、榊原久乃には神の加護があったのかもしれない。

そうして明美は、自分の正体をおそらくは見破っているに違いない女の監視の下、彼女と共存することになる。明美にとって都合が良かったのは、榊原久乃にはスタッフにも居住者にも腹を割って話せる者がいなかったということだろう。

人望がない。榊原久乃にとってはおそらく小野尚子が唯一、信頼と尊敬を寄せる相手だった。

偽者がフィリピンから戻ってきた、と寮内で訴えたところでだれにも相手にされず、排斥されるだけであることを榊原久乃は十分、承知していたし、また外部の人間、彼女が通っている教会の人々に知らせたところで、信じてはもらえないだろうということも知っていた。それ以前に外部の人々が新アグネス寮で起きていることについて、何か行動を起こすこともなかったはずだ。

孤立したまま、榊原久乃は自らを羊飼いになぞらえ、小野先生――半田明美を死ぬまで監視し続けたのだ。

なら彼女の存在が、半田明美を二十二年もの間、小野先生としてそこに留めたのか、と言えば、そうとも思えない。その気になれば半田明美は銀行員に疑われることもなく、小野尚子名義の財産の大半を現金に換えて、どこかに逃げることも可能だった。いや、現金に換える必要さえなく、「もうこんな活動はやめた」と宣言して、令嬢小野尚子としてその親族や友人知人と没交渉のまま生きていくことができたはずだ。

にもかかわらず彼女はその金を寮の存続や、白百合会のためにたびたび拠出している。

榊原久乃殺害計画についてのメモの次のページには、長島の赤いボールペンで、「文書4　1995・4・12登録」とある。

文書3からちょうど三ヵ月、小野尚子をフィリピンで殺害し帰国してから五ヵ月後に書かれ、保存された文書だ。

そのページの本文を隠すように貼り付けられた大型の付箋には、「意味不明。タイピングの練習？　でなければ、半田明美はトチ狂った？　酔っ払いか？」と長島による殴り書きのようなメモがある。

「半田明美　昭和30年　千葉県成田市生まれ」

息を呑んだ。

小野尚子になりすました女は、一行目で初めて本名を名乗った。これは何のために、だれに読ませるために書かれたものなのか。

改行して続く。

「父　半田義治　昭和53年　没
母　半田佳枝《よしえ》　昭和41年5月21日　没」

父母の生年ではなく、没年が記載され、母の方は日付まで書かれている。

長島の原稿によれば、母親は明美が小学五年生のときに鉄道自殺した、とあったから、本人にとっては強い思い入れがあるのだろう。

文書4はそれだけで終わっていた。

殺人犯の世間に向けてのアピールか、胸に留めて置くには重すぎるものの告白か、懺《ざん》悔録《げろく》かわからない。

次ページ、文書5にあるのは、まさに長島の付箋通り、意味不明の記述だった。

文書登録日は1995・4・16となっているから、その日付の直前に書かれた文章だ。

「半田明美　半田明美」と繰り返し書かれた後、「はんだあけみ　はんだあけみ」と平仮名で一ページすべてが埋められていた。手書きでないから、まさにタイピングの練習のようだ。

次ページ、文書6の登録年月日は文書5と同じだ。

「半田明美　昭和30年8月7日　千葉県成田市元河内町三丁目二十三番地生まれ　昭和37年　小学校入学　一年三組　担任　高野裕子　二年　担任　男　三年　担任　女　四年クラス替え四年二組　六年まで担任　磯谷健二」

中学校までのクラスと担任名が記述されている。担任の名前が書かれていることもあれば、単に、男、女と記載されているところもある。

次ページ、文書7で初めて文章らしきものが現れる。

登録日は文書5・6と同日だ。

「私、半田明美は昭和30年に千葉県成田市の元河内町に生まれた」

供述調書の様式を思わせる書き出しにもしや懺悔録かと思ったが、それ以降の文章がどうも違う。

「半田明美は生きている。私は半田明美で、小野尚子は死んだ。
1994年秋、フィリピン　タハウで死んだ。日付は覚えていないが死んだ。
半田明美は生きている。
五洋信託銀行　担当　酒井に連絡する
五洋銀行　普通口座　自動引き落とし手続き

1996年　3月　病気回復　マスクとサングラス取る
新アグネス寮　宿泊から通所施設に変える。理由、白百合会に相談。
1997年　4月
私、半田明美は東京のマンションに引っ越す。賃貸
新アグネス寮　法人化　運営は全国白百合会の下に置く。
1998年　7月
私、半田明美は新アグネス寮から全面的に手を引く。
1998年9月
私、半田明美は関西方面に引っ越す。小野尚子になって死ぬまで楽に暮らす　二億あれば一生、利息で食っていける」
登録年月日は1995年4月16日。すなわち目論見書だ。それにしても殺害計画書に

比べてあまりにも粗雑で具体性がない。

「楽に暮らす……」

知佳は首をひねる。それが連続殺人犯、半田明美の究極の夢だったというわけか？

「利息で食っていく」とは、何と非現実的なことか、とそれにも疑問を感じる。それから1995年という年を思い出す。金融だの金利だのに興味を持つほど知佳は大人になっていなかったが、それが可能な時代がかつての日本にあった。半田明美にとってその時代の記憶は、バブルが弾けた後にもまだ生々しいものだったのだろう。

それにしても、なぜこうまで執拗に「私、半田明美」と連呼するのか。日記や懺悔録ならそんなものは必要ない。もちろん覚え書きであっても。自然な日本語であれば、主語は省略されることが多く、自分のことについてはなおさらだ。選挙のようにだれかに名前を覚えてもらおうとする以外、こんな書き方をする意味はない。

次ページ文書8の登録日は、1995年4月30日だ。

再び「半田明美　昭和30年8月7日生まれ」という文字が繰り返される。その後に、「1989年11月」と、日記のように本文中に年月日が記載され、文章が始まる。

「1989年11月
捨てられた。予想はできたけれど四十までなら何とかなると思っていた。女の賞味期限はこんなもの。尾崎は金があるし、旧軽に今年の春建ったばかりのリゾートマンションも持っているというのに、私にくれたのはこの築二十三年のボロ狭いマンション。殺してやればよかった？　でも殺したところで得られる金がない。警察に目をつけられるだけだから、黙ってもらって引っ込むしかない。尾崎は去年から、二十一の女子大生と付き合っている。どんな女子大か知らないけれど。

悔しがるより大切なのは、自分を知ること。私、半田明美は、女の賞味期限が切れた。教訓　金のある男は二十代の女にしか金を使わない。三十過ぎの女に寄ってくるのは金のない男か、あっても値切りたい男だけ。金のない男と値切りたい男はいらない。

今ある金が底をつく前に、なんとかしなければ。

東京は家賃が高い。冬でもここで暮らすんだ。こんなことになるくらいなら死んだ方がいい。生きていたって、何も良いことなどない。

旧軽に出て、ターゲットを探したが、うまくいかない。東京と違って人が少ない。金持ちが多そうに見えるだけで、東京と違って金離れの良い金持ちはいない、ぼろい別荘に住んで外食しないでフランスベーカリーでパンを買って家で食べている。気位が高いだけでケチばかり。声をかけてくるのは、貧乏な旅行者しかいない。

寒い。とても寒い。寒くて寒くて、指先から腹の底まで凍る。

さんざん探して、探して、探して、男は諦めた。

でも女がいた。

もの好きな大金持ちの娘。

女は初めて。

女は嫌い。

女が今まで、何かしてくれたためしはない。お祖母ちゃん以外に、良くしてくれた女は一人もいなかった。

女はみんな私、半田明美のことは嫌い。大嫌い。

でも現実を見なくては。

もう、私、半田明美は女の賞味期限が切れている。金のある男は相手にしてくれない。

小野尚子。」

その後に、小野尚子の経歴について、その前のページにあったのと同様の記述がある。微妙に助詞が違うので、コピーアンドペーストではない。書いている。

半田明美はターゲットを定めた。「もの好きな大金持ちの娘」に。

「旧軽のでかい別荘で、ジャンキー女たちの保護施設のようなことをやっている。

ジャンキーのふりをして入るのは無理だ。

後ろにがっちりキリスト教婦人会　のようなのがついている。

保険金、強奪、無理。足がつく。

男は楽だった。女を騙すのは難しい。

男さえいれば。

けれど私、半田明美の賞味期限は切れている。女の価値は男が使う金で決まる。

私、半田明美の価値は、寒くてぼろい築二十三年のリゾートマンション。尾崎を殺してやりたい。

でも殺したところで何の得にもならない。

とりあえずボランティアとして入る。

私、半田明美の特技。演技と発声　血の出るような苦労をして身に付けた。

この町の図書館で、朗読ボランティアというものがあることを知った。やってるおばさんたちは偉そうな顔をしているが、みんな素人。

小野尚子の施設には、目の悪い女が一人いる。そこから近づける。

図書館に行って登録する。ボランティアはみんな女。女は嫌だ。女のグループはもっと嫌だ。だが、好き嫌いは関係がない。殊勝に振る舞う。

成功。小野尚子と知り合いになれた。さすがにお嬢様。金持ちほどケチ、育ちが良いほど気さくなふりをする。ぺらぺらのスカートの裾から絹の下着が覗いている。

朗読ボランティアで「新アグネス寮」に入り込んだ。

訳あり女たちが共同生活しているところだから、用心深い。滅多なことでは入り込めないけれど成功。信用された。

初めて女と親しくなった。

育ちの良いお嬢様は人が好い。いったんこっちを信用すれば、あとはずぶずぶ。何でもしゃべる。

男でなくても簡単だった。

でも殺しただけでは簡単に金は取れない。

小野尚子は全財産を信託銀行に預けていた。殺しても奪って逃げる現金がない。

どうやって金を奪いとるか。小野尚子はちょろいが、銀行は手強い。

男なら簡単なことが女ではできない。

でも男ならできないことが女にはできる。私、半田明美が、小野尚子になればいい。

成り代わるのは初めてだ。

駒屋おせん、女郎の竜子、白痴の双子の片割れ。いろいろな女を演じて、もちろん端役だけれど、私、半田明美は、駒屋おせんにも、女郎の竜子にも、白痴の双子の片割れにもなった。舞台は好き。端役しかもらえなかったけれど。

舞台は好き。今度は主役。

はした金以上、一生遊んで暮らせる金を手に入れるために、私、半田明美は気色悪い、ジャンキー女ばかりの舞台で主役を張る。

鏡を買った。自分を知れ。自分を知れ。自分を知れ。私、半田明美の上でさんざん腰を振っていた座長クニヒコの言葉」

嫌悪感が突き上げ、知佳は無意識にプリントされた紙の端を折っては丸めている。

これは犯罪計画書でも日記でもない。自分のやったことを手記形式で回想しているものだ。相変わらず、「私、半田明美」を連呼しながら。

犯行声明のように見えるがそんなものはどこにも発表されていない。半田明美が自分自身に対して発信した犯行声明だ。いったい何のために？

「ビデオ撮影成功。寮内や入居者の取材や写真撮影は厳禁だけど、ボランティア三ヵ月だけで信用された。お人好しの小野尚子もジャンキーたちも、朗読練習のためなら喜んで撮らせてくれた。

朗読ボランティアに必要なのは、声だけなのに、所詮、女はみんなナルシスト。映像も撮って寮のシーツに映してやると、みんな自分の姿を見て興奮してる。寮に行くたびに小野尚子の映像がたくさん撮れる。ダビングして取っておく。

寮で、朗読テープを作って図書館に収める。みんな喜んでいる。とても気持ちが良かった。だが、あんなことやっていては食っていけない。ジャンキーたちは、自分の食い扶持《ぶち》が稼げないから、知らない人や小野尚子の善意におんぶして生きている。反吐《へど》が出る。小野尚子の財産を連中に食い荒らされる前に、決行しなければ。わざと自分の持っているものを捨てて貧しくなったり、ほんの少しだけ食べて病気になることで、貧乏のどん底で身を売るしかなかった真矢《まや》ちゃんや、辛すぎて薬に手を出すしかなかった美奈《みな》さんと同じ立場に自分が立っているなんて思うのは、それこそ傲慢なこと。私がしなくてはならないのは、真矢ちゃんの言葉に一生懸命耳を傾けて、その本当の願いが何なのか理解して、本気で協」

文書8はそこで終わっていた。

最後の文章は完結していない。「本気で協力しなくてはいけない」と続くのか。それに最後の一文の「私」の後には、「半田明美」が無く、寮の入居者と思しき人名が登場する。もう一度、読み直してみる。その前の文章との論理的繋がりがない。尻切れトンボになっている文章を補ってみると、ますますそれまでの記述と矛盾することに気づく。どうなっているのか？

文書9の登録日はその四日後だ。本文中の日付はさらに遡っている。

「1984年　12月

目の前で人が死ぬのを見たのは初めてかもしれない。

地下鉄のホームまで追いかけてきて、腕を摑んで、逃がさないの何のとわめきちらしていた。だから『やめてください、私、あなたなんか知りません』と叫びながらしゃがみ込んでやった。姿勢を低くして突き飛ばせば背の高い方が転落する。悪くすれば私の方がやられていたから、二度とあんな危ない目に遭わないように用心深くしないといけない。

あいつが這い上がる前に電車が入ってきて、電車とホームの隙間から血が噴き出した。父も母も鉄道で死んだけれど、現場、見たのは初めて。

もしかすると、あのとき、竹内淳也が中林の凍死事故について言いがかりをつけてきたあのときから、私、半田明美は、自分の女の賞味期限を自覚しなくてはいけなかった。

『私がなぜ、そんなことをしなくてはいけないの』とすすり泣いても、すり寄ってやっても、竹内にはぜんぜん通じなかった。竹内はホモで、死んだ中林を好きだったのだ、世のバカ女たちはそんなふうに自分をごまかすんだろうけど私、半田明美はごまかさない。もうじき三十になる私、半田明美は、もう、賞味期限が切れていた。

竹内が転落死したおかげで、私は生まれて初めて警察に捕まった。けれど捨てる神あれば拾う神あり。ホームで見ていた男たちがいた。か弱い女が男に絡まれ、腕を摑まれて揺すぶられているのに黙って見ていた男たちばかりだったけれど、私が警察に連れて行かれるときには、みんな寄ってきて言ってくれた。

『その人、絡まれていたんですよ』とか『暴力を振るわれていて、逃げようとした拍子なんですよ』とか言ってくれた。

竹内のために殺人犯にされそうになった。それと昔の事も合算して、連続殺人犯にされそうになったけれど、私、半田明美を助けてくれたのも結局男だった。

尾崎は、助けてくれた男の一人。不起訴処分になるまで弁護士を探してくれたりして面倒を見てくれた。見るからに金の匂いがして、この男ならずっと交際してもいい、と思った。尾崎の好みはわかりやすい。『清楚《せいそ》』。ほとんどの男は、色っぽい女じゃなくて、『清楚』が好き。大切にされるのも、最終的にお金をかけてもらえるのも、美人なんかじゃない。清楚な女。

尾崎は独身だった。けれど、彼は中林とはまったく違う。そんなのはわかっているけれど、あのときはうぬぼれていた。まだまだ、私、半田明美はいける、と。四十までは女だ、と信じそうになったけれど、もし独身の尾崎と結婚していたら、あの男は絶対に釣った魚に餌はやらない。きっと日の当たらない台所で、芋の皮なんかむきながら、生きていても死んでいても同じような生活をしていただろう」

改ページすると、本文中の日付は「1979年」と五年、遡っている。

「1979年

ゴールイン。医者と結婚した」

医者とあるが、中林泰之の名前はない。半田明美にとって重要なのは、特定の男ではなく、医者という一般名詞であることがわかる。

「向こうのうちは、杉並の住宅街にある医者。もちろん結婚は大反対。付き合うのは簡単だけれど、結婚までは障害物競走。医者と結婚を前提に同棲《どうせい》を始めた頃、付き合っていた男は四人くらいいた。金や地位のある男を切るのは簡単だった。でも金が無くなったのにまだ付き合う気でいる男はゴミ。女の真心が試せる気でいる厚かましさ。いい歳をしておとぎ話を信じていた。しかたがないから最後の旅行に付き合った。川縁のホテルで一晩中、何度も何度もやられて、本当に吐きそうになった。ようやく二日目の夜に永久にさよならできた。一生分のセックスをして、おいしいものとおいしいお酒を飲んで、あいつには思い残すことなんかなかった。もし生きていれば、父と同じように商売を潰した後、奥さんに死ぬまでいびられたはず。

父も障害物になった。半田明美　昭和30年生まれ　半田明美千葉県成田市で生まれた半田明美　医者と結婚すると聞きつけてやってきて、金をせびった。ただでさえあっちの親から反対されているというのに、あんな親がいるなんてわかったらたいへんなことになる。偉そうなことと恨み言をしゃべりちらして、あっちの家に乗り込むとか言っていたので、おとなしくなってもらった。どうせお母さんを殺したのはあの男なのだから、同じ死に方をするのは当然。それだってまだ足りない。一番大事なときにお母さんを奪われて、妹も弟もグレて、それっきり。妹は行方不明。弟はずっと前に持病の喘息《ぜんそく》で死んだ。

医者は、両親より、私、半田明美を選んだ。男のハートを摑むのは、努力。私、半田明美を出したら終わる。私を好きになる男などいない。絶対に。だから私、半田明美は別の女になる。男はみんな清楚で優しい女が好き。美人な女でも色っぽい女でもない。

でも、医者を両親から永久に奪うつもりなんかなかった。駆け落ちみたいにして新潟のド田舎に引っ込んだけれど、私、半田明美は折を見て杉並に戻ってくるつもりだった。杉並には大きい家と医院があって、そこでお義父《とう》さんと開業医をしてもらう。私は杉並の開業医の奥さん。それが本当のゴール。舅《しゅうと》姑《しゅうとめ》、年寄りを手なずけるのは簡単。特に気位の高い年寄りは中身はバカだから。どうせそんなに先もない。

計算違いだった。医者と結婚して、開業医の奥さんになって幸せに暮らすつもりだったのに、中林泰之は変な男だった。一生、雪だらけの、寒くて暗くて貧乏くさい村で、年寄り相手に生きていくつもりだった。一時の夢なら許せるけれど、中林は本気で洗脳されてしまった。

君ならついてきてくれるに違いない、と思った、と言われた。それどころか、勉強して看護婦になれだの、もっと山奥に行ってくれだのと、言い出す。そんなの死んだ方がまし。計算違い、計算違い、計算違い。頭に血が上ったけれど、怒鳴ったり怒ったりしたらお終い。私、半田明美が表に出たら、だれも味方にはなってくれない。みんなに嫌われる。みんなに殴られる。

だから決心した。医者を切って振り出しに戻る。半田明美26歳。大切な23歳からの三年間を、女にとっての二十年分くらいの価値のある三年間を、中林のために棒に振ってしまった。杉並の開業医の妻と幸せな家庭なんて夢は、最初から絵空事だった。取ったお金は四千万。無駄にした三年間の代金は回収できた？　わからない。

私、半田明美は東京に出て行く。女優の夢を追う。初めて東京に出て来て劇団に入ったときは、なんだかんだ言って浮ついていたと思う。でも、今は違う。今度の夢は本物。私、半田明美は美人じゃない。貧相なお母さんの顔と、風采の上がらない父の体をもらってしまった。けれど美人女優なんて大したものじゃない。今、活躍するのは、存在感のある女優。私、半田明美にファンなんか絶対つかない。けれども半田明美は、存在感のあるだれかになれる。人が見るのは表面だけ。つるつるに光るきれいな表面。そこに映っている自分の顔を見ている。自分の顔を格好良く、きれいに、利口そうに、映してくれる人が好き。私、半田明美を好きになるヤツなんかだれもいない。だけど鏡みたいに磨いたうわべを持っていれば、私はだれにでもなれる。

厳しい稽古、努力、努力、努力。発声、ストレッチ、トレーニング。努力、努力、努力。

私は、だれかになれる才能がある」

ワナビー、と知佳はつぶやいていた。

何かになれる、何かになりたい、というならよくある言い回しだ。自分の周りにも何人かいる。プロとして仕事をしているライターたちを悩ませ、ときに侮辱する。場合によっては知佳自身もそうなりかける。

だが、何かになりたい、ではなく、だれかになれる、と書く半田明美に、その甘さはない。

徹底した自己評価の低さ。仮面を被ること、だれかになりきる演技によってしか、自分の居場所を見いだせない。半田明美が半田明美であることを許せる唯一の居場所は、サンクチュアリ軽井沢のあの鏡に囲まれた北側の小部屋だった、ということなのか。

そして、半田明美は小野尚子になった。

使う当てのない財産と、扱いの難しい人々を日々相手にする精神的に厳しい、質素な生活。得られるものは、実質的利益を伴わない尊敬や信頼の眼差しだけ。そんなものを半田明美のような女が欲するはずがない。

文書10と長島の赤ボールペンで記されたページの登録年月日は、１９９５年5月8日だ。今度は本文に年月日がなく、「半田明美　19歳」と記されている。

１９９４年から書き始められた、メモとも日記とも回想録ともつかないものは、さらに過去へと遡っていく。

「半田明美　19歳　私、半田明美は学校の成績が悪い。だからずっと頭が悪いんだと思っていた。けれど頭のいい悪いと学校の成績なんか関係ない。半田明美　昭和30年生まれ半田明美千葉県成田市で生まれた　半田明美　私、半田明美は、県内で二番目に頭の悪い高校を中退した。それでも偏差値の高い大学を出た男など赤ん坊に見える。頭の中も心の中もわからないけれど、そんなもの動かしたりいじったりするのに関係ない。テレビの中がどんな風になっているのか、どんな機械かなんて知らなくたって、リモコンのボタンを押せば好きな番組を見れる。

私、半田明美は、学校の成績が悪かった。それは学校が嫌いだったから。学校の先生は嫌い。もっと嫌いなのはクラスの友達。通知表は悪かったけれど、大人になったら脚本の長い台詞をどんどん覚えられた。トレーナーや座長の指示だって、ぱっぱっ、とわかる。

想像しろとか、考えろとか、と座長は言う。自分を無くせ、と反対のことも言う。それでみんなうろうろして、怒鳴られているのを見ると、なんであんなに愚図なんだ、と呆れる。雰囲気でわかるのに。言葉なんか関係ない。座長がどんな顔しているか見ていれば、欲しいものはびりびり伝わってくる。どうすれば満足させられるのか、すぐわかりそうなものなのに。みんな勉強しかしてこなかったバカばかりだからしかたない。

学校の勉強より、人生経験、なんて言ってるオヤジはもっと頭が悪い。女なんて若ければ若いほどいいと思っていて、美人でない娘は真面目で気立てが良いと信じている。私、半田明美は真面目で気立てがいい。だからオヤジたちから金を引っ張れる。もし渋ったら……。

『奥さんの兄弟や取引先にバラす』と旅行先で一緒に入ったお風呂の写真を見せてやったら、二度とケチなことを言わなくなった。奥さんなんかどうでも、奥さんの兄弟は怖い。金を借りたり、領収書を回してもらったりしているから。毎日、真面目にお茶を汲《く》んで帳簿をつけている女は、その気になればいつでも男のタマを握りつぶせる。

オヤジ四人と付き合っていたから、お金はざぶざぶ入ってきたけど、地味に事務所のバイトをしていたのはそのため。学校行くよりずっとずっと勉強になった。男を金ヅルにするのにスナックやキャバクラに勤める女なんかただのバカ。でもホントにヤクザと付き合っているオヤジは怖い。たぶん運が悪ければ死んでいた。死んだって、警察は何もしてくれない。警察なんか、半端に悪い奴は捕まえられても、本当のワルには手出しできない。本当に痛い目にあって、そのことを勉強した。

19のとき、千葉にいられなくなって東京に出て来た。とりあえず男を捕まえてマンションを借りた。20の誕生日に、ミュージカルのオーディションを受けたが、落とされた。有名な俳優を養成したことで有名な劇団の研究生になろうとしたけれど、相手にされなかった。男が授業料を出してくれると言うから大丈夫と思ったのに、面接で何か聞かれて、後は名前を呼ばれず、その他大勢とスタジオから追い出された。出てきたところでオカマみたいな若い男に声をかけられて、モデルのスカウトマンの名刺を渡された。一緒に事務所に行くと、監督が君を気に入ったのですぐに撮影すると言われた。椅子に縛られて股を開かされた。嫌だとわめくと、そうそうその感じ、と監督やその他の男にさんざん突っ込まれ、写真をたくさん撮られた。全部終わると、ごくろうさん、とギャラを二万円くれた。業界ってこういうものなんだと一つ利口になった。

しばらくして小劇場に研究生として入った。お金はほとんどかからない。発声とか、柔軟とか、声を出しながらランニングするとか、女優とはまるで関係ないようなことばかりやらされる。運動部に入ったことがないから辛い。子供の頃に習ったバレエで体の使い方は覚えているから何とかなったけれど、一ヵ月と経たないうちに研究生はたったの四人に減っていた。

半年後にデビューした。何か叫びながら走るだけの役だったけれど、そのうちちゃんとした台詞もついた。けれど無名。劇団も無名。それでも女優と名乗れるようになったら、面白がる男がついた。ただのオヤジでなくて大学の先生とか、インテリで親の代からの金持ちとかもきた。テレビに出るタレントより、小劇場の地味な女優の方が格好いいと思っている男が世の中にはいる。

私、半田明美は22歳。女が高く売れる歳はあと二、三年だから、そろそろ結婚のための男をみつけないと。金を稼げる男は最低の条件だけど、父を見ているから、建材とか商売している男は×。

広尾にあるイタリア料理屋にウェイトレスで潜り込んだ。そこがアッパーな男たち御用達の店だったから。医者の卵たちもよく合コンなんかやっていた。金持ちの娘の行くエスカレーター式の女子大から、着飾った女がやってきて鵜《う》の目鷹《たか》の目で男をあさっていたけれど、中にお茶大から来た変わり者もいた。清楚をアピールしているくせに、男のいないところでいきなり嫌みを言ってきて、さりげなく意地悪する。学校の成績の良い女は、一番たちが悪い。女子大生を口説《くど》いていた学生たちはヤルだけが目的。医学生ではなく、医者との合コンでも同じだった。みんなそんなところで適当に遊んで、結婚する相手は金持ちの娘や教授の娘や、学生時代から付き合っている女医。連中の食い散らかした皿やグラスを下げながら、私、半田明美はまた少し利口になった。

ある日、とびぬけて歳がいっていて、背が低くて、頭が大きくて、髭《ひげ》のそり痕が青々としている男がいた。頭のてっぺんは、もう毛が薄くなっている。他の男みたいにボタンダウンやポロシャツじゃなくて、一人だけスーツにネクタイを締めていた。足が短いせいでズボンが太くて短いのがありえないほど格好悪かった。老けているのに話は青臭くて、そこに居る女はみんな無視していた。

こいつならいける。さりげなく食べ物を取り分けてやったりとか、親切にしてやった。話をする必要なんかなかった。勝手にしゃべるから。見た目はそんなだけれど、実家は杉並の高級住宅地。父親も医者、祖父《じい》さんも医者。それで山奥の村や地方の病院で医者をやりたいなどと青臭いことをしゃべっていた。見た目も話の内容もそれだから、だれも相手にしない。けれど私、半田明美はわかっている。青臭いことを言っていてもお金持ちの息子は所詮お金持ちの息子。そのうち家に戻って親の跡を継ぐ。本当の田舎町や貧乏人のいやらしさをこの男は知らないのだから。そうして帰りがけに男は、名刺を置いていった。

翌日、電話をしてやったら男——中林泰之は、ほいほい出てきた。渋谷でつまらない映画を見て、ピザを食べた。

少したって中林泰之と男と女の関係になった。簡単だった。他の男に借りてもらっているマンションではなく、中野のアパートの湿った布団の中で、中林泰之に結婚を申し込まれた」

文章はそこまでで、「。」を打つこともなく、「半田明美　昭和30年生まれ　半田明美千葉県成田市で生まれた　半田明美」と自分の名前と生年月日、出身地が、ランダムに繰り返され、ページを埋め尽くしていた。下劣極まる本文よりも、その文字の繰り返しの方に、知佳は不気味さを感じている。


文書11に入る。

「1973年　半田明美　18歳」とあり、さらに過去に遡る。まるで記憶を辿り、自分を取り戻そうとしているかに見える。だが、吐き気のするような過去を取り戻すことが、半田明美にとって何の意味があるのか。

二行目は中程まで空白になっており、「筒の中に、五十万円入っていた」と始まる。「筒」はたぶん封筒。何かを書き、消去し、勢いあまり冒頭の一文字まで消してしまったものだ、と推察される。消した文字は想像がつく。その前の文書に頻出する「半田明

美　昭和30年生まれ　半田明美千葉県成田市で生まれた　半田明美」の繰り返しだろう。
「筒の中に、五十万円入っていた。男から初めて金を引っ張った。長谷川道隆。私、半田明美の初めての男。金は道隆が勝手に持って来た。三年付き合った手切れ金。成田から引っ越して遠くなってしまった後も、高校を中退した後も、道隆とはよく会って、酒々井のモーテルとかに行っていたけれど、司法試験の受験勉強があるから、となかなか会えなくなってしまった。それで結婚のことはどうなっているの、と追及したら、別れる、と言い出した。『それじゃ、手切れ金もらうからね』とは言ったけれど、そんなのその場の勢いだった。道隆と結婚したかった。道隆の試験が受かるまで何年でも待つから、会ってもらいたかった。会って愛を確かめたかった。そうしたら本当にお金を持ってきた。それで『ごめん』ではなく、『申し訳ありませんでした』と頭を下げた。封筒ごと顔にぶつけてやりたかったのに、そんな暇もなくさっと帰ってしまった。絶望ってこういうことなんだ、と思った。お母さんみたいに鉄道に飛び込んでやろうと思った。道隆のことをたくさん書いた遺書を残して。でもやめた。お母さんが死んだあと、お母さんのことなんかだれも思い出さなかった。私たちきょうだい三人以外は。お父さんもお母さんのきょうだいや親類も。死んでしまったら、だれも死んだ人のことなんか思い出さない。道隆だって、ほんの一時落ち込むかもしれない、後悔するかもしれない。だけどすぐに勉強に戻って、試験に受かったらすぐに恋人をつくって結婚する。そして私、半田明美のことなんか永久に忘れる。そんなの許せない。『中学からのこと、全部バラす』と電話をかけたら怒ったけれど、またお金を持ってきた。『証拠だってあるからね』と大切な記念の写真を見せてやったら、その後もお金を持ってきた。もう無いって最後は泣いていたけれど、何度も何度もお金を取った。あの頃、田舎町で貧乏暮らししていたし、高校も中退してヒマだったから、お金はやっぱりほしかった。それよりお金を渡してもらうときだけは、絶対道隆に会えたから。だから何度もお金を持ってこい、と電話をした。あるときいきなり電話を切られた。だれが出たのかわからない。それまでお母さんが出ることはあっても、取り次いでもらえた。なのにその日は何度電話をしても切られた。後になってから道隆が裏山で首つりしていたことがわかった」

次の「文書12」は復旧に成功したFDに収められている最後のファイルだった。

それまでのものと違い、冒頭に年、年齢はなく、いきなり文章で始まる。

「私、半田明美の家族は、元河内町にいた頃、小さな木造の家に住んでいた。天井のベニヤ板が汚い家で、父母と妹、それからお祖母《ばあ》ちゃんがいた。しばらくして弟が生まれた。戦争から帰ってきたお父さんが頑張って建てた家だ、といつもお祖母ちゃんが自慢していた。父は仕事人間で、お母さんは妹と弟の世話が忙しかった。弟は喘息でいつも夜中に起きて、横になると苦しがるので、お母さんが一晩中抱いていた。お母さんが自殺した後は、私が代わって抱いていた。二十七歳のときにひどい発作で亡くなったらしい。ずっと知らなかった。葬式にも行かなかった。妹は行方不明。一度だけ楽屋に訪ねてきた。男が一緒だった。黒シャツの胸元から入れ墨が覗いている男で、妹は前歯が少ししかなくて、根元まで真っ茶色で、骸骨《がいこつ》みたいに痩せていた。今、どうしているのか知らない。死んでいるかもしれない。

お祖母ちゃんは私を可愛がってくれたけれど、昭和35年に亡くなった。2月8日の朝、お祖母ちゃんにこたつで暖めた肌着を着せてもらって保育園に行ったが、母が迎えに来て病院に行ったら、もう白い布を被せられていた。

小学校に上がってすぐに町の真ん中に引っ越した。二階建てのアメリカのテレビドラマに出てくるような居間に階段がある家で、子供部屋があるのでクラスメートからうらやましがられた。父がピアノを買ってくれて習い始めたがすぐにやめた。先生が意地悪だったから。けれど、妹はその先生が好きで父の商売がだめになるまでずっと習っていた。私はバレエの方が好きだった。将来の夢はバレリーナだった。後から考えるとモダンの先生だったから、いくら上手になってもトウシューズを履くことはなかっただろう。踊ることより、体や顔で表現する練習をたくさんやらされた。

大きな家には母方の祖母も一緒に住んでいた。玄関脇に和室があってそこが祖母の部屋で、仏壇に祖父の写真があった。それからお母さんの姉の妙子《たえこ》おばさんとその子供たち、それからお母さんの妹の由美子《ゆみこ》さんが来た。妙子おばさんは離婚して子供を育てていて、私たちから見ても普通のおばさんだったが、由美子さんは母よりずっと美人で母より若いので『おばさん』と呼ぶと怒られた。父が『ユッコ』と呼んでいたので、私たちはユッコちゃん、と呼んでいた。

ユッコちゃんは美人だった。母と違ってちょっと不良っぽい格好が似合って、よくジーパンにウエスタンシャツを着て、店の裏で男の人たちとタバコを吸っていた。あの頃、ジーパンをはく女の人はあまりいなくて、怖いけれど格好いいと思った。

しばらくして父の店に、夜、届け物をしにいったら、売り物の建材の陰で、父とユッコちゃんが抱き合ってキスしていた。日活の映画みたいだけど、もっと嫌らしかった。

その年、お母さんが鉄道に飛び込んで死んだ。ノイローゼだった、と大人たちは話していたけれど、子供だって本当の理由はわかる。

父が私たちからお母さんを奪った。父がお母さんを殺した。

お母さんが自殺しなければ、妹も弟もぐれたりしなかったし、早死にもしないし、家出もしなかった。お母さんが死んだ後、父がもし反省していれば、もしかするとそうはならなかった。

お母さんが列車に飛び込んで死んだ後、父はお母さんの叔母さんと結婚した。私たち子供三人の面倒を見させるためだ。ユッコちゃんではそんなことできないし、世間体も悪いから、戦争未亡人の年寄りの叔母さん、私たちの大叔母で、おばあちゃんみたいな人と再婚した。ユッコちゃんの方はお母さんが死んだ後も少しの間成田の家にいたけれど、そのうち店の若い店員と恋仲になって出て行ってしまった。

一緒に住んでいた妙子おばさんはお母さんの葬式で、父をさんざん罵った後、子供二人を連れて成田の家を出て行ってしまった。どこかの母子寮に入って、ゴルフ場のキャディをしていると風の噂に聞いた。

父の後妻になった大叔母には子供が二人いた。男の子は中学を卒業してすぐに東京に出て就職したので、成田の家に来たのは大叔母とその娘の昌美《まさみ》だけだった。お母さんを亡くした私や妹弟は、年寄りの大叔母より、優しいお姉さんの昌美に懐いていた。ところが昌美はしばらくして、いきなり家出した。テンプターズを追いかけて東京に行ったらしい。大叔母さんが探して連れ戻した後、勤めていた中華料理屋をやめさせて父が自分の店で働かせることにした。それで結局、ユッコちゃんと同じことになった。

でも昌美はユッコちゃんと違って、もっさりした人で、父の商売がだめになってお金がなくなるまで父の愛人をしていた。

父は商売で成功して大きな家を作り、自分の家族だけじゃなく、貧乏で困っている母の親類縁者みんなの面倒を見た心の広い人、とみんな言っていた。羽振りの良い頃は子供たちや後妻になった大叔母や昌美、ほかの親類全員も連れてよくレストランや一泊旅行に出かけた。自分は父を早くに亡くし母一人子一人の家で育って、その母も亡くなったから妻の親類たちが自分の身内だ、と言うのも口癖だったが、本当はそんなものだった。父のやっていることを本当に知らない人も、知っていてもそのくらいの見返りがあって当たり前と思っている人も、知らないふりをしている人も、だれも父のことを悪くなんか言わない。

私は大きな家の中で、ずっとお嬢様だった。自分の部屋があってバレエを習っていて、成績が悪かったから家庭教師もつけてもらった。

家庭教師の長谷川道隆が私、半田明美の初めての男。

その日も父は家族と親類を連れて、近くのレストランに行ったが、私は具合が悪いから行きたくない、と言った。父はわがままを言うなと怒鳴ったが、昌美が『お年頃なのよ』と耳打ちしたら、しぶしぶ私を置いて出ていった。

それから長谷川先生に電話をした。風邪引いて、熱を出して、とっても苦しい、と。あの頃は長谷川道隆が大好きだった。優しくて背が高くて格好良くて、いろいろな悩みを聞いてくれた。父も継母も親類も結局自分のことしか考えてない人たちばかりだったし、友達も普通にいたけれど、私の家のこととか本当の私を知ったらみんな逃げるだろう。第一、友達なんてみんな子供だけど、長谷川先生だけは違った。

やってきた先生は本当に心配して、すぐにレストランに電話して親たちを呼び出して帰ってきてもらう、と言ったので、必死で止めた。

二人だけの部屋で、死んだお母さんのこと、父の女関係や、家の中がどうなっている、みたいなことを私は初めて外の人に話した。道隆はすごく真面目に聞いてくれて共感してくれた。親身になって心配してくれたけれど、私が欲しいのは心配や同情なんかじゃない。道隆と結婚したかった。お嫁にいけば、みんな解決してしまう。女の子は十六歳になれば結婚できる。

泣きながら『抱いて』と言ったら、道隆は毛布の上からそっと抱いてくれた。後は真っ直ぐ、だった。生きてきた十五年間の中で、一番幸せな日だった。

男女の関係になってから、私はますます道隆のことが好きになった。道隆はよく責任という言葉を使った。私は本当の愛は責任を持つことと子供なりに知っていたから、道隆が責任を取ってプロポーズしてくれる日をずっと待っていた。道隆が来ると勉強の時間の半分以上は、いろんな話をしながら体をまさぐりあったりしていた。最後までは行かないけれど、あの頃は中学生や高校生はみんなそこまでしかしなかった。でもやってることはセックスと変わらない。

高校に受験願書を出しにいった帰りに、隣町のモーテルに入った。あの夜、道隆が部屋に来て以来、二回目だった。前のときより、少し感じた。だからというか、もともと学校の成績はあまり良くなかったのにほとんどそんなことばかりしていたから、第一志望の高校には落ちてしまって滑り止めのところに入った。道隆は父に謝っていたけれど、父は『女は勉強なんかできなくたっていいんだ、気立てがいいのが一番だ』と笑っていた。

翌年には父の会社が倒産して、私のお嬢様生活は終わってしまった。成田の大きな家は人手に渡り、外房の田舎町に引っ越して、私は授業料の安い県立高校に転校した。県内で偏差値が下から二番目の高校で、ほとんど男子だったが、女も少しだけいた。みんなバカばかりで、男子は私たちの顔さえ見れば『やろうぜ』とかばかり言っていた。昌美や母の親類の女たちはみんなどっかに行ってしまった。継母だけは最初一緒だったが、毎日毎日、ぐちぐちと私を捕まえては文句ばかり言っていて、そのうち家から出て行った。

木造二間のくみ取り便所の借家で父はぽつん、としていた。ざまあみろ。弟は万引きして捕まり、妹は暴走族の男と仲良くなってよく家出した。父はおまえがしっかり面倒見ないからだ、と怒ったけれど私は知らない。

私、半田明美には夢があった。この家を出ていって道隆と二人で幸せに暮らすこと。チッチとサリーみたいにずっと好き合って暮らすこと。道隆はサリーそっくりだった。道隆の家に入ることになるかもしれないけれど。意地悪なお姑さんがいるかもしれないけれど。道隆のことを好きだから何があってもきっとうまくやっていける。私、半田明美は、チッチになる」

文書はそこで終わった。

吐き気が突き上げてきた。

半田明美という女性と彼女のしたこと、彼女の文章についてではなく、その最後に書かれた、「私、半田明美」のあまりにも卑小な夢に鳥肌立った。みつはしちかこのあのマンガが、知佳は嫌いだった。犯罪者の女の書いたどぎつい文章と「チッチ」の取り合わせはさらにグロテスクだ。だがそんなあまりに卑小な夢を見させた半田明美の境遇を思うと、その惨めさ、辛さに胸が詰まる。吐き気と共に苦い涙を流していた。

すべての可能性を封じられ、その頭上に空などなかった少女時代、半田明美はわずか十六、七歳で好きな男と結婚して主婦になることを夢見た。そして無残に裏切られる。同情の余地のない女、犯罪者という以前に同性としてこれ以上ないくらいに嫌悪感を催させる女に対して、哀れみでも同情でもない、不思議な近しさを感じていた。暗闇の底まで降りていって、半田明美の真っ黒に汚れた小さな冷たい手に触れたような気がした。

いったいこの気持ちは何なのだろうと戸惑いながら、その文書を知佳は引き出しにしまう。

それからふと心配になった。長島はまさかこの文書を中富優紀にも送っているのではないだろうか。さきほど電話をかけたときには、新アグネス寮のある小諸にはまだ届いていなかっただけで。こんなものを彼女が読んだらどんな気がするだろう。ライターである自分と違い、優紀は小野先生こと半田明美を肉親以上に信頼していた関係者だ。

真夜中だがかまわず長島の携帯に電話をかけた。すぐに出た。「深夜にすみません」という言葉は、「わるい、取り込んでるんだ」という言葉で遮られ、一方的に切られてしまった。

憤慨しながら画面を見つめ、思い当たった。妻に何かあったのかもしれない。ひょっとすると何か別の病気か事故で生死の境を彷徨《さまよ》っているか、あるいはもうすでに……。

空が明るくなった頃、ようやく寝付いたが、ほどなくチャイムの音で目覚めた。バイク便が来た。裏側に「コンピュータ・ネット構築・サポート・データ復旧サービス　クリハラ」とシールが貼ってある。

開封するとDVDが一枚と栗原からの送り状が入っている。

送り状によると、もう一枚のFDの方も復旧に成功したので長島に送ろうとしたが、長島から、今、それどころではないので、直接、知佳のところに送るように、と指示されたという。

また今回、復旧に成功したFDは湿気でシールが剥がれていたのでデータフロッピーと勘違いしていたが、実はワープロを起動するためのOSフロッピーだった。その中に、書きかけのままデータフロッピーに保存されなかった文書が残っていたのでサルベージした、とある。

ワープロ専用機のことなど知佳にはよくわからないが、その保存されず書きかけのまま、システム起動用のＦＤ内に残されていた文書が、一番新しいものであることだけは理解できた。

送られてきたＤＶＤをさっそくＰＣで開く。

「私、半田明美は昭和30美弥子ちゃんが戻ってきた。確かに犯罪だけど、それは人間をめちゃくちゃにする薬だけど、美弥子ちゃんはそれがなければ死んでいた。それで心を楽にして生き延びて、今、苦しんでいる。でも、薬がなければ電車に飛び込んでいたよ、先生、と笑って話してくれた。私は彼女の苦しみを理解しているだろうか？　痛みを私の皮膚の上に感じているだろうか？　こころを共振させて、彼女の本当に望むことをわかろうとしているだろうか。そうして美弥子ちゃんやまさこや由美たちと一緒に、彼女の本当に望むものを実現させることができるだろうか。立派なことを考えても立派なことを話しても意味がない。真に寄り添い、行動し、闘半田明美　昭和30年生まれ　半田明美千葉県成田市で生まれた　半田明美　半田明美はいない。私はいない。私は私は小さい。私は人殺し、信じられるものは金だ光は天からなど射してこない、光は深い深い穴の底のあらゆる不幸の詰まった、泥の下から射してきて、神の存在を教えてくれる。救いは低いところにこそある。美弥子ちゃん、由美、真理子、私たちが行動したとき必ず、神様は後押ししてくれる。黙ってお祈りしていてもだめ。なぜなら神様は一番下の、下の、穴の底のあらゆる不幸の詰まった、泥の下にいて、こんな私たちの闘いを見守ってく私、半田明美は昭」

文書はそこで中断した。

呆然としたまま、知佳は画面を見つめる。

そこに小野先生がいた。自分自身に言い聞かせるようにつぶやいている。

「私は彼女の苦しみを理解しているだろうか？　痛みを私の皮膚の上に感じているだろうか？　こころを共振させて、彼女の本当に望むことをわかろうとしているだろうか。そうして美弥子ちゃんやまさこや由美たちと一緒に、彼女の本当に望むものを実現させることができるだろうか。立派なことを考えても立派なことを話しても意味がない。真に寄り添い、行動し、闘」

おそらく闘っていかなければならない、と続いたはずだ。

辛うじて半田明美は自己意識を取り戻す。だがそれも空しい努力だ。自分以外の何者かに半田明美は抵抗し、敗れる。

データフロッピーに保存されることのなかった文書を残し、半田明美は二度とワープロに向かうことはなかった。

混乱し、引き裂かれ、彼女は小野尚子になってしまった。

その中断した文章の中で半田明美と小野尚子の間には、太陰大極図のようなしんと静まり返った不思議な調和が見える。

それまでの醜悪極まる手記の意味するものを、知佳は理解した。

小野尚子を殺してすり替わり、その二億の財産を狙った半田明美は、すり替わるうちにその内部を小野尚子に取り込まれてしまった。

半田明美は何とか「私、半田明美」を取り戻そうと苦闘した。漢方医の元に行くと偽り、自分の名義で所有していたマンションに通い、鏡に囲まれて姿形、所作から発想まで小野尚子になりきるための訓練を自分に課す一方で、次第に失われていく自分を取り戻すために一人ワープロに向かい、自らの生い立ちとこれまでの人生を振り返り、自分がだれであるのか、文字にすることによって確認しようとしていた。彼女が自分自身である、と信じている人物を取り戻そうとしていた。

だが新アグネス寮に戻ったとき、彼女は再び、小野尚子その人となる。

他人の霊が乗り移ったわけではない。一時、知佳も信じかけたことだが。

心霊現象とは関わりなく、人は自分ではない他人になってしまうことがある。

薬や心理学的な手法を用いて人は別人格を獲得することもあるし、暴力的な洗脳によってそうなることもある。だがそんなものがなくても自我や自己意識は崩壊する。

自我など普通に思っている以上に脆《もろ》いものかもしれない、と知佳は、明美の残したマンションから戻ってきてから後の二週間あまりの心境を思う。

明美の本棚にあった本を短期間に読破した。決して特殊な本ではなかった。職業柄、短時間で集中して読むことができた。一種の情報遮断状態で読み切った。たったそれだけのことで、確かに自分の感情はゆさぶりをかけられた。気が高ぶり、自分の好みや考え方が影響を受けたのがはっきりわかった。ある人物が読み続けた活字を、日夜を問わず読んだという、たったそれだけのことで。

半田明美は小野尚子について知ろうとした。その外見から生い立ち、発想、思考のパターンまで調べ上げ、矛盾なく、他人に語れるほど暗記した。

四方に巡らせた鏡の中央で自らの所作を確認し、ビデオに録画し見比べ、徹底して模倣した。自分を他者として観察し、内面から小野尚子にすり替わることを目指した。

普通の人間なら気が狂ってしまう。自分の人格を仮面と真の自分に切り分けられるほどに人の感情はタフではない。

半田明美は新アグネス寮では小野尚子として判断し、行動しなければならなかった。真の自分の思考の上に他者の思考を重ね、他者の言動のパターーンで生活する。

発想と思考を模倣し、話し、行動し、その結果についての責任を負う。

金への欲望と人間不信、そして「私はだれにも愛されることはない」という低い自己評価、それが「私、半田明美」だ。だがそれはワープロに向かって書く唾棄《だき》すべき自分史の中でしか、形を持たない。

現実の「私」は、新アグネス寮の指導者としてスタッフや入居者の相談に親身になって乗り、共感し、手を携えて生きていく小野尚子だ。それも苛酷な生い立ちや苛酷な生活の中で、犯罪と背中合わせに暮らし、いつ暴発するかわからない人々、他者の感情や気分や真心を見抜くにとりわけ敏感な女性たちの母として生きていく小野尚子。

行動は現実であり、取り消せない。だが、思考も感情も形がなく、他人の言葉や新たな情報によって変化し、日々の天気によってさえ大きく変わっていく。内なる半田明美と、演技としての小野尚子。

行動と思考、立場と思想が正反対になることは知佳でさえ日常的に経験する。大嫌いな都知事に尊敬のまなざしを送りインタビューし、持ち上げ記事を書いたことがある。御用経済評論家に話を聞き、危険きわまりないと思える投資信託についての推薦記事を書いたことも。

矛盾に引き裂かれても、立場と行動は簡単には変えられない。自分の思考と感情を行動と立場に合わせて変える方がはるかに容易《たやす》い。嫌いな都知事の良いところと優れた発想を心の内で列挙し、危険な投信のハイリターンの面に目を向ける。なんだ、みんな私の偏見だったのね。ちょっと視点を変えれば、そう悪いものじゃない、と。

それが極限まで行けば、思考と感情だけでなく、おそらく記憶さえ書き換えてしまうだろう。それが人間、というより、それが人の脳だ。

良心を持たない女、半田明美が引き裂かれる痛みを感じたことなどなかっただろうが、それにしても自分とまったく異なる人物を二十四時間演じることは、想像以上の疲労をもたらしたに違いない。しかも傍らには、自分の正体を見破り、その一挙一動に耳をそばだてる榊原久乃がいる。

「1998年9月

私、半田明美は関西方面に引っ越す。小野尚子になって死ぬまで楽に暮らす　二億あれば一生、利息で食っていける」

半田明美はそう書いている。少なくとも三、四年はその状況に耐えなければならない。その間に彼女の精神は、記憶も含めて変容した。しかも「死ぬまで楽に暮らす」、その具体的ヴィジョンが半田明美にはない。強迫的に金を必要とし、金に執着し、呼吸するように自然に人を殺した。それしかない。だが小野尚子にはヴィジョンがあり、行動の指針がある。

自分とは比べものにならないくらい強靭な人物にすり替わることで半田明美は崩壊していった。

サングラスを取り、マスクを取り、外に出て、小野尚子として振る舞い、ときおり私は何をしているのだ、と自問自答したこともあったかもしれない。だが彼女を取り巻く新アグネス寮の事情は、半田明美が我《われ》を取り戻し、本当の自分について思考を巡らす余裕など与えなかった。

結果、半田明美は小野尚子になった。

そこまで考え、違う、と知佳は気づいた。

知佳の知っている小野尚子は、すなわち半田明美だ。

一九九四年以降に彼女が実行に移していった数々の事柄を思った。

薬物依存や摂食障害、性暴力や虐待の後遺症に苦しむ人々、決して扱いやすくはない、恩を仇《あだ》で返されるなど普通にある、そんな人々の中で、どこまでも彼女たちに寄り添い、その魂の叫びに耳を傾けた。

二〇一一年、東日本大震災の後、寄付金がゼロになり、寮の運営が立ちゆかなくなったとき、小野尚子の財産のかなりの額を吐き出し、新アグネス寮を維持し、別荘を処分し信濃追分の過疎化の進んだ農村に新たな拠点を築いている。そこに集まってきた女性たち、他に行き場所のない人々のために、安心して生きていける場所、食べていける手段を得られるよう果敢に行動した。そして火災の中で、新たな命と引き替えに死んでいった。

それは、フィリピンで亡くなった小野尚子が生きていたとしてもなしえなかったことかもしれない。

アルコール依存症から回復し新アグネス寮を起こし、フィリピンに渡りシスターエチエロたちの思想に共鳴したであろう小野尚子の理念は、その後、経済の失速した日本の厳しい状況の中では、理念倒れに終わっていたかもしれない。それを半田明美は果敢に実行に移した。

「光は天からなど射してこない、光は深い深い穴の底のあらゆる不幸の詰まった、泥の下から射してきて、神の存在を教えてくれる。救いは低いところにこそある。……行動したとき必ず、神様は後押ししてくれる。黙ってお祈りしていてもだめ。なぜなら神様は一番下の、下の、穴の底のあらゆる不幸の詰まった、泥の下にいて、こんな私たちの闘いを見守ってく」。おそらく「見守ってくれるから」と続く文章だ。

それは小野尚子その人が持ち得た発想だろうか。あらゆる汚辱にまみれて生きてきた半田明美は、新アグネス寮の人々と深く交わる中で、神を見た。その神は天上になどいない。その神は従順にふるまい祈っていれば、救ってくれるのではない。

神の光は深い深い穴の底のあらゆる不幸の詰まった、泥の下から射してくる。神の救いは天上ではなく低いところにあり、そこで闘う人々を後押ししてくれる。

その後、二十数年をかけて、半田明美は小野尚子を超えてしまった。反省でも更生でも悔い改めるでもなく、自らの犯罪計画を実行に移す過程で。

車を降りるとずっしり重たい寒気が塊になって頬や肩をなぶる。

足踏みしながら知佳はダウンジャケットを羽織り、北風に追い立てられるように小走りに駅に向かう。車を置いたアウトレットにはクリスマスソングが流れ、巨大なツリーがあちらこちらに置かれていた。一年で一番華やかなシーズンが始まろうとしている。白い息を吐き出しながら軽井沢駅前のカフェのドアを開けると、長島が先に来ていた。知佳の顔を見ると、「おう」と片手を上げた。

　下瞼がむくんでどす黒い色に変わり、唇が乾いている。

「ちょっと、大丈夫ですか、体調、悪くないですか？」

「あ……いや」

　長島は哀しげな笑いを浮かべた。

　派手なカウベルの音と共に「ごめんなさい、遅れて」と謝りながら優紀が店内に入ってくる。氷点下の寒さなのに、セーターの上に古びたPコート一枚しか着ていない。

　優紀から半田明美の残した文書をすべて読みたい、と連絡があったのは、知佳が栗原栗原から送られてきた起動用フロッピーに残された最後の文章を読んだ十日後のことだった。知佳があの夜、聞きそびれてしまったが、長島は栗原が復旧した文書を優紀には送っていなかったのだ。

「心の準備はできたよ」と優紀は電話の向こうで笑いながら言った。「小野先生」に向き合う覚悟のようなものが感じられた。

　復旧したデータのすべてをメールに添付して優紀に送って四日後、優紀から携帯メールが送られて来た。文面を見た限りひどい衝撃を受けた様子はなく、世話になった長島にも会ってあらためてお礼を言いたい、と淡々とした調子で綴られていた。

知佳から長島にその旨を伝えると、「お礼？　面倒くせぇな」と笑いながら、軽井沢あたりではどうかと提案してきた。事件の舞台となった軽井沢を訪れてみたい、と言う。

「奥さん、平気なんですか？　丸一日放っておいて」と知佳が尋ねると、長島は言葉を濁す。

やはりあの夜、何かがあったのだ、と直感し、それ以上尋ねるのはやめて、この日、知佳は慰めの言葉を用意してきたのだった。

知佳の隣に腰を下ろした優紀は、正面にいる長島の顔に目を留め、「体調、あまり良くないんじゃありませんか」と知佳と同じことを尋ねた。

何しろ糖尿病が腎臓まで……というこいつもの弁は聞かれなかった。

「ま、いろいろあってさ」と長島は片手で自分の顔を撫でた。

「夜中に出て行っちゃうわけだ、うちのが。で、毎晩、お互いの手を紐で縛って寝てたんだ。そうしたら変な知恵だけは残っていたんだな。解《ほど》きやがった。悪気なんか何もないんだが、菜切り包丁を片手に下げて徘徊《はいかい》していたんだ。あの夜だよ、あんたから電話もらった」と知佳を一瞥する。

「すみません」と思わず頭を下げた。

「いや、いいんだけど。警察に通報されて捕まって、一見、呆《ぼ》けてるように見えないから、その先が大変でな……。自宅で看るのは限界だが、暴れるわ、怒鳴るわなんで、どこの施設でもお断りをくっちまう。いろいろやって、結局、精神科病院しかなかった。今までは俺が何とかしてたけど、何せ糖尿病が……」

「ああ、腎臓まで入っちゃったんですよね」

反射的にそう応じ、しまったと後悔する。

「で、女房は今、入院中だ。薬飲まされて、それでもおとなしくならないので、ツナギ着せられて。毎日見舞いに行ってやることしかできないが、見てるのも辛くてな」

「負い目を感じることは、ないですよ」と、優紀が不意に長島の痩せ細った青黒い手首を握りしめた。

「家族にできることは限界がありますから」

ああ、と知佳は納得して、新アグネス寮と「小野先生」のことを思った。

「そうだな」と長島はうなだれる。

淹《い》れたてのコーヒーが運ばれてきた。

「で、あれ、読んでみてどうよ？」

気を取り直したように長島は二人に尋ねた。

優紀が少し緊張した様子で目を伏せた。かすかに突起した喉仏が上下するのが見えたが無言だ。

知佳は、長島に修復してもらったFDの礼を改めて述べると、自分で読み解いたことを話した。

「つまり、策士策に溺れて、自分で自分を洗脳しちまった、って言うわけか」

あまり簡単にまとめられ、反発を覚えた。

「長島さんだって、やってみてくださいよ。毎日毎日、何時間もぶっ続けで、他人の本棚の本を次々読んだんですから。それだけで、ちょっと自分がおかしくなってきたのがわかりました。そのうえビデオだの鏡だの使って訓練して、その後は毎日毎日、自分と正反対の人物を演じたんですよ。本番の舞台みたいなのがほぼ二十四時間。自分が崩壊しますよ」

「俺、ごめんこうむるわ。下劣なイエロージャーナリストのまんま死にたいからな。聖人君子にはなりたくない」とかぶりを振った後に、「あんたが言ってるのは、別に珍しい話でもなんでもない」と言う。

「前にも言ったが、半田明美のやったことは、あちこちの国の工作員がやってることなんだ。所作から頭の中身まで、設定した人物になりきる。やりすぎると自分の人格までもってかれる。挙げ句に二重スパイをやって殺されたのがいただろ、少し前に。だが、俺としちゃ、まだ二パーセントくらい、半田明美は半田明美だったかもしれない、と思っている。単純にチャンスを見失っただけじゃないかと。今だ、チャンスだ、っていうときに、榊原とかいう婆さんに毎度、妨害されて、そのうち歳を食っちまって、気力も欲望も萎《な》えてくる。もう、めんどくせえ、なら居座るかってことになる。贅沢言わなければ、そこそこ居心地もいい。みんな尊敬してくれるし懐いてもくれる。善人やるのも、悪くない。そうこうするうちに火事が起きて、ついほろっと仏心を出して自分が死んじまった」

「傍からどううつるかしらないけれど、新アグネス寮で入居者に接するのは、そんな甘いものではないですよ。特に小野先生のような立場なら、信念と真の愛情がなければ居られません」

優紀が視線を上げ、鋭い口調で反論した。

「私は人は生き直すことができる、と信じたいです。過去に何があっても。あの手記のようなものは懺悔録だと思います。半田明美の少女時代は苛酷です。苛酷すぎて犯罪に行くしかなかったんです。それはうちの寮にいる人たちにも共通することですから、だからわかったんだと思うんです。私たちの気持ちが。新アグネス寮に深く関わることで、自分を深く見つめ直すことができて魂の再生が叶ったのだと」と口ごもり、優紀は小さな声で「そう信じたいんです」と結んだ。

その素朴さと力強さに知佳は感動を覚えた。だが優紀は小さな声で付け加えた。

「知佳から送ってもらったあれ、どうしようかと迷ったけれど、絵美子にだけは読ませた。今のは、絵美子が言ったことなんだけどね」

「他の人なら何て言うかな？　たとえば麗美さんなら」

知佳が尋ねると、優紀は「あの人、もううちにいない」と首を横に振る。

郷里の和歌山に帰ったのだという。実母が病気で倒れ、長男夫婦は大阪で所帯を持っていてしかも母親と折り合いが悪い。そこで麗美が数十年ぶりに帰郷して面倒を見ているらしい。

「あの人、見るからに介護とかお手のものって感じだからね」

「正直、こっちは心細いよ、絵美子と二人残されて。自分で思ってる以上に、あの人を頼りにしていたみたいな気がする」

「介護が終われば戻るかもしれないじゃん」

「いや、それはまずいよ」とあっさり否定され、小野尚子が創設した新アグネス寮の目的を思い出す。

寮を去った者はもう一人いる。いや、もう二人か。

瀬沼はるかが二歳の誕生日を前にした愛結を連れて、親子ほどに歳の違う男と結婚した。

「そりゃまた」と長島が肩をすくめた。

「めでたいんだか何だか……」と知佳の方も皮肉な気分で答えている。

「高校の物理の先生よ」

「ずいぶん手堅いじゃねえかよ」と長島が冷やかす。

「オタク。二次元とSFの。だからって悪いわけじゃないけど」

はるかがアルバイトをしていた携帯電話会社の店頭で知り合い、わずか二ヵ月で結婚が決まったと言う。

「結婚式に披露宴、婚姻届に新婚旅行。まるで昭和のフルコースだよ。私と絵美子も式に招かれた。共済会館。周りは学校の先生ばかり」

知佳はのけぞって笑った。

「それだけ外堀を埋めれば大丈夫だね」

「さあ、うまくいくかどうかはわからない、あいつのことだから。うちは実家代わりの受け皿だわ」

手放しの祝福ではなく、慎重な物言いが本当に実家の母親のようだ。

沙羅の摂食障害は、相変わらずの一進一退だという。

「そう簡単にいかないし、気長に付き合うよ」

それでも希望は見えてきた。国の退院促進政策によって家に戻ってきた弟を連れ、母親は得体の知れない宗教団体の研修施設に入ることになった。沙羅も一緒に来るようにと母親は再三、電話を寄越していたが、沙羅はだれから指示されたわけでもなく、きっぱり断ったと言う。「私、もう、そういうの嫌だから」という一言で。

「また何か言ってくるかもしれないから、しっかり見張ってろよ。何かあったら俺に電話くれ」と長島が強い口調で言う。

「よろしく」と優紀は頭を下げ、「でも、とりあえず一歩前進」と微笑んだ。

半田明美の書いた文書を送ってくれと知佳に連絡してきたとき、優紀はそんな一連のことが片付き、「心の準備」を固めていたのだろう。

「もしよかったら、これから一緒に信濃追分に行きますか？」

優紀は筒の中から、数枚の紙を取りだした。

設計図だった。落雷で焼けた寮のあった信濃追分の村に、新たに寮を建てることになったと言う。

断熱効果の高い省エネ設計で、機能的な造りだが、およそ飾り気や情緒のないツーバイフォー住宅だ。

「幸いクレーンが入れる道もあるし、余計なところにコストはかけないでお金はファンドを立ち上げて有効に使うつもり。必要なところに回したいからね」

「小野先生でもそうしたよ、きっと」

半田明美、とは言えなかった。今居るスタッフや入居者、そして知佳が知っているのも、これから先、新アグネス寮に入居する人々にその業績や人柄を伝えられるのも、半田明美ではなく、小野先生なのだ。半田明美は永遠に消えた。この先もおそらく彼女が人々の話題に上ることはない。

店を出て、これから東京に戻る長島と別れ、知佳は優紀の軽自動車に乗り込む。まだ午後四時前だというのに、黄昏時のように弱い光の中を車は進む。

不意に無数の黒い点が空に現れ、雲のように流れていく。小鳥の大群だった。

「ああ、アトリだ。本物の冬が来る」

ハンドルを握って優紀が独り言のようにつぶやいた。

かつての旧軽井沢の姿につきまして詳細なお話をお聞かせくださいました斎藤美夏江様、遺体の身元確認や失踪宣告に関しまして相談に乗っていただき、貴重な情報を賜りました田中成志様、長山靖生様に心より感謝いたします。

また取材と資料収集、書籍化に際しお世話になりました平本千尋様、稲垣ゆかり様、鯉沼広行様、小島睦美様、ありがとうございました。

参考文献

『年表　昭和史』中村政則編　岩波書店
『年表　昭和・平成史』中村政則　森武麿編　岩波書店
『解放の神学をたずねて　フィリピンの民衆と教会』渡辺英俊著　新教出版社
『Philippines』Lonely Planet
『希望の光をいつもかかげて　女性の家HELP20年』女性の家HELP編　日本キリスト教婦人矯風会
『その後の不自由「嵐」のあとを生きる人たち』上岡陽江　大嶋栄子著　医学書院
『性依存　その理解と回復』吉岡隆　高畠克子編　中央法規出版
『完全失踪マニュアル』樫村政則著　太田出版
『図解NPO法人のつくり方・運営のしかた』宮入賢一郎　森田真佐男著　日本実業出版社
『「信じるこころ」の科学　マインド・コントロールとビリーフ・システムの社会心理学』西田公昭著　サイエンス社
『超能力と霊能者』高橋紳吾著　岩波書店
『霊と金　スピリチュアル・ビジネスの構造』櫻井義秀著　新潮社
『スパイのためのハンドブック』ウォルフガング・ロッツ著　朝河伸英訳　早川書房
『マニラ保険金殺人事件』井上安正著　中央公論新社
『誘蛾灯　鳥取連続不審死事件』青木理著　講談社
『悪女の涙　福田和子の逃亡十五年』佐木隆三著　新潮社
『毒婦たち　東電OLと木嶋佳苗のあいだ』上野千鶴子　信田さよ子　北原みのり著　河出書房新社

著者、編者の皆様方に深謝いたします。

解説

内藤麻里子

人間の「認識」という不可思議な部分に切り込んだ、一級のサスペンスである。ひりつくような渇望感にひきずられ、最後の一行まで登場人物たちと一緒にたどった旅の余韻がなかなか引かない。

アルコールや薬物依存、性依存、自傷行為といった問題を抱える女性たちの救済を目指すシェルター「新アグネス寮」が火事になり、彼女たちと生活を共にしていた「日本のマザー・テレサ」ともいえる小野尚子が死んだ。資産家の娘に生まれ、一時は皇族の后《きさき》候補にも挙げられたが、不幸な結婚、離婚、アルコール依存の地獄を経て、親から受け継いだ莫大《ばくだい》な資産を活動に捧《ささ》げた。優しく高潔で、行動力に溢《あふ》れた女性だった。

ところが火事の現場から見つかった遺体は尚子ではないと、警察から連絡がくる。献身的に活動し、みんなに慕われていたあの人はいったい誰？　本物の尚子の行方は？　かつて「あの人」であった尚子を取材したフリーライターの山崎知佳と、施設代表を務める中富優紀が女の正体に迫る。

衝撃的なスタートである。畳みかけるように尚子の半生、新アグネス寮の成り立ちが語られ、一九九三年の写真と、知佳が取材した二〇一四年の写真の異同が浮上する。

ここで最初の「認識」の問題が出てくる。みんなが二つの写真を違和感なく受け入れる中で、ただ一人、寮の入居者が「別人」だと騒ぐ。知佳が顔認証の研究員に鑑定してもらった結果は「別人」だった。「半分以上はお互いの顔を、目だけじゃなくて心で見ている」ゆえに、「感情と約束事の枠組みの中で、そこにある異なる顔が同一人物に見えた」ということだ。私たちが人間を認識する際に持っている自信をまず揺らがせる。

一気の導入部に続き、物語はますます濃密な世界に分け入っていく。尚子になりすましていた半田明美の半生、フィリピンはルソン島の町タハウの出来事を追う過程がスリリングに展開する。

篠田節子作品は、「社会派」と言われることが多い。軸となるストーリーに女性の生き方（『女たちのジハード』『長女たち』他）や宗教問題（『ゴサインタン』『仮想儀礼』他）などを取り込み、今回も依存に苦しむ女性や、認知症、世間を騒がせた事件を彷彿《ほうふつ》とさせる設定、フィリピンの貧困、麻薬の実態などが物語を彩る。一つ一つを現実問題として我々に突きつけてくる。

しかし、ご本人に「社会派」の意識はない。本書の単行本が刊行された一八年にインタビューしたとき、こんなことを言っていた。

「人間を出せば生きている背景があるので、いや応なくそうしたことが絡んでくる。だから社会派と言われるのでしょう」。そのうえで「仕事や家庭、親のことを出すことで実在感、生々しさが出てきます」と説明してくれた。これが物語の厚みということだろう。

篠田作品には、しばしばアジアが描かれる。今回のフィリピンしかり、『コンタクト・ゾーン』（〇三年）のインドネシア・バヤン、『転生』（〇七年）のチベット、『インドクリスタル』（一四年）のインドしかり。それらの地を覆う貧困、差別、暴力が見事に立ち上り、読んでいると土地の風が吹きつけ、においが漂ってくるようだ。さすがに最も危ない地帯には足を踏み入れないと言うが、旅好き、取材好きの成果が緻密な舞台づくりに結晶している。

そう。篠田作品の特徴の一つは、緻密ということだ。背景に潜む社会問題、人間心理、舞台となる土地が慎重に、緻密に紡がれていく。時としてそれは息が詰まるくらいの密度で描かれるが、巧みなストーリーテリングに乗ってするすると読み進んでしまう。作家の中でも細身の体で、そうは感じさせないたたずまいでいながら、剛腕なのである。これも「認識」に惑わされている一例だろうか。

さて、その「認識」の問題は、ますますすごみを帯びていく。

まったく異なる尚子と明美の道が、どう交錯したのか判明するに及び、新アグネス寮と知佳まで巻き込んだ混乱はヒステリー状態であり、一種の洗脳状態でもある。こういうところを書くのが篠田ワールドの醍醐味《だいごみ》と言えよう。

そして、最後にして最大の認識の問題となるのが明美の所業だ。この女が何をしたか知ったとき、すこぶるつきの戦慄が走る。人間には、こんなことが起こるのか——。

「人格形成の過程で、思っているより意外と自己意識はもろいもの。仮面をかぶり、演技してみせる外側と、内面、本質の線引きは人間のメカニズムの中で切り分けにくい。我々は意思、情動、記憶などで行動するわけですが、行動すると必ずフィードバックがある。それによって人間の内面は容易に変わっていくことを書いてみたかった」と、先に挙げたインタビュー時に、本書の意図を話してくれた。さらに、「〝キリストになろうとした男〟ということです」と明かした。その女性版というわけだ。

日常生活でも、例えば会社で課長や部長など、責任ある立場になるとそれ以前と比べて立場にふさわしい言動、服装になっていくではないか。篠田さんが指摘するように、人間の内面は容易に変わるのである。人間の心の不可思議さが端的に発揮されるのは、恋愛においてである。恋する相手の声は素敵で耳に心地よい。しかし第三者にとっては何の変哲もない声だったりする。篠田さんは、そうした心の不可思議さの関心を思想、信条にまで広げた。そして、明美の所業を行動心理学で構築したのだ。

「日本の小説の中で心理学的アプローチをする場合、精神分析やカウンセリングを取り入れることが多いけれど、認知心理学、行動心理学の理論を緻密に読むと、人間の恐ろしさ、自我の弱さ、不可思議さを感じます。それを小説の中に取り入れると、とんでもないサスペンスになると思ったんです」

人間の内と外を見つめたとんでもないサスペンスとなった本書『鏡の背面』で、一九年三月、吉川英治文学賞に輝いた。

思えば、この作家はいつも挑戦をしている。どの作品も、まったく新しい世界を見せてくれるのだ。小説すばる新人賞を受賞したデビュー作『絹の変容』（一九九一年）では、改造した蚕によるパニックを描いた。直木賞を射止めた『女たちのジハード』（九七年）では、男社会の中で生きる女たちの苦闘を見せた。『仮想儀礼』（二〇〇八年、翌年柴田錬三郎賞受賞）では偽宗教の興亡に迫り、『インドクリスタル』（一四年、翌年中央公論文芸賞受賞）では混迷のインドと最先端ビジネスの攻防を追った。女性や宗教を幾度か取り上げても、その都度切り口が違う。

なにがすごいといって、一貫して現代社会と切り結んでいる点である。デビューからずっと、時代とともに走っている。実は、こんな作家はそうはいない。なんとなれば、社会と伴走するのは大変なことだからだ。若い頃は労せずして時代の空気を体感できる。しかし、一人の人間が維持できる同時代性というのは、気を抜けばあっという間に古びていく。それを感じさせずに現代に切り込むのに、どれほどの気力、体力、知力を注ぎ込んでいることか。社会に立てたアンテナの感度、息の長さ、物語に仕立てる腕力ときたら他の追随を許さない。

ところで、吉川英治文学賞が決まったときの記者会見で思い出したことがある。いつも鷹揚《おうよう》に笑い、たくらんだ笑みを見せる篠田さんが心なしか堅かった。まさか緊張か？といぶかしく思っていたのだが、受賞後の一九年十月に出たエッセイ集『介護のうしろから「がん」が来た！』でその理由が分かった。

お母さまを長く介護していたところに、自身の乳がんが見つかった経緯を書いたものである。『鏡の背面』は、介護で時間を取られながら執筆し、ゲラチェックはまさにがんの治療中、時間を見つけてはこなしていたのだ。そのため、コンスタントに作品を発表してきた篠田さんにしては珍しく、本書は前作の小説『竜と流木』（一六年）から刊行に二年という間が空いた。

吉川英治文学賞の記者会見の日は、そんな日々を送る中、お母さまが施設から新たにグループホームに居を移す当日だったのだ。朝から引っ越しを済ませ、とはいえトラブルも発生し、なんとかかんとか身支度を整えて会見場に駆けつけたのだった。母のことで頭がいっぱいで、何を挨拶し、質問にどう答えたのか、「ほとんど記憶にない」とエッセイに書いている。なんと大変な一日だったことだろう。

しかし、そんな記者会見の最後に篠田さんが口にした言葉が忘れられない。この作家はチェロを愛し、うまくならないと苦笑しながらもずっと弾き続けてきた。それで音楽の話題になったのだ。すると、音楽家、バッハについて言及した。

「バッハの生活態度はきわめて凡人。けれど倦《う》まずたゆまず曲を作り続け、晩年まで新しいものに挑戦しました。その創作態度は、私の心の中の輝ける星となっています」

ああ、篠田さんはそんなふうに小説を書いてゆくんだと、聞いていて胸に迫るものがあった。

その少し前の質問で、デビューして間もなく三十年になることに触れられ、今後どんな小説を書いていきたいかと聞かれた。「これからも気分だけは新人のつもりで、あらゆる試みをしていきたい」ときっぱりと語ったことも相まって、どこまでもついていきますという気持ちになったことを思い出した。

（ないとう・まりこ　文芸評論家）

本書はフィクションです。
実在する個人・団体等とは一切関係がありません。
本書は、二〇一八年七月、集英社より刊行されました。
初出　「小説すばる」二〇一六年六月号〜二〇一八年一月号

篠田節子の本

女たちのジハード

保険会社に勤める異なるタイプの女性たち。結婚、仕事、生き方に迷い、挫折を経験しながらも、たくましく幸せを求めてゆく。現代OL道を生き生きと描く、第117回直木賞受賞作。

百年の恋

三高キャリア美女と三低オタクライターがなぜか恋におちて結婚。だけどかみあわない二人の結婚生活はてんやわんや!? イマドキカップルの結婚、出産、子育てを描く傑作コメディ。

集英社文庫

篠田節子の本

聖域

関わった者たちを破滅へ導くという未完の原稿「聖域」。小説に魅せられた編集者は、失踪した作者を探し求め、小説の舞台である東北に辿り着く。筆者真髄の重厚な傑作ミステリー。

コミュニティ

子供のアトピーと収入減のため、家賃の安い郊外の団地に引っ越した一家。団地の住人はやけに仲がよいが……（「コミュニティ」）。恋愛からホラーまで、日常の中の陥穽を描く傑作6編。

集英社文庫

篠田節子の本

アクアリウム

ダイビングの最中に突然現れた謎の生物は、不可思議なコミュニケーションで正人の意識に入り込んできた。果たしてその正体とは。篠田節子の原点となるファンタジー小説。

家鳴《やな》り

幸せな夫婦を悲劇が襲う。摂食障害を患った妻が際限なく太っていき……（「家鳴り」）。些細な出来事をきっかけに膨れ上がる暴力と恐怖を描く。表題作を含む7編のホラー短編集。

集英社文庫

篠田節子の本

廃院のミカエル

食品輸入会社の社員としてアテネで働く美貴は、最高級の蜂蜜を求めた先で修道院に立ち寄る。それ以降、彼女の周りでは奇妙な事件が続き……。ギリシャを舞台とした長編サスペンス。

弥勒

新聞社の永岡は、国交を断絶しているヒマラヤの仏教美術の国パスキムに潜入を試みる。そこでは僧侶たちが虐殺され、都市は壊滅していた。そんな中、永岡も革命軍に捕縛され……。

集英社文庫

集英社文庫

鏡《かがみ》の背面《はいめん》

2021年5月25日　第1刷
2022年6月6日　第5刷

定価はカバーに表示してあります。

著　者　篠田節子《しのだせつこ》

発行者　徳永　真

発行所　株式会社　集英社
東京都千代田区一ツ橋2-5-10　〒101-8050
電話　【編集部】03-3230-6095
【読者係】03-3230-6080
【販売部】03-3230-6393（書店専用）

印　刷　凸版印刷株式会社

製　本　加藤製本株式会社

フォーマットデザイン　アリヤマデザインストア　　マークデザイン　居山浩二

本書の一部あるいは全部を無断で複写・複製することは、法律で認められた場合を除き、著作権の侵害となります。また、業者など、読者本人以外による本書のデジタル化は、いかなる場合でも一切認められませんのでご注意下さい。

造本には十分注意しておりますが、印刷・製本など製造上の不備がありましたら、お手数ですが社「読者係」までご連絡下さい。古書店、フリマアプリ、オークションサイト等で入手された応いたしかねますのでご了承下さい。

© Setsuko Shinoda 2021　Printed in Japan
ISBN978-4-08-744243-4 C0193